文脉中国 小说库

enmaizhongguo xiaoshuoku

父亲是一棵树

徐福德 著

中国文联出版社

图书在版编目（CIP）数据

父亲是一棵树 / 徐福德著. --北京：中国文联出版社，2016.5（2023.3 重印）

ISBN 978-7-5190-1226-7

Ⅰ.①父… Ⅱ.①徐… Ⅲ.①中篇小说—小说集—中国—当代②短篇小说—小说集—中国—当代 Ⅳ.①I247.7

中国版本图书馆 CIP 数据核字（2016）第 058723 号

著　　者　徐福德
责任编辑　曹艺凡
责任校对　李　辉
装帧设计　中联华文

出版发行　中国文联出版社有限公司
地　　址　北京市朝阳区农展馆南里 10 号　　邮编　100125
电　　话　010-85923025（发行部）　　85923091（总编室）
经　　销　全国新华书店等
印　　刷　三河市华东印刷有限公司

开　　本　710 毫米×1000 毫米　1/16
印　　张　19
字　　数　320 千字
版　　次　2023 年 3 月第 1 版第 2 次印刷
定　　价　85.00 元

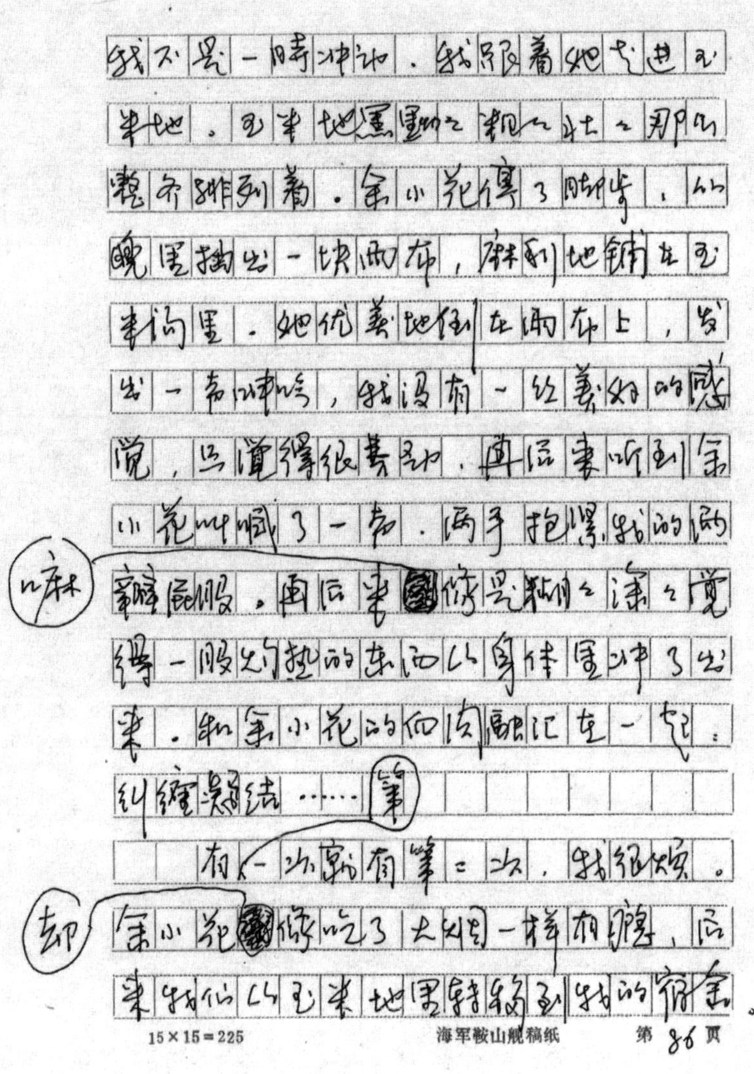

我不是一時冲动。我跟着她走进玉米地。玉米地黑黝黝粗壮壮那么整齐排列着。余小花停了脚步，从腰里掏出一块雨布，麻利地铺在玉米沟里。她优美地倒在雨布上，发出一声呻吟，我没有一丝美好的感觉，只觉得很紧张。再后来听到余小花叫喊了一声。两手抱紧我的两瓣屁股。再后来麻像是糊糊涂涂觉得一股灼热的东西从身体里冲了出来。和余小花的血液融汇在一起。纠缠凝结……

有一次就有第二次，我很烦。余小花却像吃了大烟一样有瘾，后来我们从玉米地转移到我的宿舍。

15×15＝225　海军鞍山舰稿纸　第 86 页

《悠远的细节》收稿之一页

目录

南炕·北炕

班长带我们搬进寡姐家，是在一个冬天的早晨。

那天，尽管天还不太亮，天空还有些深灰色，但街头就有几个早起的村民，看到了班长和我们的狼狈样。班长在前面走得飞，快，我们肩上背着简单的行李在后面撵得气喘吁吁，脚步杂乱地穿过村中那条小街，经过街两边的柳树林时，能听到风把柳枝吹打出“吱呀儿、吱呀儿”的声儿，心里就直打冷战。过了一条弯月似的长长巷子，班长和我们才走进了寡姐家。

寡姐怀里抱着一个不满一岁的孩子，小孩见来了这么多人，两眼笑成了一条缝，特别惹人喜爱。寡姐正在家吃早饭。

班长进门叫嫂子，憨态可掬地说：“农场的楼房还没盖好，给嫂子添麻烦了。”寡姐抱着孩子站了起来，两只乳房随之像两只大白兔一样在胸前上下跳动，一对好看的凤眼在我们三个人身上溜来溜去。那时，我们三人都是新兵，一脸的嫩稚。寡姐的眼睛就那么亮亮地溜了一圈，最后落在铁塔般的班长身上。看班长高矮胖瘦、五官是否有官运；看班长宽阔的脸、高高的眉是否有阳刚之气；看班长一双浓浓的眉、圆圆的眼睛是否有秋波。不一会儿，寡姐看得班长都有些不好意思了。班长的脸就白了红了地变，浑身燥热。鼻梁上沁出了细密的汗珠，羞得像花儿一样低下头，看着自己的一双大脚。这才听到寡姐说：“说啥子客气话，我的家就是您的家。毛主席不是说，军民一家人嘛，一家人不说两家话，快坐下吃饭。”

此时，班长的两只大手合起来，互相擦了擦，沙沙的，那声音很像剃头师傅在油布上蹭刀子，红唇上下翻动，说：“嫂子的话，暖心窝。”

“村子的人都叫我寡姐，以后你们都叫我寡姐，我觉得这样叫显得亲。有什么事，尽管找我。住进一个房子里就是一家人了，一家人不说两家话。”寡姐说话，做事都干净利索。

寡姐的一席话说到班长和我们的心坎上了，从心里透出了一股暖乎乎的亲热。

我们搬进寡姐家不久，南方兵张田说：“寡姐长得漂亮又好看，说话好听，还会体贴人。场长早就该让咱们搬过来。”

班长对张田说："还说呢，都怪你多管闲事，才搬到这里，你没见寡姐的那眼神儿多么妖艳。以后都要注意点。"

张田是第二年的兵，敢和班长顶嘴。说："在老王头家睡天井，在寡姐家睡炕头，咱不知道哪家好，你说是不是？"张田问我和小王。我和小王都是今年的新兵，从山东胶县用闷罐子车拉来，在师部新兵连训练了一个半月又分到农场。啥事也不懂，刚才他们两人说什么，我俩也没听明白。不好点头也不好不点头。只是笑。

班长说："咦，老王头也让咱上炕来。"

清河农场是师部新组建的一个单位，还不到两个月。

一个月之前，我们刚从南山师部机场搬来。当时我们还在新兵连训练。师部新建的农场急需用人时，带兵的新兵连连长推荐了我们，对来挑兵的场长说："不用费事挑了，这个排整个都给你用。这些兵娃笨是笨了一点，可身体好，干活像吃饭一样舍得下力，你看看这手掌和脚片子，都是干农活的好材料，并且他们都来自农村，对农活又透熟，带好了，也是好兵。"

就这样，我们30多人像牛马一样跟着场长一起被装进了一辆解放牌大卡车里，闷了一天一夜进了清河岸边的农场上。新组建的农场挺简陋，既没有设施，也没有田地、更没有住房。唯独有八百多亩荒水田。长着青青的水草。三间土房子立在水草边，那就是场部。先前来的一个排和我们后来的一个排合起来还不到一个连。新来的和旧来的兵都住在二台子村的老乡家。我们班一分为二，分别住进了刘老头和王老头家。刘老头家的房子是空洞子，很宽敞，住了20多人，而班长就带着我们四人住进了老王头和老王头大娘家的天井里，用稻草在天井里打好了地铺，我们就睡在草上。夏天住天井还是蛮好的，可是一进入秋天又接续到冬天，地上潮湿，又因东北天气冷得像小刀子一样。老王头和老王头大娘商议，让我们搬进屋里去，到老王头和老王头大娘的炕上一起睡。老王头和老王头大娘邀请了几次，我们才下决心搬进屋子里。

老王头和老王头大娘靠炕头睡，而我们四人，从兵龄新老一字排列开。整个顺序是这样的，老王头大娘、老王头，空一格。然后是班长、张田、我和小王。老王头和老王头大娘的炕很大，是典型的东北大炕，如果再有四人还能睡下。

老王头和老王头大娘都年过花甲、身边没有儿女。我们就给他俩挑水扫地。天冷了老王头和老王头大娘让我们搬进他们的大炕上一起睡，我们都非常感激。班长教导我们说："老王头和老王头大娘身边没有亲人，我们就是他们的孩子，他们就是我们的父母。"两个老人已年过60且患有老年哮喘病。每天晚上都能听到"咕噜咕噜"之声和"哼哧哼哧"喘气声。有时晚上听到老王头和老王头大娘喘得厉害了，南方兵张田就急忙拉开灯问，请不请医生之类的话。有时，老王头和老王头大娘也让我们去医生那里拿拿药，请医生来家打打针什么的。一来二去，大家就混熟悉了。

有一天晚上，夜很静，村睡熟了，清河睡熟了。秋月弯弯地悬挂在一棵歪脖子柳树的两枝间，像一幅西北风情版画。有这么一个好月夜，可我们几个却感受不到它的醉人芳香。我们昏睡得很沉。活着的、动着的只有在梦里了，只有回到童年的田野里去了。那天夜里我真的做了一个好梦。梦见我和邻居家小叶子两人一起玩拾果果。拾果果是山东胶县_带的一种民间游戏。玩耍时，一个人必须拥有10个圆滑的小圆石头作本，两人合在一起是20个。先用剪子、包袱、锤来论谁先后。谁赢了归谁来，赢者把合起来的果果用两手捧起来抛向空中，然后用另一支手背接空中落下来的果果，把接住的果果放在一边，再把一个果果抛到空中，在空中的那一刹那间，抛果果的手在地下拾零散在地下的果果，拾两个或三个或五个不等，如果在拾的过程中，因为慢没能接住空中落下来的果果，就算输；如果在拾的过程中手碰到地上另外的果果，也算输。那一次我输给了小叶子，很惨。输给小叶子12个石果果。看到十几个石果果被装进小叶子的小花袄口袋里，我急了就去抢，小叶子不给，我就哭。

真的是一种怪怪的声音把我惊醒。醒了的我，似乎又在梦里，也似乎并不是梦，我却迷迷糊糊听见了一种声响，这声响十分奇怪，长声地呻吟，短声地哼唧，而绝没有什么痛苦的味儿。且后来声响忽紧忽缓，忽高忽低，有时急促如马蹄过街、雨行沙滩，有时悠然像老牛犁动水田、小猫吃疆糊。这声响让我醉，让我着迷，让我浑身酥软，先是觉得在水里游，再就是觉得腿和胳膊轻松得像要飞起来一般，心就跃跃地动，向上再向上，上到一朵白云上停下来，然后你全身放松，却嗡地一头栽下来醒了。

这会儿是彻底醒了。

醒了的我就听到老王头和老王头大娘气喘如牛，气管不时地发出一阵吱吱的哨音。一声长似一声，且含有阵阵哼哼的颤动音。尾巴还拖着一个长长的弧线。正蒙胧间，新兵张田把灯拉开，大炕之上的一切尽收眼底。

老王头嗷的一声：“妈了个巴子，都给我滚出去，这样的事还不懂……”到这，下文我就不说了。怪羞。

我们就这样搬出老王头家。大家都不知道因为什么，张田也不知道。班长曾问过他。据过后的张田回忆。当时，老王头满脸紫红，眼睛睁得圆圆的。双手支撑着。被子也支撑得老高，一会儿上，一会儿下，高的地方且不断地颤动。张田讲到这时，班长不让他讲了。

那时，我和小王年龄都还小，张田那番话我俩是弄不懂的。

就因为这件事，班长才带我们搬进了寡姐家。

寡姐在村里是受争议的人物，村里的人对寡姐都有各自不同的看法。其实说白了，意思大都相同。寡妇门前是非多，划拉划拉一大车。刚来时场长没安排我们进驻寡姐家，也有这方面的原因。但现在我们被老王头愣是赶了出来，没有地方住，村子小几乎家家户户都驻满了人，场长只好同意我们进驻寡姐家。一段时间过去，我们感觉寡姐挺好的，不像别人说的那么悬殊。

寡姐和北方人一样。手脚勤快、爱劳动、心眼实、说话冲、石磨碾出的米粒、粒粒都实诚。她不但心眼好还热情，而且豪爽重感情。河南人说起话来都咦咦的。班长就咦咦地叮嘱我们说：“寡姐是个苦命人，22岁生孩子得了眼病，男人到清河里去炸鱼给她治病。鱼，没炸到一条，却让炮把自己崩死。寡姐就成了现在的寡妇了。寡了两年，不容易。没有男人的日子是没有太阳滋润的日子；没有女人的日子是没有雨水的干旱日子。缺一不可，少一样也不行。一个女人带个孩子，我们住进她家，力气活要多干点。”班长是带着感情讲这番话的。

我们也不是小孩子。都点了点头。班长是河南省安阳人，那个地方很穷。盛产光棍儿。班长说，他在村里都排到108条上光棍儿了。相当于梁山108条好汉。当兵期间，班长回家几次谈对象，然而都是因为家穷、兄弟多，到后来以不中分手。班长从来不怨恨女孩子看不上他。只是恨自己生得不是地方。如果生在城里也就省去了找对象的麻烦。眼下班长已干满五年兵龄了，眼看就要退伍的人了。退伍回家种地背土、拣豆、栽红薯、点玉米、抨高粱。去年老兵退伍时，班长还是到场部要求留在部队继续尽义务。他说在部队服役要比在家干活找媳妇好找，于是班长继续服役继续找他的媳妇，找媳妇生儿子。

我们听了班长的话，心里都觉得酸酸的，怪不好受的。有一天我对小王说："王永臣，你有六个姐，匀一个给班长吧，你看班长人多好，能干又懂事理。到时候入党提干部，说不定还能帮上你的忙。"

小王一听火了，心里的火一下子蹿到脸上，满脸通红地说："日你娘的，你说话像放屁，人哪有匀的，人是狗是猪是兔子是苹果可以匀给别人？你怎么不把你姐姐匀给班长？"

我说："俺爹和俺娘只会生带把的，没有姐姐，如果有还用和你商榷？准会匀一个给班长。"

小王像吃了大亏一样，瞪着眼、咬着牙，额上青筋鼓动着，呼呼的粗气一鼓一胀。在原地来回走了几步，气冲冲地离去。我想生什么气？女人都要嫁人，嫁谁还不一样？你姐想嫁给班长说不准班长还看不中呢？神气啥！

寡姐家的女孩叫小燕子，长得小巧玲珑，那时小燕子刚刚会走，走起路来像要倒下又倒不下一样，真像一只还不会飞翔的小燕子，寡姐就抱着小燕子在院子里那盘石磨上推面。推玉米、高粱、麦子。一天吃多少就推多少。寡姐，推起磨来一路轻松、一路歌：

花花儿小花袄儿是婆家送得哟
粉红的红褂褂儿是汉子买得哟
暖心窝的小红豆是哥哥给得哟
花袄儿红褂儿都不抵红豆暖哟

寡姐只唱这么几句，听不懂，但声调不错，有点像东北的二人转，又掺杂着当地的一种特色方言。两股面合在一起好听又好吃。

我们住进寡姐家，推磨的事班长就交给我和小王了。

东北的农村，大多数都用两块圆圆的石头磨面吃。他们说石磨碾出来的面吃了壮实，身板结实硬邦。作为山东人，与东北人一样，对石磨并不陌生，因为他们的祖上都是挑担闯关东的山东人。然而，石磨对于我来说就很可怕。有人怕蛇，有人怕蛤蟆。可我怕晕。小时候，常常因为我在磨道玩，母亲用磨棍打我的屁股。现在想起来屁股还生痛，推一次磨就像大病了一场，一两天不敢下炕。从此，谈磨色变头痛。就因为我怕晕才没有考上飞行员，结果各方面都合格，就是不适合在蓝天上工作，带兵的干部只好摇摇头很可惜地走了。

我对班长说："班长你让我干别的活都行，挑水扫地劈柴都可以，我就是怕推磨，小时候在家推磨都推伤了，一提推磨我就头晕，不是我怕重活。"班长说："越头晕，就越推，晕了再推，反复多次就不晕了，世界上的事都是物极必反。推推就好了。”

班长不是命令，胜似命令。我就只好硬着头皮进了磨道。我和小王推着寡姐的石磨，咕噜……咕噜……咕噜地转了一圈又一圈，推着推着，我就觉得天地旋转、人转磨转、磨转人转、脑子也在转。我都不知道哪是天哪是地了，晕头晕脑，只想吐。

此刻，我紧紧地闭着眼睛问小王：“你不晕？我他娘的晕得要吐。”

小王高傲得像只刚刚压完母鸡的小公鸡，悠闲地说：“咳，咱可不晕。小的时候，我和我姐推磨碾米给全家十几口人吃，从来没花一分钱去钢磨一次。”

磨咕噜……咕噜地响，转了一圈又一圈；磨咕噜……咕噜地响，转了一圈又一圈。玉米堆在磨顶上像一坐小山，一粒一粒地慢慢从右磨眼里漏下，左磨眼里有两根或三根高粱去了粒的穗头，咕啦……咕啦地响着。堆积如山的玉米从山尖处就慢慢地落下去，玉米就一粒一粒地在磨的石槽里磨碎移动，又一点一点地从磨缝里流了出来，石磨的木盘上就显出一个小山连着一个小山，山有大有小，相互你连着我，他连着你，绕着石磨一圈又一圈，连绵起伏

这时，小王才说：“徐福，你晕得厉害？”

我说：“真的，晕得厉害。”

小王说：“我教你一个办法。你闭了眼用劲推，驴拉磨都是用布蒙了眼。你闭了眼试试，准能行。”

“日你姐，你不是在骂俺。”我说。

我爷爷说：“驴蒙了眼就不晕磨了。人和驴有什么差别？都是动物。”

其实不然，人和动物有什么区别。把驴说成人也行，把人说成驴也行。人和驴只不过是个符号而已。日你姐我就把眼闭了，管他是人是驴就跟着磨转。果然，闭了眼是好些。日他姐我就闭了眼，听着咕噜……咕噜声，数着123……一直数下去，最后终于推完五斤玉米。推完磨我就像一块烂木头一样倒在炕上，一直到天亮。

寡姐和我们分别住南炕北炕。南炕向阳，寡姐住。而班长带着我们住在北炕。南炕、北炕中间有一条胳膊宽的小走道，贴南炕边有一条细碎的红花蓝底的碎花布隔着，相互看不到对方。我们叫它是“遮丑布”。寡姐个子不算矮，有月儿圆的夜色常常能发现南炕那花布下面有一双小脚，很秀丽也很有情趣地翘翘着。有时，大脚趾弯曲，像个小鸭子头，我们就看着那个会说话的小鸭头睡觉。

张田说："夜里看到那个小鸭子头，觉就睡得香。"

班长不让大家看，也不让讲。那是一幅画，是一幅挺让人喜欢又都愿意看的画。

班长不让看，我们就偷着看。班长不知道。

农场的活很累，插稻子活更累。在家又没干过，很苦。我们老家都是山岭地，没有水田也不种水稻，种玉米、地瓜、小麦。没见有种稻子的，弯着腰，赤着红红的脚片子，踩在泥水里。一天一个人要插二三亩水田，累得晚上躺在炕上就睡，像死人一般，一直到大天亮。那时年龄小，力气也小，又是睡觉的年龄，身子又没长圆实，天掉下来碰着头也不知道。偶尔，夜里醒来能听到南炕小燕子吃奶的声音，像是给静静的夜增添了一些诗意。我们也不去想，是不是我们小的时候也和小燕子一样，也这样吧嗒吧嗒吃地奶?

有一天的早晨，东方现出一片柔和的紫红色和鱼肚白，淡淡的晨雾与清河水汽交融在一起，点缀着山，点缀着水。一会儿，圆圆的太阳偷偷地把山和水印到寡姐的窗极上，南炕就红红的一片。这时，有一个圆圆的光圈照在我的黄军被上，晃来晃去，挺刺人眼的。我顺着光线找上去，这个光圈原来是从南炕西面墙上的小圆镜折射下来的。那圆镜里有寡姐，清清楚楚。寡姐，光着上身，两个圆圆的点了红的奶子在胸前摇晃，像小时候母亲塞进我的嘴里一样柔软，一会儿那两个白奶子让寡姐的花色褂儿盖住了。

这时我的腚被人踢了一脚。

班长说："你个鳖孙还不起床？到院子里去扫地。"我穿好衣服麻溜儿地出了屋。但没忘记回头看了眼班长，现在，班长把眼睛盯在那面小圆镜子里，不停地看。我真不明白，班长踢了我一脚不让我看，可自己却把眼睛盯在镜子里。不明白。

从这天起，班长增添了几项口头不成文的规定，进房不准抬头，都要低着头走路；睡觉都要闭着眼睡，不允许睁着眼睡；扫地都要用心扫，不要东张西望。张田和小王不知道出了啥事，还以为抬头走路不是军人的走法，其实不然。

我们一路洒着汗水，秋天真的来了，收获的季节也来了。

在一个刚过秋的傍晚，太阳在清河岸边的稻田上渐渐收了它暗红的光线，稻田边的小柳树被风吹落一地绿叶。一轮红彤彤的夕阳挂在西山上，有半张脸被大山挡着，蓝天像被洗过一样，净净蓝净净蓝的，白云让西落的红霞染成粉红色，微风从山梁上吹来又让清河过滤一遍，变得又凉又爽。风吹拂着沉甸甸的金黄色稻穗，像一队队士兵一样整齐划一。

稻穗黄了，到了收获的季节了。

稻子黄时，是农场最清闲的时候，我们利用这段时间收拾一下镰刀、运输稻米的车辆，整理上场的一些关于割稻的事情。再就是到大田地里察看一下稻子熟了几成了，等等。

人一旦闲下来，夜里睡觉也就睡得晚了。

一天夜里，月儿偷偷地从一片云彩里探出半个脑袋，把月光透射到南炕上，寡姐没睡，北炕的我们也没睡。夜静，房里更静。此刻，南炕寡姐翻下身说："班长，农场里的稻子都黄了，好开镰了吧？生产队里的稻子还发青呢。"

北炕班长说："是快开镰了嫂子，场长说明天不开镰后天一准开镰。"

"收完稻子，也好松口气了。"

"唉。"

"班长，你们老家也种稻子？"

"不。种地瓜、玉米、麦子……"

"俺的老家是山东，老家也有地瓜，就因为地瓜难吃才闯了关东。地瓜是好东西，煮熟切片晒干叫'鱼干'，甜甜的黏黏的，很好吃。"寡姐翻了个身又说，班长干完活，回老家带点俺也尝尝。"

"唉。"

真像一家人两口子拉家常。夜里常常都是南炕你一句、北炕我一句。这浓浓的家长里短的话语很快把我们送入了梦香。有时一觉醒来，这样家长里短的话还没有停止。我们再度让家长里短送入梦中。习惯了便不觉得这是一种烦事，而是一种奋进的催眠曲，有了它我们会睡得更香甜，如果真没有了这些对话，反而会感到慢慢长夜空落落的，夜里睡得也不舒服。

小王害怕割稻子，谎说家里来信，说他母亲生病，让他回家看看。班长第一个不同意，我们也不同意。少一个人就少一份力量。班长说："现在正是忙时，一个萝卜一个坑，少一个就会影响班里的成绩。"班长看到小王不高兴，还说，"你母亲病了，可以通过传来的电报和医院的证明就可找场长请假。"

此刻，小王小声说："班长，我回家真的有事，一是看望老母亲；二是和我二姐商议一下，我想和俺姐说说，说说给你做媳妇。我二姐很漂亮。"

班长腾地火了，说：“胡扯！”愤愤地离去。小王站在原地差一点都要哭出声来。

农场里的活都不轻松，特别是种和收很累。但是种和收的确是两个意思，两种味道。种时寄托着希望，而收时那希望就在眼前，能看到也能摸到，有一个丰收喜悦的心情。都美滋滋的。

我们一字排开，蹲在稻田边的田埴上翘着屁股，用劲磨着一把岁月镰刀，背后是整块的稻田，淡黄色的稻浪涌来涌去，整齐划一，欢快的稻子一浪高过一浪，像合唱。它们不知道我们这些士兵将要干什么，只是微微地点了点头，做好姿势，像等待出嫁的姑娘。而我们在班长的带领下，一字拉开，像一条弯弯的长龙盘踞在田间，每个人手里都有一把镰刀与磨石较着劲……吱呀……吱呀……背都是光着，把背献给了太阳，让太阳在我们背上画美丽的图案。清河里的水也不甘寂寞地叫着，像催人奋进的战鼓，风就从河里一阵阵吹了过来，抚摸我们光滑油亮的脊背。

此刻，班长站了起来，我们也跟着班长站了起来。那裸露发达的肌肉透明发亮，上面被太阳烤出的汗水在脊梁的沟里汇成了一条河，顺流而下，下面的黄色军裤子立时被汗水浸湿了一片。

班长站起来，身体向前倾斜了一下，喉咙鼓了起来，胸部鼓得像青蛙，喊了一声：“开镰了！”声音在稻浪里与沉沉的稻子融为一体，然后，传到了清河水里激起了千层水波，一纹一纹划开，像张网。

农场不到一个连队的兵力。种和管是农场的事，收割是师部的大部队来完成。大部队还没到，大练兵还未结束，所以场长说：“庄稼熟了不等人，我们先开镰。”就这样我们先下了操。

班长是地地道道的农民，连续三代都是农民。农民不靠做工吃饭，而是靠种地糊口，他带的班，干的活都有板有眼，就连二台子村的有些老农也夸他是一把干活的老手，场长放心。

我们一干人正在挥镰虎虎用劲地割着稻子，虽然天又热活又累，但割着一把一把自己种出来的收获，脸上都挂满了笑容。这时，场长从田埴上走了过来，手里握了一把镰，另一只手里拿着一小把稻穗，穿一身洗得发白的旧军干服，不知道的人都认为他是二台村的生产队长。

场长走近班长说：“这几天要注意点，场部要提你当排长，已报师部机关了。等大部队来收稻时就能把好消息带来，到那时没有愁的事情了。”场长脸上挂着笑，显得有些兴奋。

班长两眼立刻泪汪汪的，两手掌合住，相互用劲擦了擦，沙沙的……场长蹲下，割了两把稻子站了起来，拍拍班长的肩膀点了点头，没有说话就离去。

场长的话大家都听见了，都为班长高兴。

张田说："班长提了排长，就是国家二十三级干部了，和场长一样穿四个兜兜干部服。"

班长没说话，却把眼睛盯着将要被割倒的稻子，愣了一会儿，问："谁去过北京？"

大家不解地摇了摇头。

班长说："人是命啊。当时我考的兵是去北京首都，给首长当警卫，就在政审时因我们村里有一疯汉，论起来我得叫他五爷，很远了。就因为这个我没当成首长的警卫。当时我真想不通，疯爷也不是我的亲五爷，为什么不让我去？后来想想也是，怎么说五爷是我的五爷，疯汉的孙子给首长当警卫哪能行，首长是大干部，大干部就得有个好身体。如果大干部疯了查下来，咱也不好交待。北京没去成，来当了农场兵。"

张田接话："班长去了北京当警卫，没准还提不了干部。"

大家都说："就是、就是。"

班长嘿嘿笑了笑，嘴里含着一根稻秆，眼睛又望着被割倒的一堆整整齐齐的稻子，那被镰刀割断的稻根冒出一颗颗水珠，像人的眼泪。班长想，有了好消息得马上写信给家报喜。班长的一双眼睛看了看西边那轮永久不变的太阳，太阳让一歪脖柳树挂住，碎裂得像一幅卖不出的名画。

班长朝两只大手吐了两口唾沫，狠狠地握住镰刀，弓着腰用劲割着稻子。我们和班长同样用劲割着稻子。此刻我突然想起女人，确切地说想起了小王的姐姐。想起来这事，我就用镰把子去捅小王翘起来的腚。小王的腚一晃，头回过来问："你干什么？"

我说："班长要提干部了，你二姐真跟上班长也成了随军家属了。"小王脸赤红，急忙回转头没说话，下死劲割着稻子。

晚上，寡姐听我们说班长要提干部了，高兴得一晚上都是话，说这说那，就好像她要出嫁一样。寡姐说："班长提了干部，啥都不愁了。找媳妇要找黄花姑娘。"班长没说话，只是嘿嘿地笑，两只大手没地方搁，合在一起揉得"沙沙"地响。脸却红了，心在跳个不停。

寡姐看到这，急忙岔开了话头说："都累一天了。上炕睡吧。"

我们没有睡，因为班长要提干部的消息还没有在脑子里消失，许久没有睡意。我却发现一个问题：这天夜里不见寡姐的那双漂亮的小脚了。

大部队来的那天，我们已割完100多亩稻田。

大部队到来以后，就在稻田边上支起帆布棚子，地上铺了稻草，架上大铁锅开了灶。吃了一顿白粉条、猪肉、豆腐煮大白菜，主食是一斤重的白面馍馍。大部队和农场里的战士都饱饱地吃了一顿。吃得是汗流浃背。

班长那顿饭没吃好，他从一个在师部当公务员的老乡那里听说提干部的事又泡汤了。师干部科工作人员到班长老家政审，结果班长又因死去的十几年的疯汉五爷，又没有提成干部。

这次班长真的哭了。

场长对班长说："算了，以后再说。这狗舅子政审。"

听说班长提干部的事泡汤了，我们心里也想哭。从此大家再也没有提过班长转干的事情，都狠狠地与狗舅子稻子用劲。

稻子被大部队用了不到8天割完，再用大卡车运到场里，用打稻子机把大米剥离出来，装上大卡车运往师部，大部队与农场的大米一起运走的那天，班长提干部的事和大米一样与大部队一起运走了。

大部队走后，班长似乎也有些平静。班长说："人是命，命是天给的，怎么想不通，就得认命，谁叫咱命薄如纸呢。"

夜里我们又能看到寡姐的那双小脚，伸缩在一朵小碎花的底部，一双秀脚白里透红、红里透着白。那是一双美丽的，少见的修长却又白皙的小脚，指甲放着光，甲尖柔圆而带珠泽。那天晚上，我看见班长一直盯着那双秀脚痴痴发怔。我在想，如果你也是一个男人，你一定能感受到那双脚表现的是激情，是那种狂执的感情和一种爱。

稻子收完后。农场秋忙暂告一个段落。

稻子收完少不了来一次庆功宴。农场杀了两头肥猪，把新打下来的大米煮进锅里热腾腾地冒气。我们和师部的战友喝着白酒吃着猪肉，美美地饱餐了一顿，每人喝了三碗酒，吃了三碗香喷喷的米饭。清河岸边只听到碗筷声雨点似地响，虽然大家不言语，也是一顿很热闹的晚餐。

大米让师部的大卡车拉走，班长也病倒了，也是累倒的。活干完了，人像皮球一样，走净了气就倒了。班长在寡姐的北炕上躺了约一个星期。那几天班长都由寡姐照顾，寡姐索性不让俺给班长到食堂打饭了，而她承担起给班长做病号饭的任务。寡姐手巧，做得一手好吃的手擀面，再加上两个荷包蛋，的确好吃。每当我们闻到寡姐做的手擀面的香味都非常陶醉。我和小王说："班长真有口福，能吃上寡姐的手擀面，什么时候咱也病病就能吃上寡姐的手擀面了。"这话却让正在做饭的寡姐听到了，她说："徐兄弟，你病了我也做面给你吃。"

我和小王就笑。寡姐就和我们说，“你们的班长，一是秋收累病的，二是心里有病。”我们都知道班长因为没提成干部心里非常委屈。也是，如果班长今年提不成干部就要复员转业到老家去了。你说班长能不生病吗？想想班长也够苦的，一是没当成警卫兵，干部又没提成，媳妇又找不到。

但是，班长的病很快在寡姐的精心照料下康复了。

那个冬天特别冷，清河的水都让冰封了，冰的厚度能跑马能过汽车，我们都到冰上去游玩。这样的冷天一直持续了近半个月，在一个没有太阳的天气里，北风呼啸，团团的雪花飞舞着从天而降，像撕破了的棉絮一样在空中飞舞。那场雪时大时小、时快时慢下地了三天三夜。

好大的雪啊！山川、清河、村庄、树木和房屋全都笼罩在一层白茫茫的厚厚的雪里，极目远眺，江山万里，大地变成一个粉妆玉砌的世界。看近处，那些落光了叶子的树木上，挂满了毛茸茸，亮晶晶的银条儿，而那些春夏秋冬常青的松树、柏树上，则挂满了蓬松松沉甸甸的雪珠儿，一阵风吹来，树木轻轻地摇晃着，那美丽的银条儿就簌簌落落地抖落下来，玉屑似的雪珠儿，随风飘扬，在清晨的阳光下，幻映出一道五光十色的彩虹。

这场雪下过之后，天气再也没有转暖，雪也长时间没有融化，在天地间就那么白白地、厚厚地覆盖着，大地变成一个白雪茫茫的世界。就在这样一个雪白的冷天气里，一年一度的老兵退役工作开始了，农场各个排和班都在屋子里守着火红的炉子搞起了老兵退役工作。今年农场一共要退伍的老兵有17人。老兵退伍每年都要搞一次，俗话说“铁打的营盘，流水的兵”，每年都有一次老兵退伍是属于正常的部队工作。但今年退伍工作的确让人有一种说不出来的感觉，那种感觉说不清，但心里总是酸溜溜的……

记得有天的晚上，场长在退伍工作会上宣读退伍老兵的名单时，灯光很暗，一只不足四十瓦的灯泡在头顶上发出暗淡的光，让从窗外刮进来的风吹得晃来晃去。场长说：“老兵退伍工作一年一次，今年又到了。今年有17名老兵光荣的退出现役，他们是于伟全、张支柱……”下面的名字我一个也没有听清楚。因为班长就是张支柱。班长今年要退伍转业了，大家的心情就像窗外的天气一样冷，都为班长感到痛惜。我注意到场长读到班长的名字时脸上抽动了一下，眼眶湿润像是流了泪一样。

班长是在一个早晨离开农场的，那天的太阳刚从雪地里钻出地面，身上还沾满了一层白雪。班长一个手提着一个旅行包，里面盛着几件旧军装，就那么在雪地里迎着沾满白雪的太阳走向即将离去的汽车。当时不知道是天上正在下雪，还是地上的积雪让风吹起来，反正天上飘着纷纷扬扬的雪花。那天班长和谁也没说要走，就我一个人去送的班长。我和班长走出农场和村庄。

班长对我说了一句话："好好复习、一定要考军校。"

班长再没说什么就坐上车走了。我看着班长坐的车渐渐走远，我抬起手擦掉脸上的泪，掉头向回走，突然，我看见远处有一个红点点，那红点和雪白的雪是那么的显眼。我的心一亮。

那是谁？我想，那一定是一个和班长关系有密切的人。当时，我并没有去猜究竟是谁。

记得前一天的下午，天气特别冷，班长从外面回来，脸被冻成紫红色，嘴里呼出股股寒冷的雾气。房子里没有别人，其他战友都在场部，给今年退伍的老兵整理行李，有的与老兵叙旧，有的与老兵打扑克，还有的和老兵一起到清河边看最后一眼清河封冻的景色。房子里只有我在家看书、复习。南炕上小燕子正在熟睡。而寡姐在纳一双布鞋底，吱啦吱啦，一针一针扎来扎去。那情那景仿佛把我领回母亲身边一样，听着母亲这么一针一针扎布鞋底，我像吃着一粒粒大米一样学书上的字，解书上的一道道难题。

此刻，班长从外面进来，寡姐很快抬起她的一双眼睛迎向班长，他们相互凝视，彼此传达着信任和安慰……两双眼睛撞在一起，既脉脉含情，同时又荡人心魄。连续碰在一起的目光让窗口的阳光折射出淡淡的琥珀色，像晨光中的鹿。

此前，我从来没有发现他们俩用这种目光接触过，的确，这一种含情脉脉的凝视与众不同。

班长看了看我，只说了一句："好好复习，考军校。"

冬天过去后，我们农场宿舍也盖了起来。场长选了一个黄道吉日，让我们都从老乡家搬了出来，搬到新的宿舍里。

在搬家的当天，老乡家还为我们分别举行了一次告别小酒会，这为我们大家留下一份回忆和纪念，尽管班长不在，我们的小酒会也开得不错。寡姐把我们带去的鱼和肉做成菜分别盛在盘子里，她的手艺还真不错，每样菜都很有特点。寡姐还给我们煮了一份东北大酸菜，里面有肥猪肉，有粉条，加上酸白菜，炖得烂乎乎的可好吃。我们都喝了酒，喝的酒是东北老白干，寡姐也喝酒，那天她喝得挺多。

餐前，我们想起了班长，给班长倒了满满的一杯白酒放在那里，那杯白酒一直陪着我们直到酒会散去，最后由寡姐把班长的那杯酒喝了。她说："遗憾的是班长没有参加这次小酒会。祝愿班长过得比我好。"

我们搬到新的住处，就很少到寡姐家去了，有一次在街上遇上寡姐，她问我有没有班长的信。我告诉她这几天没有收到班长的信。寡姐说了一句"过去玩吧。"就走远了。

冬季白天短，夜晚长。我的复习就在这样的土壤里滋生漫长，夜里开夜车，一开一个一两点，复习得也很用功，效果也最佳。这段时间，我把高中的所有课程都复习了一遍，有了一个基本的认识。之后我从师部组织科一个老乡那里找到了一套高考复习提纲，从头到尾地做了数十遍，心里就有了底。我想今年考军校一定有戏。如果不再出现别的差错，我一定能从一个士兵变成一名军校的学员。我有90%的把握，那10%就要看农场有没有考军校的名额了。目前，农场里还没有发现一个复习考军校的战士。这样一来，我的把握就更多一点。我有这种想法后，心里的底气更足了。

心里有了底我就又想到班长，想到班长对我说的那句话：要好好复习，考军校。

是的，我是一个农村孩子。对于一个农村孩子报考军校是一个多么大的愿望。农村孩子唯独有两条路可走：一条路考学，而另一条就是当兵。目前，就我的家庭而言，考军校是我唯一的出路。班长的愿望是留队在部队继续干，找媳妇。而我呢？我和班长一样，考军校也是为了找媳妇。我家和班长家一样穷，也有光棍儿。我兄弟三人，老大小的时候发烧落下大脑炎后遗症，身体有点残疾，至今没有一个女人愿嫁给他，二哥还不错，娶了一个媳妇，光彩礼就用去了全家十年的积蓄，才算把媳妇迎到家。父亲母亲还有大哥都脱了一层皮。那几年全家吃的是上顿地瓜下顿还是地瓜。就在那时我的胃才落下一个吐酸水的毛病。当时我正处在一个长身体的时期，又正处在一个复习考大学的冲刺阶段。我在学校里学习成绩一路攀升，老师说，全班有五个能考上大学的，其中有一个就是我。老师对我寄予了厚望，说我今年一定能考上大学。这事全村人都知道。我一度成了村里许多学生家长教育孩子的样板。吃饭时就叮嘱上学的孩子说，你看看人家谁谁，学习多么好，今年就考上大学了。大学毕业那是国家干部。你要向人家学习。

考大学的事传出去，三村六庄的媒婆婆听说后，都到家来说媒提亲。那一阵子我的确给家里带来了荣耀。家中的情况也有了一些质的变化。有一天，我二嫂的父亲来走亲家，和我父亲商议要把他家的三闺女许给我。父亲一听把头摇得像个货郎鼓似的，没有同意："不行，不行，俺孩儿是一个大学生。"那话的意思是，大学生是国家干部，娶一个乡下的姑娘哪能成。为此，二嫂家的父亲狠劲地猛吸了几口烟，又狠劲猛吐了出来说："那我再加一个条件，就把家中的二闺女许给你家老大。这么成不？"

这个条件我父亲听了后咧开满嘴黑黄的牙齿笑了，像得了天大便宜，满嘴都是"中、中。"是的，天下的父母都一样，谁不希望自己的孩子个个都诚实。这件事全家人都同意。我也觉得是件好事。因为我的学习给家里带来了荣誉感。农村的孩子想的事情比较简单，父亲、大哥对我可好了。然而，那一年我没有考中大学，我没有考中后，二嫂家的父亲就把许给媳妇的话收了回去。至今大哥还在打光棍儿。

这是一段难以忘记的事。

冬天过去，春天来了。农场已有了些春意，厚厚的积雪融化了，清河的冰也开始融化了，荡漾在杨柳枝头的嫩牙开始发青，清晨能听到飞来的莺声；下过几阵细雨，农场的荒坪又给涂上一层淡绿的颜色。

就在一个春意浓浓的上午，我收到了一封来自河南安阳的信，是班长给我写来的。班长说，他在家里很好，今年村里让他进了村委会，估计明年就让他当村长。尽管村子穷，但是他有决心带领村民富起来。现在政策好了，中央有政策要让一部分人先富起来，他想把在部队学到的插稻技术用于村民致富，要在村上种植水稻，因为家乡有便利的水资源条件。他还说，要我好好复习，报考安阳陆军学校。我考上安阳陆军学校可以顺便到他家里玩。看了班长的信我心里替班长高兴，我想把这信的内容告诉寡姐。当我兴冲冲跑到寡姐家时，有人告诉我，寡姐开春就出远门了。再问就不知道寡姐去哪儿了。

那一年高考我如愿以偿，安阳陆军学校录取了我。

我先是回了一趟老家。老家也有些变化，生产队没有了，取而代之的包产到户。家家也住上了新房。大哥年底也要和一个带着两岁小女孩的女人结婚。村里听说我考上了军校，都替二嫂的父亲后悔，说那亲家看走了眼。老师说的话还有假？父亲特别高兴，带着我在村子里转了一圈又一圈，又买来鸡鸭鱼肉摆上酒席，请来左邻右舍的村人吃喝。我在家小住了几日就告别了父母去安阳军校报到。

在报到的途中我去了班长家一趟。

在一个秋日的下午，我来到了班长住的村子里。一个陌生的村子，坑坑洼洼的街道上除了鸡屎猪粪外，偶尔能见到一两个脏兮兮的小孩在玩耍。大人们都到地里干活去了，午后的阳光将我的影子映到地上，一前一后慢悠悠地走着。我和影子就这样慢慢悠悠地在街上走，眼光在打量着这个陌生的村庄和这些黄泥土房，这里大多数人家住的都是用黄泥垒就的土房。我在想，哪一个黄泥房是班长家？街上没有一个可以问的大人。我正想找人问问，突然从一家黄泥房里跑出来一个小女孩，像一只小燕子一样，飞飞点点迎着我跑来，一边跑一边喊着叔叔，跑到跟前我愣了，这不是寡姐家的小燕子嘛。我急忙问：“燕子你是怎么到这里来的？你妈妈呢？”

燕子说：“爸爸、妈妈在水田里割稻子。”

野窝沟三人物

村志记载：庆元四年，饶洲盛夏三四月不下雨，村民家中的水车都挂在墙上，父老们指望秋后天可以下雨，但八月又连遭地火灾难；九月又遭霜打，一年收获无望。要求官府减免田税，当时法律上没有这项规定，不但不减免田税，还变本加厉收租，农民怨声载道。一些村民因此揭竿而起、割地、占山为王，匪徒满地，民风不正，当朝皇帝下了一道圣旨“宁息”，砍杀一些人，后在路上放宝，试探民风，然而，放下的宝不到一会儿就丢失，故继续杀，直杀到宝不丢失为止。祖是饶洲一带的大户，携带家眷骑马顺北而下，一直走了三年零两个月到此地，发现马蹄沾了一层黑土，油亮油亮。祖说日怪。观察了日出日落，暮转天河，看了天相和地理，说：“此地日后必出帝王将相。”

故安营扎寨，立占地帖子，定名为野窝沟。

白头翁

村挂在山坡上，像一块素花布一样飘在那里悠悠荡荡，似乎有几只小兔子在下面蹿动，这就是野窝沟。村尽管小，也有几户人家。南北有条石街，街中央有棵槐树，搂抱粗，树身弯曲几乎到地，头仍然朝天仰去，夏天村民就在树荫下乘凉说古，槐枝奏出的声响酷似古筝嗡嗡一圈一圈，北风把声音送到各家各户，为村民奏着睡眠曲。

村中间有一条小河，常年流水，雨季来T，沟里的流水浑浊一片，匆匆来匆匆去，一眼望去流水似淘气的顽童蹦跳欢呼一路小曲向下游流去。雨季过去，流水似老奶奶的扎脚带子，窄长，深绿，野窝沟的村民都喝这水，水酸甜可口，正在家吃着饭，跳到河里咕咕喝下一肚子流水，再回饭桌上吃米饭，过后肚子不会痛。

野窝沟有两座岭，一座阳岭，一座阴岭。阳岭座落在村前，阴岭立在村后，阴阳二界前后。不知道什么年代，村民代代相传延续一个不成文的习惯，女人怀了孕，都到阳岭上走一趟，想为肚子里的孩子得一些灵气。生下的孩子不管是男是女都不会生病，似碌磃般硬实。这个古老的遗风一直延续到现在。

一年，村民张二的媳妇过门三年没开怀，男人骂她是骡子一辈人。不想在第四年上，挺着山峰般的肚子去阳岭得灵气。她从东到西走了一趟，回到家反而流产了。张二媳妇哭得死去活来，怨张二不该让她到阳岭去。张二找徐半仙摸了摸说："你女人踩了圣人葬土，小命镇不住大富大贵早产了。"说得村民惊慌不安。

事后，村人到阳岭寻看，发现岭峰顶冒出两只牛角，掘地深寻，见一石牛探出，张着大嘴。村人愚顽未化，找村祖白头翁问个究竟，白头翁到岭峰上看了看说，两千年一转，唐朝末宋朝源，这东西在海底，当时，杨家是大户人家，雇人寻找葬地，从江南到江北，直到辽东湾，却无人到海底把骨灰葬于牛嘴。后寻一赵姓人能在水下七天七夜，此人心滑，把自家祖骨磨成面，加面做成食饼携带。杨家问他：带这干甚？他说以备吃用。那人潜到水下，见一石牛张着嘴，龇牙咧嘴吃人一般，那人急把饼填到牛嘴，牛嘴闭合。却把杨家骨灰挂在牛角上。后来杨家出武将，赵家出帝王，看来咱这村要出帝王之人。

白头翁一番话把村人要做帝王的幻想调动起来，皆疯一般地到村后阴岭上掘挖祖坟，寻找祖骨，化烧后填到牛嘴中。然而，第一天把祖骨填进牛嘴，第二天那牛嘴终没闭合，村民仍然兴致勃勃，劲头没有退弱，个个争先恐后，继续掘坟，以求后人成帝成王，一时把整个阴岭挖得七处生烟，丿I处空洼，积土成堆，过后村民没有求到什么富贵善地，且把阴岭平整一下，来年种上玉米、麦子，那年庄稼长势喜人。

野窝沟的村民不甘心自己和后代不是帝王，心里老是不服，家中的老人老了焚烧后仍然送到牛嘴里，第二天牛嘴仍然未闭合，骨灰吐出，这家人又没得到富贵。但是，富贵迷了心窍的野窝沟人总不甘心落后，在忐忑不安的期待中生活，几十年下来，凡是在牛嘴葬过祖骨的村民生下的后代都黄干条瘦，不壮实，不好养，或大或小或生下几个月夭折。这是小命敌不住大福，让命给克的。村人就是在这期待煎熬的日子里生活。但牛嘴尚未闭合，希望总是有的，说不定谁家出个人物，村民们的心一急，开始在六十岁的老人身上打主意。俗语说：60岁活该死。这么一想，野窝沟从此有了虐待老人辱骂老人之风。"你这个老不死的"从一些村人的嘴里时不时说到那些60岁的老人的面上，这是轻的，重的也有，王三的父亲刚到60岁，还没举行60大寿，就让王三一砖头砸死在炕前，没来得及把骨灰葬于牛嘴，就双手戴上金镯子。

牛穴的力量太大，它把罪证隐藏了几千年，它喜欢暧昧，不愿露出它的企图，此时暴露了，没有给野窝沟人带来什么福贵，反而带来难预料的灾难。它能煽起所有野窝沟人的欲望，它能吞没祖骨又向天空舒出一口满足的叹息。野窝沟人一直处在浪漫的幻想和现实的灾难之间。但是他们永远不明白，也弄不清楚，只相信把祖骨葬于牛嘴，万一遇到幸运的事，就能得到福贵。

这一年，三四月仅下了一场雨，天气干旱，庄稼都干枯死。村民求雨不得，庄稼活自然少了，古槐树底下白天黑夜里人聚成堆说闲话，以消磨时间。闲话就是从古槐树底下传出来的，说牛嘴福地始终未闭合是等白头翁的遗骨，话传遍全村就仿佛变成了现实。白头翁有一个儿子45岁得了一子，名叫大龙，长得很结实，个子高大，走在石街上从后看像个人物。没想到大龙的父亲就是白头翁的儿子，因在山上采石头一炮给炸飞上天。白头翁白发人送黑发人，心里也很难过，孙子还小，初中刚毕业，干不了大活，一家人还指望白头翁支撑着这个家。儿子死后，白头翁一直与儿媳子过还算凑合，比上不足比下有余，在村里算偏上等户。白头翁住在东间，儿媳妇和孙子住西间，夜里睡觉尿盆搁在正房，老少同用，撒夜尿的音响发出不同的节奏。这样的日子，一直过得很好，没什么不对劲，自古槐树底传出那话后，儿媳妇常常找事为难白头翁，说白头翁夜间撒尿哗哗噎喳似滴水穿石般难听，话后还加上一句，说那声响分明是挑逗。白头翁在村里是有声望的人，听不得这些扯谈，就和儿媳妇分家另过。儿媳妇给白头翁一个碗，一双筷子，几碗米、几碗面，就这样各人顾各人。

白头翁失去热饭和热炕，日子难过，便喂了条母狗，人老狗老，以狗为伴也落下个快乐。狗在哪里人就在哪里，见狗便见人，白头翁威望不减当年。有些不知深浅的小娃崽便抓起石头打狗，打狗如打人。白头翁便说："该改换朝代了，现在的人连狗都敢打，忘本了。"白头翁问打狗的小娃崽："你吃的白面馍馍是谁给的？"小娃崽说："地里长的。"白头翁说："是地里长的，那是当年狗给咱们要下来的，开天辟地那阵子，麦子是一个叶一个麦穗，麦子收得吃不了，堆成山都烙成锅盔给小娃崽们坐，小娃崽把屎尿拉在锅盔上，下来查访的天神给看到了，一气之下便一把从麦根搂到梢，这时，狗到天神旁仰脸乞求说：留个麦穗我便喝点刷锅水。天神看在狗的份上，才留下一个麦穗"。白头翁说完看看狗说："狗是不能打的。"于是，人听了便爱惜狗，狗听了更加体贴主人。夜间狗给白头翁焐被窝，夏天狗给白头翁舔汗珠，煮一锅饭，狗一瓢人一碗，一人一狗相依为命。白头翁尽管年龄不上卦了，但身子骨仍然硬实。

白头翁的儿媳妇看在眼里急在心里，一棋不行，又想一招。

记得那个深夜，整个天空繁星闪烁像是一张画，寥寥几朵白云，一轮满月像玉盘一样在蓝色天幕里慢慢地移动，把它清静的月色洒在人间，夜很静，村民拴上门进入了梦乡。这天夜里唯独白头翁的儿媳妇没睡，在灯底下想事，想那牛嘴，她弄不清楚，地上怎么就长出那个怪物，那东西就是福地？为什么全村人疯了般地寻祖骨填到牛嘴，至今也没弄出个里表？村人传言说那牛嘴未闭是等白头翁，这种说法不是没有道理，因为白头翁迟迟不死就证明这个传言是正确的。这年头谁不想好事是假的，谁不想自己的孩子成龙成凤？为了孩子她什么都能干。她想她要做一件事，于是她想这么……这么……想好一个人不知天不知的计划。心里很是满意地熄灯睡觉。灯熄后，房里一片漆黑，她起来看了看天，寻找天上的月亮。突然她听到门环儿嗒嗒地乱响，像有人在碰她的门环，她听了一会儿，便把被子拉上捂住头睡去，她从不知道怕字怎么写，从不知道怕是个什么东西，不知不觉地进入梦乡，香甜地睡着了，进入梦中的天地。

一日，白头翁与狗在古槐树底下乘凉，从东来了一个算命先生，走到跟前说了句话：“二月当头二，是你危难期，肉鼠救你命，你再能活三十。”白头翁解不开想问，算命先生已走远了。于是心中不乐，便早早回家闩门，没吃饭睡下了。

第二天，是二月二龙抬头，这个日子是皇帝下地与黎庶同耕，后来人们把这个日子作为一个节日保留下来，家家户户吃饺子。白头翁的儿媳妇选了这个黄道吉日包了水饺，让儿子送给白头翁吃，水饺面白皮薄小巧，个个赛元宝。白头翁若干日子没吃这么好的水饺了，心里格外高兴，送走孙子，他要好好地享用。此刻，暖日下的母狗从窝里蹿出朝天喊叫，发出一声声嘶哑的吼叫声，白头翁拿上筷子端着那碗水饺，走出来见天上的太阳像一把火伞撑在半天，白头翁看了看狗，见狗咬着他的裤脚，白头翁摸了摸狗头说：“你这孽障也想吃个水饺？”便扔一个水饺给狗，狗闻了闻复又回到原处仍然喊叫，这时，从墙洞里跑出一只灰鼠把饺子一口吞下，没走上几步灰鼠吐血而死。

白头翁愣了，没承想就在这时，从天的西边冒出一块黑云，形状奇特，面目可憎，飘飘荡荡，像一片叶子在空中兜了几圈，狗便朝那云吼叫，疯了一般。霎时，天炸一雷，天地之间变成黑团，这时风就来了，一阵紧似一阵，云借风，风借云，豆大的雨从天而降，还带着一股热气，又是一炸雷，声音很近像在身边，雨借雷声，雨就下了，如瀑布汇集在一起冲落崩塌下来，顷刻，雨过天晴，太阳复出，村里有人来说：“你儿媳妇让雷给劈了。”白头翁看看天又看了看碗里的水饺说了一句：“天宁息了。”

自从白头翁儿媳妇让雷劈死后，白头翁老多了，黑黑的胡须几天就变成银白色，腰也见弯了，没有以前那幅古铜色的脸孔了，没有一双亮光闪闪的眼睛了，下巴上也没有飘拂的黑色胡须了，也没有了高高的个子，宽宽的肩膀。从前那种说话像洪钟一样的响亮和走起路来地皮都踏得忽闪忽闪的劲头，在那一夜之间从他身上消失得无影无踪。村人很少再看到一个老人和一条老狗在古槐树下乘凉的景致，这道风景随着老人的变化消失了。尽管灾祸没有临到他的头上，但老人的精神受到了严重打击，白头翁没想到，天下还有这等事。

没有人了，没有人了。

尽管白头翁变化挺大，但到太阳染红山梁时，村民还能见到白头翁带着老狗走出院门，人蹒跚，狗也蹒跚，向阳岭走去，在阳岭上缓缓移动着，被夕阳遗下长长的两道黑影。在阳岭割草的娃崽们冲白头翁喊："白头翁，你的老狗跟不上你了。"白头翁像没听见，依然缓缓地蹒跚着，走到牛嘴边，坐在一块石头上与狗讲话："你这通灵物，告诉我牛嘴未闭是什么？"狗便围着白头翁转圈。白头翁忙说："不问了不问了。"狗便止住哼声，这时白头翁站起来，从怀里抖抖索索摸出一块馍馍，搁在掌心里喂老狗，老狗喘着粗气舔着馍馍艰难地嚼着。

一整个夏天不见雨，夜里连一滴露水没有，村民见庄稼旱得差不多能点着火，小河水也不流了，泥土也裂成乌龟壳似的，田地里就像开了无数的小沟，年轻人跑来问白头翁，这年景是怎么了？怎么老不下雨？白头翁看看年轻人，就摇头，年轻人见白头翁无话只好摇摆着头说："白头翁也老了。"

白头翁仍然每天到阳岭上去，坐在牛嘴边上和老狗拉话，喂老狗馍馍，日子长了见老狗的毛也油光了，色也好看了，尽管一个多月没有下雨可牛穴的周边湿润，踩一脚，还能沾在鞋上一些泥土，白头翁念念自语，"百岁人生草上霜，无端忘觊作君王，"人还有不想好事的？

主人在前，狗跟在后面，下了岭，二者同在路上向回荡，狗的鼻子碰着主人衣服的下摆，犹如粘在上面，几乎每走一步好像老在说：咱们老啦，读不懂那牛穴了。

然而，这天夜里，白头翁突然在古槐树底下告诉村民那牛穴是眼水井。

叶亡

凡有人群的地方，其中总会有一个是常常被人开玩笑的，大家置喙投手，总以他取乐，逞着人的劣根。野窝沟也有其人，他叫叶亡。自小父母双亡，孑然一身，自然进不得学堂，斗大字识不得几个，一晃年龄滚到讨老婆的杠上，却仍用袖口抹鼻水，袖口便如蹭刀布一般光亮可鉴。村人皆摇头怅叹，有人捉弄逗他："叶亡，给你讨房媳妇搁在家里？"叶亡的一双眼便丝丝放亮说："俺不要，媳子不好侍弄。"其实没有一个村姑愿意嫁给他做老婆，都拿他开心。

据白头翁说，叶亡的父亲盖房时没伺候好瓦匠。那时家家都穷。叶亡的父亲在起工时在饭桌上的酒里掺了三分之二的水。瓦匠一气之下便起了黑心，神不知鬼不觉地在盖好的房里下了镇物，没想到镇物那么重，新房盖起后不久，叶亡的父亲得了急病死了，叶亡命大没有让镇物克死。到底是什么样的镇物，下到什么地方，连白头翁也不知道。

叶亡住着下过镇物的两间小房。他不喜欢串门，更不喜欢到古槐树底下凑堆。他喜欢看画，看墙上贴的画，一看一天，有时连饭也顾不上吃，只得嚼红薯干充饥。起先他看的是一张叫小芹出嫁的画，画上是一个女人穿着嫁妆，盖头半掩半露，真是沉鱼落雁之容，闭月羞花之貌。叶亡看着看着就像飘到九霄云外去了。这张画是叶亡用10元钱从一个画匠那里买来的。画匠说："这张画拿回家看吧，百看不待烦的。你诚心的话，很有可能像神话一样，画上的媳妇真能从画上走下来给你做饭、洗衣、陪你睡觉，这就看你的造化了。"一席话说得叶亡心里乐滋滋的，一路小跑回家，用白面加水煮糨糊小心翼翼地把画贴在墙上。叶亡想不到画匠说的真灵，怎么看画上的美人怎么都好看，起先他不敢想画上的美人下来给自己做媳妇，因为这个家又破又脏，能保住画上的人不走，也就心满意足了。白天看完画夜里老做梦，那梦真美，画上媳妇真的走下来开始给叶亡收拾房子，然后淘米做饭，那藕一样的胳臂戴着一只玉镯子。叶亡第二天梦醒后仍然记忆犹新。又在画边看了一个时辰，美人左手上真戴一只玉镯子。

村人知道叶亡喜欢看画上的美人，都说他想媳妇都成神经病了。叶亡不以为然。整日背着个粪筐，颠颠地于村内村外捡粪往地里送。叶亡种了一亩半地，庄稼长得很好，一点化肥不用，全是土杂肥，一亩麦子，半亩花生就足够叶亡吃的。光棍儿筷子夹骨头，吃饱了全家不饿。鱼肉很少吃，也没钱吃。常年素食淡饭，也把身子养得壮壮的，年关是他最忙的时候，他是东集赶了西集也赶，在画市上转来转去，寻找那个卖画的画匠，看看今年又有什么好画，但转了几个集也没寻到画匠的影子。尽管没找到画匠，叶亡发现画市上多了一些更漂亮的画，一沓是十二张，十二个水灵灵的姑娘咧开嘴朝他笑。叶亡就买了一沓回到家。把十二张分开一张一张贴在墙上，叶亡贴画时按照先后次序，第一张画是画匠告诉他叫小芹出嫁，刚买来的这沓画，卖画的人告诉他叫挂历，叶亡就用这个名字，起了挂一挂二挂三挂四挂五排列下来。整整贴了一房子，这么一贴房子里也亮堂了，像个新房，没承想叶亡看了几天草鸡了，夜里做梦满屋子是水灵灵的姑娘，有卖弄风情的，有容颜美丽的，有故作媚态的，有搔首弄姿的，有花言巧语的，有倚门卖笑的等等，把叶亡忙得上下蹿跳，一夜累得上气不接下气，疲惫不堪；唯独小芹体贴如初，做饭、洗碗、收拾房子，洗衣服。叶亡看到小芹那样对待自己，心里感到很对不住她。不几天，挂一挂二挂三等等都让叶亡取下来放在木柜里，嘎嘣一把大锁把这些卖弄风情的东西锁进柜里。

叶亡从此只喜欢看小芹出嫁这张。

这一天，似乎是小芹把叶亡牵到古槐树底下，一堆人听白头翁说古论今。

村里人都不清楚白头翁的岁数。白头翁前年说99岁了，去年又说99岁T，一年一年都说99岁。到底多大岁数，村里人也不知道。只见白头翁身子骨仍然那么硬实，常看到他还能拿根棍在田地里打猪呢。

白头翁又在说他年轻时的事，说他20岁那年得了一场大病。躺在炕上闭着眼不沾米水，只有心口窝一口气咕噜咕噜动，家里人都给他准备好衣服了，等断了那口气就下葬。直到十二天白头翁又醒转过来生气地说："我回家时，二叔在南场吃饭，我走了很长的路又饿又渴，向二叔要口饭吃，二叔愣是不给，气得我抓了一把土扬在他的碗里。"正说着，二叔从南场回来就嚷嚷："真倒霉，正吃着饭，来了一阵旋风，旋了一碗土，连饭也没吃成。"说完问："娃还没死？"

白头翁对村民说："那次叫魂的人是叫错了，阎王爷把叫魂的训了一顿，训斥道：'滚回去，狗不吃的东西，到这里来抖搂什么'？"

白头翁在古槐树底下论古，没有一个人敢插话打岔，这已成为野窝沟村人的一个不成文的村规民约了。古槐树和白头翁是村里辈份最古老的生命，年龄最大，知道的事也多，况且宗族里又是辈份最老，德高望重，就连村干部也让他三分。一般谁家两口子打架，听到白头翁的脚步声，吵吵声就消失了。这可是一个村风。村民都觉着这个村风不错，就得留下来。白头翁还在那里讲过蛇山、狗山的景致，年轻人听了害怕，觉着听了白头翁的话，都不敢做坏事，都行善积德。因此，村里人们相处得合缘，尊老爱幼，路不拾遗，夜不闭户……

这时，从巷口里走出三四个说话的姑娘，为首的一个让叶亡觉着很面熟，别人告诉叶亡那是张寡妇的闺女阿芹。叶亡回家后看墙上的小芹出嫁，怎么看都像寡妇家的小芹。据说阿芹有一个心爱的东西，是一本书。那本书是阿芹初中当兵的男同学专门从北京寄给她的。阿芹爱不释手，天天拿出来看。有时约几个相好的女伴们看。女伴不敢看，说怪羞人的，就用手捂住眼睛。她们也羡慕阿芹，羡慕她心不跳，脸不红地翻动书页，边翻书边说道："这件衣服真漂亮，等俺娘卖了鸡蛋，我也做件这样的衣裳穿在身上。"

有一天，阿芹真的穿上一件新衣裳，那打扮像书上的女人一样，走在大街上，走在集市上，一街人一集人都看呆了。那时野窝沟还是旧观念，仍然是男耕女织，男人下地干活，而女人是给男人生孩子做饭。阿芹奇装异服地出现，引起村民阵阵骚动，有的臊得满脸通红，有的把眼睛用手捂住，但细心的人发现，那眼睛从手缝间探了出来还要看阿芹。有的索性气得骂街，小声斥责。其实阿芹不过穿了一条裙子。

叶亡觉得画上的小芹像阿芹一样漂亮。于是夜里叶亡的梦里就有了阿芹。梦中的阿芹不像村民说的那样，又温柔又体贴，像一个称职的家中村妇。和叶亡一起下地干活、一起吃饭、一起睡觉，天亮了阿芹就回到画上。叶亡自从有了这样的梦，后来他期待夜晚的时光能够变得更长，恨不得让太阳掉进西山让大山压住……

阿芹的事不知是不是叶亡自己说漏了嘴，反正话是从古槐树底下传出来的。传言是这样的：”寡妇家的阿芹，夜里跑到叶亡家和叶亡睡觉，每晚都去，有人还听到唧唧哼哼的叫声，不是干那事是干啥？“有人打岔：”你也能说出口。“又有人说："有什么说不得，女人贪男人那一根，谁不知道？坏竹哪能生出好笋？"还有的人说寡妇要招叶亡做上门女婿。还说阿芹的奶子鼓鼓的没几天就把衣服充出一个大包包。肚子也越来越大了……

村里人都觉得这事新鲜、够刺激，把这事作为夜里与女人干那事的前奏曲。村里人都很慷慨、大方、添油加醋，走在街上把耳朵扯得老长，探听今天又有什么新鲜事，尔后通过舌尖子把话放大说圆。

尽管传言是叶亡和阿芹的事，但叶亡还是叶亡，依旧爱看墙上的画，依旧夜里做梦，他巴望村民的话能够变成真的，果真是那样，自己就不外出捡粪了，他想。

然而传言可把阿芹坑苦了，有的人都把唾沫吐到她的脸上。七嘴八舌，闲言碎语像被捅破马蜂窝一样，追赶着阿芹。自此阿芹坏了名声。阿芹走到哪里，哪里就有人在前面或在后面指指点点。阿芹只知道哭，窝在家中哭。寡妇眼看阿芹这几天不吃不喝只知道哭，就过来安慰阿芹。

阿芹就狠狠心把被子蒙到头上。

其实寡妇知道，有人要把阿芹说给书记的儿子，阿芹不同意。寡妇也知道阿芹的事也是跟自己寡妇的名声有关。一个寡妇带一个孩子，还是一个女孩子，都能成为村民口舌中的素材，添油加醋编排话欺负人。这可苦了阿芹这孩子。

阿芹想到那个结局。她望着井水，感觉那水一定软软的、凉凉的，躺在里边好舒服。村子里有两口井，一口在河沟的上游，一口在河沟的下游。阿芹从小就在这井台上边玩耍，用黄泥做小狗小猫，做漂亮的小泥人。长大了就天天来这里挑水、洗菜、洗衣服。阿芹呆呆地看着看着，就走了。

阿芹上了阳岭。

阿芹坐到一块石头上。石头平面刻着“五道”格子，小时候常和白头翁老爷爷下“五道”棋，却总是输。后来长大了就不玩了。石头的旁边有一棵槐树，听白头翁说，那槐树是父亲栽的，现在也有三拃粗了，树的身子向西南方向弯弯的倒去，老让人感觉像是倒下又像是永远的倒不下的样子。阿芹想：父亲这是为自己的女儿栽下的？阿芹就把一条红布带拴在上面。然而，这时见白头翁从岭上领着狗走上来，嘴里喊了一声：“哎呀！哎呀！那是谁家的猪在地里哄麦子？快回家，再不回家我用石头打你……”阿芹听到白头翁的喊声，又把红布带从小槐树上抽了下来，从阳岭的西北走回家。

这天夜里阿芹坐在炕上，久久地望着墙上那盏昏黄的油灯，思前想后，哭了一阵想了一阵，闲言碎语前堵后截，欲进不能，欲退不能，除了死，再没有她走的路了，也没有获得新生的希望，鸡叫头一遍的时候，阿芹熄了那盏油灯。

天灰蒙蒙的，山野里黑黑的一片。

可怪，三月三的早晨好似冬天一样，村西头的三角湾竟结了一层薄薄的冰，村里的老人小孩一时间拥到这里看冰景。白头翁说：“今年好年景，三月三冰封湾，不愁吃穿，还搬块金砖。这是一个好兆头。”白头翁说完，只见那薄冰好像有热水浇在冰面上一样，瞬间冰消雾散，水面上冒出一股股水雾，咕噜噜直冒水泡。随后一缕黑发漂在上面，黑发不动，像是湾水里长出的水草。有人说：“湾里有人。”一句话落地，村里传来哭声。那哭声如泣如诉、凄凄惨惨，给野窝沟的早晨平添了一些悲哀。几个后生下了水呼啦啦从水里面抱出一个人来，手里还拿着一本书。那本书从阿芹手里掉下来，书的封面是一个漂亮的妹子，露出大半个胸脯望着大家笑。白头翁的胡子抖抖地说：“这了的！为了什么事？小小的年纪就想这条路？”有人说：“还不是叶亡的事？谁传的谣言谁承担责任。”

村民没有一个言声的，无声地相互看着，不知哪一个骚妇说：“还不是叶亡出来说的。这样的事谁还清楚？”村人你看我，我看你，心里都有一面小鼓在敲。

此时，白头翁让男人走开，吩咐女人去拆块布，揭口锅，用布把阿芹包起来，把锅扣过来，把阿芹抬到锅底上，肚子朝下，往外控水。白头翁这样吩咐是不容商量的。女人们按照白头翁的说法急忙弄来布，还有锅等，把阿芹拖到锅上，起先挤出一些水来，后来越挤尸体越硬，越挤尸体越僵，人死了。白头翁摇摇头无可奈何地和寡妇说：“嫂，人死了，是让水鬼牵走的，就找个阴亲吧，不然到了那边阎王爷也不收，这是规矩。”

寡妇一愣，然后点点头。

白头翁说：“都说阿芹和叶亡有那事，不管怎么说，就让叶亡娶回家吧，免得让阿芹像个孤魂野鬼没个家，骚乱这方水土，这一方村人。阿芹在阴间安了家，阎王爷那里还有个户头。我在阴间里住了十二天，那里的事我还懂得一些，没出嫁的女孩子到阴间都是野鬼……”

村民都走了，那本书孤零零地在那里被风吹得啪啪作响。白头翁一脚把那害人的书踢到湾里，那本书划了几个弧线落到水里，没激起几层波纹就沉进水里去了。

春天的太阳暖暖地照在人们的身上。山沟里的草从溶化了的冰水中探出娇嫩的芽。这一天，村人几乎都集中到叶亡家帮忙，他们说着笑着，打着骂着，有一句没一句的闲搭着，一村人几乎都来到叶亡家，看叶亡娶鬼亲。叶亡门前，摆着木桌、木椅、木箱、棉被等结婚用品，红红的全用红布条结扎着，又鲜亮又鲜活却都是纸做的。后面是一辆披红挂绿扎着棚子的牛车，席棚后边有两个干干净净的男娃女娃四条脚腿搭拉在车下面，也是纸做的……

叶亡穿着新人民布褂，新人民布鞋，新蓝卡布帽，新黄胶鞋，胸前一只大红花怀抱一只泥盆，精精神神、端端正正让人看着真像个新郎。

白头翁说话像唱戏拉着长长调子：“起……上西南，路上要走好……”一声起，牛车动了，人群动了。吹班子也动了，一曲《闹花灯》呜呼哀哉的哎呐声给寂静的山村增添了不少喜庆气氛。村民们也跟着哎呐声，嘴里喝着：哈哈、啊啊……笨重的牛车吱吱地响个不停，仿佛也是一首喜庆曲子，老牛眸眸地嚎着，呜咽声不绝地向前滚动。

叶亡结完鬼亲，寡妇疯了，是给阿芹上了五七坟后疯的。每天夜里寡妇就到阿芹坟上哭，哭得悲悲凄凄，让人瘆得慌。每次都是叶亡从坟上把寡妇背回家的，端屎端尿，送饭送汤。村人都说叶亡是个忠厚老实孝敬老人的孩子。

然而，就这样不几天，寡妇也在一天夜里走了，去寻阿芹去了。

阿芹的新坟对面又堆起一个新土包。

时隔半月，村人听到夜间坟地里出现了哭声，那哭声像个没有头没有脑的小鬼，到了晚间碰撞在每家每户的大门：咔咔……咔咔……村民都说寡妇的魂还没有走，有的人还亲眼看到寡妇在阿芹的坟堆旁边坐着烧纸。听到这些，人们的心里便慌乱起来，太阳刚下山就不见街上有人走动。女人们早早扯着嗓子呵斥自己的孩子：“还不快回家，等着疯婆子抱你去。”

夜，黑得像一个无底的深渊，四野里没有一点儿亮光，从阴岭传来的哭声和北风中窸窣的声音掺杂在一起。听起来浓重粗闷传遍全村，彻夜不停偶尔停止一个时辰，再响时那声音更为悲惨，像说：“从前山上有座殿，殿里有个不出嫁的姑娘，生下一个丑孩……”

丑　孩

丑孩是叶亡在一个春雨之夜从阿芹坟上捡来的，村民记得那天夜里雨声、雷声、风声像紧锣密鼓般，闪电_次接着_次，像一条浑身带火的赤练蛇，飞过天空，照亮了那混沌汹涌的浪潮卷滚的云层，那弯弯曲曲的赤练蛇仿佛挂在房里的墙上。一个炸雷，吓得人心惊胆寒，村民熄了灯，趴在炕上缩作一团，不敢做一些正常的夜事。生怕惊坏精血，落下坏胎。小孩夜间的哭声似燕语一般，此刻只能大声不敢出小气不敢喘，吸着山峰般的奶头静静的困。整整一夜直到雄鸡把天喊明，雨才停止。闪电不时一照耀，温和得像是微笑。鸡叫二遍，这才听到街门吱吱扭扭被推开。女人们扯着嗓门喊：“懒狗，快起来去河里捡些浮柴浮草。”野窝沟人都是捡河里浮柴浮草烧火做饭的。街上有人唱黑脸似的大声嚷嚷：“叶亡捡了一个孩子。”村民听到喊声急忙扔下草筐聚到叶亡家看故事，村民看完叶亡捡来的孩子，都说是个丑孩，看样子也不好养，好养活他父母也不能扔在荒草野地里。

村民都在猜丑孩的父母到底是谁？

白头翁说：“人禀天地阴阳二气而生，怎有无父无母之理？丑孩是阿芹的孩子。”白头翁都说丑孩是阿芹的孩子，村民就相信叶亡是丑孩的父亲。

丑孩头大得像个葫芦，眼睛小得像两粒芝麻，满脸皱纹且块块花斑，身子瘦小像只小猫。邻里人见其可怜，念及阿芹在村里尊老爱幼，有小孩的妇女便时常抱回家中与自家小孩一起喂奶。管顿饱饭，给丑孩穿自家小孩穿不上的衣裤。叶亡心里感激，便帮人家干点累活，以补偿恩情。

叶亡还是绕村外村内捡粪，不过身上多了个粪筐，一个粪筐装粪，一个粪筐装丑孩，叶亡从此再不看墙上的画了。丑孩饿了就求人给喂两口奶，一天天巴望着丑孩长大。有时还听到叶亡小声哼哼：“天上掉下来个枯根根，拴到装筐里长出苗，苗苗长大快快长啊，长大以后生苗苗啊。”丑孩吃着百家饭，穿着百家衣也长得嫩嫩胖胖，粪筐里装不下了，就跟在叶亡后边磕磕绊绊地走。

忽有一日，村人发现丑孩不会说话。五岁了，不会喊大大，娘就更不用说会喊了。连啊啊音调都发不出来，却能听懂叶亡喊他，别人喊他丑孩不理，就是一个哑巴。一些好心婆娘埋怨叶亡不教丑孩。叶亡听了也着实懊悔，到处寻医，也没求到个法子。医生说：“他没病可能天生哑巴。”叶亡听到医生说丑孩是个哑巴就求医生给丑孩药，求到药喂给丑孩也不吃。叶亡就看着丑孩哭，常常看到叶亡在村头，把粪筐搁在一边，对着丑孩掉眼泪。丑孩两个黑豆般的眼珠咕噜咕噜转，丑孩不看叶亡，那眼睛在天上、在田野上、在树杈上，在绿油油的青苗上转。这时，叶亡说：“丑孩喊大大、丑孩喊大大……”丑孩看看叶亡又把眼睛看向天上再回到地里的庄稼上。

下地干活的村民看到就对叶亡说：“去找个明白医生看看，光这样怎么行？”叶亡又求一个老医生给丑孩看病，这个老医生见叶亡老实就告诉他：“丑孩不是哑巴，会说话，就是说得晚一些，再不要乱花钱了。”叶亡领着丑孩回到家，左等一天，右等一天，丑孩仍然不会说话。有一天，村民发现丑孩经常在村子里的小学校院里玩耍，学生们上课，他就趴在窗上看，手还在墙上画着东西。村民见其可怜，就让叶亡把丑孩送到学校里，让会说话的孩子带带。尽管学校不接收残疾的孩子，看在叶亡不容易的份上，学校就收下丑孩，当时收丑孩是为了让会说话的孩子带带，没想到丑孩不但上学认真，字写得工整，学习成绩很好。教室里有三个年级混在一起，丑孩是上一年级的课，老师经常看到丑孩做完自己的作业，就向二年级的学生借书看。有一次老师在黑板上写了一道算术题，让丑孩到黑板上来算，这题是二年级的488除以66等于

多少？让丑孩到黑板上来算，丑孩来到

讲台上，在黑板上列了一个除法式，答数等于7.393939……老师没想到丑孩脑子这么聪明，智商还这么高。

从此，丑孩成为学校里一名正式的学生。

很长时间没有见到老槐树底下的白头翁和他的老狗了，太阳中天时，白头翁的狗急急忙忙地在石板街上一个劲儿地叫，喊叫的内容有点古怪，村民感觉不大对劲，急忙跑到白头翁家，见白头翁躺在炕上已经不能说话了。眼睛瞪着村人像有什么话留下。于是村民把白头翁慢慢放置在半躺的木椅上，让他舒服一点，好让他缓缓地咽下那口气，又给白头翁的身后点亮一盏如豆的青油灯。等待白头翁跨入阴间的一霎时不至于迷路，脚下踩着米谷，到阴间还得过日子。村人置办完，听到白头翁的喉头在喊："狗、狗、狗。"村人听了忙去寻狗。

那是一个星期天。学校关着门，老师回家了，学生都放假了。丑孩被伙伴们邀去阳岭玩耍，玩的拜大王的游戏，用十几个割草的筐摞起来，当金銮殿，伙伴们轮着坐在摞起来的草筐上当大王，下面伙伴们就跪下喊大王万岁，大王万岁。这是小孩经常玩的一种游戏，尽管那么多伙伴上去，没等下面拜就滚落下来，没有一个能够坐稳的。等轮到丑孩坐在草筐上，没想到丑孩没有滚落下来，伙伴们开始跪拜，没想到丑孩开口说话：免礼，快快请起。一句话把伙伴们吓跑了。村人见小孩跑得慌急，便到阳岭上看到丑孩坐在草筐上玩，村人便问丑孩："你看见白头翁的狗没有？"有的村人说，他是个哑巴看到了也不会说话，问人这才想是问错了人，刚要走，不想丑孩说："白头翁的母狗在阴岭上给白头翁挖穴。"问的人愣了，绕丑孩转了一圈，没发现什么秘密，一路小跑到阴岭一看，阴岭立了一堆新土，见白头翁的老母狗趴在穴里，前爪磨破，流着黑血，两只老眼翻鼓着，喘着粗气。

奇怪，哑巴会说话，狗还能挖穴。

此刻，村里一声鞭炮响，才知道白头翁升天了。

后来村民把老狗和白头翁一起埋在狗挖的穴里。

村人发现丑孩还是不说话，问他什么也不理不睬。有的村民就说："丑孩是个哑巴，怎么会说话？许是听错了。"首先是小孩们反对说："丑孩会说话。我们都听见他说话。"问丑孩白头翁的狗在哪里的，村民说："真是丑孩告诉我白头翁的狗在阴岭上，还说狗在那里给白头翁挖穴。"

村民有些慌，不知道丑孩再说话，会说什么？都在等。

黑　枪

那片老林子，老黑的爹护了一辈子也没有保住。现在这片林子，老黑能保住吗?

—题记

镇长到王庄镇任职近半年了，脑子里还是没有头绪，工作连个好头也没有开起来。上任的头些日子镇长就听说在王庄镇流传着一个黑枪的故事，传得神乎其神：说前任镇长就是倒在黑枪下变成一只死鸟羽毛全飞；还有一名副镇长、财政科长都是被黑枪一枪“搞定”，下场都很惨。镇长工作没有头绪的原因就是让黑枪这事给闹得。镇长心里烦，老是觉得这样下去会让黑枪闹出点病来。镇长决定要去探访一下黑枪的事。

一

在一个明媚的上午，镇长去了翠绿村。

翠绿村是一个小山村，整个小村掩映在一个不算太大的白杨树林中。据说从前这里是一片挺拔的杉木林，那时的翠绿村从远处望，仿佛一块碧玉镶嵌在山谷里，微微发光。

那天探访黑枪的话题是这样的。镇长驱车到了翠绿村找到村长，村长坐进镇长的车子里，由村长带路驱车到了翠绿岭上，就是老黑承包的那片林里，车在黑龙潭停下，清澈的潭水映照出四间茅泥墙壁的农舍，愣眼一看像刚从地里冒出一个黑色的蘑菇。村长带着镇长从车上下来走了30步，镇长问村长：“老黑他在山上？”

村长说：“你说老黑啊，一准在山上，他是一个闲人，喜欢静、看书，更喜欢静静地看山。”

镇长又问：“都看些什么书？”

村长说：“我字识不几个，那些书都是有思想的书。”

这时，镇长抬头看看村长那张苦瓜脸，纹路还没有错乱，按照村长一张地瓜脸盘子有规则的一条一条的伸展开，像高原上的沟壑挂在村长的脸上。这样一来，镇长就吭了几声，那声音传到老黑的屋子里碰在墙壁上，来回反弹了几下停了，这时老黑从那声里琢磨出一些意思和内容。老黑把那本厚厚的书慢慢合上，轻轻地放在书桌上。然后把手伸开，左右大拇指和中指叉开，搁在太阳穴上，慢慢试着正揉了三圈又反揉了三圈。这是老黑看完书习惯做的一节课程，时间约有二至三分钟。一边给自己按摩一边在心里想，这个新来的镇长有些意思，不愧是大机关下来的人，想法与众不同，与别人想的就是不一样。这时，老黑已经测算出村长和镇长已经走了108步了。

老黑想，下一步村长定会喊："老黑在屋子里吗？"

正在这时，墙边古树根架子上的那杆黑枪跳动了一下，并闪闪发亮。黑狗替主人回话："汪汪，汪汪……"一只黑狗从草丛蹿出来，看上去没有恶意，挺友好的在前面带路。

村长说："在家、在家。"村长又说，"狗在家老黑就在家，两人形影不离。"然后，村长和镇长跟着黑狗走进了屋子。见那只带路的黑狗走到墙边的那根古树根旁边蹲下，看着主人和来的客人。这会儿你会看到狗和古树根架子还有黑枪构成了_幅美轮美奂的画，的确是一幅有味道的画。

整个过程和老黑想象的一样。

老黑看到狗蹲在它应该守护的地方。他才站起来说："请坐。"并一边伸出手来与客人握手。言罢，就谈一些市面及市内的事情。

村长这才改口说："黑哥，今天镇长专程来'探望'你。"

镇长发现老黑读的那本大书是马克思的《资本论》，心想在这个穷乡僻壤的地方能看到《资本论》这本书太不简单了，读这本书的人那就更不简单了。镇长说："只是下来转转，没有别的事，刚到一个新单位、新地方，下来转转，了解一下情况。"又说："很早以前听说黑哥经营了这一片山林，治理得像庄园一般好看，老是惦记不忘。就这么让你和你的林子的事给引来了，也是因为来圆一个多年的梦吧。"

村长笑了笑从嗓子里挤出两声，嘿嘿。

镇长笑道，"以前是在县委工作，整天忙于事务，领导忙，我跟着瞎忙。这不又到咱镇上接着忙。"

村长讨好地说："镇长是县委杨书记的秘书。"

镇长与村长这几句台词，老黑都在认真地听，就差没有记录。为了显得老到，老黑从一个黑色罐里拿出一支大前门香烟，按在一个酷似龙身的木雕烟嘴上，划火点上吸了一口，慢慢从嘴里把烟吐了出来，那烟雾包裹着烟嘴，此时那酷似龙身的木雕烟嘴就有了些神韵，应了那句俗语“神龙见首不见尾”。被烟雾包裹着的龙身，龙头上是一团火，从火团上伸出两条烟柱，弯弯曲曲四下散去。

老黑这才说：“本人是一介山野村夫，还让镇长惦记，不敢当。”

镇长说：“工作上的事还需要你们这些人多多帮助，镇上的事还是镇上的人来办，外来的和尚只会念念经。”

老黑吸了一口烟，这次老黑把那烟一丝不剩地全部吞进肚子里，塞满老黑的十曲八弯的肠子里。现在老黑手里的那烟嘴就突显龙的原形。

老黑摸了摸那本大书说：“古之立大事者，不惟有超世之才，亦必有坚忍不拔之志。”话毕，惊得镇长像满月的小儿听霹雳，骨头都要震碎了。镇长心里想眼前这个山野村夫能说出这般深奥的话，的确不敢小瞧，应该是一方的人物。

此时，有两只燕子从外面箭一样地飞进屋里，嘴叼着泥巴，落入房梁上把泥巴砌在燕窝上，腾出嘴来，呢喃之曲溢满屋子里，像音乐一般，悦耳动听。

老黑说：“镇长你懂燕语吗？”

镇长摇了摇头。

老黑清了清嗓子说：“我给翻译一下你来听听，燕子说：

‘叽叽喳、叽叽喳

我不吃你的谷，我不吃你的米，

只借你的房檐避避雨，

别打我、别骂我，

我为你捉虫把害除……’”

老黑刚刚说完，黑狗在那里汪汪地叫了起来。声音又尖又高震荡得它身后的古树根架子上面的黑枪发出一阵阵铁器声，枪与古树根架子碰撞铮铮有声。仿佛从那声音里感受到了错乱和井然有序的内容。如果你从来没有听过《十面埋伏》的话，此刻，你就会领教它的内涵了。见那只老狗的两只有内容的耳朵竖立起来，两只眼睛在主人和客人之间转了几下：“汪汪……汪汪……”

村长笑道：“镇长是要到林子里转转看看。”

老黑把烟头拧在水汪汪的烟灰缸里，那个烟头见到水立时熄灭了。老黑进山从来不把火源带进林子里去，说：“看看也好，看看也好。”黑狗蹿出屋外在门口等着主客。随后，镇长和村长跟在狗的后边走了出来，两人看了看那狗，狗也没有与客人友好的意思，更没有去看两位客人，把两只狗眼摇晃在山林的小路上。

镇长把这只黑狗正眼看了一遍，这是一条全身呈黑色的狗，浑身没有一根杂毛，胸部厚、脑袋大，长着漂亮的长腿，能像猎犬那样轻松奔跑，有时张开大嘴，伸出血红的舌头，简直像一只狼。不一会儿，老黑从房子里走出来，身上多了一杆枪。枪在老黑的身上闪闪发亮，合适又融洽，枪和人、人和枪合二为一，融为一体，就可以称为杀伐的利器。在屋里镇长没有留心那杆枪。现在枪在老黑身上，那枪就有了生命，而且就有了些神圣的味道。这是一杆好枪，一杆有灵性的枪，一杆全身透着一股杀气，明晃晃的，上过黑色的火漆的好枪。这杆经历了无数杀伐的利器，背在老黑的身上，与山、狗和林融为一体，是一道見丽的风景。

镇长不知道怎么了，自他看到那黑枪背在老黑的身上后，镇长就有了一种恐惧感，那种感觉是从他看到老黑身后的枪开始的，一直萦绕在他的全身，赶也赶不走，也躲不掉。至于眼前所有的景致也没有帮助他赶走这一切。镇长把眼睛从老黑的身上转移到这山林中，他看到了茂密丛丛，富有生机的小树苗，心情似乎好了一些。眼前这片树林每株的树龄都不算太大，最大的约6年、最小的约3年，但株株都长得很挺拔，有槐树、杨树、柳树等等，种类繁多，是一片杂树林子，树木交错的枝梢，茂盛地伸展开来，像颤动的叶子织成彩色的穹门，在晴朗蔚蓝的天空下闪烁。镇长想是一片好林子，这片林子与他的主人一样有些神秘的感觉。

二

村长见镇长不言语，主动介绍起这里的情况，以前这里是鸟语花香，小河流水。翠绿村就是以此林而得名。老黑接话，那是狗年猫年的事了。村长又说，那一年的春天，是三年自然灾害的最后一年，村民都饿红了眼，山上树林里好吃的树叶、树皮都吃光了，只剩下杉树不能吃。村民突然想起这些杉树虽不能吃但可以换粮食吃。于是村里30多个青壮汉子扛斧拿锯从村子里兴冲冲地向这里奔来，目标就这一片高大的树林子，村里人饿极了眼，要砍倒杉树换回返销粮，可是黑爷却像黑煞神一般，横举一杆又黑又亮的黑枪杀气腾腾地拦堵在岭下的黑潭前，眼睛瞪得像铜铃铛，高喊一声：“谁敢越潭一步，我就把谁的脑壳打烂。”30多条汉子当场愣了，对峙了好长时间，这伙人没有一个敢当出头鸟，只有无奈地调回头，一路把黑爷的祖宗八辈骂绝了。

记得一年冬天，那的确是一个激情燃烧的年代，大包干农民得实惠，分田到户、责任到家，政策是好的，但是人们让喜悦冲昏了头脑失去了理智。田分到家了，生产队的农业工具也分到家了，一台12马力的拖拉机也没有放过，拆卸后把件分到家。全村人突然之间又惦记这片杉树，又操斧、扛锯上山来，要把八百亩杉树全部砍光、分光、卖光。可是黑爷又从黑潭那里冒了出来，这时的黑爷今非昔比了，已经不再是当年威风凛凛的村长了。然而他把那杆黑枪支在地上，枪口对准自己的下巴壳子说："谁敢走过岭一步，我就把自己的头壳子打烂。"当时黑爷不是说假话，是真急，他把指头勾在枪的扳机上，随时可以扣动扳机，村民又被黑爷怔在山下，又是一路骂娘回村去了。八百亩山林又保住了。

又一年的冬天农业结构调整，镇领导要在这里搞什么"小流域"现场，全镇2万多名男女老幼在这里大干一个冬天，树砍了卖给木材商，钱全部盖了镇政府办公大楼。结果一片既能保住水又能保住土的山林，愣是砍得连一根树都没了，林子没有了，黑潭里的水也没有了，八百亩杉树被砍尽斩绝，不剩一丝绿色。田地倒好砌了起来，层层叠叠，倒也硬实好看，被平整好的田地，栽上小板栗苗。第二年一场大雨，山洪暴发被洪水冲得一干二净，田地七零八落，狗脸不换。一片好好的林子一时间变成这个样子，黑爷气得一口气没上来，吐出一口鲜血离开了人世。

"一片好好的林子经历了三个时期没有保住。"村长说。

镇长知道翠绿村毁林事件，当时他还在县委档案室发现了一份毁林建办公楼事件的文件说："这片小树林又是什么时间栽的？"

村长以汇报的口气说："是党的30年不变的好政策。如果这片林子再栽不上，老村长在地下能瞑目吗？"1990年黑哥承包了这个地方，这些小树都是黑哥一棵一棵栽上的。你想想这得用多少个日日夜夜，现在看用不了几年的时间，这里基本能恢复从前那山上有树，黑潭里有水的面貌了，现在看这里比原来的八百亩山林差远了。

黑哥乐道："很快面包会有的，一切都会有的。"他望着眼前这片小树林，像欣赏他的孩子一样，"现在树是小了一点，像一只脱光毛的大鸡，将来这只鸡会长出漂亮的羽毛，到那时这里会成为东方的一只雄鸡。"

村长想起了什么说："说起这只鸡来，还有一只鸡蛋在搞小流域建设中，当时被划给小王庄镇治理，大雨过后两岸分割，至今还是光秃秃一片，没栽一棵树。"

老黑说："关于那块地归还的事还得镇长出面协商，鸡和"鸡蛋"是一个整体。归还回来我会把它调理得与这里一样。"

他们边走边说，从鸡头转到鸡尾，太阳已是中天了。此时，他们站的地方，就能望到那个“鸡蛋”的地方。的确这块方圆不大，看着活像一个葫芦，瓜柄很细，系在那高高的翠绿岭上，小河由北向南绕了一个弯子，环绕着葫芦瓜，远远望去，如不是那“瓜柄”系着，这个葫芦就真像是漂浮在绿林湖江上的一个孤岛。

镇长长久地望着那个像是漂浮在绿色湖面上一个孤岛，无语。

三

中午的阳光从中天照下来，从树叶间投向地面，镇长、村长还有老黑就走在这些像地图一般的图案上，老黑觉得自己像走在家园一样温馨，老黑说：“天都晌了，我给你们弄只野兔做下酒菜。”

镇长说：“不麻烦你了，我到村长家吃顿便饭。再说你这里的兔子也是受保护的。”

老黑说：“吃顿便饭没有什么错，再说谁家不来客人，如果拿着老百姓的钱大吃二喝不办正事，老百姓不喜欢。其实老百姓心里都明白，都有一杆秤，谁心中有老百姓，老百姓心中就有谁；老百姓心中有谁，谁就是老百姓的好干部。”

山则有木，林则有水，水则有飞禽。前两年老黑在这林中放养了不少野兔，还有各种鸟类，那都是老黑从市场上花钱买来放养的，老黑对它们可爱护了，像看待自己的孩子一样。老黑放养了小鸟和兔子，他是从来不打它们的。据说，有时兔子啃了小树，老黑是要把那只啃树的兔子打下来的。

老黑笑道，“知道今天有客人来，我就把这只啃树的兔子留到今天，要不昨天也就打了。”老黑从嘴里发出一个“唔唔”的信号，不一会儿，有一只兔子在前面跳来跳去寻找什么。这时只见老黑把枪一举，刚才还在那里活蹦乱跳的兔子就立马倒在地上。老黑的枪快得很，连枪声也没有听到，那只黑狗同时像箭一样把兔子拾了回来。村长说：“老黑哥的枪法远近闻名，准得很，一棵树上有12只鸟，说打哪只就准打哪只。”

老黑拿着兔子说：“这林子尽管树不大、方圆也不大，但目前有几十种野生动物，其中鸟类就有80多种，这些活蹦乱跳的动物，我说什么时候想把它打下来，就什么时候打下来，这话我不是吹0”

听似是一句话，其实暗藏玄机。镇长把老黑打鸟的理论整理了一下，像个肉刺丸子一样静静地含了一会儿，然后用劲吞了下去。一种说不出来的感觉掠过心头，意味很是复杂。此刻，镇长推开自己的记忆大门向里面窥视，心想，早在冷兵器时代，人类最为有效的杀伐凶器不是尖刀也不是长矛，而是思想。

老黑告诉镇长：“生活之中充满了惊险与怪异，什么事情都有可能在一瞬之间发生并在一瞬之间完成，生命也一样，也能在一瞬之间产生，在一瞬之间消亡。”

镇长看看那只流血的兔子心里想，老黑的理论是有些意思。

镇长想起在县委工作时就听说老黑这个人物。有一句京剧唱词：这个女人不寻常……此刻，镇长心里想到的是：这个老黑不寻常。真的，有许多人都栽到他的手里，原镇长王小鹏、原副镇长张强、财政所长曹小明——这些人都栽到他枪下变成一只死鸟羽毛全飞。这样可以肯定，老黑是一个跟踪与反跟踪、监视与反监视、取证与反取证的高人。这不但成为他生命的一个重要组成部分，而且你每走一步都有可能在老黑的控制和记录之中。曾经有人这样告诉他。

据说老黑的这杆黑枪，是老黑的祖上传下来的，每传到一代就有一个叮嘱语：“我留给你这杆枪就是让你守望善良和和平。我知道，总是恶魔不让我善良，总有妖怪不让我平安，所以留下这杆枪是有用处的……”尽管都是言传。今天镇长的确对老黑的老枪有了一种新的认识，有了一种神秘而难以言喻的感觉。

那一天镇长的午餐是在村长家安排的，与村长喝酒时两人就着老黑打来的兔子，村长媳妇做菜是一把高手，那兔肉吃起来肉鲜味美，然而镇长发现了一个问题，在吃兔肉时镇长没有发现兔子身上有铁沙子。没有听到枪声那是杆好枪，但兔子身上没有一粒沙子镇长不明白。今年32岁的镇长人生当中也经历不少的事，也见过比较大的世面。不说吃过山珍海味，其中野兔子肉还是经常吃，不管是枪打的还是用网拿的都品尝过，味道都几乎一个味，不过枪打的有一股火药味，而网拿的却味纯肉鲜。今天镇长吃的既不是枪打也不是网拿的，这真是邪门，镇长是看着老黑用枪打死的这只兔子的。并且亲眼看着老黑举枪兔子一头倒在地，老黑的老黑狗还摇着尾巴蹦跳着把兔子拾了回来，这整个过程镇长是亲眼所见。镇长就把这个棘手的问题踢给了村长。村长把小眼睛朝镇长呆呆地看了一会儿，然后又把这只球踢到了老黑那杆枪上，他说老黑手中那杆枪是他祖上传下来的有些历史了，据说那杆大枪在民国时做完一件大事后，就再也没有进入过战场。其他有关那杆大枪的事还得问问老黑……

关于枪的描述到此结束。两人品尝着老黑打死的兔子肉喝着当地有名的老白干，没有话。

镇长探访老黑的那杆老枪事之后，不但工作更找不到头绪，而且心情也更加失落。老黑和那杆老枪时时刻刻烙印在镇长的脑子里，尽管老枪是老黑的，但是那杆上了火漆的好枪的确在镇长这里。镇长走到哪里影子跟到他哪里，让镇长竟然感到了一种无以名状的压抑，这种压抑使他有点窒息和有些局促不安。无论白天下乡指导工作，还是晚上睡觉都没有离开过老黑和老黑的老枪这两样东西。到企业指导工作老黑的老枪也跟着镇长下企业指导工作；晚上睡觉那杆老枪也与镇长躺在床上和镇长融入一体。镇长要做的事情不但不能做，而且更加增添新的苦恼。

“喝红酒、收红包、亲红嘴”，这是眼下镇干部统称的三大红。如今镇长让老黑的枪给闹得一事无成。镇长想啃个“瓜”，看到一些同事蹑手蹑脚进瓜园里弄出来一个圆胖的“瓜”来，然后欢天喜地融进玉米地里美美地大嚼一番，那才是够刺激的事情。镇长知道偷“瓜”是最有趣的，也是富有情感的，更有浪漫粉红色情调的。镇长身边有老黑和老黑的那杆老枪，镇长不敢轻举妄动。

镇长想干的事一件都干不成，为此，镇长要发疯了，苦苦思索，老黑的老枪问题折磨得镇长食不甘味，夜不能寐。夜深人静的时候他常常一个人独步在院里一圈又一圈，一个小时又一个小时，如同一头磨道的驴，急得团团转，却又无所适从。

有一天，镇长一个人走出政府大门口，漫无目标地也不知道自己要到什么地方去。回头看着走着看着走着走进了那片“青林”地。当即那个要做事的念头冒了出来。如同鬼缠身一般，镇长在“青林”地一边徘徊一边与老黑的老枪做着殊死搏斗，最终镇长战胜了老黑和老黑身上的那杆枪。镇长看到月亮隐藏在一片黑云中，就悄悄地摸了进去，镇长一下被这里的一切惊呆了：世界上还有这么美丽神奇的地方。一个个丰满健壮、艳丽迷人、风韵犹存的“小鸟”，藏头露尾地躲藏在树枝的绿叶下，看着你露出海誓山盟的样子就可爱可亲，哪一个都可爱，哪一个都够漂亮美丽动人。一时间镇长有些不会下手不着边际了，不知道要挑个艳丽迷人的，还是挑个丰满健壮的，像一个面对一堆美容膏洗面奶的富婆一样不免犯了踌躇。镇长想，鲁迅笔下阿Q面对未庄的女人，游刃有余地喜欢哪个就要哪个……想到这里镇长顺顺当当地抱着一个秀外慧中的“小鸟”离开了“青林”。“小鸟”要养在家里，还要养熟才可以玩，但是镇长还没有养熟就把她放飞了。

一天，翠绿村的王村长告诉他：“老黑说镇长这几天你要出事。”

镇长听完村长的话，老黑的老枪仿佛像神符符在了镇长的体内，思想也就有些不停地飘动。忽然，镇长的思想里跳出一个想法，他要收缴老黑那杆老枪。此时，镇长让自己的想法给逗乐了，为什么这个想法才想出来？收了老黑的老枪，优美如画的风景中再也看不到老黑和老黑的老枪了。老黑的枪与鸟的理论思想就会无味一直到花黄叶落。这个想法的确吓了镇长一跳，为什么就没想到要收缴老黑的枪，这么简单的事情怎么没有早想起来？还真让老黑蒙了一把，想到这里镇长的心才落了地，他笑了笑说：“老黑啊，现在我是枪，你是鸟，我什么时候打下你来，就什么时候打卜来……”

镇长是一镇之长，权力大，公检法都可以调动，说抓谁就抓谁，找点事还不简单，哪怕是若干年的陈谷子烂芝麻都可以作为镇长拿来收缴老黑枪的理由，这的确是一件容易的事，然而，要收老黑的枪应该有一个让老黑心服口服的说法和理由。

四

冬至刚过的第三天，气候愈来愈冷，天是青灰色，阴沉沉的雪粒从黑潭那个方向一阵阵吹来，小风声儿尖尖的像吹哨子一般。老黑在房里围着炉子，一个人一边慢慢看书，就好像一个人对着一壶老酒细斟慢饮，一边含着那根龙样的烟嘴，那烟嘴上按着一根大前门烟，已燃到一半。

风夹着雪粒子发出阵阵尖叫声，老黑的思想从书本转移到那尖叫声音里，听了一会儿，心里一阵酸涩，他想树长起来就好了，那风也不会这般大了，说到这里，老黑站起来走到窗前，把眼睛投放到岭上的小树林里，那里是胳膊粗细的小树长着几个小枝枝，散散的像操场做操的小学生。被风一吹晃晃摇摇，能让风吹跑的样子，老黑看到这里，心里一紧一紧，老是怕那小树苗被风吹倒，仿佛此刻的他，也随小树一般东摇西晃……

这场景让老黑心寒，于是他想到他的父亲。父亲守望这片山林，那才是真正的守望，从远处看郁郁葱葱，重重叠叠，一眼望不到头，近处看峻峭挺拔，好似山头的哨兵；有的密密麻麻好似埋伏在深坳里的一支奇兵；有的看来刚出世还不久却也亭亭玉立，别有一番神采，那片树林像一支引吭报晓的大公鸡，披着色彩鲜艳的羽毛，昂首阔步，在世界的丛林中大摇大摆地行走如平地，发亮的眼睛闪着挑战的目光，伸长了粉红色的羽毛脖颈，一声长啼鸣划破了无边的寂静，天亮了。那时的山林才算整齐。与现在的树林相比不但树小，面积也不与父亲那时的面积大。而且那只“鸡蛋”样的地，被小王庄镇划了去以后，至今没有归还的意思。老黑想了好多的办法也无能为力。老黑把思维折了回来，为炉子续了点煤，开始读那一本厚厚的书，像细斟慢饮一壶老酒一样。狗在一边躺着望着主人，枪在古树根架子上息事宁人闲着，老黑的眼睛从书本移开，移到黑狗身上。狗看到主人像要它做什么，但又没听到主人下命令，一条又黑又粗的尾巴摇来晃去，那尾巴不时打在树根架子上，枪就发出一阵铮铮之声，像一曲和弦音乐一般把老黑的思维送到了镇上。

老黑忽然想起来，应该去镇上一趟找找镇长，问问那块地啥时归还过来的事，顺便到镇上哑巴酒店找哑巴喝喝茶。

哑巴姓张，原来是镇村街上修鞋的，有一天老黑发现哑巴有经营头脑，就告诉哑巴在镇上开了一个小酒店，果然和老黑猜的一样，生意挺红火，哑巴不会说话，与人打交道只有两个“啊、哑”。所以到哑巴酒店吃饭和客人也格外多，镇政府都把客人安排在哑巴酒店。不仅菜实惠，服务也周到，而且说话办事不用担心会留下什么把柄。

每次到哑巴小酒店老黑都是带上壶海青茶，让哑巴用热水泡上，两人坐在小桌上慢慢斟饮。只要老黑不吭声再就听不到别的声音了。长久的静坐与哑巴产生了一种感情，长时间的接触，在哑巴“哑哑......啊啊”胜似无语的话语中，让老黑发现了极有价值的东西。老黑为他的发现而惊喜，他把那些极有价值的东西悄悄地埋藏在心里，因为他是一个有思想的人，他就这样不动声色一如既往地光顾哑巴小酒店，谁也不知道他心里的秘密更不知道他在这里的重大发现。

老黑在哑巴酒店与哑巴喝着翠龙山脉、清香色绿、回味甘甜的海青茶。偶尔也喝点以优质高粱为原料，采用传统浓香型工艺，取山泉之水，精心酿造而成的琅瑞台酒。长久地在此消磨时光，听哑巴啊啊自语，一点也不感到烦。

老黑就从这些“啊啊……哑哑”之语声中找到了一些秘密，这的确是件奇闻怪事。

老黑到了镇上先去了镇政府。一个工作人员说，镇长不在家，镇长去办一个外资项目了。老黑说什么时间能回来。得半个月吧，工作人员说。老黑没见到镇长就去了哑巴小酒店。哑巴小酒店很静，哑巴坐在柜台煤炉前打瞌睡，嘴里流出两串口水。一个冬天没到镇上去，到了镇上一看还真有些变化，让老黑觉得新鲜的是哑巴小酒店没有从前那样宾朋满座的场面了，真怪。

哑巴的小酒店坐落在镇上的繁华地段。对面是镇政府，它的左右是一个集贸市场，要想买个新鲜蔬菜很方便。镇上一般的客人都安排在这里吃饭，重要的客人那就到县里的山里红大酒店了。哑巴曾经告诉老黑说：每年要到镇政府结清五万元的饭费。

黑狗看着主人要在这里吃饭，急忙跑到哑巴跟前后脚向后倒着“汪汪”叫了两声。此刻哑巴醒来，告诉老黑指指、画画、啊啊、哑哑……那意思是生意不好，没人吃饭。

老黑坐在靠窗的一张桌子上，这是他经常坐的地方，把绿茶交给哑巴后，自己点上一根烟，室内没有人，老黑把眼睛投到窗外的大街上，看到被风吹落的树叶在风中摇来摇去，没看到什么内容就把眼睛从窗外收了，回到哑巴的一张脸上。

哑巴指指画画、啊啊哑哑……老黑知道镇上的领导都在忙一个外资项目，据说这个项目是镇长通过一个在县里的熟人引进的，投资方是韩国企业，共投资300万美元。主要生产皮衣加工，目前项目正在建设。这些内容都是老黑从哑巴的表情和哑语中捕捉到的。

那天，老黑在哑巴酒店里喝了不少酒，那才是“不喝琅琊台感情上不来”，这是老黑有史以来在哑巴酒店喝酒最多的一次。老黑喝醉了，哑巴也陪醉了。老黑醉醺醺地离开哑巴酒店后，就踉踉跄跄地融入雪地里，于是雪里留下了两行歪歪斜斜的脚印。

春节已过去了月余，紧赶慢赶春天随之而来。猛然间大地上、山岭上一切都像睡醒的样子，欣欣然张开了眼，山阔起来了，水涨起来了，太阳的脸红起来了。“忽如一夜春风来，千树万树梨花开。”镇长和这春天一样心花怒放。为韩国项目剪完彩，就轻松了许多，轻松了的镇长又想起要收老黑枪的事。收老黑枪的想法充满了镇长的整个脑子，但至今没有形成一个两全其美的方案，这让镇长有些忐忑不安。

五

这天镇长谢绝所有的事，把办公室的电话断了，镇长这是轻装上阵。镇长要在自己房间里，制造一个让老黑口服心服的收缴老黑枪的方案，然而镇长还没有开始下操，还没有把这些事理出个头绪来。镇派出所张所长急急敲门进来说：“镇长有重要任务。”

镇长一愣说：“什么重要任务。”

张所长说：“全国统一行动，严打。”

镇长问：“打什么。”

张所长说：“全国统一行动收缴各部门单位和民间的枪支，然后统一销毁，构筑和谐社会。”

镇长忙接过张所长递过来的急密文件，慢慢读着，站起来慢慢走着，走着读着，读着走着，鼻孔喘息声一阵高似一阵，然后呵呵大笑了起来。

把张所长吓了一跳，镇长把绝密文件往桌子上一拍说：“‘踏破铁鞋无觅去，得来全不费工夫。’明天我亲自带队主抓这件事。目前有关这件事所有的信息要绝对保密。”

镇长把收缴老黑的那杆老枪的时间放在农历的三月初八。记得那天老黑背着枪在林中的小路上慢慢行走，枪管不时地碰到路旁边的小树枝，发出一阵好听声响来，让老黑的心情舒畅而宁静。老黑心满意足地边走边哼着一支曲子，看着每棵小树都抽出嫩嫩的幼芽来，脸上绽出喜悦的笑容。他看看草林虫鱼，看看白云碧绿，便觉得自己是一个孤高傲世的贤人，一个超然独立的隐者，此时此刻老黑的情绪像龙潭流淌出来的清水，嬉笑着从他身边欢快地流过一般。他微眯着眼陶醉了。

“唧唧……啾啾……”从南方飞来的燕子也和老黑分享这片美丽的风景。

“叽叽喳……叽叽喳……

我不吃你的谷，我不吃你的米，

只借你的房檐避避雨，

别打我、别骂我，

我为你捉虫把害除……”

许多燕子降落在山林中，落在树枝上，像树上长出来的黑色叶子，为这片树林增添了不少神秘色彩。老黑心想燕子从南方飞来每年都捎来一些南方热带雨林的草种和新的树种，那么今年这里一定会再生出一些叫不出名字的小草和小树苗来。老黑站在那里看着他心爱的草和树，像欣赏一幅心爱的名画。把身上的那杆老枪掂了掂。他想家园需要保卫，用枪杆子保卫家园是人类的一大发明。这会儿老黑把烟嘴从口袋里摸出来叼在嘴上，老黑喜欢叼着这个龙一样的烟嘴在家园里行走，这种感觉老黑觉得非常滋润。小时候老黑看过电影《十月革命》，电影里的斯大林那只形影不离的大烟斗的确让他羡慕了一整个童年。如今，年过四十的老黑的确找到那种悠远的意境和感觉了。

龙烟嘴是老黑在山上栽树时无意中发现的。当时，发现它的时候是在一个山坡上，一半埋在土里，暴露在外面的那部分很像一龙头，老黑蹲在地上观看了好长时间，并让小狗回到房子里取来铲子，树根挖出后，放在桌子上好长时间后没有动刀雕刻。有一天老黑突然发现这个树根酷似一条小龙，他的发现让他高兴了，于是老黑就把这个树根做成了现在的烟嘴。老黑这么想了一想，脸上慢慢浮出了一丝笑，他叼着那个烟嘴融入山林中，老黑行走的脚步是被镇长喝断的。

镇长的喊声在山林的小路上蹦蹦跳跳，声音强强弱弱随着小路弯弯曲曲欢快蹦跳着。一路小曲跟上老黑的脚步，老黑差一点让镇长的声音绊个跟头。没等老黑转个身来，黑狗替主人回了话："汪汪……汪汪……"老黑从镇长那不怀好意的喊叫声里听出一些内容。停住脚把头转了回来，向前走了二十三步，才看到镇长和一个穿公安制服的公家人，两人一前一后，后边跟着村长。老黑的眼光透过镇长去看村长的脸，村长的脸是一部书，是一部能读懂的书，不管发生了什么事，只要村长知道，老黑从村长的脸上就能略知一二。老黑察觉到村长脸上有一些紧张后，心里也明白不少，镇长这次来一定是来者不善。老黑走了五步与镇长对了个面，看着镇长很冷静的那种样子。村长不冷静，这时他急忙从后面转到镇长前面，还没说话。

公安人员说："你知道今天我们来干什么？"老黑说："知道一二，如果我猜得不错的话与我身上的这杆老枪有关系。"

镇长一惊说："这是镇派出所的张所长，我们是来收缴你身上的枪。"

张所长说："是这样，现在全国统一行动，收缴所有的单位、个人私藏的枪支，不允许个人私藏枪支，全部收缴起来然后统一销毁。"张所长把今天到这里要做的内容全部告诉了老黑，这就是公安人员的风格。

这会儿镇长的确是得意扬扬地，鼻孔里发出了哼哼的笑声，他在笑自己得意的妙算和自己得意的大作。镇长说："张所长是来执行镇政府的命令的，你是党员要配合好这次行动。应该积极交出那杆老枪。"老黑觉得镇长的笑和镇长的话同样有含义，里面似乎藏着若干机关。老黑又觉着镇长的笑有点幼稚，基本上是没有水平的那种笑。这时老黑从口袋里摸出一支烟来按在龙嘴上，又划火点燃。此刻，龙嘴上那支烟就燃了起来冒出两股蓝烟又让风吹散。镇长想老黑是从来不在树林中抽烟，现在老黑在树林抽烟说明了一点，他被镇长打倒了。目前，老黑的冷静是装出来的，他在克制。按照正常的思维老黑现在应该骂娘，或者大发脾气。或者把枪举起来对准任何一个来人，最好对准自己，那效果就好多了，不但收了老黑的枪，而且还指不定还把老黑一起收了。然而，镇长所要的效果没有，老黑就是老黑。老黑看了看张所长问："张所长你当了几年兵。"张所长看看镇长说："我当了十八年兵。"老黑又问在部队玩过枪吗。张所长说我在部队是军务参谋，专门与枪打交道。说完张所长发出一种自信的笑声。老黑知道那种笑是骄傲自满是不讲理的笑，有时自己也这样笑过，为了迎合这种场面应该用这种笑。此刻，老黑要的就是这种效果。这时老黑不慌不忙地把那根烟吸完，那烟雾像一朵花一样浮在老黑的脸上，蓝蓝的烟雾淡淡地散开。然后，老黑把那根烟蒂扔在地上用脚踩灭从身上卸下那杆黑枪，这个动作让黑狗看得有些不对头，就“汪汪“地喊了起来，那叫声让老黑用眼光制止住。老黑顺手把枪递给张所长说：“张所长请看好，这杆老枪有些年岁了，你看看它到底是哪个朝代的？产自什么地方？”张所长接过枪来扒拉几下没拉开枪栓，才知道这杆枪没有弹道，那弹道用铁水浇灌得死死的，这根本不是枪。张所长看看镇长就把枪还给了老黑说：“这枪还是留给你吧。从某种意义上讲它已经不再能对人类构成威胁了，但是这枪留在你手里的确还能帮上点忙。”张所长一边说着一边把眼光移到山林的远处……

老黑看看张所长说：“张所长是从部队转业回来的，对枪还很有些研究的。”

远处是什么，远处有几只燕子飞过来，它们羽翼迎着阳光以那么欢快而自豪的风姿，在树林的尖梢上飞行，一圈一圈展现着一种美和力的光彩。起先是三五只，然后越聚越多，形成一个大大的群体在山林的上空飞来飞去，天空都是翅膀的抖簌声，它们一起飞一起唱：

“我不吃你的谷，
我不吃你的粮，
你别打我你别骂我，
我为你捉虫把害除……”

老黑说：“镇长那地啥时归还回来？等归还回来，我会调理得与这山林一样芬芳。”

镇长愣了，然后朝老黑点点头，带着张所长和村长走了，三个人走着走着融入天边正在飞行的燕群中……

六

没过几天。老黑盼望了多年的那块“鸡蛋”地归还回来了，据说镇长还跟他们“打”了一架，眼下这块地归还回来真的不容易。

这几天，可忙坏了老黑，一天到晚在这块地上转悠，手里拿了一把草，这里看看那里瞅瞅，他想在那块地上应该栽什么树？种什么草？还有……

红酒四杯

河那边河这边

从前，河两岸的人们很和睦，一起耕种土地，一起收获庄稼。河两岸山清水秀，真是一个生存的好地方，突然在一个月亮并不太圆的夜晚，有一个泼妇骂了一句脏话，那句脏话便引起河那边和河这边一场战争，那场战争延续了若干年。

战争使两岸变了颜色，血红血红。水虽红，还在哗哗地流，那水声像诉写一部历史。

那条河，我们管它叫母亲身上的一条血管。

兵们说："那条河，流到北京，流到上海，流到家乡，然后流到大海！"

河那边又响起一阵阵枪声，一颗子弹贴着我的头皮飞过来，好像一阵风，嗖地掀掉帽子，我并没有紧张，仍然站在那里，向河那边张望。昨天，在河那边的一场战争中把我的心爱的日记丢失，我的心仿佛也失落在河的那边，时时刻刻有一种沉重的感觉。

此刻，那本日记，正躺在一片芭蕉叶上面，很美，上面的大红花也特别鲜艳。那是一棵牡丹花，是未婚妻的美称，牡丹花似乎变成美丽的妻子向我招手，然而，我没有勇气过河，更没有勇气去挑起一场新的战争。因为河那边是枪口，那枪口对准我，更主要的是对准母亲，我不能去，因为我代表母亲的心脏，母亲的心脏再也不能受到任何伤害了，母亲年龄40多岁，但母亲太劳累了，经历了无数风雨和岁月，脸上镌刻了一道道永久的记忆。

日记是未婚妻给我的念物。那是一个月圆的夜晚，未婚妻吻了我后，送给我的。我把未婚妻寄给我所有的信都抄在那本日记上，随身带着，丢了它像丢了我自己的魂一般，那信很有诗意，最伟大的是里面有爱，另外，日记本上还有这样的字：

"国：你打死几个？他们真不是东西，79年咱给他们多少东西？有半个印度国家的财富，但这群忘恩负义的东西，该天杀！

国：你多打几个，也替我捎上几个，因为我以前最爱看他们的小说，现在不看了，恨他们……

爱你，我等你回来！泪。”

未婚妻这样的信，更能引起他们的炮火，我真害怕那本日记会引起一场无休止的枪战。

似乎因为那本日记的原因，上帝把河那边和河这边的枪声停止了。静静的河两岸，只听见血红的河水的流淌声，枪声停了，河两岸有时还荡起欢快的小调，那都是兵们在调剂自己的情绪。

这时，班长喊：“小王，你到河里打桶水，我洗个澡，他娘的，身上这个×味。”

我提着一个水桶，水桶一路吱吱地叫着，把我送到河边，河里的水血红血红的像战友的血。我想起那些死去的战友。心里说：人都是娘生的，难道他们没有娘?

我打了一桶血红的水，提着它像提着一桶战友的血，那水很沉重，我的心也很沉重。

突然，河那边喊：“你等等！”

听到喊声似乎听到来自天国的声音。

我打住脚回头，河那边站着一个兵，很面熟，衣服上有几个窟窿，那是弹孔，当兵的身上都有几个，我转过身来，站在河这边望着那张熟悉的面孔发愣。

此刻，他把手一扬：“你的日记。”

我点点头，但我不相信他能还给我，真扯淡，两军打仗还有这事?我正在胡思乱想，河那边的兵把那本日记本用一个漂亮的篮球运动员投球的动作投了过来，那日记“哗啦哗啦”的从红河那边像一只粉红色的花蝴蝶一样飞了回来，我心想：他的球艺一定很棒，如果不是因为打仗，和他打一场篮球一定很棒。我没去接日记本，因为那本日记很可能被他给撕掉了，然而我的手还是伸了出去，日记落在我的手上，我急忙翻开日记，那日记，没撕一张，也没少一封信，有的信还改了几个错字，但那封打鬼子的信用黑墨水涂了，留下一片墨黑的痕迹。

我的眼睛从日记本上移开，越过血红的河水，投到河那边的那个士兵的脸上，见他笑了，笑成一朵梅花，笑完转身走了。

过了几天，我再也没见到河那边那张熟悉的面孔。

那一年河两岸没长一颗青草。

生息花

山套山，山中套着水，士兵们在这里生生息息，维护着战争与和平。今天，连长接到妻子的信上说娃快要落地了。看看是否脱身回家一趟……

连长看看天，天上有太阳，夜里有月亮。战争依然像东方的太阳一般，东边出西边落，枪声炮声像过年家里放鞭炮，越兵狼似的盯着你，让你动不了身，更不让你想家……

山套山漫山遍野都生些小白花，这种花很小，指甲盖般大小，花开满地，有一种清凉清凉的感觉。

兵们给它取名叫“生息花”。因为战场上的花败得快生得快，一夜之间花被炮火崩碎，第二天你看到的花又长了起来，这种花在山套山一片一片，满山遍野，到处可见可采……

副连长妻子生娃时，副连长就采了两朵生息花，寄给躺在产床上的妻子。据说副连长的妻子生孩子就很顺利。

连长听了说：“扯淡！”

“信不信由你，我们信。”兵们说。

这时，连长的胳膊上的伤口又在生痛生痛的像被一只红公鸡咬了一口那般难忍。这是被一个越南女俘虏兵咬了一口，那越南女兵也生了一个男孩。

兵们问：“是国种是越种？”

女兵摇摇头又点点头。

兵们都在猜，猜了一顿猜不出来就发狠地说：“他既不是国种，也不是越种，是狗杂种。”

越南女兵挺个大肚子逃跑时被连长抓着的一瞬间，让大肚子女兵咬了一口。当时，女兵要轻生，因为她是第一次生孩子很害怕，害怕痛……

“生息花能催生？”连长问自己。然而，连长还是采了几朵生息花同信放进信封里一起交给通信员寄走了。

战场上没有枪声，就有歌声，花丛中蝴蝶翩翩起舞。士兵们哼着小调子在清洗伤口。

这几天，没有战争。

听音乐的日子没过几天……

一天的夜里山套山没有月亮没有星星，副连长说：“真他娘的像在娘的肚子里一样，连天都看不到。”

连长想：山套山要酝酿一场大的灾难。当连长把每一个字想一遍时，一个流弹从中天降落。此刻的情景谁都知道像一把粉红色的刀子刺入肉中，然后扒出来的那一瞬，血点点滴滴流了出来，那是从母亲血管里流出来的血，如泪如花。

这一仗打得非常激烈，打了整整一夜，枪声停下来，场地上到处是尸体，血腥气铺天盖地，硝烟在山野间弥漫……

连长醒过来一看，兄弟们还有半数，眼睛红红的，像刚喝过敌人的血一样。过了一会儿，连长的眼睛从兄弟们身上收回来，警惕的朝四下望了望。

四周一片死静。

山套山的天将近黎明。

黎明的前夜是一场恶战。

这时，连里最小的兵小文像刚学会走路的小孩一样，越过尸体去采一朵在战火中生存下来的“生息花”，小文的手刚要触到花秆，不料这时，有一个枪口对准小文的心脏，一双无情无义的手即将扣动扳机。

连长的一双眼睛同样对准了那只狼，此时此刻，连长猛扑上来把小文压倒，枪响了，连长的头顶升起一颗血红的太阳，天上的太阳也对准了连长头上的太阳一起发光。

同时，山套山上响起一阵爆竹般的声音，方向一致……

连长牺牲了，终年29岁，时间×年×月6时10分20秒……

连长战死在山套山，似乎连长的死使战争停了一个月。

一天山套山的兵收到了一封连长老家的信：“……瓜儿，你媳妇在×年×月6时10分20秒生下娃。瓜儿你寄回的生息花很有催生效果，临产近一夜了，俺就把生息花泡茶一般的泡在杯中，凉后，让娃儿妈喝下，孩子顺利产下。瓜儿，等你仗打完回来看看图图。此刻娃儿的妈因为生娃大出血，输了许多血，还躺在床上，娃儿在喝牛奶……”

山套山的兵看完信，都觉着信像小文手里的那朵生息花，放着霞光万道。经兵提议，山套山立了一块碑，后来山套山因为仗不打碑也倒了。

再后来，连墓地也找不到了，只留下一片生息花生生息息。

他十八岁

夜色在小镇上悄悄地降临，灯亮了，风停了，白昼的喧闹声消失了，凑在老槐树底下乘凉的山民们，正在谈白天的新鲜事。

突然，近处一宅里传来震耳的响声。

“轰轰轰乒乒乒咕咕咕——”轰炸声、流弹声、枪声汇集一起传到老槐树下。

“乒乒乒轰轰轰……”炮声断断续续。

……今晚电影大概是战斗片。

……好像是《高山下的花环》。

树下人们正猜着，又听见传来一个男儿的声音：

“亲爱的妈妈：

现在是夜晚，战场上横飞的弹片被黑夜淹没。敌人的偷袭已被我们击退。阵地上很静，你听：'瞅儿、瞅儿——唧儿、唧儿——'纺织娘与金钟儿蝈蝈，还有一些不知名的虫儿，轻奏起小夜曲，它催着人们进入梦乡。多可爱的南疆夜晚啊。妈妈，白天的南疆更美，青青的山围绕着绿绿的水，小鸟唧唧地欢唱着小曲，还有叫不上名字的树、小草、小花，真美呀……”

“当看到这美丽的景色被越军的弹片破坏，化作一片废墟时，我们都恨死这些没良心的越南小寇了，肺都气炸了。妈妈，我们决不能容他们，我站在这前沿阵地向妈妈宣誓：无论战争多么激烈、艰苦，我们只有一个信念：人在阵地在，决不让敌人踏进半步。”

“咕咕……咕咕……咕咕、哒哒哒……”枪声淹没了男儿的声音。

“妈妈，越南小寇趁黑夜向我阵地发起进攻了。”

“咕咕、咕咕……哒哒哒……”又是一阵激烈的枪声。

“妈妈，如果我在战斗中牺牲，这就是遗言：请不要难过，更不要流泪，因为战争是无情、残酷、要死人的。我是为了保卫妈妈而殉国的。妈妈应当高兴，请千万不要向组织伸手。”

“轰轰轰……乒乒乒……”猛烈的炮声。

“妈妈，敌人的进攻很紧，请等我，请等等我，我把敌人打退，再和妈妈说话。”

“小王。”

“到！”

“轰轰轰……乒乒乒……”

“出发！”

夜，挟着凉爽的微风，吹过哗哗作响的白杨树，吹过树下在沉默的山民们。不知道谁在说：“王大妈又想她的儿子，放她儿子留下的声音。”

“他没有回来，永远回不来了，留给妈妈的仅一盒磁带。”

“他全身是血，背着一位重伤员，左腿被炸飞了，他仍然咬着嘴唇_方寸一方寸地爬，爬……”

“他把伤员送到安全的地方，可自己却告别了人生。”

“他，十八岁。好样的！”

红豆林

“叫上任萍？”

“她工作忙，不叫吧。”

春天到了，大雁从南国飞来了，给两位老人捎来一封漂亮的书信，两位老人读着这熟悉的笔迹，老人知道又到了该去南国看儿子的时候了，他们有一个儿子在南国工作，两位老人一商议，在一个月牙弯弯的夜晚坐上南去的列车。

“任萍说过，让叫上她。”

“不叫吧，长断不如短断。”

火车去了南国，因为南国有红豆。

红豆生长在南国的红土地上，树都很年轻，很嫩，年年开花，年年结果，两位老人年年来南国采红豆枝子，带到北国插在花瓶里想儿子，从儿子满月想到儿子学步，又想到儿子上学，又想到儿子参军……

月儿近圆，火车把两位老人拉到南国那块红土地。那块红豆林，老远老远两位老人就看到了。远看，成片成片的红豆林，葱葱茏茏，厚厚实实，组成一块巨大的方阵，像一张碧绿的绒毯，覆盖在红色的土地上。随风吹过，绿浪翻滚，林涛作响，倍觉雄奇壮观。细听，像一所大学校里下课发出的声音，那声音又脆又响。

两位老人站在院墙外细心听。

父亲说：“儿子的声音都变了，听不出来了。”

母亲说：“没听出那朗朗的笑声。”

“咱多采几枝，给任萍 ·些。”

“唉啊，你怎么老提她，说些别的话不行？”

两位老人进了红豆林。那树像迎接贵客一样唱着一首歌，叶子似在伴舞，母亲走一步就用温柔的手摸一棵一棵的红豆树，或亲那一张一张如同儿子脸儿一般的嫩叶。母亲的手是体温表，知冷知热，摸了许多红豆树，突然她摸到一棵树疤，母亲说：“军军在这儿。”

父亲慢慢起来，在那棵红豆树跟前，因为树上有儿子的名，那名是父亲给起的，代表着一段历史。父亲也当过兵，那是四几年，仗打得凶，身上落了伤，再也没回战场，自己没有走完的路，儿子接上，但，还是没有走完……

父亲说，多采几支吧，明年估计不能来了。

母亲小心翼翼地向红豆树走去。

这时，那被采的红豆树流泪了，一滴一滴，滴落在红土地上，似一朵朵展开的梅花。

“男子汉不能掉泪。”母亲说。

南风一吹，红豆林又发出朗朗的歌声0

两位老人笑了。

两位老人没来。

还是有人来采红豆。

第二年采红豆时，有一位漂亮的少妇和一个男人，男人怀里抱一个小孩，小孩挺可爱，他们母子三人来到红豆林，红豆林还是用歌声欢迎他们。

叶落归根

一

康喜欢饭后美美地吸上一支烟，特别是芳来哨所后，吃完饭筷子一扔，一手抹一下沾着饭粒的嘴唇，一手伸进口袋里自动摸出一根烟来，划上火合了眼，吸溜吸溜吞云喷雾，驾云一般自在。一支烟能抽三到四分钟，三到四分钟过后，合着的眼准时睁开看看表，扔了烟头说："我上岗去了。"

那天早晨，康吸完烟对芳说："你今天不上山挖树根了？"

芳说："不上山了，我在家洗衣服。"

康扔下烟头说："我上岗去了。"康背着大枪出了哨所，沿着一条麻石小路向一号洞库走去，鞋底和麻石板碰撞出"噔嚓、噔嚓……"的声响给睡醒的大山奏响了晨曲。

山里的小鸟把睡醒的头探出窝，听了一会儿，再听了一会儿。听清了那熟悉的声音后，于是鸟儿们嘟嘟飞出窝来，活动于树叶之间，唱歌。

平平飞出来了，落到康的肩上咕咕地叫个不停。

康说："你没跟哑孩玩？"

平平叫着："咕咕、咕咕、咕咕……"圆圆的大眼睛盯着康转来转去，康忽然想起平平是一只只会干活送信的鸽子，它和哑孩一样不会说话。咳，康想怎么会忘呢？哑孩只会"噢噢、啊啊……"吼叫。到现在哑孩还是不会说话，这是康和芳的心上的病，哑孩不会说话，医生说让等，这件事真是蹊跷，不知道让康和芳等到什么时候，等到哪年哪月是个头。康摇摇头。

这会儿，康已走到五号洞库。

突然，康发现一个白色的雪团儿从山上飘下来，停到五号洞库的前面。康一惊，静静神一看，原来是一只银白色的羊，白毛白腿白蹄，两只羊角弯弯的像红旗上的镰刀，莹亮剔透的白，像银子铸造的一般。它停在康的前面。眼睛看着康和康肩上的枪刺一动不动。一双眼睛映出青山绿水……这时，一只野兔子从草丛中蹿出来，白羊一愣蹦蹦跳跳，像跑着又像飘着向东跑去。把青山绿水留下，白羊跑了。

康骂了一句："怎么没有把这只兔子套死？"

康继续向前走，脑子里全是浮动着那只白山羊。据说日本投降那时，这山上出现过白羊。此时，平平从康的肩上飞起，翅膀发出啪啪的声响，欢快地叫着"归根、归根……"向哨所飞去。

康的脑子里突然闪出一个念头：回家。

这个念头一出来就吓了康一跳，铁打的营盘，流水的兵，满十二年了，该走了。芳本来在家是有工作的，却为康把工作辞掉了，跟着康来钻大山沟一住就是六年，这叫不叫牺牲，康不知道。

这会儿，芳正在哨所前洗衣服，一会儿抬头望望哑孩和咕咕叫的平平。一会儿抬头望望前面的那条弯弯曲曲的麻石花蛇小路。她身后是座灰青砖灰青瓦的小灰房，芳不知道灰青小屋修在何年何月，为啥修这么一座小屋来充当哨所？在房子的腰间还有一条有20厘米宽的红腰带子，绕小房的腰身转一圈，是红油漆涂上去的，像小时候娘给剪缝的红腰带一样，芳刚来时读不懂这条红腰带，现在仍然还是读不懂这条红腰带的含义。

后来芳问康，康也含含糊糊没给芳一个准确的答案，像是说清楚也不会讲给芳听，许是军事秘密，芳就再不问了。

到了夏天，芳经常提醒康去连队要来一桶红油漆，把漆涂到红腰带上为红腰带上色，上过色的红腰带格外好看显眼，康每年用来涂红腰带的时间是整整一个上午。康觉得这是自己的一项光荣任务，像每天上岗下岗一样……

噔嚓、噔嚓……

康从麻石小路上返回的声响，芳听熟了，像熟悉在老家糊了多少纸盒子一样清楚。（芳之前是在一家纸盒厂上班）。芳用劲洗着一件夏长服，那白沫像浪花一样溢满脸盆，然后再溢出盆外。芳看着白色的泡沫也就想起老马来，这洗衣粉是老马从城里给带来的，也是她挖树根换来的，当时她不懂什么是根雕。老马说根雕是一种现代派艺术。她还是不懂，为了知趣也就不再去问了。但她还是很自豪，因为是她从山崖上石缝里挖出来的树根，老马说都是上等的很有艺术价值的树根，有老马这句话，芳听不懂但感到满意。

首先出现在芳视线的是康身后肩上的那根白惨惨的枪刺，明光发亮，刺人眼睛。芳一双黑亮的眸子却盯着那枪刺一动不动，一直盯到枪刺的下面康晃动的身影出现，芳才低下头来。

芳用劲揉着衣服，像是把所有的内容都揉进衣服里。白色的泡沫溢出盆外流到地上，一小滩、一小滩，像一朵朵白色的雪莲花，在风中晃晃悠悠，怪好看的。

噔嚓、噔嚓……

那声音由远到近，远远地，远远地传到芳的耳朵中贮藏起来，等那声音在耳中敲鼓时，芳抬起头来说：“回来了。”

康说：“回来了。”

康把枪倚到墙边上说：“今天我在五号洞发现了一只白羊，全身都是白色，像银子块块，见了我还停下来，瞪着一双善良的眼睛看着我……”康说完叹了一口气又说“大概它是看到我身后的枪了吧，白羊就像一道银光飘走了……”

芳把头转过来，心中数着哨所前面的那五个泥雕说：“你不瞎说吧，这穷山恶水的地方，哪有那样的稀罕物？那东西是个吉祥物。能来这火了枪了的地方？我来了六年了，还没有见到这山里还有白色的山羊。”芳说完笑着揉搓着衣服，泡沫溅出盆外画出一个图案，芳一指说，“像不像你看到的那只白色山羊？”

康白了芳一眼，从口袋里摸出一根烟来咬在嘴上，摸口袋没有摸出火来，康走到芳身后蹲下，把手伸进芳的口袋里摸出火柴，燃上纸烟说：“我在山里十几年了，只见到恶毒的蛇啦，凶狠的老鹰啦，山兔啦，从来没看到这稀罕东西。”

芳见康又要犯犟，笑了笑说：“我信、我信。”

芳进小屋取出一把木头椅子搁在康的身后，撩起衣襟在椅面上抹了几下说：“坐下歇歇吧。”

康坐下吸着烟，康吸烟不叫吸烟，叫吃烟，从不吐一口烟，把烟全部吸进肚子里。康望着天空，一尘不染的蓝天上飘着几朵像白羊一样的云团，高高的云被太阳光照射着，显得特别清高。天空飞来一群野鸽子，叫着：“归根……归根……”他们飞回到山崖的洞里。康茫然盯着崖洞里的欢快的鸽子心里在想，这家伙白天黑夜的飞，白天黑夜地叫，总有一天要叫得嗓子吐血

“归根……归根……”

这时平平被哑孩拧巴着咕咕地叫着。康想，平平它不想家？他也有爹娘，也有姐妹。康又朝天空巡视一下，野鸽子已经飞远了。康猛然想起什么，问洗衣服的芳：“今天是农历初几了？”

芳把掉在脸前的一束头发用力向脑后一捋，仰起脸说：“农历四月初十。”

康把烟屁股扔到一边，那烟头在地上滚了几个滚不动了，升起一缕青烟，康说："给家寄点钱吧，家里这会儿在收麦。"

芳说："收麦需要钱，赶快寄吧。"

芳洗完衣服，又一件一件地把衣服晾在小河沟岸边系在两棵小树中间的绳子上，那衣服长短不齐，全都是绿色，水滴得声儿"啪啪"地响，地面上出现了一个个小水泡和小水洼。

天暖融融的，树叶不动，阳光直射。

康从房里走出来，手里拿着一个小小的纸管，外面一层透明薄膜纸，能防水能防潮，是专门为平平通信制作的，下雪啦下雨啦都浸湿不了信件。

康朝哑孩和平平的方向喊了一声："平平。"平平见主人喊它，一展翅膀离开哑孩落在康的肩膀上："咕咕……咕咕……"叫着，康把小纸筒拴牢在平平的腿上，又亲昵地在平平灰黑色的背上摸了两下……

平平沿着干河道的上空，一上一下飞走了，河道让太阳晒起一层白濛，两岸都是山石和树林……

平平是一只鸽子，它是山洞中的野鸽子群中的一只。据说这些栖息在山洞中的野鸽子来源于第二次世界大战，当时日本一小股部队驻扎在这丛林山中。一个冬天，有一个罕见的天气给这支部队几乎带来了致命的厄运，狂风夹着大雪粒子漫天飞舞，犹如圈起一座座棉花山，在山涧翻滚着、呼啸着，遮天盖地而来的大雪将所有出口封死，一切通讯全部被中断，无法与外界联系，驻扎在这里的部队眼看着要被风雪困死，而且火上浇油的是又遭到山匪的袭击，战斗异常的激烈，山匪死死封锁住各个出山口，而日本部队的子弹、粮食越来越少……危急关头，日本部队将所有的希望寄托在一只黑鸽子身上。据说这只小黑鸽子一边飞着一边叫着："归根……归根……"小黑鸽子以顽强的毅力飞达目的地：日本天皇已经宣布投降了。是八路军派出救援兵，全部歼灭了山匪，解救了日本部队。这支日本小股部队投降后，小黑鸽子没有被带走，因为日本作为战败国，在今后的日子里也就没有了战争。鸽子被留在这里散在大山里，它们自由自在地在山崖上安了家。经过几十年的风风雨雨，它们变野了但和平的使命尚存。它们和平常普通的鸽子有不同之处，它们的身材、长相都有不同。每只鸽子的头顶上有一个火红的小球，飞在空中就像一颗小火星一般，身上全是银灰色的羽毛与天融为一体，你只能看到火星在滑动，尤其是在夜间飞行，鸽群像满天星星……

二

芳没有来哨所之前，康一个人住在这个灰屋里，孤独寂寞地生活在这茫茫的大山之间，唯有康一个人，没有个伴说话。康天天面对大山，还有几个弹药库默默叹息。康在梦中曾走出过这个灰屋，走出大山，到外面一个桃花盛开的地方，那里风光秀丽人山人海，有高楼大厦，有……醒来才知道是南柯一梦，自己并没有离开这座小屋和大山。

康是一个兵，是一个守库房的兵，他的躯体和灵魂只能跟着他的思维，只能在一条弯弯曲曲的山路上往返于五个洞口之间，看尽日出日落、月缺月圆，直到康画完一个圆圈为止。

哨所原来有一个兵，出了一件事。那个兵说死活是不在这里站岗了，他说给他十个处分也不在这里站岗，于是康就来接了那个兵的班。那件事真有点恐惧，康也有些害怕，那件事情是和一个死去的姑娘有关。

害怕渐渐地被时间缩短了，一段时间过去后，康还真的不害怕了，差不多都淡忘了，然而康还真想有那么一天从山里走出一个人来，哪怕是一个丑鬼也行，和康说说话，说自己想说的话，却始终没有走出一个人来，这让康失望。这时，康羡慕起那个小兵来。

每天巡视洞库，沿着一条麻石小路走来又走去，那里会有故事。真有点“花间一壶酒，独酌无相亲”的味道。

康巡视完洞库回到哨所，坐在灰屋前望山崖上飞来飞出的野鸽子，每天看着他们从家里飞出来，又飞进去，自由自在地生活，康就有些羡慕鸽子的自由。时间长了，康总结出一条经验，发现鸽子之中黑色的鸽子不出洞，而浅灰黑色的鸽子飞进飞出，忙忙碌碌。康就想那黑灰色的鸽子是女人吧，而浅黑色的鸽子是男人吧。康天天看就天天想，把这事想成了一个道理来。于是，康想自己应该建立一个家，就在哨所上建立一个家。这样有利于站好岗放好哨。康只是想但还没有想好，到底怎么样能让一个姑娘来这里与自己做伴？如果能一起站岗，一起放哨，那样该多好啊。

鸽子飞进飞出叫着："归根……归根……”渐渐地鸽子和康熟悉了，康与鸽子也交上朋友，有时野鸽子落到康的小灰房附近，落到康的脸前，瞪着一双黑豆般的圆眼睛，望着多愁善感的康出神，长时间不动。那时康的脑子里会织起一张网，网住家乡的山谷、树林、田野、收割庄稼的情景等等。

这些情致都是在鸽子的圆眼睛里发现的，鸽子把眼一合，梦影随即跟着也散灭了，剩下的是孤独，是远离家乡远离亲人的孤独。于是就想起灰屋上的红腰带来……

那个兵不知是在一个雾天还是个夜里，有一个穿红衣服的女孩敲开灰屋的小门。她姿态容貌穿着打扮都非常漂亮，说是路过这里，进屋坐坐，要点水喝。还说她是在城里上夜班，这是正在回家的路上，女孩说：“就你一个人？一个人多孤单，你不害怕？”女孩说：“这个月她都是夜班，每天都可以来你这里坐坐，陪你说会话。”

女孩好漂亮，二十出点头，圆脸蛋红润润的，弯弯的眉毛黑黑的，细长的双眼忽闪忽闪的，火辣辣的目光会说话，老是未言先笑，说话也带着笑，像唱歌。她走路时把身上的重心放在足尖上，总像要蹦、要飞的样子……

那兵就问：“你在城里做什么工作？你的家是哪村的？家里都有什么人？我从小羡慕在城里工厂里上班，在城里上班真好、真恣。吃得好、穿得好、玩得好。俺家是农村，在大山沟里，离城还有四五十里路，出来当兵就想见见大世面，看看大城市，刚出了大山沟又进了大山沟，这里的山比我们家的山还要大还要高还要深。”女孩说：“当兵苦是苦了一点，你不知道在工厂里干活有多难，看别人的脸色行事，看周围的眼神生活，还要敬这座神啦，还要敬那个仙的。哪座神没烧上香，一双小鞋就扔给你，你穿也是小鞋，不穿还是小鞋，横竖依着他们的爱好来。当兵多好，我从小就喜欢武装不爱红装。”

两人拉完呱，那兵叹了口气，女孩叹了口气，都有些难言苦衷。

女孩每天夜里那个时辰就来了。那兵提前把灰屋的卫生打扫好，把水烧开泡在茶缸里……那兵做这些事情时从心里往外浸的那份快乐，那份高兴是什么也代替不了的高兴。每天都在盼着太阳快快落山，盼着和一个漂亮的女孩在一起的时刻快点来临。这样，每天的时间过得好快，那兵说：“什么孤独寂寞这些字意就不知道了。”

夜黑了以后女孩会准时来。话匣子一开不知不觉几个小时就过去了，和女孩在一起说话没有什么顾忌，完全是一对熟悉的面孔，像两个多年不见的老熟人，见了面那热情劲、那热情的话语，都透出真情来。

那天夜里，黑夜蜷缩着紧抱着大地，群山黑魅魅，四野阴沉沉，黑夜像怪兽一样张着黑洞洞的大口，像要把人一口吞掉，这天夜里出奇的黑，出奇的静，月亮没有出来。那兵说这天夜里女孩来到灰屋的最后一个晚上，那天晚上女孩待了好长时间，说了许多话，几乎说到没有话要说的地步。女孩说：“我要走了。"那个兵说：“再坐会吧。”女孩说：

“不早了。”还问了

几点了，那兵看看手表说十二点了。女孩见桌子上还有一座钟表。女孩说：“我上下班没有块表掌握时间，你能把你那块手表卖给我吗？”那兵就把手腕上的表退下来递给女孩说：“你拿去吧。”女孩说：“你不要我的钱我就不要了。”那兵说：“你随便吧。”女孩又说：“给你九十块吧。”那兵只好接过九十块钱，女孩走了。

过了一段时间，不见女孩来，那兵很想念那些和女孩在一起的夜晚，于是在一个晴天里，那兵翻出女孩给的九十块钱来，不看不知道，一看吓一跳，哪里是钱，是九张烧纸。

突然那兵就想，女孩不是人一定是个鬼，鬼才把烧纸当钱。那兵从那天起，一想起和女孩在一起说话的夜晚，那个兵就浑身发麻，头发都竖了起来。于是，死活不在这里站岗了，同年灰屋的那条红腰带也就刺在墙上。

康来到哨所后，却没有发现女孩来过，康每天夜里都亮着灯，一直到天亮，也没见女孩来。时间长了，康猜测那兵一定是编了一个故事，理由很充足，因为他不愿意在这个大山沟里站岗，所以编出一个女鬼故事来。康深深叹口气，那个兵真有办法能想出这个办法编出这么个故事来，真有他的。但是康还希望那个兵编的故事，如果是真的该有多好。

康每天的工作很单调，背着一杆大枪沿着五个巨齿形的洞库巡逻，边走边数着一个二个三个……数到第五个洞时，又往回返。再从头数这些数字，有时康是用手在洞库铁门上摸摸，动动那些被锈死的大铁锁，康一天要摸三次，到了黑夜洞库像怪兽一样张着黑黑的大口，让人想到一座死人的坟墓。

康为了更好地熟悉洞库，动手挖来泥巴在哨所前动手按照洞库的方位，塑了五个泥雕给每个泥雕排上名字一号二号到五号，五个泥雕象征着五个洞库，中间插上一杆五角红旗，这些作品都是康一个人动手做的，康每天出门就看到五个泥雕就像看到五个洞库一样平安无事。康就是想要这样的效果。

康每天转完五个洞库坐在哨所前面看五个泥雕，心里便数出洞库中存放着一些东西：一号洞库装了些弹药，一包一包像长城上的砖；二号洞库是大炮，一座一座像要奔赴战场待发；三号库是子弹一箱一箱，粒粒光滑无比像粮仓里的花生米……

康望着泥雕经常生出一些怪念头和一些怪思想，康想如果让这些枪炮子弹运往一个城市，这个城是啥样子？人们用自己的聪明才智创造了这个美好的世界，用高科技让世界飞速向前发展，但又有一些人意想生产出尖端的武器发动战争来毁灭这个世界，尤其是毁灭手无寸铁的人，康想人是不是笨蛋，是狗屁猫屁，这种想法常存留在康的脑子里，想到一定程度，康也不敢想下去，因为这些事情总让康生出一种恐惧的感觉，似乎眼前猛然蹿出一条吃人的老虎。康就这样一天一天看着经他精心雕刻的泥雕和那杆迎风飘荡的红旗，就这样看，整天看像翻看一本已经翻旧了的大书一样。

一天，康突然就想起小时候奶奶讲的田螺姑娘的故事。

从前，有一个叫谢瑞的人，从小丧失了父母，又没有近亲，吃百家饭长大的，到17岁独立生活，他谦逊谨慎守纪律，不做违法事，邻居们都怜悯他，打算给他娶个妻子，一时还没寻找到。谢瑞晚睡早起，不分昼夜地辛勤耕作的，后来他在河里得了一大田螺，拿回家养在水缸里。谢瑞每天还是早起下地干活，回来的时候看到家里准备好了的饭菜汤水，好像是有人做好的。开始，他认为是邻居王大妈的好意，但是，接连几天都是这样，他就去感谢邻居王大妈，王大妈说："我本来没有做这个事，为什么要来感谢呢？"谢瑞认为王大妈不明白他的意思，然而天天都是这个样子，后来他只好又到邻居的王大妈把这事说了。邻居王大妈笑着说："你已经自己娶了妻子，秘密地藏在家里烧火做饭，怎么反过来说我帮你做饭呢。"谢瑞无话可说，心里更加迷惘，不知道这到底是怎么回事。

后来，谢瑞在鸡叫的时候就出门，天刚亮就悄悄地摸回家，藏在篱笆外面往自己家里偷偷地察看，他看到一个漂亮的美女从水缸里出来，到灶下去烧火，谢瑞就悄悄走进门去，径直到水缸去看那个大田螺，结果只看见一螺壳

寂寞到顶点的时候，康就想田螺姑娘的故事来充实一下自己的生活，又寂寞又累的时候，康就爱眺望山坡，把山坡上的灌木想成父亲的麦田，一朵朵麦穗，一棵棵青苗，或静坐在灰屋里想记忆里的事情，想母亲纳鞋底中的一缕扯不断的线，想到母亲纳鞋底时哼一首古老的歌谣：红蚂蚱、黑蚂蚱、你咬它来它咬你，蚂蚱蚂蚱不自杀，同类何必自相杀……

寂寞的时候想眺望家园，想撑开翅膀，做山洞里一只野鸽子……

夜里康睡在床上，听着野鸽子叫："归根……归根……"

康老想鸽子为什么这么叫？谁让他这样叫？康想着想着想不明白就睡着了。

那天夜里月的青辉笼罩了整座大山，露水特别的重，一轮饱满清亮的圆月伴着大山一起熟睡了，灰屋也熟睡了，康也熟睡了。圆月、大山、哨所组成一个大的摇篮。那天夜里康睡得很香，康醒来天已放亮，窗外没有风声也没有雨声，静静的山谷从夜雾里剥了出来，宁静的只有鸽子的吵闹声，康能清清楚楚听到崖上鸽子与往日不同，那叫声非常凄惨，调子像断奶的孩子的哭泣，一阵像风一阵像雨……康拱出小房，见东山的崖石上和树林间隙中透射出道道红光，红光熏红了树叶，也熏红了半个天。此刻，山崖上的鸽子群又在吼叫，能听出母亲流泪声和儿子的喊叫声，相互之间流露出痛苦之情，让人能想到战场上刀与枪，人与血……天空一群鸽子滚成一团，互相嘶叫着，岩石上滴下一滴一滴鲜红的血花，像数朵梅花开在山石上，鸽群还滚在天空上越滚越小，似乎滚成一个血团，像一面太阳。这时，见一个毛茸茸的团儿吱吱地掉在地上，随着天空的鸽群散开，天空又回到了宁静。

康走过去一看是一只小银灰鸽，它的翅膀和腿都流着血。朝着康咕咕地叫着，用乞求的目光望着康，眼睛有一注泪水，将要浸出眼来的样子，康就把这只小银灰鸽抱回哨所。康找来药物给鸽子包扎伤口，药物刺痛了鸽子，鸽子一阵阵的叫唤。康说：“不要叫，治病哪有不痛的？”说完鸽子真的不叫了，像一个勇敢的伤病员，头顶上那棵红豆球格外扎眼，格外可爱。

过了些天，鸽子的伤终于痊愈了。

康每天就把鸽子带在身边，上岗下岗。鸽子就咕咕叫着在康的身前身后，给康添了不少的乐趣，鸽子就是康的一个伴。

鸽子刚来哨所时曾一度不吃不喝，很想飞回洞，然而，由于翅膀上的伤口还没有完全长好，只能瞪眼眺望崖洞中的鸽子飞进飞出。康理解鸽子的心思，康就对鸽子说：“等你长好了伤，我就把你放飞回崖洞中，去找你的伙伴到天空寻找自由。”

过了一段时间，小银灰鸽渐渐地认食了，伤口痊愈。一天，康把小银灰鸽投向天空，让它飞回崖洞里。然而，小银灰鸽在天空飞了一圈又一圈咕咕地叫着又飞回康的肩上。再也没有飞走。康就把小银灰鸽收留下。

洞库一般不发货也不进货。康在这里站了好几年岗了也没有遇上一次提货的场面。

有一天，那是一个没有太阳的天气，还有雾，山和树看不清都是一片白蒙蒙的。就在这个上午，突然来了数辆大卡车，车上下来许多人，人很多像一只黑山羊拉下一堆粒粒蛋球一样，一把新钥匙打开一把生锈

的大铁锁，兵们一队队进了洞库又一队队肩扛子弹和枪支装上车，一车车拉到山外，一车车拉到山外

小银灰鸽眨着圆眼睛跟随着一辆大卡车飞来飞去，小银灰鸽送走了一辆辆大卡车，它又灰头土脸地飞了回来：“咕咕……咕咕……”

康问了一兵：“货发到哪去？”

兵说：“不知道。”

康在心里想许是哪个大军区要搞军事训练吧，康知道这些都是军事秘密，也就不问了。

第二天，康带着小银灰鸽去了五号洞库，太阳就有些毒了。康坐在一棵大松树下的阴凉处歇脚，康拿出烟来，任小银灰鸽在身前身后的转来转去，自由自在地寻找食物，一边寻食一边咕咕地叫着。康听不懂咕咕叫声到底是什么语言。有时鸽子的叫声有长有短。康断定小银灰鸽在和康说话，康是听不懂小银灰鸽的话，康一着急就想抽烟。

康抽完一支烟，把冒烟的烟头踩灭。康的眼睛就落到了山顶上的一棵松树，沉思很遥远的事情……

此时，康的脑子里只有山顶上的那棵松树，如果再有的话，康想那棵松树上落上一只鸽子或其他的鸟该多好。

康离开五号洞库无精打采又向回返，康觉着今天很累，说不上来是一种什么感觉，浑身感到没有一点劲，康想可能是昨天夜里没有睡好的原因。康又走到了一号洞库还想坐下来抽支烟解解乏，可一摸口袋，火柴不见了。康自言自语说：“火柴可能忘在五号洞库。”康正想返回到五号库。这时康肩上的鸽子叫了一声飞上天，康不明白小银灰鸽会异发突变，康望着小银灰鸽飞去的方向，在发愣。康想，小银灰鸽这是怎么了？小银灰鸽是想家了？不和康做伴了？小银灰鸽肯定是要飞走的，康摇摇头。康正要想到五号洞，突然，小银灰鸽一阵风似的落在康的肩上，嘴里叼着一盒火柴。显然，鸽子是给康取火去了。康没有想到小银灰鸽会干出这等漂亮的事来。康接过火柴对小银灰鸽说：“你个小精灵，不用感谢我，你回你的崖洞去吧，那里有你的伙伴，因为你生在天空，天空是你的……”小黑鸽还是咕咕地叫，康说了好几遍小银灰鸽也没有飞走，康又想小银灰鸽如果真要飞回崖洞，还真有些恋恋不舍。

三

其实，哨所到连队有两条路，一条是山路，另一条是部队开凿出的

路，开凿的路能跑车，汽车跑四个小时才能到连队。康一般不回连队，即便回趟连队都是顺便坐来哨所送粮的给养车，一个月或两个月不等，信件也是随送给养的车一起送到。上次家里来了一封电报说母病速归，但由于大雪封山，拖到第二年的开春给养车和母亲病逝的信一起送到哨所，想到这里康觉得对不住母亲，没有在她老人家最后的日子里见上一面，可在山里天气一旦变坏，不要说信送不上来，有时粮食断顿都没有办法。康今天发现鸽子能替康排忧解难。康心里亮了，下决心要训练小银灰鸽。

训练小银灰鸽是件很苦且烦琐的事，难度较大的是熟悉哨所到连队的路，因为康只能围绕五个洞库之间的天地，没有机会走出大山，回趟连队。训练信鸽就是要经常来回地熟悉路途。

小银灰鸽没有自己的小窝，跟康睡在一起，这样康和小银灰鸽白天夜晚形影不离有利于训练。

一轮红日从东山口处爬上来，照在灰屋和五个泥雕身上发出一些光亮，红旗被太阳一照，显得更加鲜艳夺目，五角红星的每个角尖都指向一个泥雕……

康进屋提出一挂小鞭，这还是过年时留下来的，那时康感觉留下这只小鞭会派上用场。这叫不叫巧合，康说不明白，反正今天是小银灰鸽训练的第一天，康就想起了这只小鞭。康提着那只小鞭，一手托着鸽子，小银灰鸽眼睛瞪着康手里的小红鞭出神，不知道康要干什么？康走到五个泥雕中心位置，在迎风飘扬的红旗下，看了看红旗，红旗被风吹得哗哗响。康看了看小银灰鸽说：“我替你宣个誓词吧。”

小银灰鸽看着康。

康说：“我爱和平，因为我是世界和平的使者。我要穿越时空，我要遨游太空、环游世界。对党忠诚，积极工作，为全人类奋斗终生，随时准备为全人类牺牲一切，永远做人类的和平使者。”

康说完又说：“你是和平，今后你的名字就叫平平吧。”

小银灰鸽高兴地叫起来：“咕咕……咕咕……”

此刻，康想起自己当兵时的情景，村长提着一挂小鞭架到自己的前面，一路快跑，爆竹声声脆响，村长喊着：“脆响、脆响催你成长。”康笑了笑又摇摇头。康从嘴里取下烟头点上小鞭，一阵火星跟着啪啪啪啪响了起来。给清晨的大山传了话，把山上的群鸟惊飞了起来，山兔也被惊得跳了出来，唯独崖洞上的野鸽子没有惊慌失措。在山崖洞口站成一排，眼睛望着哨所，它们把头伸成一排，像是在观看一场精彩的节目。等爆竹声过后它们散向天空。康看了看平平，它仍然聚精会神蹲在康的胳膊上增然不动。等地上的最后一个爆竹啪的一声随后冒出一股青烟时，平平才咕咕地叫了起来。

从这天开始康就对平平实行了训练计划。康在家听民间一些老人讲述，要把鸽子带到很远的地方去，然后让鸽子自己在风浪中河流中飞回家，经过多次的训练，鸽子才能熟悉途路，才能去完成任务。康现在只能在自己康所管辖的五个洞库之间来回完成小银灰鸽这些课目，几天过去T。康是每天在五个洞库之间来回训练小银灰鸽，小银灰鸽也在五个洞库之间飞来飞去。功夫不负有心人，五个洞库的路途小银灰鸽全部记下了……

昨天康上山下了一个套子，在冬季里套兔子是康孤独生活中不可缺少的一种乐趣，康熟悉山上的兔子的路，哪条路是虚哪条路是实康一看就知道，哪条路兔子经常光顾，哪条路有兔子，康了如指掌。套兔子是山民一种古老的狩猎方法，后来人们把这种办法运用到战争，像人们常说的下个套子让你钻，使人上当受骗的计策，落入圈套就是这样延续过来的。

圈套要下小，不能下大，大小是和兔子头部几乎成正比。康每次下套子只下一个，因为山上所有的兔子都是康的朋友，康想套哪只就套哪只，说套只母子就不能套只公子，一般情况之下康是套公的多母的少，因为母兔要下崽子。有时改善一下生活康就上山去套只兔子来。兔子一旦进了圈套不用担心它会逃出来，因为兔子和人的本能一样，一旦进了圈套是一个劲儿地挣扎，直到被套子拴住为止，这是康套兔子几年套出的一条经验。

康带着平平巡视完洞库就上山了。

今天康套了一只四斤重的山兔子。康起了套子后，提着兔子看了看，这只兔子是夜间出来到下边那块麦子地里啃麦苗，半道上被下的套子套着的。山民在山上开垦了一些土地，这里一块那里一块都不大，秋天进山种麦子，山民一般不进山管理，等第二年进山收割，能收多少就收多少。这样这些麦苗便成了兔子的食物，康抬头望着那块不算太旺盛的麦苗和南去的白云，长长地叹了一口气，不知道是叹息人生的不幸，还是叹息这只被套的兔子，叹完气康提着沉甸甸的兔子下山了。

下山有两条小路，两条小路都通哨所，一条近好走，一条远还是青石台级，每次上山康都是走近的一条，而今天康不知为什么就选择了远的一条，康提着兔子一步一个台阶朝山下走去，走不多远，康发现了一个人躺在小路边上，康急忙过去摸那人的鼻子，这个人还活着，只是摔昏了。这时，康想起前几天城里来了几个年轻人上山打鸽子，康不让他们打，康就说这个地方是军事禁地，不允许外人进入，他们如果真要进来，出了事自己可要负责。然而，康看这个躺在路边上的人四十多岁，身边没有什么武器，不同的是有几块烂树根，看样子他是从山上滚了下来的。康就把这个人背到了哨所。

康把那人放到自己的床上喂了几口水，看样子伤得并不重，就是晕了过去；于是带着平平出房收拾兔子。康找来一个歪脖子树棍在五个泥雕中间一侧，把套子解了，串到兔子的嘴里挂在歪脖子树棍上，用早备好的小刀在兔子颈部切了一圈，两手抓住兔子的皮用力向下一拉，整张兔子皮就和兔子肉剥离出来，一个肉乎乎的像个小孩子一样的肉块显现在眼前，整个过程不到三分钟就完成了，剥兔子皮一气呵成，裸露的兔子肉厚实精壮紫红撮肉似健美的肌体，康把皮钉在墙上。兔子皮可有许多用处，可以制作冬天的棉手套棉鞋垫和其他一些取暖的材料。这是进入冬天第一张兔子皮上墙，以后还有第二张和第三张……

康把兔子肉炖到锅里后，才想起房子里还有一个人来，于是康走到床边，见那人翻了个身。康说："起来吧，不就是摔了一跤吗，在山里摔跤是经常的事。"

那个人翻了个身，又哼了两声，醒了。

康说："你们城里人不在城里好好待着跑到山里来折腾什么，山上的鸟啊动物啊都是受保护的，打了是犯法的。"康说完又走进厨房看看兔子肉炖好没有，刚进厨房就闻到了肉香味，康看了看兔子肉火候还不到。康又回到床边。那个人对康说："我是进山挖树根的，我不是来山里打猎的。"那个人边说边拿出_个身份证让康看，康看了看那人的身份证，才知道眼前这个人叫马桩，今年43岁，是城里人。康这才细心地看了看马桩，这个人从脸上看很憨厚，不像上次进山里打鸽子的那些家伙，看上去还有几分文化味。康说："挖树根、挖树根干啥用？"

老马细心地告诉康："挖树根是做根雕。根雕是一门艺术。"

康说："我不懂艺术。不就是一些破烂树根吗，这大山里多的是，你要多少？"

老马说："这大山的树根有特点，有着太行山独特的风味，或粗或细或拙或巧，总给人一种向上的力量，也并非这里原料出自太行山，主要是通过一件件被大自然创造的具有强大生命力的作品，体味到人们对生活美的追求和热爱，力量的生发艺术也就产生了。"

康把饭端上来说："咱一起吃饭吧，别艺术，艺术的，艺术不能当饭吃。”

老马下床不客气地拾起筷子就吃，边吃边说：“这兔子肉好鲜，刚才你还说这山上的野味打不得，可你近水楼台先得月了。”老马嘴里啃着一块腿肉，那肉厚厚的塞满口，说话呼噜呼噜音也不全。康说：“我吃兔子都是吃不听话的兔，多吃公兔不吃母兔。”

老马说：“啥是不听话的兔子？”

康说：“我在这山里好几年了，周围的山也都走遍了，冬天套兔子，夏天抓蛇吃，都是选那些不听话的，山上的恶蛇寿兔都让我猎杀净了。从来不破坏生态平衡。我还养了一只会干事的鸽子，康喊了一声：“平平……”

平平听到主人唤他，展翅膀从外面飞进房里降落到康的肩上咕咕叫着。康说“平平到外面把我的烟叨来。”平平飞了出去把康的烟火分两趟叨来，收拾兔子时康把火和烟放在什么地方平平是知道的，老马看着平平喜欢得不得了，说：“这是只上乘的信鸽，头顶上那只红球可以证明，你从哪里买来的。”

康说：“山洞里的野鸽子，他的家族可不得了，都是贵族。”

康和老马聊了一会儿外面的话。老马说：“你站岗以外的时间，可以挖一些树根，我用钱买你的，要挖那些奇形怪状，形象越丑陋的价值越高，我按照树根的价值付给钱，你如果不要钱我可以从城里带些烟酒之类的东西给你。”

康想了想说：“行啊，反正闲着也是闲着。但我不会要你的钱。”

老马说：“太好了，这样一来我每个季度进山拉一次。”老马又说：“用不用我帮你办一些城里的事情。城里有什么要办的事尽管说。”

康说：“带走。把平平带到城里，到了家让平平再顺原路飞回来。”

老马说：“你放心吗。”

康帮老马捡来他挖的树根，老马背上树根带着平平下山了。

两天后的清晨，平平飞回来了。

有一天，给养车送来两袋面和一些大米还有一些蔬菜，还有一些过期的旧报纸。那一天平平跟着给养车去了连队，当时给养车司机还不相信平平能飞回来。但平平记忆力惊人，只一次就烂记心里，有过目不忘的本领。

那是一个暖和的上午，康坐在五个泥雕边看周围的山，先前康是一天读一座山，从上到下一寸一寸地读，整个山峦自上而下自南而北摆列着一条条沟沟壑壑和一座座山崖，每条又长又深的沟壑都是斜斜地躺着，多毛的瘦胸，大沟和小沟又分割出一座座的小山梁，看上去座座山梁千姿百态，奇形怪状，有的像翱翔在天空的老鹰，有的像神龟，有的像疾驰的骏马，有的像静卧倒嚼的老牛，有的像巍巍独立的雄狮，尤其是左边的山梁像睡着的母亲……沟壑里梁上面这里一株那里一株不成气候的灌木点缀出大山绿色，渲染着一缕雍容华贵的气氛，哪个地方长着几棵松树，几棵槐树都记在康的心里。康读完山把目光投到灰青屋上的那条红腰带上。

似乎那红腰带虚幻成一个姑娘，那个姑娘就是女孩，看着看着康就发起恨来，为啥女孩再就不来呢？想了一会儿似乎身上出了一层汗才回到现实。

这时，康又想起田螺姑娘。

于是康在心里给一个姑娘写了一封信：

……那时，你的背景在我心里很密，总也走不出我的视线，走不出灰屋小床上的黑夜，如今我成熟了，拿出临走前你给我的两颗红豆，红豆像东升的太阳，月亮总会圆的，因为有我们携手走过的路拾来，我试想把你忘掉，那密实的背影终久给我一个月亮，有多少灿烂的黄昏就有多少次的等待，我曾一度用太阳的心猜测月亮的胸怀，当我发现两颗红豆牵着我和你的手时，是你填补了时间留给我的空白，不要说我不给你写信，因为那信笺找不到合适的字……

在黑夜在清晨在黄昏，可我总感觉你的微微呼吸声，在渴望你的胸怀，阳光唯一的美丽就是你，即便黑夜会埋葬一切，我总能听到你和我成熟的音节，从今往后，你将成为我的田螺姑娘，给我做饭……

四

红腰带，牵着康的思维走进了一个姑娘的心房。姑娘叫芳。当时18岁，一张白里透红的脸，一个结实的个子，一头乌黑的长发，一双黑白分明的杏子眼，一双细细的眉毛。身材灵活，挑水做饭样样都来得，又会做一手好针线活，姑娘在农村，有了这些小伙子都喜欢。康和芳是一个村的，南屋北屋互相之间比较熟悉。小时候在学校里，有一次康解不开腰带撒尿，急得康哭了，那时候是用布带子做腰带。解不开是经常的事。康哭的声音挺大，芳从外面听到康的声音跑来用两只小手解，但是两只小手弄了一大会儿也没有解开那个死疙瘩。芳用牙齿硬给康咬开腰带，芳给康咬开腰带，康的热尿直冲了出来，芳的裤子被尿湿了半个裤腿。芳红着脸，掉着泪跑开……

这件羞事在康的脑子里还是那么记忆犹新，像昨天刚刚发生过一样。芳的父母去世早。芳就住在姑姑家。芳10岁那年，她姑夫在一次开山炸石中被石头打死，剩下芳和姑姑两人度日，日子过得艰难且没有依靠。因此芳过早的成熟，像个大人。康的家和芳的家隔了一条胡同。于是康的母亲常让康端些米面之类的东西送过去。本来康的年龄和芳的年龄一般大，这样两家大人走在一起，小孩子也和大人一样走得近。一起上山挖野菜、拾草、去河里还摸鱼……到了上学的年龄，两人背着书包走进了学校，又分到一张桌子里。芳数学好，康语文扎实，互相学习在全班出了名的。两人从学习中产生了感情。真是一对两小无猜的小人儿。爱情慢慢地在两人身上延伸，生了根，就是还没有结果。

下学后，两人似乎离得远些，但每次碰面还能碰出童年的火花来，互相看了一眼就走开，那时康就知道自己的身世。大哥三十多岁，二哥也到了娶媳妇的年龄了，大哥二哥那是村子里屈指可数的棒小伙子，无论推车挖地种庄稼都是一把好手，一身腱子肉象征着力量，大哥打篮球那是出了名的一级中锋，镇上篮球队比赛没有大哥一级中锋开不了张。大哥那时穿了一件蓝背心上面写了一个9字，谁见了不喊他的名字，而喊他9号。

康的爷爷是个教书先生，先前给大户人家教私塾，那大户人家让官家给封了家，爷爷回家置了几亩地，雇用了一个长工种地，爷爷又出来给村里教书，在山区村也算是一个富裕人家了，不愁吃不愁穿，冬有棉夏有单。康的祖父去世时，康的父亲才17岁。两年后内战结束，北京和平解放，转眼夏天，老家也解放了，接着土改。村人说：他家雇长工不假，但他们家是读书人家，为人和善不摆格……就这样划成分时被划为上中农，由于出身的原因，哥哥们娶不上媳妇，于是都恨这个家。结果在一个大雪天里，康的大哥忍受不了性的寂寞闯关东去了，第二年康的二哥哥也走了，随后三哥也学着他们一样去闯关东，都算是闯出一条生路。他们在外面都找到了媳妇。三个哥哥总算被三个东北女人所接纳，家中只有剩下康了。康高中毕业没有考上学回家种地。父亲说什么也不让康去学几个哥哥闯关东，留在身边。这个时候党的政策也在悄悄地发生变化。农村实行了生产责任制，田分到了个人，大哥二哥也携带儿女从东北返回家，过上了好日子。这一年康光荣地参加了中国人民解放军。

这之前康和芳有了距离，在村里人们的眼睛里，由于兄弟们都到东北的影响，一度导致了康对芳失去了一些自信的激情，可康暗下决心不混出个人样就不到芳姑姑家求婚。

在一个冬天的日子里，就是康当兵的那个冬天，在村里干义务工修路，活倒不累就是修修补补，但那天很冷，干一会就冻得不行，得把手放进袖筒里暖和一下再干。那天康带了一副白线手套，康刨土芳用锹清理，两人是一对。两人没有语言，干了一会儿芳说："把手套让俺带带。"康把手套从自己的手里退下来递给芳，没有话两人的眼神可在说话。康急忙低下头用劲刨土……

康直到现在都没有忘记芳的那双眼睛，康曾经见过的眼睛很多，但有的眼睛大而无神，有的眼睛媚气太重、有的眼睛……但康看到芳的那双眼睛时心里一颤，那种朦胧的爱意顿然明朗起来。男人眼里难得一丝柔媚。而女人眼里难得一丝刚强。康断定，即使自己走到人生的半路上，这个女人完全能撑立门户，抚养儿女，康决定要娶芳就是因为这个眼神起到作用的。

几天后，芳把手套洗得雪白还给了康，里面有一封信只有几个字。大意是我要等你……

几天后，康的入伍通知书下到村里。

康当兵三个年头没有探亲，第四个年头康转了志愿兵，康第一次回家就和芳定了亲。

康给老马挖了一堆树根，都是些奇奇怪怪的、丑陋得像能看出一些动物的影子。这一天康从山上挖树根回到哨所，坐在五个泥雕红旗下的一块石头上望山、望天空的鸽子飞进飞出。这天老马来了。康说："怎么这么长没有进山来？"

老马说："在家看儿子来。"

康说："看儿子咋了？你儿子不是在上大学吗？"

老马说："你不知道？"

康说："我知道啥？"

老马说："外面闹什么学生潮。"

康问："咋回事？"

老马说："我那小子也要去，让我关了几天。有一天他跑了，让我抓回来把腿打断了。"

康说："断了？"

老马说："骨折。二个月会好的。"

康看看不变的大山和天空的高云，又看了看泥雕说："你不该打断他的腿。"

老马将康挖来的树根打捆装车，付给康50元钱。康说什么也不接。老马说下次进山给康带两条好烟，送走老马，康觉得身子又累又轻松……下午平平从连队带回来一封信。

不到一月芳来到灰屋小哨所与康完了婚。经过领导的同意，芳可以住进哨所。芳每天的工作是一日三餐，洗衣做饭。

康下岗回来看着热菜热汤，笑着对芳说：“你听说过田螺姑娘的故事来？”

芳脸红红地说：“听过……”

康说：“现在我真成了谢瑞了。”

两人都笑。

山沟哨所有人家，一日三餐会准时在灰屋的烟筒升起缕缕的青烟，和山里的人家不同之处，康是个当兵的。

由于吃饭准时，康发胖了。夜里也不再做噩梦了，康听着崖洞里的鸽子飞进飞出，就知道这世道就能太太平平的。康上岗时一路小曲，下岗的路上还是一路小曲，日子就这么过……

太阳从东边出，月亮从西边落，蹉跎岁月晃晃过，三个月过去……康发现芳的肚子鼓了起来，想到妻子即将做妈妈，康也就要当爸爸了。

芳的肚子一天是一个样。夜里芳躺在床上自己摸着像个白鼓一样的肚子说：“你听听，他在里面叫你了啦。”

康笑着知道芳在骗他，但还是习惯性地把双手合在一起，来回摩擦几分钟，双手火热时抚在脸上，把抚热的脸贴在芳隆起的肚子上，随之耳朵靠近肚皮细心地听了一会儿，又细心听了一会儿……

芳问：“你听到啦？”

康说：“听到什么？”

芳说：“叫爸爸还是叫妈妈？”

康笑没说话。

盼着盼着春风的脚步近了，一切都睡醒了，欣欣然大山张开眼，山阔了水涨了，太阳的脸红起来了，一个冬天养育了一个春天，像母亲十月怀胎哺育一个小生命一样，春给大山装扮绿色，芳和春天一样给这个哨所哺育了一个小生命。

春天还没有过去，芳天天坐在灰屋前，在康准备好的一把木椅上看周围的大山，吸大山的空气，看大山的绿装，把春天的景色讲给肚子的孩子听：“小河边上那棵小白杨，抽出了几个绿色叶子，摇摇晃晃，被风吹丑了。”芳摸了下肚子说：“你现在要比树叶还丑。”

“小青草开白花，采几支给你？”芳挺着大肚子采来一束小白花贴在肚子上说：“香吧。”

有时芳坐在木椅上就想，来时大山还是一片光秃秃没有青色，转眼山绿，像自己的肚子，原来空空的，现在里面却有一个小生命在动，一天一天在长……

太阳从东山爬上来是九点钟，到下午四点钟落入西山。芳就是从太阳升起的那一刻一直到太阳落入西山，一边晒着太阳，一边手里忙着给肚子里小宝宝织小衣服，衣服很小，在芳细巧的手里转来转去，不几天就是一小件，已经缝织了六七件了……

芳刚来哨所时，喝不习惯这里的水，河里不流水，吃水要到一个山崖上去挑，那水是从崖岩缝里一滴一滴的滴，水是半天一桶半天一桶。康叫它滴水泉，每天能接二至三桶，那水浑黄。康说那水是大山的眼泪，整天整夜地滴，速度一个样，刚开始喝有一股铁锈味，时间长了也就喝习惯了，不习惯也得习惯。芳不愿意喝也得喝，她怕康难过。

芳的肚子一天比一天大，一天比一天圆，肚子里小家伙一天一个样子。芳把这些变化细节告诉康说：“女孩动、男孩静，这几天小家伙挺静的，我看是个男孩子。”

康说：“男孩子还要让他当兵。”

芳说：“俺不让孩子当兵，都太平了。“

十个月后，芳生下一个男孩。小孩自生下来那一刻不会哭，到满月时孩子对着康和芳笑，以笑带哭。满月时，小孩哭了将近三个小时，哭声大且而响亮，好像要和大山比高低。

小孩子两岁时，还是不会说话。两只眼睛咕噜咕噜透出一股灵气。康多次测试小孩子的听视，得出结论不是聋子就是个哑巴。孩子尽管不会说话，但有时能从嘴里蹦出一个字：平平、平平。

先说话、后走路，这孩子都能在山路上追小鸟了，就是不会喊爸爸妈妈。平平是孩子的伙伴，一睁眼就跑到屋外去找平平……

那天，连队给养车来哨所，康和孩子坐上车一起到医院看了看。医生说这孩子既不是哑巴又不是聋子，是那种说话迟的小孩，不着急，到时候他就会开口讲话，这得等。

医生的一个字：等。要命吧，光这一个字就让康对着大山大喊大叫，就让芳满头黑发等出了白发，成了两人的心病。小孩子像平平一个样子，只能听懂话，却不会说话。

一天夜里，平平缩进窝里，洞中的鸽子也不叫了，夜里漆黑没有星星照亮，芳把孩子哄睡，与一边抽烟的康说：“孩子不会说话是不是与遗传有关？”

康说：“我也这样想来，但是数到爷爷那里也没有一个是聋子、哑巴。”

这会儿芳瞅着熟睡的孩子。只见孩子一会儿扭着笑，又一会儿小嘴嗽着在哭，芳眼里就圈了一些水，那带有咸味的泪滴在孩子的脸上。孩子的脸一动，泪又顺着孩子的脸上流到枕头上……

康见芳流泪，把烟熄灭说，“我想起来了，我一个三爷爷到了九岁才开口说话。我是听俺娘说俺爹时讲出来的，因为俺爹话贵，人称木头，俺娘说俺爹：两脚踢不出来一个屁。随您老。三爷爷有一个闺女就是俺姑。生了一个女孩三岁也是不会说话，姑姑也常为孩子不会说话流泪。三爷爷见了说：‘急什么，老子九岁才会喊：猪’。”

芳被康的话逗笑了。

芳知道康逗她，因为康没有个三爷爷。

孩子不会说话，急也没有用，只能伤身体。索性就顺其自然总会有办法的。于是给孩子起了一个名字叫：哑孩。

哑孩两岁的某一天，不知道从哪里翻出一块长条白布，后来康才知道那白布来源于康的一条破旧的白床单。哑孩先是爱不释手地玩，拴在腰上、缠到头上，在小草坪地上走来走去，与鸽子平平玩耍。芳见了吓了一大跳，就把白布条收藏起来。没过几天，哑孩又找了出来，这次哑孩找出来不是拴在腰上，而是缠在一双白生生的脚上，把一双小脚缠得像两截白藕一般，走在草坪上一拐一拐的，逗得平平咕咕地叫。哑孩边走边叫着：“平平、平平。”话语都不成句。芳见了一把从哑孩的小脚上扯下来白带子，又一把把白带子扔进火膛里。哑孩跟在芳的后面，看芳把白带子扔到火膛里那一瞬间，白带子升起一股黑烟后，哑孩似乎还叹了一口气，幼小的嫩脸上扭曲成一种久远的痛苦。

这种事情过后，哑孩连着几天都郁闷不乐。每天和平平在草坪上玩，有时哑孩把平平抓起来摔在地上，平平是摔不坏的，平平会飞，哑孩去追，平平就飞起来让哑孩捉不到，急得哑孩啊啊地吼叫，还对着天空吼叫……

老马这两天就来了。

上次老马把一车树根拉走后再没有进山来，老马临走时对康说：“你们住得近，挖起来方便，一天挖几棵，积少成多，我是少量加工，一年有二三十件成型的根雕即可。总之我是请你们帮忙的。”老马态度平和，说话办事完全诚恳平等，商量的口气。康和芳受到这种待遇，很是感动。

老马说：“还是按树根的等级付钱，如果不要钱，可以兑现成食品之类的东西，因为你们这里进趟城不方便。”老马说话办事周到，何况交换的条件又这么好，康和芳商量了一下便欣然同意了。当时芳还怀着哑孩，孩子还没有生下来。

后来老马又来过几次。一次是当年的秋天，进山拉芳挖的树根。那一次老马给了100元。第二次开春时，芳生下了孩子，老马带来20斤黄米，还有几块红花布，几身小孩衣服。老马先看了看孩子，对康表示贺喜，贺喜康当上爸爸了。然后老马与康聊了一些外面的事情。老马说，他准备到南方一个城市里办一个根雕展，是以太行山根雕命名的题目。康对老马进山是欢迎的。荒凉的大山无人问津，有老马这个好朋友光顾，康非常高兴。

芳挖树根都挖出经验了，哪个树根像什么，或像龙、猪、狗、人等等，芳几乎都能猜出几分。树根生在地底下，芳从地面上也能猜出地底下的树根长得是什么样子，挖出来一看和自己想的一个样子。有些树根真的有些特点，像母亲领着小孩啦；像母亲抱着小孩啦；有的干脆像自己一样，身上背着一个娃娃……

树根集堆多了在哨所边上，风吹雨淋，样子越来越显现，有的经雨淋风吹都烂得不成样子了。

老马看了说：“烂得好、烂得好。”

五

经过短暂的黑夜，东边大风口上空露出斑斑青白的彩云，云层后面跳动着一缕亮光，它好像寻找云层稀薄的地方，从那里冲将出来，渐渐地、渐渐地，金饼子似的太阳从东山大风口处一点点拱了出来。射出无数道金光，像一幅画。平平就是从那里起从哨所飞进城里的。平平进城，大风口是必经之路，于是一个灰白的圆物体渐渐接近火红的太阳，仿佛那灰白的羽毛也被太阳染红，这时平平钻入太阳身体之中，权当锻铸第二次生命。此时，太阳变小升高，平平紧贴太阳的下弦，它的右腿是一个纸筒，在哨所这边看太阳，平平和纸筒像一个大大的问号。

平平飞过大风口离开太阳就不见了。

平平就这样从大风口处飞下来，他的身下是一片沟沟岭岭的山峰，一个接着一个，像有人随便把一床被子摊在床上一般，凸凸凹凹、丘丘岭岭……

此时，平平的思维回到了它家族那段历史里，祖上就是在一个满山雪覆的天气里，且有九级的猛风，而祖上勇敢地飞越这片无人区的山脉，把信送到八路军的指挥部。尽管祖上是日本，但它是和平使者。那次战斗虽然激烈，但日本兵没有一个伤亡，反而八路军却牺牲了不少人。日本投降后，鸽子没有带走，把鸽子全部留在太行山上，他们住在山洞里，食大山的精髓，吸山上的血液，生生息息，过着自由自在的生活，飞出飞进向苍天要有坚利的翅膀。由于家族的本性。鸽子们在一个黑夜里举行了一个大比武。最后平平被派下来帮助康在哨所完成一些任务，因为兵营还没有消失，而人类还没有真正和平。

平平的思维被天地打破了，进入了近代文明，它发现满山遍野一片红，红得像要滴血一般，而沟沟壑壑全都是游荡着咕咕的红血，于是就想到了洞库里的枪支和弹药……就是它们制造了流血事件。

此时，平平的双眼掉下两滴泪水，泪水滴进大山丛中化作满山遍野的白雪，一尘不染。

此时，平平飞过沟沟岭岭看到城市，上次进城是老马带进城里，平平把进城的路烂记在心里。这是第一次单独进城执行任务：是为了主人的哑孩，平平知道哑孩是个好孩子，虽然哑孩不会说话，还经常给他搞点小战争，但平平还是喜欢他。平平不知道这喜欢中是不是带有可怜的成分？因为哑孩是个会说话的孩子，他是不愿意对这个世界说出他的第一句话，那是哑孩的处女话一般不说，两般也不说，因为什么？平平也不知道。但平平这样想：人从站立不稳的童年中走出来，岁月每天都在增添思想的重量，同在一块土地上，同看一片蓝天，无论走的还是飞的，一代人自有一代人的憧憬……

哑孩是个怪人。

平平这么想着就飞进城市的上空。平平问自己，这是不是那座城市了？怎么变了样子，原来的空白地现在变成高楼大厦，人像蚂蚁一样从一个洞口出出进进，那个地方原来是一片平房子，现在变成一个大型的游乐中心，大人、小孩、男女老幼都在那里游玩……

三年没有进城，城市变化这么大，真不可思议，高楼多了，街道集市多了，汽车多了……

平平飞翔在城市的上空寻找老马的家，他在城市的上空飞了十几个来回，总算找到了老马的那个白色的阳台。这时平平发现一个罪恶的枪口对准了自己，平平朝那罪恶的枪口拉下一堆粪便，像一颗流星一样滑落到老马的阳台上。子弹打空了。

平平准时把信送到老马家，它又按照原路返回哨所，它想远离这座城市，远离这到处都是枪口的人类，远离这人类的文明，快把文明藏起来吧，藏到100年后且再拿出来……

平平剑一样地划破了天空，飞回哨所。

不到几天，老马从城里来到了哨所。

两年没有进山哨所也有一些变化，原来吃奶的小孩子现在都会满山的跑了，康和芳脸上多了一些内容。

康问："两年没有进山了，你改行了？挖的树根都快烂了。"

老马说："太忙了，到深圳办了一个根雕艺术展后，北京、上海也邀请。这两年全都在外面跑来跑去，这不，过几天，我还要出国。"

康问："出国？"

老马说："去美国办根雕展出。"老马喝了口水又说，"外面的世界大大的开放了，各行各业都在发生着变化，个人办公司，前几年我们不敢想的事现在全部实现了，现在不但敢想也敢干了，我说你在这山沟里都快蹲老了，快脱下军装回地方挣大钱吧。"

康说："回地方。一个国家不能没有军队，有军队就有士兵这个职业，如果全部脱下军装回家，那军营不就成了一座空营了，那谁来保卫祖国，谁来保卫你们挣大钱0"老马见康很平静地说出这些话，就补了一句："都和你一样有那么高的觉悟，咱们国家就更加繁荣昌盛了。"

这时，芳从外面带进小哑孩来，老马喜欢得不得了。把哑孩抱起来说："你看伯伯给你带来了什么？"说着老马从包里取出一些糖块，还有一支玩具手枪。

哑孩没有去拿玩具手枪，反而照着糖块下手。

老马看着哑孩说："这孩还不会说话？"

康说："这次急着叫你来就是借你的车进城，再借你的熟人去城里看看医生，要好好给哑孩查查。"康就把最近哑孩的一些反应与老马说了起来。

白日里河里没有水流，鸟也懒得叫，到了夜间，山上时不时传来莫名的种种怪叫，嗷嗷的，如泣哭，如狼叫，有了这些声音哨所越发显得死寂……这天，哑孩在哨所五个泥雕之间转了好长时间，像是寻找一种东西。芳就上山挖树根了。中午回来，灰屋前那五个泥雕的头都掉落在地上，哑孩还在那里手拿挖树根的小铲子敲打滚落地上的泥雕。谁也不知道哑孩这是干什么，谁也不知道他小小的年龄有这般大的力量，竟把五个泥雕的头全部推倒在地上。

康下岗回来看到这样场面吓了一跳。康只是心痛却没有怪哑孩。然而不久之后，哑孩又做了一件吓人的事，哑孩把康站岗的大枪藏了起来，康和芳找了一个下午也没有找到，随后在那个小草坪上找到……从这些最近发生的现象看，哑孩完全不是意外，还是故意这样做？真把康和芳弄愣了。芳说：“带哑孩到医院再去检查检查，看看医生对这种新现象怎么说。这不今天就要跟着你的车进城。”

老马说：“这个孩子既不是聋子也不是哑巴，而是一个晚说话的小孩。”

康就带着哑孩搭了老马的车去了城里医院。排了队挂了号，等到下午三点才轮上看医生。医生测试了一下说：“这孩子不是哑巴，会说话，智商还相当高。”

康想和医生说说哑孩的最近一些现象，而医生说：“下一个。”老马和康气得带着哑孩走出了医院，天已经黑下来了。康带着哑孩就来到了老马家。夜里老马和康就哑孩说了很多话。他说孩子说话的多少和母亲平时所说词汇的数量成正比。也就是说，对于大脑发育正常的孩子来说，他周围的成长环境对他语言能力的发育起着促进或延缓作用。如果他成长的环境比较有利，那么他语言能力的发育也就比较快。老马说别看孩子现在说话晚了些，可这样的孩子将来反而会更聪明。老马说语言是人类所特有的交流方式，人们考查一个婴儿的智力情况时，语言能力是其中五大领域之一。所以，语言和智力有关系。但是是否说话晚的孩子智力就差呢？这个问题就不能简单地下结论了。

老马说在通常情况下，小孩到八九个月时就能叫爸、妈，到一岁左右就可以说简短的话了。可是有些孩子一直到两三岁才开始牙牙学语，家长的心里很烦闷，这是什么原因呢？孩子会不会是哑巴？是不是说话迟的孩子智力差？有些老人可能说这样大智若愚或包公再世，传说包公5岁才开口说话。对于包公几岁会说话无可考证，但这种想法是错误的，说话迟的孩子原因很多。老马说有些是和家族的遗传有关，上辈人说话迟他们的孩子有的也学话迟。他们虽然一时还不会说话，可是心里明白，智力发育也并不差。有些孩子性格羞怯沉静，常常由于害羞或害怕及其他特殊的心理羞于启齿，懒于开口，这样学说话自然也比较迟了。有的孩子由于父母工作较忙，只是一味地对孩子生活上照料，很少和他们说话交流造成说话迟。这些原因大都在小小的哑孩身上存在着，可以回去加以克服和解决。

康感到老马的话真说到点子上了，哑孩出生在大山里，自从出生就没有小伙伴玩耍，爸爸妈妈又言少话不多，哑孩肯定受影响……

康对老马说："你们的城市太嘈杂了，好像所有的东西互相碰撞挤压。我知道这是城市的活力，但我感到烦躁。"康忽然十分想念那山沟的哨所，尽管才离开不到两天，但那座灰屋远离喧嚣的僻壤，有阳光、泥土、青草、清新的空气。

老马递给康一支烟说："你是在山沟里习惯了，城市都是这个样子。"夜里康一直没有睡。第二天起了个大早，带着哑孩离开老马家和这座城市。

六

三月的风吹绿了的小草，也吹开了花朵；生命就是这样延伸，秋天只有满山的红叶在秋风里飘荡，像一支支风铃，是它唤醒起迷路的游子。康坐在灰屋前默默地瞅着满山的秋色，看河床露出来，没有一滴水，山也空了。此时此刻，康不知道多少的孤独感。这天芳也没有上山挖树根。吃饭时康说："今天咱一起上山看红叶。"因为红叶只有秋天是红色的风景，像一个老兵的心情。

康带着芳、哑孩，平平在前面带路。一行三人顺着弯弯的小路登上最高的那座山。康边走边说："要慢慢爬山。"因为上山容易下山难。康刚说完芳牵着哑孩就滑倒一跤。芳脸红了，急忙拉起哑孩，喘了一口气跟在康的后面。

等太阳升上来时，康一家三口爬上山顶。

康站在山顶上望着周围的山峰。

平平绕着三个人咕咕叫着飞转。芳笑着对康说："今天平平特别高兴。"康说："人高兴它也高兴。咱上山来看红叶还是头一次，我也有些激动。"这时芳笑笑带着哑孩采来一些红叶。康在阳光下观看到一幅画，他不懂艺术，但他有一种破碎的感觉。脸前的山峰像一幅破旧的山水画挂在墙上。画框里是一块巨大得让人失去想像力的大山群体。他的目光割开太阳光线，仿佛他发现一支队伍正行进在红色的岩缝的褶皱里，他们举着红叶一样红的红旗，穿草鞋的脚踏在山石上，返回的声响是那样清晰明亮，这声响是这支队伍的灵魂奏曲

天空很低很蓝。蓝得让康听见一种胸膛里发出的一种声响，那声音透过纸张，透过康阅读的眼睛，拨动着此时康全部的孤寂的灵魂。这

一刻，康的泪水挣脱接吻的眼皮，手也颤抖。康不知道在这块脱去绿的大山里留下多少人的感叹和悲壮。康的眼睛顺着起伏的山峰向纵深沟壑缝隙中穿行，康在寻找一件东西，终于康在东边两山口处找到了那棵圆轮，闪闪发光，明亮地把四野照亮，使满山上的红叶更加鲜艳，它们互相之间晃着头，显出成熟的样子，那成熟来自于太阳的辐射的光线。

天空飞来一群野鸽子，叫着："归根……归根……"

野鸽子从康的头顶上飞了过去，平平也被叫声惊醒，咕咕地叫着，望着远去的鸽群好像想起什么……芳带哑孩采来了一些鲜红的红叶。他们坐在一块青石上。芳来哨所有好几年了。康想，时间过得好快，马上到复员的时间了。康的思维走入了沟壑，他从口袋里摸出根烟来，划了火康抽起烟来，烟雾分开缕缕融入阳光里像过去的烽火台，一点点烟火总是小了一点，然而，那是为了敌人临来前试火的准备。

芳咯咯地笑着，满山的笑声都是她传出来的，没有语言，只有笑声。因为芳面对着的是一个能听懂话，而不会说话的哑孩。

康燃了一根烟在慢慢欣赏这幅难得的画面。康想真是难得上一次山。

芳在家话不多，一个如花似玉的姑娘，跟着康一进山就是四五年。康想一个女人还有这么大的奉献精神，这是爱情还是奉献，康也说不准确。

芳的笑声和语言传进康的两耳里，芳说："做一个大花环，你再去采几支小菊花。"秋天的野菊花开在半山坡上，像一棵棵向日葵花一样头斜上太阳。哑孩一会儿就采来一大把，都被芳扎进花环里。红叶和野菊花融入一体在芳的小手里，不一会工夫就扎成一个大花环，红色的边，中间点缀着白黄两种颜色的小菊花。算得花环中的精品。芳说："咱给哑孩扎一个，给我自己也扎一个，哑孩你说好吧。"不一会儿三个花环扎了出来。哑孩抱着一个花环送给康，示意让康带在胸前。此刻，康想起参军时的情景，村里给他胸前挂了一个大红花，那是一个光荣花，是村里给扎制的，那年和康一起出来的有五个青年，从村里就带走了五个大红花。其中两朵大红花在南江中光荣牺牲了。两朵大红花回家了，就剩下康自己还在部队。

康接过哑孩送来的花环戴在胸前，觉得自己又回到了十几年前的那个冬天，村民兵连长给康戴红花时说："到部队好好干，干出点事干出点成绩来争取立功受奖。"可康没有立功受奖，康留队了，这确实出乎村人的意料。

哑孩和芳每人胸前戴上了一个大花环。康看到心里觉得今天全家不但高兴，而且非常新鲜。然而，不到五分钟哑孩表现出一种前所未有的快乐，嗓子似乎发出一种冷冻又被解冰后的咯喳喳声，又像隔年的沉雷一般，这些声音过后，哑孩对准群山啊啊地吼叫。之后，群山给了哑孩回音：啊啊……芳带着哑孩跨过一道土梁走近康的跟前。康看着哑孩，感觉从哑孩的眼睛似乎再现当年康走出村庄的那种场面。父母脸上的泪水依然清晰可见，还能听到村民敲的锣鼓声。哑孩的眼皮眨了一下，那场面瞬间被哑孩定格在心里。一切又回到现实，山还是山，哑孩还是哑孩，芳还是芳，唯独不同的是，三个人身上的花环鲜艳无比。

天空又飞来一群野鸽子，叫着："归根……归根……"

当远去的声音留在山谷回荡时，康仿佛听到了一个童音的呼唤，那音质是从天体滑落下来，像铁器敲击在银盘上铮铮有声。康在寻找声音是从哪里来的，他把思维伸展到山外的平原上寻找那种声音，但大山把声音割断挂在山顶上的阳光里，而风把童音的呼唤又送了回来："回家……回家……"康仔细听时，仿佛那声音又让山风切断了，变成一片空白，康的双耳再次细听，再没有寻找到那点点余声。

此时，风又起声声入耳，那童音的呼唤又在耳边响起："回家……回家……"

康和芳这时才听出那声音是来源于身边的哑孩。康愣了，嘴在抖动眼睛瞪着哑孩，那眼光似乎在问哑孩："你会说话啦？你会说话啦？"

那声音再次响起时，芳的泪水挣脱了河床飞流直下，芳抱住哑孩，头和头亲在一起。然后康把哑孩抱起来举在空中，嘴里喊着："哑孩会说话了，哑孩会说话了。"声音萦绕在大山之间："哑孩会说话了，哑孩会说话了……"余音转了一圈又返回来，声音同样是那么清晰，银珠掉落在金盘里一般。

铁树开花哑巴说话。此时，哑孩发出的余音仍在康的耳边萦绕。

康的灵魂仿佛从悬空的天体回到了大地上，康晃了晃似乎不醒的头又看了一下哑孩。

天空又飞来一群鸽子，那鸽子编成一个大大的花环在天空舞来舞去。边缘是灰色，中间是红色，悬挂在空中，它们叫着："归根……归根……"

平平也展翅飞起来，在康和芳还有哑孩的身边转了几圈。然后升空融入花环中，花环慢慢地向西边移动……

这时，哑孩清清楚楚说了一句："爸爸妈妈，回家、回家。"

此时，一阵山风吹来，那风恍恍惚惚地吹落了一山的红叶，红叶片片归回到树根下，有几片红叶仍留恋在树枝上，在风中晃动。

老　床

刚来时，被安排到这张床上睡。

当兵四年又进院校轮训，我已是个“老兵”，但在这儿也受拘束。我把床铺好，坐在床边上翻一本杂志，封面上一个姑娘，瞪着双水灵灵的大眼睛看着我，这种杂志在小摊上经常看到，很下货。

“你睡’老床'？”从门外进来的指导员问我，我点了下头。“’老床'是我们部队的历史见证……”他指着我住的床说，然后又朝我住的床看了看走了，留下一个不大不小的谜。真怪，床还有“新”“老”之分。我有点蹊跷。此时我围着床转了半圈，查看一番。此床没有特殊的地方，只是木质灰一点。世界上有好多解不开的谜，何必去费神呢？我心里在说。

三个月过去了。

学员们地南天北，哪里来的都有，经三个月的院校生活，学员与学员大都面熟了，只是有些人还叫不上名字。我们住的宿舍很大，宿舍内摆了一圈床，1、2、3、4、5……像八十张木马，中间还可以盛下一百五十个人的会议室，学员集合都在这里。同时，这儿还是部队里的娱乐场所。

晚饭后，宿舍门口聚了一圈人。叽叽喳喳不知说个啥。近前一看，是记事板上写着“6：00集合”。集合是军营里的正常活动，这有什么大惊小怪的？吃饱了撑的！我心里说。然而学员们并没有放松，继续议论，真难为死了，这也不是什么新闻值得这样较劲儿。

表的指针很快指向六点。宿舍内，横是横，竖是竖，人站得像一块正正方方的高粱地。听值班员报告完，喊了一声“坐下”，凳子着地一个时间，高粱矮了一截儿。

队长似要宣读什么。

队长四十挂零，个子不算高，长方脸，两道眉又粗又短，头上有一块“地中海”永远发着亮，头与脖子几乎同样粗，穿一件瘦型二号上衣，尚未丰满的将军肚极显眼。一条宽宽的皱皱的紫红色皮带缠在腰间，配上一双长筒、黑黝黝的，某些部位磨得白白的，威风凛凛严肃得像吃了鱼刺又不敢说话的样子审视着眼前那方方块块的高粱地。

“不知什么人又要倒霉啦！”不知是谁在小声嘀咕，“队长发火的时候才穿这身衣服。他说这衣服是当年他在仪仗队时发的……”

昨晚我在队部看报纸，队长穿好衣服，缠上皮带，蹭掉胶鞋，从床底下拉出黑皮靴换上，在地板上故意把鞋掌与水泥地板敲出“咯噎、咯噎噎噴”的响声。并对我说：“把许醒叫来。”

我说：“队长，我不认识许醒是谁。”

“你在大房间喊喊，就说我找他。”

我喊了，许醒去了。是个很俏皮的兵，后来就听到队部传出“咯噎、咯噎”的声响，那双皮鞋底大概钉了两斤铁掌子，发出咯噎声，是那样铿锵有力，能起到震慑作用，“咯喳”停了，就听到了队长那不太标准的普通话：“给你处分！有意见吗？你犯的错误！很严重！给领导！和队里！造成很坏的！影响！哼！很坏！！”

今天倒霉的会不会还是那个叫“许醒”的？我抬头看队长，只见他的脸绷得很紧，眼睛瞪圆，撕扯着手中的一片纸，嘴不断变幻着口型：“姓名：许醒！男！21岁！职务：学员！惩戒种类：行政警告！惩戒时间：×月×日！许醒！在电话教研室上课！拉电闸！造成正在工作的录像机！及全教学大楼停电！停课十分钟！损失严重！为教育本人！记行政警告！一次！望本人铭记教训！

签名盖章：×”

读完。皮靴与地板“咯噎、咯喳”响了几下。又听他说：“许醒犯错误是有原因！无非有二！不学习条令条例！纪律性差！弦儿松！我行我素！对领导的话！当耳旁风！二者导致了他犯错误！×月×日！许醒就曾私自外出！犯了院校规定，然而他却在刀刃上跳舞！队里发现此事后！觉得这是一个危险的苗头！因为初犯！领导采取软心理战术！干部找他谈话……多层次！多角度！苦口婆心！费尽心机！他都听不进去！老乡找他谈话！多梯队！多方面！语重心长！慷慨陈词！他一概不理！继续下滑！下滑！处分是一种辅助手段！起到刹车的作用！有没有改变！还得靠本人努力！组织上希望许醒振作起来！从零开始一步一个脚印！在最短的时间内！追上大部队！”

队长咽了下口水，又说：“就许醒处分来论！是我们的教训！是全队同志的教训！你们是各个部队送来的骨干！学习完要回部队带兵！带兵！”皮靴与地板又发出刺耳的咯噎声。

宣布完处分的第二天，许醒就不上课了。经常看到大房间里有一个闲人；在自由市场上、饭馆子里，还有饭堂的后台常看到他的影子，着一身军不军民不民的怪衣服。别人认为："这样对你有什么好处？"他说："争取条件再受个处分挑着走，这就叫'生态平衡'！"

啧啧！还有这样的兵。

一天自习课，教导员让我到他房间里抄东西，我仿宋体字写得不错，队里的一些写写画画就让我应付了。常给教导员抄东西，所以我和他很熟。他人不错，说话办事都带点现代型。我正用心抄着，教导员进来，身后还跟着一个，细看才认出是许醒。我又埋头抄写。

教导员递给许醒一根烟说："我听说你特别喜爱唐诗，还背了不少，背首听听！"许醒点上烟没吭声。

指导员说："随便点儿。"

许醒沉思了会儿："挂席东南望，青山水国遥，舶艄争利涉，来往接风潮。问我今何去，天台访石桥。坐看霞色晓，疑是赤城标。"

教导员听罢沉吟自语道："舶舻争涉，风潮相接中，独作访名山，待晓霞之想。清旷冲远中微见绢介之志。'问我今何去'是关键处，尤有深味，谁的诗？"

"孟浩然的……"

教导员说："他一生未曾入仕，绝大部分时间在隐居和旅游生活中度过，一方面自命清高，一方面也不乏遁世沉沦之感。是不是这样？"

接着教导员竟也背了一篇小散文诗：

"蜻蜓飞到蜂房看到一只只蜂被纪律的绳索捆绑得紧紧的。不禁大发议论：这真是最可怕的生活方式，我们蜻蜓过着世界上最自由的生活。蜜蜂听罢疑惑的把头转向蜂王，蜂王说：正因为有铁的纪律，咱们筑起的房屋才堪称世界上最精美的建筑，咱们留给人类的才是甜蜜。自由的蜻蜓拥有什么？"

许醒听完，样子激动。说："教导员你再背一遍……"

我站起来说："不用背了，我很喜欢这首小诗，已经速记下来了，送给你吧！"

许醒上课了，教导员心里高兴。一首小诗挽救了一个后进战士。然而，火旺不了几天，许醒又撂挑子了。还说我是马屁精，和教导员两人合伙愚弄他……

中午饭后，那张小黑板下又堆满了人。

小黑板上写着："许醒搬到一号床。"

一号床，就是我的床铺，那张被教导员叫做"老床"的床。

我心想：搬床也是做思想工作？想得出！卷起被褥走了。许醒搬到

“老床”。还和原先一样丝毫没变，我心里说：“狗能改了吃屎？”见了教导员谈起此事，他就笑，像是笑的后边有什么文章似的。

雨季整十二天。房间里潮气冲天，被子垫子都成了湿的。都放开嗓子骂娘，骂这鬼天气。许醒骂的最凶，骂教导员存心整他，把他安排在那张潮湿的床上。十二天过后的一个星期天，还没起床许醒就吵吵：“今天有太阳吗？”有人答：“有，好圆好大。”这一圆一大，大房间一时三刻像炸了锅，乱哄哄的像着了火，许醒第一个拱出被窝……

等我们把被子晾在衣场上了。许醒却站在“老床”边发愣，眼睛很直，垫子才卷了一半……

一日，教导员问我：“近几天，你发现了什么？”见我摸不着头脑，又说，“许醒表现怎样？”

我忽然想起许醒近来表现不错，开会还经常表扬他，忙做了汇报。

教导员只是一笑。

时间是个怪物，你争它抢它，它还是按照它的轨迹行驶。一天一天的消失，又一天一天来到，转眼又是一年。

元旦一来，像首长下连视察似的，忙了我们这些小才子，写对联的，搞板报的，把那幅“辞旧迎新”的对联刚贴上已是晚上九点了。队长开恩，弄了一包糖让我们吃，剥开糖纸没等搁到嘴里。电话铃“丁零零……”响了。

队长拿起电话：“是！是！马上去！马上去！”放下电话气愤地说：“马桶洗了一百遍！也有尿味！”边说边把那双棉靴穿上，缠上皮带走了。一会儿带进一个人，是许醒，满身有血，怪吓人的。

“咯噎，咯噎”，由于喘气，队长不丰满的将军肚使那根皮带一松一紧，和“咯噎”声同样的频率。

许醒低着头，身上的血还散发着腥气0

队长终于开口了：

“丢脸！丢脸啊！一个军人！一个穿军装的军人！一件好事不做！和地方青年打架！一身血！一身血！看看！看看！军装！军装！你是军人吗？”大概没有话说了，便问了这么一句。咯噎、咯噎、咯……

“丁零零……”电话铃又响了。队长没好气地抓起电话：“喂……啊！是！是！什么？”嘴张了个方方正正的口字形。

电话筒在队长的手里是倒着的，声音很大，我们都能听见：“我是交通局，你们的兵抢救遇难者……不要误会……”

第二天晚上电视里有一条图像新闻，本市电视台女播音员：“本台记者宁宇报道：昨天晚上九时许。市公交公司的31路汽车行至河内区胜利桥，被一辆东倒西歪的卡车撞翻滚入五米深的桥底。司机当场死亡。在场一名军人组织过往行人抢救伤员，使这次事故损失减小。造成事故的原因，交通局与公安局正在调查。”

图像是车祸现场。

许醒上电视了，跟着解放军报记者采访了他，学校党委表彰了他舍己救人的英雄行为并号召全校学员向他学习，学校为他记三等功一次。

轮训班结束了。

学员的光阴正如脚下流淌的河水，流过来，流过去，一年，像十年，又像一天。

大家都忙着收拾行李，只有许醒没着急，我见他不知从哪里借了一把电烙铁，在“老床”床板上烫着。学员们都忙着自己的营生，顾不上看他。

我凑过去一看，哟！这“老床”床板上原来竟有些字记，都是用熨斗烫上去的，不细端详很难发现这些烫纹。

那些花纹，有的深，有的浅，细看，上面写着：

金小明：28期：嘉奖一次，优秀学员一次。

贾春鹏：29期：优秀学员一次。

仲上干：30期：代理区队长，光荣加入共产党组织。

吴一平：31期：优秀共产党员。

张忠好：32期：立三等功一次……

许醒在认真的烫着，那神情比考试时还专注，一行字已经印好，我不禁轻轻地读了起来：“许醒：短训班：处分一次，三等功一次。”

噢，老床！

父亲是一棵树

长大以后，我面对一个独立的小家庭，面对牙牙学语的儿子，会回想起发生在父亲身上的有趣往事。那时的父亲是个四十岁上下的高大汉子，穿着多年没有拆洗的补来补去的对襟夹袄，是蓝色的，还是黑色的，到底什么颜色已经记不清了，胸前永远是敞达着怀，右边是一排扣子，左边是一排扣鼻子扇来扇去，像是怀里老是抱着两个小孩一样，扣子和扣鼻子从来没有见父亲扣到一起的时候，父亲就那样敞着大大的胸怀，两排肋巴骨形状扁而弯地暴露了出来，五冬六夏没有变模样。外表虽然这样，但从父亲走路带劲的姿态和敏捷上，一眼就可以看出，他那强壮的体魄里，蕴藏着充沛的精力。特别父亲喝上二两小地瓜烧，大长的国字脸微红，粗粗的浓眉、鼻梁鼓鼓的、眼睛黑亮、目光犀利、满头黑发、腰板溜直、声音洪亮、大踏步走路……

这就是我要为你讲的父亲。

一

记忆中的父亲遇上事情，就喜欢喝点小酒。

父亲喜欢喝酒，贵的不喝，只喝当时县酒厂生产的散白酒，那时候这种酒还尚未成瓶，村民都是用地瓜干换，有的家庭用6斤地瓜干换1斤散白酒招待客人，那在当时就非常不错的了，如果用12斤地瓜干换2斤散白酒就算是奢侈了。这种散白酒村村代销店里都能换到，也可以用钱来买，如果换成钱的话，要6毛钱买1斤酒。

那时村子里家家户户都用地瓜干换这种酒喝，大家从来不用钱去买，当时村民家家户户钱上紧张，恨不得一分掰成两半花。因为钱来得很单一，一年从春干到冬，到年底了生产队才分红，一个工分三毛两毛，好的家庭一年能分到一百元钱，那叫大户了，而有些家庭不上不下只能三五十，还有些倒找给生产队，因为家中没有能干活的劳动力，没有劳动力就挣不到工分，没有工分就分不到钱，这样的家庭大多是孩子多……

父亲和大家伙_样，不仅没有钱买酒，而且还长期借钱。

父亲馋酒了既不换也不买，馋酒了就到村里付贵开的代销店赊酒喝，一次赊一毛钱的酒，正好是小店里那种最小的不到二两提。不多不少，酒量大小，喝中喝不中就这么一小提完事。父亲喝酒时一脚蹬着小店的水泥台，一只手挺小心地，像平时拿一样容易打碎的东西，端起那个带把儿的二两小提，而另一只手急忙跟上，接在小提的下面，生怕洒下一滴酒。这是父亲喝的第一口酒。这时的父亲一双眼睛就凹了进去，仿佛要完全藏起来，一口能咬碎岁月的牙轻轻咬那么几下，耳根就有点动，似乎是把心中的事严严地关住，唯恐走了一点酒味。这时父亲才想起喝第二口酒，喝第二口酒时，父亲接酒的手，现在是变成顶着小提的底部，缓慢用力一直到酒喝净为止。父亲喝酒从来不吃菜，喝完酒用手抹一下嘴说：画杠。

这时付贵早早从桌子的抽屉里取出一个被翻旧的小本子，翻开几页，付贵用手指在“国民党”的名下，让父亲画杠。“国民党”是村人为父亲起的一个绰号。父亲不识字，也不认得自己的名字但父亲识得他画的一道道弯弯的杠杠，父亲在付贵指的那个名下，一串串杠杠下面用劲画上一笔，样子挺壮观，也挺潇洒，划完后，就蹽着双腿走出代销店。还账时到秋后一起算，那个时候生产队里的地瓜干也分到家了。

长大以后，我们都成家立业了，一次我们几个约好了回家过八月十五，姐和娘忙了大半天，准备了一桌子好菜，等全家围坐在色香味美的餐桌前，父亲的脸有些微微的红，像年轻了好几岁。父亲看看我们一个个都长大成人了，姐姐的孩子都五岁了，还有我的孩子也三岁了，大家围坐在饭桌前，是一个非常和谐又幸福的家庭。我：“大，喝点酒吧？”父亲看了看大家说：“喝点就喝点。”

父亲说：“喝酒是喝一种幸福。”

今天父亲格外高兴，从前话不多的父亲，现在打开了话匣子。

父亲说，很早以前，开了天，劈了地的时候。老天爷造就了人间万物，造就了一年四季，春夏秋冬，造就了山川大海，造就了五谷杂粮，造就了家禽五畜，造就了各种水果……

有一天，老天爷来到民间私访，问人们说：“给你们安排的怎么样？还有什么不如意的？”人们说：“太好了，安排的太完美了，我们没有想到的，你都也给安排好了，有吃的，有住的，有穿的，有玩的，我们还可以生儿育女……”

老天爷又问：”有没有不好吃的？有没有不好喝的？”人们想了想说：”没有啊，好吃的是地里长的庄稼，好喝的是山上流下的山泉水，吃素的有蔬菜，吃荤的大海里有鱼，家里养的猪……”

老天爷说：”我下来一趟不容易，你们要好好想想。”人们又想了想说：“啊呀有、有、有，就是那个白水不好喝，怪辣的，不好喝。”老天爷说：“快拿来我尝尝”，有人就端来怪怪的辣白水来，老天爷喝了一口尝尝，一道火辣辣的，从喉口一直辣到胃口，鼻子里的水都流了出来，眼睛里也辣出泪来。老天爷说：“还真不好喝”，这时老天爷想了想，眉头一皱，计上心来，老天爷说：“炒上四个小菜，对，炒上四个小菜，再喝，你们试试炒上四个小菜再喝，会是怎么样？”

人们照老天爷说的话，炒上四个小菜再喝那种辣辣白水，暖、暖……那才是一种幸福

那天父亲是幸福了，喝了大约半斤白酒。

二

小时候我不明白，长大了也不知道多少。回想起父亲那时喝酒样子，父亲只喜欢喝代销店里的那种散白酒，为什么？当时真的不懂，记忆里父亲再没有见他喝第二种酒了，不知道是嫌酒贵，还是节省，那时候小，不懂事，只知道饿了吃饭，渴了喝水。父亲喝酒有量，也不多也不少，每次都喝那么_小提二两小酒。

就这样父亲有时也喝醉过。

父亲喝了酒，醉。

醉了就要释放，发泄。

有的人喝了酒是胡说骂人、找事、打架、骂街；还有的人喝了酒打老婆、砍树、砸东西……

然而，父亲喝了酒干什么，我说了你肯定不信。

父亲喝了酒不睡觉，也不找事。而是哗啦哗啦找来水桶挑水，深一脚浅一脚到村里那口老井，那口永远挑不尽的老井里挑水，先是给家里大牛腿缸挑满，再把家里的盆盆罐罐倒满，浇完菜园的菜。然后，就把挑来的水一桶一桶倒进自家院子里，一直挑到酒醒才算。这个时候院子里最洼的地方就有3厘米的水位了。

每到这时母亲从家里出来看到满院子的水，这下她要到茅房就有些困难了。一双小脚左躲右躲、左躲右躲还是一不小心，一只脚踩进了水洼里去。母亲说：“你个老东西，又喝醉了。”

邻居的宋奶奶也过来说：“国民党又要养鱼。”

父亲说：“养鱼，养大鱼。”

父亲喝酒的整个过程到这里才算圆满地画上了一个句号。

谜。

有一次邻居的宋奶奶过来找娘做鞋样子：“这几天俺家的老鼠成了灾了，群体出动，一群一拉的大小都排成长队，到了晚上吱哇乱叫”，宋奶奶问母亲说“你家没有？”

母亲一边剪鞋样子，一边说：“没有见到有老鼠出现。”

邻居的宋奶奶一拍头，像是想起来什么说：“你们家国民党喝醉酒就向院子里挑水，国民党挑来家的水，把院子里的沟沟缝缝都灌满了，你家的老鼠让水都灌到别人家去了。”

母亲说：“一年到头没有见他喝过几次醉酒。”

邻居的宋奶奶说：“让国民党付耗子药钱。”

说起来是笑话，其实还真是这么回事，母亲在家里真没有发现老鼠耗子，真没有想到，死老鬼喝醉酒往家挑水，还生出这么多的好处来。

父亲还有一个特点，就是借钱。

时下有人说“承诺”。那时父亲不知道“承诺”两个字是什么东西。只知道吃人家的东西嘴短，借别人的东西要还。用父亲的话说：咱是讲信誉的。

父亲借钱与喝酒一样，不多。每次借钱两个数，10元或20元，父亲在村里人缘好，到谁家借钱都借给他，有人说，借给父亲钱比存在银行里放心。那个时候村里有钱的人家很少，数数没有几个，而父亲借钱最多的是到宋京田爷爷家，到宋爷爷家借钱没有空手而归的时候，因为父亲知道老宋家的大儿子，就是和父亲从小一起放牛的伙伴宋新军大叔，又从部队上寄钱来了，有时候三百，有时候五百，常年的流水不断，就成了父亲的“小银行”。

在白果树村，老付家和老宋家住在一个村子里，两大家子不仅是世交，也是亲上加亲，已有好几百年的历史了。这是若干年的事了。

据说，有一年老付家开盐店发了财，请了两位阴阳先生看穴地，就是挣到钱了，也想提高一下老付家的门槛，让老付家的后人，也能出个一官半职的官官。美好的想法就要开始了，请来的那两位阴阳先生用了半年的时间，走遍了全村山山岭岭，沟沟坎坎，一寸土地也不少的拉网式的搜索了十几遍，终于在南小洼发现了一穴富贵地。然而两位阴阳先生站在西岭上向南小洼看，那穴地像一把太师椅一样伟岸矗立在那里，可两位阴阳先生从西岭走到南小洼那片地里时，却怎么找也找不到那把太师椅的位置，就这样反反复复跑了几百遍也没有把那太师椅的位置找到，就这样两位阴阳先生住在老付家已有小半年了，也折腾了小半年就是没有把方位定下来。老付家看来再也不能让两位阴阳先生折腾下去了就说，算了吧，定不下来也好，这穴好地也跑不了，村子里住着两个姓氏，贵人不是出在老付家就是出在老宋家。人的命天注定，顺其自然吧，老付家给两位阴阳先生付了银子，两位阴阳先生就这样走了。

·年后，老宋家宋京田的父亲，还不到60岁在一天的早晨起来，出门立时软了腿，被门槛绊倒了，半晌没有爬起来，也就再也没有爬起来，人就死了。人死了就要入土，入土就为安。宋京田那时还小就哭着跑到老付家，什么话不说，只是哭。后来才说出话来，他说，大叔帮帮忙吧，还得选个地方下葬。老付家的老爷子说："前两天请人看了一穴地，就是位置没有定下来，是在南小洼那里，你去看看吧，看中哪个地方就下葬到哪里吧。"于是宋京田到南小洼去随便选了一块田，老付家和老宋家就把宋京田的父亲，下葬到南小洼那里。后来宋京田生有三个儿子，大儿子叫宋新军，在部队上干到师级干部，小儿子老三在县委跟着县长工作，听说是县长的秘书。

听老人说，宋新军大叔是和父亲要好的放牛伙伴，就像明朝开国皇帝朱元璋和徐达一样，天天在一起放牛，成为少年好朋友。1946年外面还在打仗，两人在田野里商议，宋新军大叔说："外面还在打仗，咱在家放牛。"

父亲说："咱也出去参加队伍，打两天仗，过过瘾。"宋新军大叔说："我听说明天有过路的队伍从咱村过，咱跟上……"父亲说定为第二天早晨天不明，在村头大白果树那个大树洞里碰头。晚上，这件事不知道让谁走漏了风声，付家老头知道了，就把父亲给关了起来，理由是老付家有一个共产党了，是死是活还不知道，说什么也不能再让父亲去参加部队。

那天早晨，宋新军大叔在大白果树那个洞里等到天明也不见父亲，正好有一小股队伍从村口路过，宋新军大叔就跟着队伍走了，一走就是十几年。

后来，我从县志看到。宋新军人叔参加部队后，曾多次杀敌立功，从排长、连长、营长、团长，现在在新疆某军任师长，那可是个大大的官儿。

宋新军是个孝子，逢年过节，老人生日都往家寄钱。

父亲那天见到喜鹊在老宋家门前那棵老槐树上喳喳叫，第二天父亲就去老宋家借钱，一准能借到。因为喜鹊在那棵弯弯的大槐树枝上是这样叫的，喳喳叫，财神到，喳喳叫，财神到。真的你不信也得信，不出半头晌，那个穿绿颜色衣服的邮政员准时骑着一辆大金鹿自行车，一路嘀铃铃，嘀铃铃来到老宋家门口喊："宋大爷，新疆汇款来了，拿印章来……"

村人说，那天早晨宋老爷子听到喜鹊在门口老槐树上的叫声，宋老爷子就提前把那块黑玉一般的印章找了出来，就等着邮政员来……

宋京田爷爷是个开朗又乐观的一位老人，每次父亲去借钱，宋京田爷爷笑笑地说："国民党又要借钱，借多少。"

父亲说："不多，借20。"

宋京田爷爷说："够了么。"

父亲说："够了够了。"

借完钱父亲说的最后一句话，下月初还钱，再借不难。

父亲的话是泰山压顶，也是铁锤砸西瓜，一是一、二就是二。所以村里人都愿意和父亲打交道，真的。

到还钱的时候，父亲早早地把钱送到借主家一句话，得罪、得罪。就这四个字。

其实父亲有时也有凑不齐的时候。父亲有招，到了还钱的时候。别人是井里没水四下里淘，可父亲不这样。

父亲见什么拿什么，见院子里有鸡抓鸡、有猪抓猪。不管大小换钱、还钱。有时连母亲最心爱的东西抢到手拿到集上去卖，那个时候父亲脑子里只有一件事，就是还钱。不管怎么样把钱按时按期还给借主。

回忆是壶陈年的老酒，时间越长味道越香。

三

父亲不识字，是一个非常沉默无话的人，很少见他长篇大论地在人前讲话，包括自己的对与错，总是那么默默无言地生活，奉献他整个人生。

15岁那年我就读在县城一中，那时候我们村离县城的公路有五十多里路，山区村像我们这样的村庄交通还比较方便的，我们村离最近过路小车站要步行30里路。那条大马路是日本鬼子时修的，宽有三米多一点，有一趟客车，每天早晨七点半去县城，我就坐这趟车去县城上学，第一次是父亲和我走了30里山路把我送上车。那时一张去县城的车票是五角钱，父亲把我送上车递给我车票说，拿好车票，不要丢了。每次父亲把我送上车，都是这句话。拿好车票，不要丢了。

长大以后，我从娘的嘴里听说了父亲与车票的故事。

那个时间，我还没有出生，大姐才4岁，正是中国自然灾害时期，全村死了不少人，都是没有饭充饥饿死的，就连村里的那棵白果树到了春天也没发芽，人们传说，大白果树去了东北，闯关东去了，就在那一年的春天，是白果树没有发芽的那个春天，一个早晨的三点，父亲带着4岁的姐姐和母亲一起，一路步行走到胶县火车站，买了两张火车车票闯关东去了。

那时父亲二十七八岁，又能干活，又能吃苦，还能吃烟，由于走路，由于买火车票，没有顾上吃烟，烟虫在父亲的肚子里早作怪了，父亲好长时间没有吃到烟了，可把父亲憋坏了，于是他拿出装烟的包和纸要喂喂肚子里的烟虫，但烟包里有烟，卷烟的纸却没有了，父亲从身上摸了好长时间，终于摸出两张纸来，父亲急急地把一张纸卷了烟正在过烟瘾，这时乘务人员来父亲跟前说，同志请出示车票，检票了。

父亲嘴里还吃着烟，两手在身上的所有的口袋摸了一遍，才找到了一张车票，另一张车票可找不到了。娘说："你不是把车票吃到肚子里。"娘的提醒，父亲从嘴上拿下来那剩余的半张车票，脸红红，有些不好意思说："我把车票当成卷烟纸卷了烟吃了。"

乘务员说："你不知道还要查车票，你不识字？"

父亲看着一身牛气的乘务员走了过去，父亲一气之下敞开车窗门把烟包扔了出去，那烟包画了几个圆圈不知道送给了哪一位吃烟的人。

从此父亲再也不吃烟了，与烟彻底的离婚了。后来父亲偶尔来了烟瘾，就随手找来一根草茎，掐草茎来抵抗烟瘾……

娘说，父亲不是抽烟，那才是叫吃烟，一支卷烟，从点上火，一直到吃完，就不见他的鼻子冒一丝烟，那烟全部吃到肚子里去了。就是偶尔不小心从嘴里漏出一小股烟来，父亲能将嘴巴伸得老长老长，再把那一小股在空中飞翔的烟团，吸到嘴里咽到肚子里，他才放心……

父亲不识字，可对我们几个孩子上学可用心了。

父亲常说，不识字的人生不知道会是什么情况，父亲的一生就是最好的见证。

当时父亲到了吉林通化，一个叫五道口的生产大队，由于父亲个子高，会干农活，不出一年，大家选他当副业大队长，那时候只要肯下力气干活，就能吃饱肚子。那时生产队里还分大田队和林业队，林业队在山上是种人参，一年下来一个家庭能分红五七六百。那确实是一个大数目。然而好景不长，"四清"运动开始了，重点是在清理账目、清理仓库、清理财物、清理工分，由于父亲不识字，父亲吃了大屈，大家把什么事情都往父亲身上推……

因为父亲不识字，别人都交代了问题，不几天都出来了，可父亲的事还没有弄清，一直到半年多才回到家，整个人虚脱成不是人样了……

从那时起，父亲把识字的事，都用心地转移到我们身上。

父亲说："我不识字，再不能让你们不识字。"

我一直能把学上到底，就因为父亲不识字，也多亏父亲支持我，不光经济给予支持，而且在精神上支持，特别是在行动上支持，父亲还帮我识字。当时在东北那地方教育落后，几个村合起来，也没有一所小学，为了我们上学，父亲带我和姐姐从东北又回到老家，唯独把大姐扔在那里，那时大姐已在东北成家了。

有一次，父亲到镇子上去购买人参种子，巧遇一个会说山东话的老乡。那个老乡是个黑脸汉子，高高的个子，一脸的忠厚。

老乡见老乡两眼泪汪汪，两人坐在街头上拉了很长的家乡话。

黑脸汉子说："你是那个村的？"

父亲说："俺是藏马县大白果树村的。姓付，村子里还有姓宋的。"

黑脸汉子笑着说："付大柱是你大哥，你爷爷叫付宝斋，从前开盐店来……"

父亲说："你是哪个村的？"

黑脸汉子说："我离你们村很近。"

两人拉了许多话，说起家事，说起孩子上学的事。

父亲说："东北这里是个养人的地方，能吃饱肚子。"

黑脸汉子点点头。

父亲又说："现在两个孩子都到了上学的时候了，在这里上学很不方便，上学要到很远的镇子去上。"

黑脸汉子说："现在关里变化可大了，村村都在办学堂，孩子不出村就能学到文化。"

父亲惊讶。黑脸汉子又说："关里很快就要分田到户了，就是把地分到个人去种，这几天我也要收拾一下回老家。"

父亲从黑脸汉子那里得到了这个信息，父亲才下定决心拖儿带女又回到老家来，据说父亲回家的头一年，村口那棵大白果树在春天里又抽芽吐蕊，又活回来了，不知道是真是假，村里的人都这么说。

四

长大以后，我还记得父亲督促我识字的情景，那是1971年我上小学不久的一个秋夜，全家人吃完饭，娘到厨房里去洗碗，姐姐在做作业，而我刚发下来新书，爱不释手翻来翻去地看。

父亲把我叫到他的身边说：“今天学的什么课，把学的课给我念一遍。”

在学校里又读又唱地学了两课，不用看课文也能背下来了。于是，就着煤油灯那昏黄的灯光，我翻开书从头念了起来：

“第一课，毛主席万岁。

第二课，我们上学去。”

我的小嘴就一张一合，小手指一起一落地指着一个字一个字慢慢移开去。我顺利地念完了当天所学的课，抬头看父亲，昏黄的灯光中隐约看出父亲脸上的笑。我在心里想，父亲的笑是笑我念得好呢？还是什么？我心里悬着一颗心怦怦直跳。

又一天的晚饭后，父亲照例听我把课文念了一遍。

父亲说：“你能倒着念念我听听？”

我说：“倒着念？”

父亲说：“就是从后往前念。”

我说：“有些是可以倒着念，有些课就不能倒着念。”

父亲说：“为什么有些课可以倒着念，还有些课不能倒着念，说来我听听。”

我说：“这一课毛主席万岁。就不能倒着念。如果要倒着念，就要出大事。”父亲在心里念了一遍说：“这一课不能倒着念，其他课呢？”

父亲说：“这么吧，你把今天学的生字念几遍。”

我说：“今天共学了三个字：活、死、生。”

父亲说：“念叨念叨，多写几遍。”

我一边写着一边念着。“活”字三点水，这边是一个舌头的舌，这个字念“活”。“死”是一横代表地下，人一方面是生老病死，这是一个夕阳夕字，另一方面，被别人用刀杀死的，一个匕首匕字，这个字念“死”……这是今天语文老师教给我的，我又一笔一画学给父亲。我就这样念着写着，写着念着……

父亲在一边听着，嘴里舌头在转来转去。突然父亲说：“活字是先有三点水，再加一个舌头的舌。”

我说：“三点水加上一个舌头的舌，念活。”

父亲在嘴里念了几遍说：“这个字真有意思，舌头有了水，舌头才能动，如果舌头没有水了，那就死了。老人说，人活一口气。其实，人是活了一口水，天下的道理都在这个活字里。”当时父亲的话我没有听懂，尽管父亲不识字，有时说出来的话我真的读不懂……

父亲不识字，但父亲理解能力让我敬佩。

父亲说："以后念生字要正着念了，也要再倒着念。这样念几遍，就印在脑子里了，到什么时候都不会忘记。"

听了父亲的话，我把今天学的三个生字倒着念来，又正着念来：生、死、活。生、死、活。活、死、生。活、死、生……

我说："老师只让俺正着念，没让俺倒着念。"

父亲说："正着念也要念，倒着念也要念。"

娘说："你大让你倒着念，你就倒着念，老人说要倒背如流嘛。"

我说："老师只让俺正着念，没让俺倒着念。"

娘正在缝补一件旧衣服，放下手中的针，眼睛眯成一条缝，二拇指戳着我的脑门顶说："不好好学，不好好上学戳狗牙吧，你戳狗牙吧。"

娘是生在一个地主家庭里，就是在一个村子里比别人的地多了一点。娘说是祖上一只鸡卵出小鸡，小鸡变成一只羊，羊下小羊又变成一头牛……就这样来来去去置下一大宗地来。到了土改时娘家就被划成地主。被划成地主的娘家没有遭批斗，是因为姥爷是个大善人，经常接济吃不上饭的人家。姥爷有一句话，住在一个村子里都不容易。土改时娘家的土地、房子全部分了，姥爷全家就搬到看场的房里住。姥爷和平常一样，养鸡、养狗，就是再也不置地了。娘到了出嫁的时候，因为出身地主而嫁不出去，后来下嫁给不识字的父亲。

旧社会女人无才便是德，娘也不识字，但娘手巧，会一手的针线活，当时家里请了裁缝老师教针线活。那时家里有男学堂，教男孩子学文化，而女孩子进裁缝房学针线活。

小时候我穿的衣服全部出自娘之手，娘裁剪缝制，一针一线地缝制起来，我穿在身上，走在大街上，走在上学的路上，别的孩子看了都眼馋，摸摸动动喜欢得不得了，不仅吸引孩子的眼球，而且大人们见了也眼亮，就跟在后面问，"谁给你缝的"。我有些骄傲地说，"是俺娘缝的"。于是婶子大娘们就来找娘要衣服样子，找娘裁剪衣服。

娘有这么好的手艺，村里的人就高看娘一眼，都非常尊敬娘。村里的人都不提娘家的成分，即使有人提了说了，娘家是地主什么的，马上有人站出来打抱不平，插话说，人家的男人是根子红，苗子正，地道的贫农，家里还是军烈属。说话的那人低下头不吭声了。

娘不但给她们提供衣服样子，还帮助她们裁剪缝制衣服，还教给她们学针线活，到了下雨天下雪天，到了冬天地里没有活的时候，大家聚到俺家的炕上学针线活，那个时候娘是她们的老师，一位很严肃的裁缝

师傅，这一剪子斜了，那一针歪了，这里裁剪的尺寸长了，那里裁剪的尺寸短了，

手把手地教，严严的像一个女教官。

父亲话少，娘话多点，有时候娘见父亲话少，说："你个没有用的东西，你根子红，苗子正，又是军烈属，我有你这么好的条件，我早就弄个妇女主任干干了，你看看你在东北种人参，叫人家给清理了。回到老家谁有你那么高的条件，不多吧？弄个大队长干干，没问题吧？"娘见父亲没有话还要说。

父亲说："无所谓。"父亲话不多，只有三个字。

如果娘还要继续说。父亲就再开口说，无所谓，咱不识字。

娘看看父亲，到了嗓子眼的话突然又咽了回去，改话题说家长里短，说孩子上学交学费的事来。娘说："月底又要交学费了，这次两个孩子的学费要交12块钱，要提早准备。"

父亲说："借好了。"

到这里娘和父亲的话，算是告一段落。

记忆中的母亲，在农村那是比较抠的主，说话都是比较坚硬，而父亲可不这样，他不骂、也不打，就是把眼一瞪，我有些怕，那时我才7岁，懂得少，可懂得不听父亲的话是不行的，父亲把眼睛就那么一瞪，我可有些怕他。

五

父亲是在一家砖瓦厂上班，一天到晚就是取土、拉砖、装窑。

有一天，父亲在取土时挖出来一个白白的骨片，长有30厘米，宽有6厘米，厚有2厘米，上面有一个个方方的空格子，有正方的，也有长方的，不知道用来干什么用的，做工很精致。上面没有字，一边是齐头，一边圆形有一个小眼眼，可以从那个小眼眼里串上根细绳子系起来，挂在腰上。与这件东西一起挖出来的还有一些陶罐罐。那些易碎的东西都被别人扔了，唯独这件白骨片，父亲拿回家来爱不释手，父亲拿回家把玩了好长时间。

有一天，父亲要来我的语文书，翻来翻去，拿着那件白骨片东西与书上的生字比画来比画去，不知道父亲又要干什么。

一天晚上，我翻开书走到他身边，只见父亲慢条斯理的从腰间摘下那个白骨片，将白骨片压在书页的生字表上，白骨片的方格里就有了一

个生字，有的长格子里是两个生字，都很完整的从方格中显露出来了。父亲用手指着一个方格里的生字说，这个字念什么？这个字念什么？我看看父亲，父亲没有笑脸，看着我又说：“这个字念什么？”这时我有些傻眼了，因为念不出，也不敢乱念。

我知道前些天所以能念下来，是因为前后对照着，才念出来，在学校里念生字就是唱歌一、二、三，三、二、一。

像现在这样前不靠字、后不靠店的情况，我不知道怎么下嘴，一个生生的字躺在你面前，你念猪不是，你念驴也不是，到底念什么，不知道，现在我才知道，不认识一个字是一堵墙，认识一个字是一条路，我没有念出来，父亲又指了那两个字的方格说：“这两个字念什么？”这两个我认识，因为这两个字在一起，所以我有印象，一个念睡觉的睡，另一个字念睡觉的觉。

父亲又回来又指着那个字说：“这会你再念念这个字会念什么？”父亲这一招还真把我难住了，那躺在白骨片方格里的字，像一只老虎，我根本治不了它。这个生字，现在我仍然还是念不出来，念不出来，没有憋出尿来，但把我憋出来一身汗来，我犯罪似的低着头，念不出来，也找不出借口来。父亲看我念不出来，便把白骨片慢慢拿开说：“现在知道念什么了吧？”我一看现在这个字我认识，那个字念“傻”，傻子的傻。

从那以后，父亲一有空，就拿出白骨片来帮我识字。一段时间我还真望着父亲那件白骨片打怵，那段时间不害怕父亲的瞪眼，反而怕起父亲手里的白骨片来，就这样不到半年，我彻底地摆脱了白骨片。

父亲不识字，但他能从字的笔画变化和字发音来判断我念的对错。父亲总是先让我念笔画少的，后念笔画多的。如果一个字很快能念出来，父亲就把它叫作熟字，如果等一会才念出来，父亲就说这个字不熟，一个字念不出，父亲就把它叫作生字。

父亲就这样用白骨片检查我识字的生熟程度。

父亲竟能用这样的办法，帮助我认识不少生僻字。对我长大后，工作生活起到了很大的作用。当时我非常敬佩父亲，敬佩父亲不是一个不识字的父亲，而是父亲在我的心中是一个能识一大筐字的父亲。

父亲还有一种方法就是，我在念某个字时，父亲把那个字默认下字的发音，等我再来念这个字时，父亲把默记那个字，用来校正我念的字音对错，如果两次发音相同，他便认为我念对了。否则，就判断我念错了。后来父亲通过这个办法，自己也学了不少字，也能照着书马马虎虎念下一些文字来。

六

我的一到三年级，父亲就用这个白骨片帮助我识字，当时我敬畏父亲，敬畏父亲还懂得那么多的事情。第二点，是父亲的理解能力，父亲把生活当中一些事情，把一些自然现象和我学的字联系起来启发我。

有一次放暑假，父亲带我在玉米地里干活，父亲锄草，我在后面把父亲锄出来的草，用手划拉起来，然后把草抱到地的外面去。一直干到半头晌的时候父亲说：“歇一会？”

我说：“歇一会。”

和父亲坐在一起，现在父亲是一座大山，不应该是一棵大树，而我就是一棵小草、小苗。父亲没有话，我也没话。于是，父亲随便拿来一棵草说，这棵小草长得像一字。

我听不懂父亲的话说：“它是棵草，怎么是个字？”父亲说：“你看像不像书上的“生”字？”我不懂父亲说的话。父亲又说：“生字像颗小草，你看生字有一个主干，一边有三片叶子，叶子再不能往上长了，在这三片叶子的一边挂了一个果子，那一个点就是小草的果实，这个字就叫‘生’字。”父亲为了让我弄懂，又指着半人高的玉米说：“你看玉米长到一定程度也不能再让它长了，必须要挂果子，接一个玉米棒子，你和玉米一样。你上学，为什么上学。就是要结个大果实。”

等到若干年后，从父亲在“生”字上的理解能力上，深度和广度上，我认为父亲不是一个不识字的父亲，从这一个“生”字上理解，父亲应该是一个乡土哲学家。

长大以后，我从一个考古资料上看到父亲的白骨片应该是把“戒尺”，旧时私塾先生对学生施行体罚所用的。所谓的戒尺，就是警戒、惩戒、尺度、标尺、标准。这些正是人在成长过程中所必需的，没有规矩，难成方圆嘛。

在我的印象当中，不少伟大的人物都尝到过戒尺的滋味。少年邹韬奋在父亲面前背“孟子见梁惠王”，桌上放着一根两指宽的竹板，一想不起来就要挨一下打，半本书背下来，右手掌被打得发肿，有半寸高，偷向灯光中一照，通亮，好像满肚子装着已成熟丝的蚕身一样，陪在一旁的母亲还要哭着说，打得好。

当然，恰到好处的“打”有时候也是可行的，这可以打去邪气，打去傲气，打出志气，打出勇气。如果把孩子当出气筒，那你只能打出晦气。体罚是一步险棋，没有大匠运斧之功，最好不用！而父亲的那个白骨片是另类的一种戒尺，我考证后，这把戒尺是越南象牙制成，很可能是从皇宫里流传出来的东西，有可能是为太子专门设计的，那方方、长长的格子是来检验打手的轻或重，就是说惩戒的轻与重，从那些方方长长的格子里一目了然。而父亲把这惩戒古人的戒尺拿来帮助我识字，这确实是对古人的一种讽刺，父亲如果知道那是一把戒尺的话，父亲会用来惩戒我吗？我不知道。

人在成长过程中，无论伟人还是平民，心中不能没有一把戒尺，也不能没有“戒”，也不能没有“尺”。父亲把那个白骨片用一根红绳子系在腰间，小时候我一见到父亲腰间的白骨片晃来晃去，心里就有些害怕。

自从我上了五年级后，父亲就不再用白骨片帮助我识字了，每到吃完饭时，父亲仅用一个眼神，我就知道我应该去做作业了。而娘就直言说：“不好好上学，不好好上学戳狗牙吧，戳狗牙吧。”

一到七年级，我在父亲那严厉的眼神催促下，在娘的一声声不好好上学，戳狗牙吧，不好好上学，戳狗牙吧的引导下，我顺利地考上了县一中，我的考试成绩在全班不高也不低，中等左右，就是个中间派。

这样的成绩父亲很满意，父亲说：“就要这种自然，这就不错了，我和你娘不识字，你能考上县上中学，不错了。”

长大以后，我才认识到父亲说的不错的道理。枪打出头鸟和父亲说的顺其自然道理一样。父亲说：“我不希望你们成龙成凤，只希望你们能多识几个字，有文化，有了文化走到天下都不怕。老人有一句话说得好，为无为，则无不治。就是顺其自然，不要人为地去强迫，一个家庭出一个秀才，那是这个家庭几辈人积下来的德，才能出一个人才。如果不是这样，即便出了一个人才，那也有可能毁了这个家，这个家庭将会失去平衡。得与失是个规律，咱不能打破这个规律，如果真出现了这样的规律，那么这个家庭也就从此失去和谐。”父亲不识字，但父亲这些从生活中、自然中得到的知识够我学的了。

父亲说：“我在地瓜田里锄地瓜时，一不小心把一颗地瓜苗给锄了出来，后来也没有去补植，到了秋天收获地瓜时，才发现两边的地瓜就长得特别大，这个道理你懂吗？等到你长大了，有了生活经验了，这个道理你会理解的。”

我看看父亲，父亲的话真的弄不懂。

我在县一中上学，父亲和我步行于车站与家之间，就成了我中学时期难忘的回忆内容。走二十多里山路，去一个马路边上的一个小村上坐车，二十多里山路对于一个孩子来说，实在是让父亲放心不下。因此，接送我自然就成了父亲的事，前半部分中学时代，父亲与我同行在车站与家的路上，父亲不说话，默默陪着我走过了冬天又迎来春天，偶尔父亲乘车到学校给我送每月的口粮，每次我看到父亲的背影，如村口那棵白果树一样，一棵沉默的树，那沉默中有静静的思索，有无言的奉献，而更多的是一种形象与精神无声地激励着我奋进。

七

记得我考上了县一中的那一年，我把粉红色的通知书拿回家的第三天下午，父亲到付贵开的代销店里喝了一次大酒。

后来据付贵叔回忆说，那天父亲喝了两提酒，就是说父亲比平时多喝了一提的酒，付贵叔还取笑父亲说："国民党发财了，还是遇上了什么喜事？"

父亲没有接付贵的话，父亲从付贵手里接过第一提酒，父亲只用一口把第一提酒就喝到嘴里，平时父亲都是把一提酒分两口、三口喝下，喝完后再慢慢品，可今天他左手端着一小提酒，右手掌伸开托着酒提的底部，咕咚一下子把一小提酒送进嘴里，那提酒在父亲嘴里存留了一下，父亲的两腮帮子鼓了起来，像青蛙的肚子，青筋红丝都能看清，大约有十三秒，那提酒在父亲的嘴里才慢慢像小溪一样，从父亲的嗓子眼里，顺着食道流到胃里，似乎父亲能听到那酒在父亲的肚子里流动的声响来，咕噜咕噜，哗啦哗啦然后一个波纹一个波纹储存在父亲的胃里，让"胃爷"去公开透明分配到各个连队，去慰问官兵。

喝完嘴里的酒，父亲才有空倒出嘴来和付贵说："你个狗杂种，今天的酒不对，怎么没有酒的劲头，酒不辣像白开水一样，没滋没味的，付贵你不是兑了白水了吧？"

付贵的脸红红的，长脸立马夺拉下来，也不敢叫"国民党"了说："二哥你今天是不是遇到喜事了？平时你不是这种喝法，一提酒还要分三口喝，你今天把酒端在手里不等不靠一口喝下。我猜你肯定有什么喜事，是不是我那大侄子上学取得了好成绩？不然的话你不能再喝第二提酒。酒里兑水的事找不到咱姓付的头上，二哥不能这样糟贱人。"

父亲脸膛儿红红的，眼睛正看着付贵手里的酒提，伸开右手来把刚喝过酒的大嘴用劲抹了一把，手上还存留下一些酒气，父亲又把那只抹嘴巴的大手放到嘴边，伸出舌头在手指头上撮一嗫，脸红红地说："没有兑水就再来一提吧。"

付贵这会儿才悟到父亲的用意，国民党肯定是遇上大喜事了，从前来到店里匆匆忙忙地来，慢慢地喝下一小提酒，又匆匆忙忙去。今天国民党这样喝酒不是他自己的风格。

父亲见付贵还不打酒来，等不及了的父亲高声说：“付贵，你狗杂种，没有听到我说的话，再来一提酒。”

付贵笑着说：“二哥我知道你从来都是只喝一小提酒，再喝提酒回家向嫂子报不上帐，你快回家挑水去吧。”

这会儿父亲敞达着胸前的怀，胸膛红红的暴露在外面，父亲说：“欠不下你的钱，咱有地瓜干，到秋后生产队分地瓜干，一并送来换酒钱，快打酒来。”

付贵说：“二哥你告诉我，今天你是不是有喜事？以前你来了要一提酒喝完就划杠，现在喝完一提酒又要喝第二提酒，没有喜事你是舍不得喝第二提酒的，有喜事这提酒我请客，再送给你一块咸菜就着。”父亲脸红红地说：“别啰唆了，快打酒来，你不打我要自己亲自动手了。”

付贵见父亲有些急眼的样子，就又打了一小提酒送到父亲手里。这时父亲不像前一提一样喝了，现在父亲首先用鼻子去闻闻，至少闻了三遍，闻完三遍又闭上眼睛，那种神态那种情景像是进入了仙境一般。突然父亲说：“付贵你狗杂种，还有一块咸菜头呢。”

付贵从酱缸里摸出一块咸菜，那是一块紫红的萝卜头，送到父亲的手里。父亲把送过来的咸菜攥在手上，这时父亲的嘴唇拉长聚在一起，伸到酒提沿上才喝下第一口酒来，那口酒储存在父亲嘴里足有半分钟，父亲的眼睛也微微地闭上，享受着酒的香醇，那口酒是父亲用舌头，通过食管一点一点把酒挤进胃里，喝完第一口酒父亲才想起手里的那块咸菜，一口咬下咸菜的一角。

父亲说：“喝酒就菜这是老天爷定下来的规矩，谁也不能改变。”

付贵见父亲喝完第一口时，付贵插话说：“从来没有见你这么高兴，今天你是遇上喜事了。”

父亲喝完第三口酒后，伸出大手片子在嘴巴上划拉两下说：“不告诉你，拿本子来画杠，拿本子来画杠。”

父亲画完杠就蹽达着双腿走出代销店，一路碎碎的醉步回到家。见到那根让他挑了几十年的溜光水滑的柳木勾担，伸出右脚一挑，就把柳木勾担挑到左肩膀上，一手攥住左边勾担铁勾，另一只手攥住右边的勾担铁勾，左弯腰右弯腰挑起两只铁水桶，大步走出家门，爱谁谁我就到井台上挑水去。一路水桶铁把与勾担铁勾摩擦出欢快的吱吁吱吁的声音。

那天父亲把家里的大缸小缸，大盆小盆倒满水后，又把院子里浇湿，那水在院子里四流八淌，院子里的水满了，那水就从大门口下面的柞木门挡板底下流了出去，那股水沿着邻居宋奶奶的院墙根下，拐弯抹角流到大街上。然后一股水分成三股水，一股水流向南街，一股水流向北街，另一股水流向西街，三股水又分成九股水，流向小街小巷，九股水又分成二十七股水流向全村各家各户的大门口，院子里……

第二天清晨，有流水的地方全部让水湿润了地面，街上有早起的村人说，没想到昨天晚上下了一场小雨，好雨。

有人接话说：“我睡着了，好像还听到雨点打在铁水桶上，啪啦啪啦的发出偌大的声响来，听声音雨还不小来。”

那个人说：“想下场小雨就送来一场小雨，这下种谷子不用愁了。”

有人又接话说：“雨不大也不小，差不多有一犁子深了，这场小雨种谷子没有问题，雨小谷苗齐。”

父亲还没有起床，躺在炕上睡大觉，睡眠中脸上露出了喜悦的笑容。

八

村口有一棵大白果树，那棵大白果树不知道它有多大年龄，村里的老人有的猜测是明朝栽植的，有的老人猜测是宋朝栽植的。到底是哪个朝代栽植的，到底是什么人栽植的？村里的老人谁也说不清，也没有人能记清。

长大以后，我从县志上看到，村口这棵大白果树是棵立村树，那时候这里没有村，姓付和姓宋的来了后，姓付的要叫付家村，而姓宋的要叫宋家村，争来争去没有个结果，就在这个时候，正好路上来了_个胖和尚，他长得矮矮胖胖，身后背着一布口袋子，胖和尚见这一堆人争吵得你脸红了，他脖子也粗了，没完没了……胖和尚了解情况后说：“你们都不要争了”，他从身后布口袋里摸出一棵小树苗说“你们两姓栽下这棵白果树，村名就叫白果树村吧”，于是付、宋两姓听了胖和尚的话栽下这棵白果树，从此村名定为白果树村，现在白果树树龄在400年以上。

这棵白果树现在有多粗？有一个大人的七搂十八挥还带一媳妇。据说，有一年有个外地人来村里大树下卖东西，从来没有见过这么粗的大树，他想量量这白棵树有多粗，于是他用胳膊一搂一搂地量，量到七搂时，见一媳妇背靠大树倚在那里，这人不敢再用胳膊搂了，改成用挥了，用挥又挥了十八拃。后来白果树树粗才有了七搂十八拃还带一媳妇的说法。

大白果树在几百年的历史中，无论朝代更替、无论天灾人祸，一直默默生根、发芽、结果，从无遗漏，大白果树见证了村的历史，也见证着我们每个人的家族史。

大白果树顶部筑有一个大如麦草垛的喜鹊窝，小时候见树上的喜鹊窝里住着一家和和谐谐的喜鹊夫妻，不知道到这对老喜鹊夫妻，在这个大如麦草垛的喜鹊窝里生育了多少代小喜鹊，后来大白果树的其他枝杈也筑有喜鹊窝，只不过是要比麦草垛的喜鹊窝小一些，老人说，那是老喜鹊夫妻生的孩子，它们以前在别的地方大树上筑窝，还有在很远的村子里的大树上筑窝……长大以后，小喜鹊见老喜鹊年龄大了，它们一块商议就搬了回来，在大白果树的其他枝杈上筑了窝，它们回来是照顾喜鹊老夫妻的，目前大白果树上已有大大小小十几个喜鹊窝了，十几个喜鹊窝就是十几对喜鹊夫妻。它们住在一棵大白果树上欢声笑语，一大家人和谐共处。

每天清晨大白果树上的喜鹊们飞到各家各户门前，院子里的树枝上：喳喳喳、喳喳喳、喳喳叫

喜鹊枝头叫，必把喜讯报；喜鹊枝头闹，春天早来到。这些民间的谚语不无道理。人们总是将美好的希望寄托在小小的喜鹊身上。因为那喜鹊的叫声里，预示着春光明媚的时刻，也为人们带来新的希望，希望之春，希望的人生，也是快乐的人生。大白果树上喜鹊夫妻们给村人带来多少喜事，不知道。

大白果树就这样历经了盛夏的葱茏翠绿，金秋的似锦繁华，严冬的傲立寒风，每到春天的三月，大白果树又开始抽芽吐蕊，焕发生机。

许多年前，年代不详，大白果树因遭雷击，树冠西半部分被雷截断，从那时大白果树的下半身就开了一条口子，越裂越大，里面有烂木梢脱离下来，后来那道口子就变成一个大大的黑洞，从老远看大白果树就像敞达着怀，一年四季敞着口，像人敞着怀没有系扣子一样。

有一年，村里有一姓付的村民为躲避日本鬼子追捕，藏于树心空洞处吸烟以致失火，树干遭大面积焚烧，那个空心洞就越来越大，树干已经完全中空，树干内侧有一层厚厚的黑炭。与此同时，大白果树的怀口就开得越来越大。后来国民军来了把白果树的枝杈砍下来做步枪把子，做了多少枪把子，据说能配备一个营的兵力。而在20世纪50年代大炼钢铁时，大白果树的主要干枝又被砍掉做了风箱。

“大难不死，必有后福。”如今，大白果树几次遭毁坏现在仍顽强

地活了下来。这棵德高望重的大白果树依旧风姿绰约，老当益壮，傲然屹立着，年年成为村里的报春树。

大白果树属村里的“老寿星”。大白果树原来的那个大洞，小时候经常钻进去爬出来玩耍的那个大洞，在我长大后也慢慢变小，在我大学毕业时，回村发现大白果树的大洞逐渐变成了小口。如今这个洞口已经愈合成仅有二十厘米长的小裂缝了，我询问了林业人员，他们说随着古树的年龄继续生长，再过数年，那个小裂缝也会慢慢消失，宜至完全愈合。

我想大白果树敞开那个洞愈合时，父亲敞开的怀又会是怎么样呢。扣子和扣鼻子会系到一起吗？不知道。父亲长年累月敞着怀，胸前就有了一个黑红黑红的一个洞，一边是排扣子，一边是排扣鼻子，像两排小鸟一样，歪着头坚守岗位，从来没有见两只小鸟飞进一个窝里。

大白果树怀里的那个洞愈合，与父亲敞开怀是否有联系，我还真不知道。也没有去深想。

大白果树，为村里人提供了绝佳的休憩去处。一到夏天，大白果树满枝葱绿，巍峨云冠就像伸向天空的大伞，为村民撑出一片阴凉，到了秋天，叶子渐变金黄，微风一吹，就像一只只蝴蝶，飞出个“金色满园”，构成了一幅幅美不胜收的风景画。大白果树会结出犹如繁星般的果子。这些果子俗称“白果”，若是用来入药，具有补气滋阴、平喘养肺等功效。这个时候，村民们会纷纷赶来捡树上落下的果子。

清晨起床我们听着喜鹊，喳喳叫！喳喳叫！心里格外地高兴。

父亲说：“喜鹊是一种留鸟，不到万不得已，是不会离开自己的窝的。”在自然灾害时期，大白果树去闯关东那几年，树上喜鹊也走了，村人说跟着大白果树去东北了，真让人言中了，三年自然灾害后，大白棵树真的在春天里发芽了，喜鹊也搬了回来。“喳喳！喳喳！喳喳！”这是喜鹊的叫声。从那以后在村舍旁，麦场上，天空中，林子里，水渠边……又能到处都见到喜鹊的身影，村人们生活的每一天都有喜鹊和喜鹊的叫声相伴，甚至在梦中。

“喜鹊叫喳喳，喜事来到家。”喜鹊叫时翘头，同时尾巴也随着叫声上下翘动。它的尾巴坚挺而灵巧，就好像木偶戏中有人在尾巴下面扯着线一拽一拽似的，甚是有趣。

在乡下农村，喜鹊象征着好运和吉祥。村子里又能听到一首喜鹊歌谣：

小喜鹊，尾巴长，
银白项圈套脖上。
黑白肚，真漂亮，

把家安在大树上。
小喜鹊，喳喳叫，
站在树上唱歌谣。
……

到了冬天白果树的叶子落光后，那枝节向着天空无限延伸，听老人说树冠有多大，树根就有多大。白果树一边紧紧抓住遥远的时空，用力扭结起来，一边把厚重的大地一把揪住，大树就和坚实的大地联结在一起。父亲和大白果树，在我的心目中同等重要。

九

中学后期，父亲也不把我送到车站了，只是把我送到村口，在那棵百年大白果树下看着，让我一个人走着到车站坐车去县城。父亲没有说，不送我到车站的理由。起先我真的有些害怕，看到沟沟坎坎都像是吃人的熊傻子。父亲说："向前走，不回头，越走路越宽，如果你真遇上什么事了，你望见大白果树，看到大白果树，就见到父亲，遇事也就化解了。"

父亲说这话的时间，是在一个春天里的早晨，我记得清清楚楚，草开始发芽，白果树的嫩芽也开始向外露头了。

父亲敞着怀，夹袄没有系扣子，黑黝黝的肋巴骨突出来，像大树上层层的老树皮。

父亲站在哪里，站在春天里，就是一棵大树。

父亲说，向前走，别回头，别害怕，越走路越宽。

这句话伴我读完高中，直到大学。

在县城上学离家远，一个月才能回家一次，所以想家几乎是我下课后的全部内容，想娘的那句话，不好好上学，不好好上学戳狗牙吧，想姐姐亲切的询问，那时姐姐就在临村一所小学里教书，想父亲那一瞪眼的面容。有时候实在等不到一个月就想跑回家来，可一想回趟家，来回还要一块钱的车票，想到父亲讨钱时的不容易，我就再等。

月底回家是学校的规定，也是和父亲约定回家的时间。

每到月底回家时，我出现在村后的小路上，远远望到那棵白果树，我就越走心里越有劲，心里会甜甜的，总觉得越走脚步越轻离家越近，走着走着一个身影与大白果树一样映入眼底，不用看就知道那是父亲，默默地站在那里望着我归来的方向，父亲什么时候开始在那里等我，又等了多久，我不知道，只能去猜，父亲一定在这里等了很久了吧，或许从好几天就开始计算着我回家的步程，我只记得这身影无论是刮风下雨，一年四季，每个月末的傍晚黄昏，月暗星稀，父亲的身影便是村口的那棵大白果树，一道风景。

长大以后，娘告诉我说：“你每次从学校回家，都是白果树上的喜鹊，早晨来到咱家的柿树枝上，喜鹊说，喳喳叫、喳喳叫……喳喳国民党，儿子今天回家。喳喳国民党，儿子今天回家。”娘说，“哪天有喜鹊叫，你哪天下午准能回家。”

说起父亲的外号叫国民党来。长大以后我才弄清楚这件事，父亲这个外号国民党，是出自我的大伯父付大柱。关于大伯父一些生活细节我是从爷爷漏风的嘴里听到的，那时我还没有生出来，大伯父就在30多年前一次战役中牺牲了0据说大爷长得人高马大，一米九的个子，两膀用力有千斤重。就这么一个力大无穷的人物从小就不爱劳动。东草不拾西草不拿，好吃懒做、五毒全占。在外在家整个就是“少”。爷爷奶奶管不了，父亲姐妹管不了。爷爷说他是一个败家子，的确家里败落与大爷有着直接的联系。

祖上几年积攒下来的家底，就这么让大伯父在赌场上猪一块、牛一块赌光了，没几年工夫老付家也就败落了。就在那一年的秋天，村里来了一支队伍，大伯父是跟着这支队伍去了南方，后来才知道，大伯父是参加了共产党的队伍了。

村人对父亲说：”你哥是共产党，你要进步。“父亲说：”他是共产党，那我就是国民党。“就这样父亲的国民党外号成为事实了，一直替代了父亲的名字，村人经常叫，也就教会了白果树上喜鹊，喜鹊也跟着村人一起叫。喳喳喳，国民党，我把喜讯来传报……

真的喜鹊成了村人的报喜大使了，老宋家的老三在县政府工作，整天和县长坐在一起开会，一起吃饭，村人都非常羡慕，每次宋老三回家，大白果树上喜鹊，一大早就飞到老宋家的那棵大槐树上喳喳喳，喳喳喳……

老人说，喜鹊叫，喜事到，喜鹊喊，亲戚到门槛……喜鹊飞走不久，县上的小窝车就进了村口。小时候我以听到小窝车进了村心里高兴，不管在哪里玩耍，我都跑到宋奶奶家去要糖果吃。

喳喳喳，喳喳喳，我把喜讯来传报。父亲遵循了这样一个规律，没冬没夏地接送我，已经成了父亲的必修课。

父亲站在村口那里就像另一棵大白果树，看着我走过一道道山梁，走过一道道沟壑，一直看到我小小的身影消失在路的尽头，消失在天的尽头，父亲才回家。

有一次，是一个大雾天的傍晚，我低着头向前走，那路弯弯着伸进沟里，我顺路也下到沟底。心中有父亲的话垫底，就增了几分胆量，但就在我走进沟底时，沟下游蹿出来了一条像狼模样的狗来，后来我才知道，那不是狗那是一条吃人的狼。那狗离我不远和我对峙一会儿，突然张着血盆大嘴向我扑来，当时我不知道为什么，竟然迎着它，敞开怀去拥抱它，只见那狗样的东西只差两步远就停了下来，转身子走开了，似乎还回头朝我微笑了一下，尾巴有内容地朝我摇了摇，就蹿进松树林里去了……

回忆起父亲的一生，发生在父亲身上的有趣的事，实在是多的像大树上的果子，如果能让其大树的种子落地生根，大树下则可成林。真的父亲打我骂我，让我们成人的话和事都成了过眼云烟，去了。是一幅画，年代远了看不清。而唯有留下的这些对我们有用的事情留在脑子里，洗不去，也赶不走。

那时我们家很穷，我和姐姐都在镇上的学校就读。上学要用钱，日常生活要用钱。每到年底生产队分红全家最多才分到60元，这是一年下来的收入。远远不够我们上学的书本费。现在想想父亲只有那样的来来回回、去去来来。好是好，就是太难为父亲了。

十

有一年春天，父亲从集上买回来一头小猪仔，约有10斤，全身呈黑色。那时候在农村家家户户都抓头小猪放进圈里养着挣工分，一年赶上半个劳动力，有的大户人家养两头，这就看家庭的大小来决定了。猪舍里有头小猪一天到晚吱哇乱叫，证明这家人家日子过地有生机，人丁兴旺，如果家里没有头猪吱哇乱叫，无声无息，在村子里会让人瞧不起的。

家里养头猪，剩饭了、剩菜了、涮锅水了、白菜帮子、烂菜叶子，春天到田野里挖猪菜，山菜、马种菜、车车菜、七七毛菜等，这都是猪喜欢吃的菜。到了秋天到田野里割青草来家，晒干加工成草面子，给猪准备过冬的饲料，有养猪的户家门口都有两大堆这样的青草垛。

喂猪的事是娘负责，一天到晚喂猪成了娘生活中的一个重要组成部分。娘说猪是个存钱罐。剩饭了、剩菜了、菜汤水给猪吃了，猪可以长肉，肉就是钱；你到田野里挖来马种菜、车车菜、七七毛菜、剁巴剁巴和菜汤水了，剩菜剩饭草面子一起给猪吃了，猪吃了长肉，肉就是钱；

你把烂菜叶子、白菜根子拾来家收拾好让猪吃了，猪长肉。

我抢着说，肉就是钱，卖了猪交学费、买新衣服，割肉买鱼、吃好饭、过大年。

那年娘说养一头长不大的小猪，从春天买回家整整养了一年，猪也不见长，父亲本来想着到年底猪长大了，卖给公社食品站，换了钱好打饥荒，过年买鱼割肉。

小黑猪春天从集上抓回家来，一直没有长大，变化不大，就由原来黑毛变成了红毛。

父亲说：："小也要卖，光吃食不长肉，谁侍候谁。"

娘恳求说："再养几个月吧，这头猪可能是晚长的？前几年他大姑家小委委，都16岁了，个子还是没有长高，把他大姑和大姑夫愁得到处求医找偏方都没治好，你看人家委委不是17那一年就长了个大个子，现在人家都取了媳妇了0我每天喂着猪心里就是这么想的，不待几个月猪就会长大的，长成一头大猪，一头大猪能卖好多钱。"

父亲说："人和猪不一样，你整天给猪喂涮锅水，草面子，烂菜叶子，猪能长肉？"

娘说："前些年我也是这么个养法，猪不是一样长肉，长大，一年猪都能出栏，这头猪我觉得是头晚长的猪。"

父亲说："那你先养着吧，到了我要用钱办事的时候，我不管是晚长还是早长，都要给我换钱办事。"

有一天，父亲到县一中给我送生活费，还给我带来了两个鸡蛋，四个娘蒸的菜团子。那一天我没有见到父亲，是看大门的老赵捎给我的。

那天我们班正在上体育课，全班统一服装，一色的运动服，大家都穿一身学生蓝新运动服，唯独我没有穿，体育老师批评我的时候，正巧让父亲在大门上看到，父亲就委托看大门的老赵把东西送给我。老师批评了一顿后，让我回到教室学习，我从操场向教室走的时候，看大门的老赵喊住我说："你父亲给你捎来的东西。"我一看那个黑布包就知道是父亲来了。

我说："我大呢？"

看大门的老赵说："刚走。"

我急忙跑出大门口找父亲，只能远远看到父亲的高大背影。

父亲回家的第二天，把猪舍里的那头长不大的猪，赶到了公社食品站里卖了78块钱。父亲手里有钱，给我买了运动服还专门给送到学校来。

我穿着父亲买的运动服，在体育课上精神抖擞、龙腾虎跃。

那天晚上，不知道为什么我做了一梦。梦到母亲喂了一头小猪仔，小猪仔的背上有一个口子，母亲把剩饭剩菜从那个口里送进去，小猪的肚子就鼓了起来，母亲看到小猪一天一天长大，母亲脸上露出了喜悦的微笑。

长大以后，我出差到北京，在西单旧玩具摊上买了一头小肥猪，猪肚子上一边有一大字“招财进宝”，猪背上有一条小缝，它的妙处是硬币可以放入，却无法取出，这是专门为小孩子平日将父母给的零花钱从小孔中塞进去，到快过年时，钱贮满了，便打烂小肥猪，拿了钱去作快乐的消费，故此物又名“扑满”。

后来曾读过一位高僧写过的一首诗，叫作《扑满子》的咏物诗。诗中说，扑满子“只爱满我腹，争知满害身，到头须打破，却散与他人”0

从这首诗里，我能读懂母亲当时养猪的整个过程，不过是别人用的是钱来扑满，而母亲是在生活中用剩菜汤、涮锅水、烂菜叶来“扑满”，但两者都是同样的结果。

十一

我考上大学那一年，父亲又喝了一次大酒，这是我亲眼所见。这次父亲喝酒不是在付贵代销店里喝，而是坐在自家的炕头上喝酒，酒不是付贵店里的地瓜烧，而是县酒厂新生产出来的一种瓶装酒，三块五一瓶，姐姐从县城里买来两瓶，一方面是孝敬父亲，另一方面就是庆祝我考上军校，娘用半天时间精心炒了几个家常菜。热菜上桌后，娘拿来杯子，姐姐开瓶给父亲倒满酒杯。

这是我第一次见父亲坐在家的炕头上，守着全家人喝酒。父亲的样子有些不自然，笑不是、哭不是、站不是、坐不是，父亲索性拾起姐姐刚倒满的一杯酒，一口喝到肚子里，那一杯酒整整是二两酒，父亲喝下二两酒这才找到自己的位置。

父亲脸红红，胸前也红红的，高兴的父亲让娘再拿个酒杯来。

娘说：“你个老不正经的，还要使两个碗？”

父亲脸红红说：“让你拿自有拿的道理，啰唆什么，快拿杯子来。”

娘见父亲高兴又从抽屉里拿出一个酒杯来，放到父亲的面前与先前那只酒杯平放在一起说：“你快使两个碗吧。”

父亲把自己的杯子倒满酒，又把另一只杯子倒满酒，慢慢放在我的脸前看着我说：“你都长大成人了，来咱爷俩喝杯酒吧。”

我说：“我不会喝酒。”

娘在一边笑着说：“咱儿都考上大学了，陪你大喝杯酒。男子汉不喝酒不吃烟是个半吊子人。”

父亲说：“你娘说的对，陪大喝杯酒。”只见父亲端起自己的酒杯来，示意让我也端起酒杯来，我在娘和姐的鼓励下，还有父亲的博大慈爱下，壮着胆量端起酒杯。

父亲说：“咱爷俩碰个杯，碰杯是让耳朵听听响。因为酒是香香辣辣，酒有酒的香味，眼睛能看到，鼻子能闻到，嘴能喝到，碰碰杯是让耳朵听听响，不然的话耳朵会有意见的。”父亲把自己的杯子送过来和我迎上去的杯子碰在一起，父亲碰杯的那股劲很大，“啪”的一声，差一点把我的杯子碰倒，我的手一抖动，酒杯不稳洒下了几滴酒来，父亲急忙伸出不端酒杯的手来，把那几滴还未落到炕席上的酒接在手心里，然后嘴凑到手心里，把那几滴酒吸到嘴里说：“好东西，不能糟蹋粮食。”

就在那一刻，我在心里暗暗发誓，好好挣钱，多挣钱，买好酒，买若干的好酒，让父亲喝个够。

父亲说：“碰了杯子，咱爷俩就得干杯。”

父亲说完一口把杯中酒喝完。父亲就是酒量大，在付贵代销店，父亲喝酒从来不就菜，干喝。父亲在家也一样，现在父亲已经喝了两杯酒了，也没有动用过筷子。

娘在一边说：“叨口菜就着。”

这时父亲看着我说：“喝了么，不要怕辣，就当口白开水一样喝下去。”

我看着父亲的笑脸，娘的笑脸，还有姐姐的笑脸，即将一个人远离父母出门的我，知道父亲此酒的用意，我知道酸甜苦辣都装进这杯酒里，在外面没有父母在你身边，没有姊妹在你身边，所有的事情只有靠自己小小肩膀承担起来。于是我在父亲的眼神鼓励下，一口把杯中酒喝到肚子里去，只觉得一阵火烧火燎，像道火辣辣的热流一样钻进肚子里，好久没有散开，这时我大声咳嗽、眼泪就流了出来。

父亲急忙拾起筷子指着桌上的菜说，快叨口菜吃压压就好了，快叨口菜吃压压就好了。

那天我陪着父亲把一瓶精装酒全都喝干，我喝了瓶子的三分之一，剩下的酒全部让父亲喝了。那天父亲喝完酒仍然是到院子里找来柳木勾担，去村里那口老井里挑水。不知道为什么，我总觉得父亲不管干什么事总是对的，我就到宋奶奶家借来水桶，跟在父亲后边，父亲一担水，我一担水，从村中那口老井里往家里挑水，挑满家中的盆盆罐罐缸缸，然后把挑来家的水，一担一担洒进院子里。那水没有顺着大门口下面柞木门挡板底下流到大街，而是汇成一小股水，从家门口房檐下的水沟里，一直流到东间的窗台下，拐了一道弯向南流了一米左右，那股水流到地下的一个小洞里，还发出一声空嚓空嚓的声响来。

父亲没有觉察到那怪怪的声音，仍然是挑着水桶奔忙在家与井台间。

我放下水桶，提着勾担来到那个流水的洞口边，那空嚓空嚓声响现在变成哗啦哗啦，流水声越来越大，我好奇地蹲下来，用手指头挖开那个洞口上面的覆土，是一块大大的圆石头，看样子圆形的石头破了一块小角，那股水是从那个破了一块小角洞口流了进去。

这时父亲又从门外挑进一担水来，倒进院子里，那小股水现在变的又粗速度又快地流进那个洞口里。这时我把父亲叫住说："大，这里有个水洞。"

父亲这才把两只水桶放在一起，把柳木勾担横在两只水桶上，背着手走了过来，蹲下来看了看那个流水的洞口，父亲不管三七二十一，然后一双大手伸进水洞口间，两膀一用力，把一块大圆石头连同地面上厚厚的覆土掀了起来，石头底下是一个紫色的水缸，里面有半缸黄水，父亲提来水桶，把水舀了出来，里面有一大层厚厚的泥土，父亲用一双大手把泥土一层层向外清理。父亲的大手片子像一台小型挖掘机一样，一挖一大把，一挖一大把。父亲的大手片子每清理一层泥土，我的心就跳动一下，每清理一层泥土，我的心就跳动一下。父亲像考古专家一样小心翼翼，一层一层从缸里向外清理着泥土，到最后从缸底下清理出来九枚金币，擦净泥土金币闪闪发光。

我从来没有见到过金币是什么样子，但我从书本上看到过。我惊讶地说："这是金币？"

父亲说："我听你爷爷说过此事来，你开盐店的老爷爷在家里留了几枚金币，谁都不知道放在哪里。那一年你大爷付大柱输了钱，打破天闹破地的到处找就是没有找到它。你开盐店的爷爷留下话说，我也记不清了，好像是：白天长晚上长年年长，土里生泥里生缸里生。心不到有心找不能见，天下事家族事遇水显。父亲看着我说，老付家遇上大喜事了，金币遇水出现，这么说，金币的出现是因为你考上大学，这是你老爷爷给你送来上大学的学费。"

我说："我不要。我考上的是军校，吃、穿、住都不用自己花钱，全部由国家供给，每月国家还发7块的零花钱。"

父亲看着我说："这是你爷爷的心意。"

我说："这金币是咱付家的传家宝，你还是把它留在家里干大事吧。"

就这样，金币的事就我和父亲知道，其它的人谁都不知道，就是娘和姐也不知道。

记得我到军校报到的那天早晨，天下了一场小雪，不大但刚好把黄黄的土地盖了起来，黑黑的天空，白白的大地，一片干干净净。我吃了满满的两大碗娘包的船形饺子，肚子就饱了。

娘又端来一碗饺子放在我脸前说："娃再吃碗。"

我拍拍肚子说："娘我吃饱了。"

娘又说："娃再吃碗。"

我说："娘我真吃饱了。"

父亲看了看娘又看了看我说："吃饱了，喝碗水咱赶路吧？"

我说："走。"

父亲母亲姐姐还有亲戚邻居，把我送到村头大白果树下。父亲说："你们不要送了，都回去吧，我把娃送到小车站。"我和母亲姐姐还有亲戚邻居告了别，和父亲踏雪上了路，父亲不说话，我也没有话，一路无话。我就用心走路，越走天越明，越走天越明，回头我发现一张大大的白纸上，留下我和父亲两行脚印。父亲的脚印大大正正，像印章一样扣在白纸上，而我的两行小脚印，一路歪歪斜斜向远远的地方延伸……

天明了，我和父亲来到小车站，父亲把我送上车说："在家靠父亲，在外靠自己，记住了。"

我看着父亲点点头说："我记住了，大，你回家的路上慢着点。"

车走动了，父亲向我挥手，再挥手，父亲站在那里就是一棵大树。

十二

记得那一年父亲已经68岁了，看起来父亲像有78岁的样子。

我结婚的第二年回家时，父亲把姐姐和我叫到跟前说："现在你们都成人了，生活也不错，目前我手里还有3000块钱，前几天我见村里有许多孩子，由于交不上学费，不能去上学，我想把这些钱捐出去，让他们回到学校重新读书。"

父亲停了一会儿又说："你们同意也得同意，不同意也得同意。我只是和你们说说。"姐姐说："俺没意见，不过你现在也上年纪了，留两个钱防老也不错。"父亲看看我说："你有什么意见？"我说："姐姐的话也对，不过我同意你的决定，只要你愿意干的事，我认为都是好事，我们支持。这是千秋万代的好事情，我们都要支持，只要父亲高兴。"父亲笑了，笑得很甜。

大前年父亲已经从砖瓦厂上退下来。本来砖瓦厂招的都是临时工，都是出大力的体力活，父亲的体力是跟不上了，才回到家来，父亲不到砖厂干活了，我们也不让父亲种地了，我和姐姐每月给足娘和父亲的生活费，就这样父亲也闲不住，种上一亩花生，打了新油给我们每人20斤，父亲还和娘在家里养鸡，鸡下的蛋不卖，自己吃剩余的鸡蛋给我们留着。

父亲把3000块钱捐出去后，就像完成一项重大任务一样，高兴得整天肩上扛一把铁歇常在村里村外转，有时候还能转到很远的外村。

有一天，父亲转到一个村子里，看到大街上有不少上学的孩子不到学校学文化而在大街上玩耍，还有些孩子在家里干农活。父亲想现在也不是放假，会有这么多的孩子不到学校上学？父亲走近一个小男孩，这个小男孩有10岁左右，如果上学应该上三年级了，这个小男孩蹲在哪里正在有意无意地抓土玩。

父亲蹲在小孩的跟前说，娃娃，怎么不到学校学文化？小男孩也不抬头，也不说话，还在那里抓土玩，两只小手成土灰色。

父亲又说，爷爷问你怎么不到学校学文化？小男孩也不抬头，也不说话。

父亲又说，没交上学费？小男孩这才抬起头来，一双大眼睛有神地看着父亲。一双渴望的目光瞪着父亲。小男孩点点头。那一天父亲口袋里还有20块钱，父亲从口袋里摸了出来说，娃娃把这20块钱去交上学费，上学校学文化。小男孩看到父亲手里20块钱，眼睛里发出一种不信任的眼神，小男孩又低下头，继续抓地上的土玩。

父亲伸右手把正在抓土的一双小手拿过来，把20块钱放到小男孩的手里，又把那双小手握了起来说，娃娃，你的学费今后爷爷给你交了。你放心上学去。小男孩一双大眼睛看看父亲，又把伸开的小手里的20块钱看了看，小男孩站起来朝父亲鞠了一躬，转身跑回家去。

这个小男孩叫王军，后来成为古寨镇小学的校长。

两年后一天，父亲外出在回家的路上，父亲看到一女孩正在地里玩耍，父亲走过去说："娃娃大白天的你们不上学，在地里跑啥？"娃娃低着头不说话，手在地下乱划拉，父亲不识字，也不知道娃娃画拉的字还是什么？

父亲又说："娃告诉爷爷，为什么不到学校学文化？"孩子抬起头看看正锄地的大人说："俺大不让上学。"父亲说："这是怎么回事！"父亲来问孩子的父亲："为什么不让孩子到学校学文化。"

孩子父亲看看父亲很为难地说："一个庄稼人家识那么多字好吃？好喝？再说眼下种地不挣钱，哪还有钱给孩子交学费？现在农药种子化肥都这么贵，种地都没有钱种了，哪还有钱给娃儿交学费。"

父亲说：“孩子不学文化不行，以前没有条件，现在好了，有学校有老师，让孩子到学校去上学吧。”父亲话不多，但说的话很坚硬，几乎没有商量的余地。孩子的父亲看了看父亲说：“你站着说话不腰痛，我也想让孩子去学校学文化。”这时孩子的父亲发出一种哭腔说：“我现在没有这个能力，上有老，下有小，一家六口就有三个病人，父亲瘫痪在炕上，母亲常年吃药打针，老婆生小小子落下一个腰痛病，常年不能下地干活。”

一个大男人说到这里抱头哭了起来。这时父亲把一块手绢递给孩子的父亲说：“明天把孩子送到学校，学费我替孩子交上。”父亲说完话就起身走出地里，回头看看孩子，又嘱咐说：“别忘了明天送孩子去上学。”父亲跑到学校问校长：“交多少钱能让孩子们上得起学？”校长说：“一年也就百八十块钱的学费，不过就是有学生来上学，可也没老师了。”父亲听不懂：“为什么没有教师？”校长说：“老师的工资太少了，留不住。”父亲一听，心里像灌了铅，父亲想老师的工资是国家的事，孩子上学学文化是家长的事。

那一夜，父亲辗转难眠想了一夜，孩子不上学没文化，怎么能过上好日子？其他事都可以，没有文化不成！孩子不上学这事不行！父亲这次串门回来，已经70岁的父亲决定做一件大事，那就是再到砖瓦厂干活，靠干活的收入帮助那些孩子实现上学的梦想。

第二天，父亲又收拾好拉土车来到了砖瓦厂拉土、拉砖、装窑。父亲像往常一样，一天一天父亲就这样开始了新的生命历程。

娘在父亲出门前，都要给他备好中午饭，一直目送到父亲消失在村头，那棵大白果树下。父亲在砖瓦厂拉土、拉砖、装窑，干活和平常一样，但父亲心里却比过去多装了一样东西，就是孩子们上学的事。父亲没有文化，不识字但就是喜欢知识，特别是喜欢有知识的人，从小就教我们好好学习，谁要不好好学习，父亲就不高兴。

工友说：“别人拉土是千方百计挣钱养家，你这么大的年纪了，孩子都有出息了，现在你是吃穿不愁，小酒天天有，夏天在大白果树下坐把马扎子，拿个蒲扇多舒服，冬天在烧热的炕头上喝个茶水，看看电视。你现在还差这几个钱？本该享享清福了。”

还有的工友说：“俺是挣钱养家，你是挣钱捐给学校。”

父亲说：“我一天挣20块钱，是一个孩子的将近三个月的学费。”

父亲话不多，这是父亲的内心世界，父亲想到了孩子的学费，他的双腿重重地提了一把，干劲十足。

娘有时候也说：“你现在不用干了，孩子都成人，只要咱的孩子有文化了，你就不要管闲事了，人家孩子上学是人家的事，当初你这边借钱，那边凑钱，谁帮助你来？”娘问急了。

父亲说：“咱的孩子有文化了，其他孩子没有文化，这个世界就等于没有文化。”娘听不懂父亲的话说：“你能干、你能干，我不管你了。”娘嘴上说不管，可在心里痛，把心用在父亲的生活上，为父亲调理好一日三餐，晚上炒上四个小菜，烫上一壶小酒。

后来父亲让娘把这些加餐全部给划了，仅剩下中午的两个馒头，一壶白开水，一点咸菜。

娘说：“你可要悠着点，腿脚感到累了就早点回家歇着。”

父亲说：“现在我还能干活，说明自己身体好，如果有这样好的身体条件，我还要一直干下去，能帮助更多的孩子上学，心里舒畅。”

自从父亲再次拾起到砖厂的老本行来，再没见到父亲坐在炕头上，举杯喝酒的场景了。父亲不让娘炒菜，也不让娘倒酒，炒了菜倒上酒父亲也不喝。父亲不是戒酒了，而是改变喝酒的时间和方法。父亲早晨吃完早饭临出门时，站在两代爷爷留下来的一张黑木头桌子前，右手拿起酒瓶子，左手从桌子上拾起一个茶碗来，嘴对准了瓶盖子，咬碎时间的一口钢牙啃下酒盖子，酒瓶子对准茶杯口，咕咚咕咚倒满一茶碗酒来。父亲的嘴里的酒瓶子盖，又回到酒瓶子口上，这时父亲把手里的酒瓶子放回原位。拿酒瓶子的手托着茶碗底，生怕酒落出一滴酒来，一口咕咚咕咚把二两半的酒喝到肚子里，放下茶碗，双手右一下，左一下在嘴上抹了两把走出家门口，拉起小地排子车，一路醉步到村里的砖厂去，这一天父亲就是用这碗酒垫底支撑身体，中午父亲捎着一顿饭在砖厂里吃，那顿饭是这样的，两个馒头，一块咸菜头，一壶白开水。就这简单的饭菜父亲仍然吃得很香。

父亲晚上从砖厂下工回家，吃完晚上的饭。临睡觉前父亲又站在两代爷爷留下来的一张黑木头桌子前，右手拿起酒瓶子，左手从桌子上拾起一个茶碗来，嘴对准了瓶盖子……父亲在熟悉和温习清晨出门的功课。完成作业后，父亲倒头就睡，一直到天明大亮，再也不见父亲喝了酒去老井里挑水细节了。

后来我分析父亲喝酒的习惯，是吃饱肚子再喝酒不伤胃，早晚两头喝酒，一天两顿，半斤酒。父亲自从又干上老本行天天雷打不动，现在父亲喝的酒，是我专门找人从酒厂里打来的散装酒，一斤散装酒是一块多钱，一次装200斤，也就是200块钱，一大铁皮桶酒，我计算过一天半斤酒，一月15斤酒。一大桶酒够父亲喝一年的了，有时姐姐也捎给父亲成瓶的酒，父亲就把姐姐捎来家的瓶酒，放在付贵代销店里代卖，换成钱和自己的每月开的工资一起，放进祖上留下来的那个存钱缸里存了起来，直到存到上千元，父亲掀开圆石头点钱，请假把钱送到学校里。

父亲就这样每天喝上两碗酒，在砖厂里一拉又拉了12年的车子。

父亲在砖瓦厂里就这样又干了下去，日日天天父亲攒三聚五攒下来的钱全部积蓄起来，一块、两块，一拾、二拾，一百、二百，一千、两千……

半年后，父亲将积攒的3000元捐给了古寨镇小学。

十三

第一次去小学送钱时，父亲把整整一个夏天挣来的3000块钱，用一块黑布包好，一大早就去了古寨镇小学交给了学校的校长，父亲来到学校也不坐，也不喝水，父亲站着把钱交下就走了。父亲说："让孩子好好上学，学文化，钱我再去挣。"父亲从来不打听学校把钱给了哪一个孩子交学费的事，因为父亲知道，这个校长是当年那个因交不上学费在家门口玩土的王军。自从那一年父亲把20块钱给他交了学费后，王军的学费一直由父亲代交到学校，王军的学习成绩很好，本来可以考上高中，然后再考大学，但王军却报考县中专师范学校，毕业后回到古寨镇小学教学，后任小学校长。为了报答社会，他的工资大部分也捐给孩子交学费，王军到了结婚的年龄了，仍然不打算结婚。就这样父亲五冬六夏，在砖瓦厂拉土、拉砖、装窑，再把挣下来的钱积攒起来送到学校，一年又一年，学校的孩子们都熟悉他了，特别那些资助的孩子都叫他，敞怀爷爷。

父亲不识字，可他认准的事情，认准的理，谁也阻挡不了。

自此后父亲没买过一件新衣裳，穿的衣服都是娘一针一线，补丁摞补丁缝起来的对襟夹袄和对襟褂子，父亲敞着怀，冬天最多在贴身里面穿一件补着补丁的红色秋衣。两碗酒、两个冷馒头，一壶白开水，就一点点咸菜，这就是父亲的一天全部生活。为了能多挣一点钱，父亲经常比别人多干一两个小时，父亲就是这样，节衣缩食把自己挣的钱全部捐给了学校。

一次父亲把积攒的2000块钱送到学校，那是一个秋天收获的季节，父亲那天的打扮与往常一样，依然是穿着打了补丁的对襟夹袄，不同的是父亲明显的老多了，一脸的沟壑满头白发，父亲敞着怀，肋巴骨紫红色，像一张张脱下来的老树皮一样。

那一天，父亲正赶上全校为两个初中毕业班召开毕业典礼大会。在毕业典礼会即将结束时，校长王军把父亲介绍给学生和老师们。王军校长说：“你们毕业的学生中，有不少同学就是这位爷爷资助完成学业的，你们谁能知道这位爷爷，现在什么年龄？现在又在干什么工作？我告诉你们，付爷爷今年80多岁了，他是靠在砖瓦厂里拉土、拉砖、装窑挣下来的钱，给你们交的学费，资助你们上的学，你们里面有部分学生还要继续求学上进，但大部分学生是要回到家乡，建设家乡，但是不管是干什么工作，我们永远不能忘记付爷爷……这就是我为你们毕业班同学上的最后一堂课。”

王军校长让父亲说几句话。父亲那天看来是很高兴了。父亲红红脸膛站了起来，台下的学生站了起来，台上的老师站了起来。父亲说：“娃娃，你们是长在大树上的果子，每个果子大树都牵挂着你们，果实春天开花，秋天才能成熟，娃娃咱们说好了，谁也不能掉队，爷爷不识字，但我可以挣钱为你们交学费。”

父亲捐了多少钱，没有明确的记录，从1985年开始到1996年，父亲又在砖瓦厂干了12年，父亲在砖瓦厂干活的收入全部捐给学校。让100多名孩子完成了学业。父亲真的老了，他大约自己知道自己的时间，那一年父亲把最后一笔1500元钱和祖传下来的九枚金币捐出后。九枚金币不知道怎么传出去，给父亲引来了许多的麻烦，当时父亲和学校校长王军都说好了，把九枚金币到银行对换成钱，给孩子们交学费，没想到校长王军在银行里对换九枚金币时，让一位取钱的市报社记者发现了，那位记者不到半小时找到家来，像蚂蜓一样采访了病在炕上的父亲。半上午的时间那位记者在父亲身子上就叮出两管子红血来。新闻标题是：一位老人的九枚金币与我国农村教育。

报道在报纸第二版发出来，在全市引起了轰动，全县引起了轰动，是那位市报社记者为父亲12年的捐资助学划了一个浓墨重彩的圆圈。母亲回忆起那位报社记者，来家的半上午采访的哪些事说：“那位记者是个男的，有37岁左右，头有半牙秃顶，脸黑黑的，说话口音像河南话，不太重；付大爷、付大爷，音短还脆。那位记者来家没有喝水，坐在炕上开始和你大说话。”

父亲见到记者，父亲说：“我还要想办法挣钱，让更多的孩子上学。”

那位记者说：“付大爷，你这大的年纪了，身体还有病，是什么支持你去捐资助学？”

父亲侧躺在炕上，眼睛看着那位记者一时半会的没有说话。

父亲的眼睛从记者的脸上移开，那眼睛透过窗口，天空云淡，有十几只大雁成人字形向南飞奔，这是一个果实累累的秋收季节。

父亲说："小河有水大河流，不知道有多少条小河的水聚在一起才成了大河。一个学生好比一条小河，一个学生有文化了，一个家庭，一个村庄，一个镇……大家都有了文化了不是？"

那位记者让父亲的话一时搞糊涂了，没有及时对上话来。但记者马上从父亲的话里想到了，战国时代的尉缭子说："亡国富仓府，谓上满下漏，患无所救。"用现在白话之理解，意思是要想亡国就把财富集中到政府的库房中，没有很好的健全的监督机制，政府能控制的财富越多，各种腐败行为会愈多，社会矛盾便越激烈，贫富分化也会越厉害，社会秩序反而处在了一触即发的祸患之中。比如曾辉煌一时的秦与隋朝都是这样，虽留下了万里长城、大运河等宏大工程，但都崩溃于一时，"民富才能国强"曾是一个多么简单的政治伦理啊。

记者说："付大爷，我理解你的话了，我也知道这篇报道怎么写了。"

先有小溪水后有大河流，大河的水才能源源不断地流向大海。

这篇报道的到来加重了父亲的病情，因为有不少的人读到报道都来看望父亲，特别是县上老宋家宋老三，经常带县领导来家看望父亲，并让县委宣传部组成一个采访小组来家一驻就是三天，采访小组六个人四男二女轮番采访，家里人来人往，父亲没有了休息时间，病情就越来越加重……

父亲的病当时就到了晚期了。

父亲知道他真的干不动了，以后不能再捐钱了。

但父亲还是和来家看望他的人，采访他的记者说："我还要想办法，让更多的孩子上学。"

父亲那一年已经82岁了，重病缠身的父亲卧床不起，身体状况越来越差。父亲一年到头天天吃干馍，喝白水，身体是透支空了。父亲12年共捐款7万元，救助了108名贫困失学孩子上学。其中有38名学生考上中专以上学校，其他全部完成了初中、职中、高中学业。

现在，他们成为有文化的人才，都在不同的岗位上建功立业。

十四

过年回家我问父亲："钱够不够喝酒的。"父亲说不能喝酒了，身体有病了。姐姐说："到城里住两天吧"，姐姐前两年调到县上一所小学教书。姐姐说："现在我们的日子过得挺好，钱不多、够花的。"父亲说："钱没有多的时候。留着还要干大事。我是老了。病能治、命难治。有了钱要干大事，干什么大事。希望工程是大事，把钱投在那里心里舒服……”

每次回家，我都把最好的成绩献给父亲，这次回家我给父亲带回来一本，我写的《我的父亲》，双手送给躺在炕上的父亲手里，父亲不识字，但父亲现在能读懂书名，父亲手不离书，书不离手，两手捧着那本书。有时父亲一手握书背，一手握着书页间，两手用以弯拐，大拇指头比在书页间，书页码哗哗哗哗翻飞，一会儿父亲把书放在鼻子下，眼睛紧紧闭着去吸书上的油墨味，那画面像从前父亲喝酒的样子，父亲从早到晚一直手捧着，那本新书爱不释手，那种高兴甜美的滋味，是从父亲的骨缝隙间透出来，发射给来家里看父亲的每个熟人。

有一天付贵来了，父亲就拿出《我的父亲》那本新书来，眼睛看着付贵嘴里说：“这是本新书，谁能想到写书是过去皇帝，有那些翰林院的文学侍从官写书，现在咱孩子也出书了。”

父亲重重地说：“你看看这书多新，这墨字多黑，从书上还能闻到油墨香味来。”

付贵叔也老了，早不开代销店了，付贵虾着腰接过新书去，哗啦哗啦翻阅几遍，又哗啦哗啦向回翻阅几遍，父亲就喜欢听别人翻阅那本新书发出的哗啦哗啦声音。

一会儿付贵把新书又送回还给父亲手里，出书了是件喜事，遇上喜事，付贵用手势做了个喝酒的动作说：“二哥喝酒吧。”

父亲说：“不能喝酒了，再喝酒就是糟蹋粮食了。”

有一次，家里来了一位女孩子，大约有20岁左右的样子，她叫宋燕燕，是父亲曾经捐助过上学的学生。当时宋燕燕的父母都在家种地，均有不同的残疾，她在家是老大，下面有一个妹妹，还有一个弟弟，因交不起学费，父母只好让她下学帮着干农活。小宋燕燕很喜欢上学，辍学那些天，她整天抱着一本书，不吃饭不说话，一个劲儿地哭。等老师找到她家，让她到学校上学的时候，那本书已让她的泪水洇湿了，那是一本语文书。去年宋燕燕在老师的指导下考上了县里的师范，这不还有一年就要毕业了。

那天宋燕燕见到父亲眼含泪水说：“付爷爷没有您的资助，我们家那种情况是上不起学的，谢谢付爷爷您的资助。”

父亲说：“你上完学要干什么？”

宋燕燕说：“付爷爷我毕了业回村教书。”

父亲高兴地说：“当老师好当老师好，教孩子读书、教孩子读书“

父亲见宋燕燕拿着我出的那本新书，翻来翻去看，爱不释手的样子。父亲知道她喜欢书说：“娃，你喜欢那本书？”宋燕燕点点头说：

“付爷爷我喜欢这本书。”

父亲说：“这是一本好书，你喜欢，你就拿回去看吧。”

宋燕燕就把那本书拿走了，父亲再往我要一本书，重新放在枕头边上。

父亲的话语间，免不了有几分炫耀的成分。

十五

父亲在一个西阳落山的下午离开我们，真的走得非常安详。也许是父亲还做了一个梦吧，微笑着离开了我们。

那天是正月初六，从东南西北奔来家与父母过年的我们还没有走。这个年父亲过得非常好，他看到我们个个都建立家庭有了孩子，脸上始终挂着喜悦，一直到初六的上午，父亲都非常高兴，上午还和四个老人打了一上午的小牌，中午饭父亲还喝了点酒，只喝了二两酒，吃完饭父亲微笑着躺在炕上睡着了。

中午饭后天下过一场薄薄的小雪，空气的干燥还是有增无减，雪后的天特别蓝，跟秋天的天高云淡的蓝不一样，像童年的纯蓝水被稀释过，深深浅浅地泼在天上，顺着缘缓滴下来，纯粹的蓝色时而稀薄时而浓密，然后雪见到一缕阳光，很快就化了。

父亲去世的那个下午，我们几个正在西屋里拉家长里短，还有一些来自外地的给父亲拜年的学生，那一天我很高兴，也很兴奋，我还给他们讲了一个故事。

我讲这个故事是宋奶奶讲给我的，小时候特别喜欢到宋奶奶家玩，因为她家有好吃的。有花花绿绿的糖果，有香甜饼干，有新鲜的瓜果……这些好吃的都是在县里吃国家粮宋老三拿来家的，记得那时宋奶奶有86岁的高龄了，还耳不聋，眼不花，就是腿脚不太利落，我每次去她家玩，宋奶奶就从她的身后一个挺漂亮的铁盒子拿糖果和桃酥给我吃，宋奶奶不吃看着我吃，我一边吃一边听宋奶奶拉话，都是一些尊老爱幼、孝敬老人、还有一些鬼神瞎话。

当时，宋奶奶讲了若干这样的瞎话，而我只用心吃糖果了，几乎都是倒囹吞枣，一个也没有记住，宋奶奶看我心不在焉，就又从盒子里拿出来两块糖果两片饼干……

就这样一个不到10岁的孩子化着糖，吃着饼干竟然和一个86岁的老人拉了一下午的话。有时宋奶奶到茅房，我就扶着宋奶奶去解手，等宋奶奶从茅房出来，我再扶着她上炕，继续陪着宋奶奶在炕上拉话。就在那个时候，我从宋奶奶的嘴里听到不少的故事，也懂得了不少做人的道理，其他故事一听就这耳朵进，那边耳朵出，没有印象了。唯独有一个孩子与大树的故事印象很深，权当长在脑子里，一直到现在还记忆犹新，清清楚楚，不会忘记，那个故事是这样的。

从前，有一个小男孩名字叫桔，从小就在一棵大树旁边玩耍，与大树结交了朋友，好朋友就常常喜欢在一起。桔的好朋友是一棵黄果树，长在离村子不远的地方，又粗又高，枝繁叶茂，秋后树枝上结满了繁星般的又大又多的甜美黄果子。

桔天天围着树转，有时候爬到树上摘果子吃，有时候困了就在树底下睡觉，醒来又在树底下捡树叶子玩耍，有时候桔也挺坏的拿着刀片、瓦片在大树身上正一道、竖一道乱刻乱划，被划出的道道伤口都流出眼泪般的血水。黄果树特别爱桔，一老一小两人成了玩伴，从来也不埋怨桔拿着刀片在它身上乱刻乱划，就是想着桔能天天陪它玩耍就知足了。

玩着玩着，桔长大了。有一段时间桔就不来了。黄果树很想桔。过了很久，桔再来的时候，已经是一个少年了。

黄果树问桔："你怎么不跟我玩儿了？"桔有些不耐烦地说："我已经长大了，不想跟你玩了，我现在需要很多的玩具，我还要念书，还得要交学费呢。"黄果树说："真对不起，你看我也给你变不出玩具来，这样吧，你可以把我身上的黄果子摘去换成钱，你就有玩具，交学费就可以上学了。"桔一听有道理，就兴高采烈起来，用了半天的时间，把树上的黄果子都摘了下来，欢欢喜喜地走了。就这样，每年桔就是在摘果子的时候匆匆忙忙来、匆匆忙忙地回，平时都没有时间来与黄果树一起玩耍，等到桔读书以后，又有很长时间桔没有来了。

再过一些年，桔已经长成一个大青年，再来到黄果树下的时候，桔看到大树更老了。

黄果树说："哎呀，你这么长时间不来，你愿意在这儿和我玩会儿吗？"桔说："我现在要成家立业了，我哪儿有心思和你玩？我连安家的房子还没有呢，我还没有钱盖房子呀。"

黄果树说："孩子，你千万不要不高兴，你把我身体上的树枝都砍了，你就能够盖新房，娶妻生子了。"桔一听黄果树的话有道理，桔又高兴了起来，用一天的时间把黄果树的主枝、侧枝、副枝都砍了下来，桔就去盖了房子成了家。这样又过了很多年，桔再来的时候，已经是中年人了，黄果树已没有果子，也没有树枝了。

桔见到大树也不高兴，这时的黄果树只是一个高高粗粗的树干了，桔一个人心事重重地，在没有多少树荫下慢慢徘徊。

黄果树说："你怎么见了我不高兴，又有什么事？"

桔说："我现在成大人了，念完书，也成家了，也有了孩子，我得在这个世界上做件大事，就是多挣钱好养活一家老小。你看看这世界上的海洋这么浩瀚，我要去远方，可我连只船都没有，我能去哪儿啊？"

黄果树说："孩子你别着急，你把我的树干砍了，你去找来木匠做成大船，就可以出远海干你要做的大事。"桔一听很高兴，用了两天的时间砍了树干，做了一条大船出海去了。

此刻，黄果树只剩下一个快要枯死的树墩了。

若干年桔回来了，这会儿的桔从以前的黑发变成现在的白发了。

桔回到黄果树身边，大树跟桔说："孩子啊真对不起，你看我现在没有果子给你吃了，也没有树干给你爬了，你就更不愿意在这儿跟我玩耍了。"桔说："其实我现在也老了，有果子我也啃不动了，有树干我也不能爬了，我从外面回来就是想找个树墩守着歇一歇。"

黄果树很高兴，他又看见桔小时候的样子了。

小言说："舅舅，桔是谁家孩子？"

我说："桔是我、也是你、还是别人家的孩子，你还没有长大，长大后你就会明白其中的道理。"

大约在四点，我们突然听到院子一阵异样的鸟叫，便急忙从窗子里探出眼光来看个稀奇。只见从西北的天上密密麻麻飞来一群小燕子，全身呈黑色，落在房檐上、屋顶上、院子的树上，互相爱护地梳理着羽毛鸣叫着。我在心里纳闷，这个时候怎么会有燕子飞来。

这时，小文进房说："爷爷站在院子里不动了。"

父亲是听到燕子声音，才从炕上爬起来的，父亲穿上衣服，拿上拐棍，慢慢走出家门，站到院子里，父亲见一群又一群的燕子落在房的瓦上，落在院子里的地上，落在院子里的树枝上，还落在父亲的身子上、父亲站在院子里，他的头上、肩上，胳膊上都落有燕子，头上的燕子正在为父亲梳理头发，有的燕子在父亲的胸前忙碌着，正在为父亲系扣子，七颗扣子，有十四只燕子，把父亲的七颗扣子系好，从来没有见父亲的前胸扣子系上的样子，现在见到了，燕子把父亲胸前的扣子系好，这会儿父亲真的成了一棵大树。父亲是站在院子中央，两只手拥着拐棍，父亲的拐棍上也落满了小燕子，小燕子小嘴叫着，尾巴动着，于是，父亲的拐棍在这春天里，开始生根发芽了。

小文从门外跑进说："爷爷像棵树一样在院子不动，燕子还在他的头上身上，筑窝。我叫爷爷，他不答应，我叫了好长时间他都不理我，你们快去看看吧，爷爷是不是死了？”

我始终不明白父亲的老与那些小燕子有什么联系。

燕子在西阳落山时，才组织起来向南飞走的。

就在父亲下葬的那一天，送葬的队伍里突然加入一些不熟悉的面孔，有小孩，也有大人，他们既不是亲属，也不是子侄，都一脸的木然默默地流泪，送葬的队伍中陌生人越来越多……

十六

第二年春天，父亲的坟包上，生长出一棵柳树枝和一大片芝麻苗来。芝麻开花结果，年年如此。

而那棵柳树枝几年后，长成了一棵弯形柳树，越长越高，越长越粗，枝繁叶茂，有一人多高，主枝弯向西南的天空，生有四个侧枝，伸向东南西北，把父亲的坟院子遮掩去一半，留下一片阴凉，柳树站在天地间，远看像一位弓背弯腰的老人……

春天，许多燕子从南方飞回来，总是老远地扯起银铃般的嗓子唱着，“叽叽，我回来了，叽叽，我回来了。”燕子这里一伙儿、那里一伙儿地从南方飞来，落在柳树的枝节上，黑色的小鸟，尾巴摆动着，酷似大树上结的一个，又一个的果子……

燕子不在柳树上筑窝，它们先停在树上，借树枝歇歇脚，和柳树拉拉话，就飞到它们各自的老房东家去。燕子在树枝上跳来跳去，叽叽喳喳叫个不停，把南方的新鲜事说给柳树听，柳树有时摇摇叶子以示回应。燕子像是接受了一次教育一样，和柳树玩了一会儿，然后张开它那美丽的翅膀翩翩起舞，一齐鸣叫与柳树告别，这时柳树会和着清爽的春风摇动枝头……

春夏秋冬，父亲坟上那棵柳树成了鸟儿们的乐园，数不清的鸟儿在上边搭窝栖息，繁衍生息，有麻雀、斑鸠、布谷鸟……还有一些叫不上来名字的小鸟，也把家搬到大树上，和柳树生活在一起，成为不可分割的一体，从春到冬这个“村庄”一直是色彩斑斓，成为乡村的一道生生不息的风景。

四盘野菜

花裙子

空了将近半年的红楼迎来了一批女兵，这批女兵都是北京的俊妹子，长得酷似四川人，个子都矮矮的，就是横挑竖挑找不出一个高个子，似刀裁一般，一概的一米五以下。肉墩墩的，满脸孩子气，说话仍是奶油味，都没有开过嗓。

女兵连马副连长说："他妈的，这不是一群孩子吗，部队又不是幼儿园。"

指导员用政治的眼光跟马副连长说："老马你不要小瞧这批女兵，依我看，她们的社会经验在你我之上，看来这批女兵要出一次不大不小的事。"

"算了吧指导员，你我带的兵不是一批两批了，看不出从她们身上能寻出点什么。"马副连长递给指导员一根烟，两人点了火，慢慢地抽看着草场上一群刚下车的北京女兵。

抽完烟指导员说："走，咱过去看看。"两人一前一后地下了楼。

今年基地训练新兵与往年不同，男兵和女兵合在一起训练。往年都是分男女在两个地方进行。往年训练怕出什么事，但是怕什么就越要出什么，小事出，大事也出，有的女兵竟然用挑战的目光与带兵的领导眉来眼去，暗送秋波，就出了一些这样的事，今年基地领导却来了个大转变，矛盾对着矛盾，用一位领导的话说是："以毒攻毒的办法，让他们在一起比着练，看他们还能上天？"

天是上不去，不知道这位领导说的"天"是指什么东西，没人在这方面做任何考证和研究。

空了半年的红楼，都空得青蛙打滚，老鼠散步，猫做窝，像一个三年没开怀的孕妇，一下子迎来这么多花花绿绿天使般的女孩。此刻，红楼也充实了，也真正叫红楼了，红楼里一天到晚就有了歌声，笑声，走路的咔嚓声，让人听了怪好受的。

训练了一个月，并没有出现什么非红非白的故事，马副连长说："指导员看到了吧，一个月过去了，这批女兵就是帮孩子，并没有和你说的那么邪乎！"

指导员笑了笑，然后说：“看戏要看到底嘛，不要看个头就下结论。那天咱俩去看新兵，那个叫王蝶的女兵说了句什么话来着？”

马副连长想了想说：“忘了句什么话，好像是和去年五月发生的事有点联系，我也忘了。”

指导员笑了笑没说话。

二月过去是三月，春天就来了。

春天暖夏天热秋天凉冬天冻得叫亲娘。

春天是四个季节里最温柔的季节，诗人们都把春天比作“恋人”，女兵天生的爱漂亮，看到满院花开，心里就有些躁动，张英喊了一句：“春天是穿裙子的时节。”

女兵们忽然记起从家带来的裙子，张英第一个从旅行包里翻出来。张英的裙子是米黄色，上面点缀些小蓝圆点，穿在身上很像一件艺术品，穿上就不愿脱下来，于是大家便眼热地各自找出裙子，脱下蓝军装，换上花裙子，一时间宿舍里热热闹闹，像是国际服装模特大联谊。女兵们这时才显得灵光、漂亮、潇洒、气质、高雅。女兵们穿着各自喜欢的裙子，回到学生浪漫的时代，真潇洒——

刀子嘴王蝶说：“就是穿穿试试新也好。”于是大家听了王蝶的话都很麻利地脱了下来放进旅行包里，生怕被指导员来了看见。

女兵训练了一个月就进入打靶射击训练，她们同样有男兵的好胜心，都下着暗劲想多在那个人头靶上串上几个窟窿眼儿，为此，就发狠地练习射击。

尽管春回大地，但地上仍旧潮湿得像小孩尿布般温润，小辫子张英一趴就是一上午，眼睛都瞄木了，还不休息，总让马副连长用瞄准器看看，看一遍再看一遍地重复着，张英不管干什么事情总认认真真，包括穿裙子，有一天夜里，她做了一个梦，女兵们都穿上各自喜爱的裙子，走出那座红楼，走向大街，街上的人一律立正向右看，女兵们走到哪里一双双眼睛跟到哪里，狠狠地过了一回瘾——

马副连长一脸的胡须，看上去很凶，其实心里是热的，个子不高，像个南方人。女兵叫他拿瞄准器看时，他颠着个腱一歪一歪地跑过去，和女兵平齐趴在地上，头对着头看准星的缺口与靶子连成一条线，张英一只眼闭着，一只眼睁着，那圆睁着的眼就一条线地射向靶牌的黑点上。马副连长在一边指导，也是一只眼闭着，一只眼睁着，那睁着的眼就混看，具体看到什么不知道。

马副连长就这样挨个挨个地用瞄准器看，看一遍他说了一句话：

“这批兵都是孩子，没有一个大的。”具体说的那个“大”字是指什么就不知道了。

女兵们趴着训练了两个多星期，就要真枪实弹地在靶牌上打几个窟窿眼儿。这一天太阳还没出来，女兵们就站到靶场上，先是男兵打，男兵打完才能轮到女兵打。这时，每个女兵手里攥着五粒子弹，看到那子弹是铜的，紫黄色，能照人影。子弹在女兵手里都攥出了汗来，还散发了一股雪花膏的味道。

不一会枪声响了，一阵阵，一阵阵，有时一枪一枪地响——

这时指导员说：“不要慌，慢慢来，要一枪一枪地瞄，刚才男兵打得不错，还有两个49环，现在看你们女兵的了。”说完就点名，王翠翠，田西岚，张桂芳，王菊菊——八个人出了队，一会儿靶场又响起了枪声……

一轮八人一轮八人。枪声与鞭炮声不同，声脆，不能拖泥带水，干净利索。轮到张英，张英却乱了手脚，一边的王蝶打中了一个十环时，她还没把子弹压进枪膛里，不是马副连长帮着装上子弹，五发子弹是怎么打出去的都不知道，没有感觉。打完一数靶，张英刚够格。

往回走的路上，女兵的情绪都一样，有的情绪好，有的情绪坏，成绩好的就有说有笑，成绩差的就把嘴嘟嘟着，一路的不高兴，回到宿舍，王蝶喊了一声：“都快照照镜子去吧。”大家不知道为什么要照镜子，就都跑到军容镜前看，一看都笑了，笑得好甜，也好酸，海蓝色的军装快要变成土黄色了，满身枪油满身土。于是大家就赶快动手脱下衣服，放在洗脸盆里，本来女兵爱干净，一块手帕都要洗上几次，可军服不敢擅自做主，必须到星期天，这时有人站起来说：“敢洗？”

王蝶站出来说：“怎么不敢，今天是星期六。”于是女兵们就跑到日历上翻。张英说：“不用翻了。”她第一个拧开水龙头哗哗地洗上了。

大家一惊，就又跑到洗脸间。

三月的太阳西斜了。

女兵们就把衣服晾在晒衣场上，一件一件像国旗，被风一吹哗哗直响。

这天晚上大家像商量好了一样，都找出裙子穿在身上，在宿舍里晃荡。

靶打完了，女兵们思想也放松了。

女兵们把自己打扮成学生的那个样子，柔美的不同颜色的连衣裙，面条式清纯自然的发型，可惜就是短了一点。

晚间的熄灯号响过，女兵宿舍才静下来，各自恋恋不舍得上了床，有的还穿着裙子睡在床上，真是难得的一次潇洒。

月光照在女兵宿舍的窗上，那窗上的月亮并不圆，女兵们睡得香甜，有的还在说梦话，世界一片宁静，不时从很远很远的海上传来波浪击岸的声响。

突然静静的军营响起急促的哨声，女兵们的梦也被吵醒，不知谁说："是紧急集合。"此刻女兵宿舍乱糟糟的一片，鞋在水泥地上发出咔嚓声，都知道这是紧急集合，就急忙收拾紧急集合的东西，在不到一分钟的时间女兵都收拾完了，这时不知谁喊了一声："我的军装让谁穿去了？"

这一声不亚于一个春雷，宿舍里立马没声响。都知道军装刚洗过不长时间，谁也没法把湿衣服穿在身上，也无法解救此刻的燃眉之急。此时王蝶背起背包说："管他呢，走，为了不给自己留下遗憾和悔恨，为了将生活弄个明白去尝试下，不就一次潇洒吗0"

于是女兵们大着胆子下了楼。

衣裙窸窣地轻轻浮动消失在黑色的夜幕里。

梨花雪

云，请你不要误认为我写的是《红楼梦》里林黛玉和贾宝玉葬花的故事。

军营我的窗前，有两棵梨树，那树像两棵高耸入云的白杨树，又像漫无目标的旅人一样，闲散而恬静地挺立着，但它不是白杨树，而是开小花的梨树。云，到了三月，云，梨花开满全树，树上的青叶很像小鸡的鸡冠。因为天有些冷，叶子长不起来，却白花花的像机器打碎的纸片，那白瓣上还洒了些黑点点，则显得纯洁可爱。梨树褪花时，那才叫美，似飘飘扬扬的雪花点点片片撒落下来，我的窗前就是一个白花花的世界。我很想写一首小诗赞美落花的那一时刻，但终没写成。云，人说好看的花在盛开时，我不这么认为，你别介意，因为我与别人不同，怎么个不同法？这么说吧，别人不吃烟，我却吃烟；别人吃一支烟，我却吃十二支烟，这么解释你能理解吗？也许会，因为你上过学，也识字，你懂。

云，我再次认为梨花最美是在落花时，因为"三"月没有雪，我的窗前却雪花纷纷扬扬，片片飞舞霎时好看多了，我知道你喜欢的是下雪天，记得咱们见面的那一天就是个雪天，你说雪很白，却不忍心把脚踩在上面。云，别忘了，此时，正是三月天，家里没雪。希望你来队一次，看看下梨花雪，有些特点在我身上是别人没有的，这话我记得好像在前面说过。你不相信，你再翻开前页看看……

云，此时我正在写一个中篇小说，名字叫《摔子劝妻》，故事是这样的，妻子不养老，丈夫把自己的儿子要摔死……

这是个故事，故事来源于生活，并不完全是真实。云，你不要误认为，丈夫真想摔死自己的孩子，那是假装的，但他能给人希望。

云，“三”月天就要到了，春已爬上窗前的梨树，我从窗外闻到解冻土地散发出浓郁醉人的春天气息。云，你来吧。会赶上的……

过了几天，云真的坐火车来了。发现德的窗前没有梨树，也没有德信上说的梨花雪，却有一座小坟。

兵们说：“那里面都是德撕碎的稿纸片。”

红手绢

火车很长很长像一截长长的竹竿，德就坐在那上面，要出很远的门。英站在车窗下望着德的脸想，站台将要拽着德走好远的地方。那地方英在小学课本上读过。课上说，那里的女孩个个长得很俊很俊。人见人爱，是个出美人的地方。于是英两颗晶莹的泪珠就滚动在属于自己的窗口之间。她纯真深沉的目光盯着德红红的脸。德此刻是个军人了，崭新的绿军装使德更加英俊威武。

这时，德看着窗处蓝蓝的天，白白的云，还有那遥远的小村，还有脸前的英都要告别，德心里很想流泪。但泪没流出来。因为，此刻德穿的是绿军装。

德羞羞地说：

“到了部队，俺给你写信！”

“哎！”英答。

“南岭上那块麦子地好压土了。”

“哎！”英答。

“……常到俺家走走！”

“哎！”英答。

“今年留的花生种子，有许多坏籽，不能出，你提醒俺大！”

“哎！”英答。

“你用的那张小镬让俺大给你钢钢！”

"哎！”英答。

小镬是德和英第一次见面的礼物。那天，太阳被阴云盖住，天有些黑，英在地里锄地，突然，从树林里蹿出一条色狼，伸着手，酬着牙很吓人。英吓倒了喊叫，德听到喊声手里拿着一把小镬头，从远处赶来，与“狼”打了起来，最后“狼”拖着一条断腿跑了。

德和英是两个村，村与村很近，英，那时心里有了德。

英鼓了好大的劲说：

“天冷了，多加衣服。”

“哎！”德答。

“衣服脏了，及时洗。”

“哎！”德答。

“听领导的话，团结同志！”

“哎！”德答。

“有空多给家里写信，不要进城玩。”

“哎！”德答。

火车徐徐启动，车窗口外英急急地小跑着，脸红红的像个顶红布过门的媳妇一样。手里的红手绢也被汗浸湿。突然，英细嫩的脸映衬出男子汉般的刚毅与勇敢。这时，德从窗口探出头来喊：

“到部队给你来信！”

“德哥，给你这个！”英跑着喊。

德的手从车窗里伸出来接过英的红手绢。德的手停在窗外，那红手绢红红的像一片血红枫叶。

车在跑，窗外是广袤的绿地。望着欢乐的新战友，德的心快要跳出来，忐忑不安地打开英给的红手绢，红手绢里包的是粉红粉红的两颗红豆。

德一阵羞涩，有些害怕，怕不认识的新战友发现他在一遍一遍地偷瞧手里的红手绢。

三棵酸枣

其　一

有月亮，亮光在大地上晃晃悠悠，像个醉汉。王中还在抽烟，从嘴里喷出的烟像雾，遮住了他的半边脸。烟头满地，他脑子里很乱，但他清晰记起那年父亲提着两瓶酒从村民兵连长家里回来说，“孩子，成了，还是海军”他很高兴，他知道那是父亲熬了两个黑夜打了两只野鸭子换来的酒。父亲让他到部队后听领导的话，他听了，父亲让他干出个名堂，他拿到了两个技术能手证书……

60岁能一枪打一个野鸭子的父亲都那样做了，他想是没有错的。能不能改转志愿兵，成败在此一举了。他扔掉烟头踩灭，拎着两条烟向指导员亮着灯的宿舍走去。

指导员没睡，他听到宿舍里有人说话。

“王中是个好兵，部队不留这样的兵，留什么样的？”

“可咱连没有名额啊！”连长有点犯愁。

“向上面反映反映，我们说什么也要争取把王中留下。”这是指导员的声音。

他听着，盯着自己手里的烟暗骂自己“孬货”。

其　二

1987年，A团一连曾出一人物，这人姓耿，名亮，是一连之长，性格特异，与众不同，人称“怪人”。

耿亮，爱兵如命，与士兵亲与兄弟，情同手足，但对士兵甚为严格，一是一、二是二，从不马虎。

带出兵更是如此。

一日，副连长不解地问：

“老耿有官不做，在这里熬个啥？主任为你来过四次，谈顶替二营副营长之职，你都让我推辞，说你不在家，说你去训练了等等。人家是主任，四次登门，当年刘备请诸葛亮出山也不过三次，你怎的怠慢他？”

耿亮叹了一口气：

“二营营长，是个爱占小便宜，自私的人，这是众所周知，哪个战士回家都得带点东西给他，如果不给他送点东西，你看吧，提了小鞋子就来了，我怎能愿意和这样的人待在一起？”

副连长点头说：“也是。”

虽然耿亮没有去任副营长职，但有的士兵竟称他是副营长，真的。

其　三

小张是新配备来机关的干事，主管计划生育。她随和、天生的爱笑。那笑声甜甜的。

小张特别喜欢跑跑颠颠的工作。“小张去把这份文件送给副主任签个字。”走廊里就有脆脆的笑伴着有节奏的脚步声。机关的人都喜欢和她聊天，都觉得和她聊天是一种享受。小张喜欢大发自己的人生见解，讲得让听众哈哈大笑。

据一干事说："我心烦了就去找小张聊聊天，心里的事就会解开……"话一出去，小张一天接待三个甚至四个来访者，都是些孤独痛苦的、失恋的。

某一天，走廊里突然没有了小张的笑声了，也没有人去找她聊天了。就是世界上一下子没有烦恼事。

小张变得少了几分笑席，脸上多了几条皱纹。别人叹息道："这性格，难免招闲话，哎，蛮好的一个人可惜是个女的，要是个男的该多好。"

回家收麦

菊起床的时候，太阳还在大海里洗澡呢。

菊清理了一下室内卫生、做完早饭后。我还在床上无忧无虑地睡，眼睛紧紧地闭着，这个时候我只是徜徉在梦中的天地，有时还微微地牵动眼角和嘴角。这个时候，有人叫了我一声，没听出来到底是谁的声音，倒是睁开的眼睛与一个丰满适度，五官端正，秀气美丽，长得窈窕的菊相遇，与菊相视一笑后，心情好了许多，说："今天早晨做得什么饭？"

菊并没有回答我的问话而是说："昨天晚上我又做起那个梦来，这几天它老是光临到我的梦境和我一起玩耍。我真不知道它到底要让我干什么？"

菊一边说着话眼睛一直看着那幅未完成的油画。

那是一幅有着激情，表现大地和田野一些内容的油画。菊从度蜜月开始动手创作，至今已有三年了也没有画完那幅油画。

起先创作那幅画的原意是来源于菊的一个古怪的梦。那是刚结婚不久的一个早晨，菊起床后散着头发说："咱要个孩子吧，属于咱俩人的孩子。"之后，菊就在画室里开始创作。

菊在画纸上涂抹，画笔起起落落。红色、绿色、黄色、黑色等在画布上一股脑儿的涂抹。画了几天忘了，反正没有完成。菊就停笔了，再也没有灵感画下去，菊望画兴叹。她说真的没有灵感了，梦中的画始终是朦朦胧胧的，断断续续不成规则、很空灵。只有头没有尾，又有头又没有尾，用语言很难表达。

最后，菊决定放弃创作。

这幅画就这样搁浅在画室里，一直到现在。画的封面上尘封了一层黑灰，像一个人穿了一件又旧又破的衣裳……

菊连续做一个梦不多见也挺奇怪。真要坐下来好好分析分析，或者研究研究这梦最终的一些东西。

菊是个画家，只知道组合颜色，在颜色的领域里，她是内行。说起来，我是一个门外汉。我告诉你，我是一个写字师。别人奉承我叫我作家，真不敢当。我只是读了一点"易经"，都说我懂一些天了、懂一些地了，那都是胡说八道。

有一天，我学中央电视台主持人朱军面对面，采访影视界了、文艺界了的名人一样采访了菊。

以下是我采访菊的所有内容。

我问："这个怪梦在什么时候进入了你的梦中？"

菊说："去年的一个绿色的早晨，那天我起床后想喝水，当我喝完每天清晨必备的一杯白开水后，我才记起那梦里的一些支离破碎的细节……"

我说："这么说，是结婚第二年的一个春天的清晨，你对我说了一句话：想要一个孩子。"

菊的脸微微挂了一点红润，点了点头。

我问："梦境都有哪方面的内容和迹象？"

菊说："朦胧，还是朦胧。似乎是一片未开垦的荒草地，有许多颜色组成，颜色呈不规则的运动，说不清。看起来很神秘，像一片大而湿的沼泽，又像一只可爱的长毛小动物，都不正确，它是一间庙宇、一处圣地、一个祭坛，样子也古老。周围有草地还有麦田，还有人体发出的声音既痛苦又兴奋，说不出来。挺怪。就像一幅画分割出八大块，八大块又分割出十六块，把那些碎块又全部打乱。对，就这样。"

我说："在这些细节的背后，你内心还有你的灵魂有没有走出来想一些事情？比如，天地之间，男女之间，你我之间。不，或者是你和别人之间有关性的东西。"

菊说："有一种要上厕所的感觉。"

我说："上厕所的感觉和做梦有什么联系。"

说完，菊转身跑向厕所。边跑边说："你不要追问了，我想尿尿。"

这次采访，因菊在厕所里撒了一泡长尿，约30分钟。采访中断。

……

突然，我有一想法：回家收麦。

我把这个想法的所有细节转告了菊，菊同意了。

既然两人都愿意回家收麦，第二天，我俩就匆忙收拾了一下简单的行李，匆忙上路、匆忙上车、匆忙回家。我在做这一系列的过程中，不知道菊在想什么，而我的脑子里是一片透黄的麦地。

回老家需要坐一段火车，然后转汽车就到家了。和菊一起回家收麦还是第一次。菊是热闹的地方从来不去，偏爱到冷清几近荒蛮之地，为的是进入自然、和平、至美、至纯的诗境，找一块属于自己的净地。与圣洁苍茫的雪原山野，神秘怪异的山林幽谷，纯朴善良的山民对话，饱尝地域和人文景观巨大或微妙的差异给菊带来一些创作惊异。几年来，来来去去，饱经挫折，菊也创作出来一些好作品，也获过国内的大奖。这几年，我的创作是惨透了，好几年没发表几个像样的作品，只发了几个小东西，都登不上大雅之堂。

我和菊坐上了回家的火车是在一个早晨，午饭是在火车上吃的，饭既简单但也丰富。有我喝的青岛啤酒、有菊喜欢吃的德维香肠，还有可口可乐。

菊不仅是一位画家，还是一个旅行家。每次要到什么地方去采风，菊就会把路上吃的东西准备得挺周到，丰富又多样化。在火车上菊吃了一根火腿肠，喝了一瓶可口可乐，饱了。而我喝了一瓶啤酒，啃了半只烧鸡，也饱了。下火车的时间是下午2点钟。我和菊从火车转到汽车上，菊打开她的画夹，开始作画。

这是一段山路，两边的大山很有一些艺术，山上有数不尽的奇峰和怪石。如果要用文字来描述的话，可以这样写：怪石嶙峋、巨石狰狞、乱石矗矗、细石粼粼。有的又如醒如眠，带着紫暮色，静躺在绿荫起伏的春野里，随着汽车前移仿佛那些奇峰、怪石慢慢走到你的身边。奇峰、怪石让大自然也滋润出一些精美的民间故事。

第一次回家时，我给菊讲了一个海龟的故事，菊很感兴趣。（故事是这样。都是很久很久以前的事。东海里有一个海龟上岸后变成一个美女，真的很美很美，她爱上一个小伙子，两人成了夫妻，恩恩爱爱，生活了三年。有一天，美女让海龙王发现了，海龟怕龙王怪罪她，就在一个雨天里向大海爬去，翻过一座大山就能顺利到达海里。当海龟爬到山顶时，海龙王一箭把她钉在山的半腰间，这样一来海龟就再也回不到大海了，千年万年都趴在那里，像一个守望者。据当地老百姓说，每到下雨阴天，龟的尾部还淌黄水）

菊把这个故事创作成一幅画，名字叫《龟姐》，还获了一个国家二等奖。

山路很快让汽车抛到后面。这时汽车已进入了山岭地。菊说：“三十里山路三十里风景。”我在想菊不愧是位名牌大学生，就连我写过这么多的小说也说不出这样有艺术的话。

到家后，父亲不在家。听母亲说，父亲在地里给玉米追肥。麦收前要给玉米追一遍拔节肥。然后就等麦黄，开始割麦。我在车上和菊说：

"麦收很累，活也很急。是农民一年四季又忙又累又脏的一个时节。"每年到了麦收，政府都要提前召开三夏生产会，部署三夏生产任务。政府号召农民要做到抢收、抢打、抢种三大战役，颗粒归仓，整个麦收历时10天。我又把麦收与大自然联系起来，联系到上帝创造了宇宙，创造了山川、湖海、河流、创造了森林，创造了人类的好朋友各种动物，创造了一年四季。人是大自然的主人，上帝专门又给人创造了家鸡、家羊、家猪，创造了五谷杂粮。冬天冷了，上帝还给你创造棉花供人御寒。上帝把麦收安排在五月的确是人类的一种幸福。割麦是一个非常累、非常苦、非常脏的活。有句俗语说：馍好吃来，麦难割来，割一天麦来，人不是人来，鬼不是鬼……好在割麦的时间放在五月，天也就热了，河里水也不凉。人割一天麦子到河里洗个澡，一身的疲劳也让温水冲去，人也就精神了，上帝为人安排得非常完美。

菊长在城市，学生时代也没离开过城市。农村的一年四季她是一点也理不清，收麦的活她的确没有经历过。我想这次回家收麦，她一定会有些收获的。

我说："割麦，你能受得了？"

菊说："我什么样的苦、什么样的累、什么样的脏受不了，在西藏、在新疆大沙漠，那样恶劣的天气我都没退一步。"菊笑了笑。

我俩回到家，见母亲正在看电视，看正在热播的韩国片《爱情是什么》。娘又在叨唠说父亲去地里给玉米追肥去了，追上这遍化肥就开始割麦了，有的人家已经开镰了。

到家后，菊和母亲打了一声招呼，急忙支起画板给母亲作画。每次来家菊都要给母亲画一张素描。菊在给母亲画画的空间，我就和母亲说话。菊的素描速度非常快，只用几笔把一幅素描人物画印在纸上。把画递交母亲说："一年不到娘的脸上多了几道皱纹，头上也多了几根白发。"

母亲戴上老花镜看了画说："都老了，还没有抱上孙子。"母亲看看我，转脸又朝菊神秘地笑笑，就到厨房里去了。不一会儿，母亲端来两碗热气腾腾的荷包蛋面。

母亲说："趁热快吃。"

菊说："我们在路上都吃过了。"

母亲说："青年人活动量大，饿得快。"

我对菊说："这是娘的一片心意。你趁热吃吧。"菊是城里人不懂家里的规矩。我告诉菊："咱老家有个不成文的习惯。送客饺子，迎客面。"菊笑了笑开始吃。不一会儿，菊说怎么碗底还有两个鸡蛋。我一愣，见娘笑着说："那是公鸡蛋。菊说，什么是公鸡蛋？"

我说："就是能孵出小鸡来的蛋。"

这时娘笑着出门去喂鸡去了。

我说："娘是想要抱孙子了。"

喂了鸡，母亲在大街门口与王大妈说起李家长张家短……

菊说："天还没黑，咱到地里帮帮爹。"

我说："走。"在门口我问了娘，父亲在哪一块地里做活。娘说在女儿地的刀把田，一说女儿地刀把田我就知道是哪块地了。

我和菊出了村庄。沿着一条小路朝北走了不多远，迎面是一片小树林。小树林全部是黑松，葱葱茏茏、厚厚实实，组织成一个巨大的圆形，与金黄色的麦田翠绿色的玉米地交错分布着，就像一张张碧绿的绒毯，覆盖在眼前这片大地上，与四下的山岭融为一体，像一片未经探测的海洋，紧锁着她自身偌大的秘密。

菊走到小树林的高处站下。菊的眼睛一惊，看眼前的景色自言自语地说："这个地方叫什么名字。"

我说："叫女儿地。"

菊说："为什么叫女儿地？"

其实，我出生在这里，童年又在这里长大。我对自己的家乡地理文化还真不太了解。听老人讲，村后这片小树林向北，统称女儿地也叫女儿洼。女儿地又分出好多带有女儿的名字，真不知道是什么意思。有的老人说，整个女儿地是一个正在睡眠中的美人。一条小河从女儿头那里开始汇流，弯弯曲曲、顺南而下穿过两边山岭的中间，从小树林一边拐了一个弯，从村庄的中间一直流入村前的南河……

老一辈人讲古说：村北女儿地是一穴好地。明末清初有两个专门看穴地、地理的南蛮子路过女儿地，俩人让这里的地理吸引住。一个说："这里是一穴好地"，另一个说"什么好地？""看这地的纹络不错，四下非山非岭，中间是一片洼地，就是让一条穿心河把这里的风水给彻底的破坏了。你不信咱俩打赌。""赌什么？""一只眼。"随后，赌一只眼的人蹲到地上用手搂起一个小土坟，从口袋里摸出两个鸡蛋放在小土坟边上，又从身边找来_截枯柳树枝子插在小土坟上。赌一只眼的那人说："等明天早晨咱来看看，如果鸡蛋不生鸡，柳枝不发芽，我就把左眼输给你当球玩。"那一个人说："我看用不着等到明天了，现在你就输了。"

第二天俩人一大早来了一看，赌一只眼的人懵了，鸡蛋没有生小鸡，柳枝没有发芽。他围着插着枯柳树枝子小土坟转了几圈最终没有解开这个迷。赌一只眼的人真的要输给一只左眼了，至于是否真的把一只眼睛输给另一个人就不为人知了。老人说看地理的人都有看走眼的时候，相互之间都可以弥补。其实赌一只眼的人没有输，是让姓刘的放牛娃给掉包了。当两个南方人正在打赌时，姓刘的放牛娃隐藏在一树后把两人讲的话都听到了。第二天姓刘的放牛娃提前来一看，两只小鸡冲破蛋壳绕发芽的柳树枝，吱、吱、吱叫着转圈。姓刘的放牛娃把两只小鸡装在口袋里，换上提前从家里准备好的鸡蛋，把发芽的柳枝拔出来又换了一截枯柳枝子。姓刘的放牛娃干完这活后就离开此地，又到树后边去偷听。这才见两个南方人迟迟走了过来。

据老人说，过后姓刘放牛娃把他父亲的尸骨化烧后葬于此地。若干年后，刘姓的放牛娃的后人有当到二品大人的官。

小时候经常听村里老人这么说。

菊说："这地方的情景，我好像在哪里见到过，仿佛犹如在梦境。"菊又说："我要回家。"

我说："不到地里帮父亲追肥了？"

菊说："我想尿尿。"

真怪。

第二天，父亲给我俩准备了镰刀，还找出来草帽。吃完饭我和菊一起与父亲向麦地出发。

五月里，熟透的小麦遍地金黄。比小麦熟得更早的太阳当头照着，村民倾巢出动，都早早在地里收割小麦。燕子也不待在村子里，在翻滚着的麦浪上空掠来掠去，不时地叫两声：收获、收获。你别打我、你别骂我。我帮你把虫捉……

女儿地是片大洼，今年全部是金黄色的麦子，星罗棋布。偶尔有几块绿色玉米点缀，色彩斑斓而显得美丽异常。整个女儿地让一条小河给分出东女儿地和西女儿地。父亲的麦田是在东女儿地上，紧靠小河边的葫芦潭，站在麦子地里就能看到葫芦潭里的一湾清水。

尽管这几年父亲也老了不少，但是地种得还没有老，地里麦穗长得又肥又大又沉，相互之间拥挤又喊喊喳喳、一会儿声高、一会儿声低，像春游的孩子们说不完笑不够。父亲来到地头上，脸洋溢出丰收的喜悦。从口袋里摸出长杆烟袋和烟荷包香香地吸了一袋烟后说："开镰吧。"父亲弯着腰，手持月牙镰刀，他左手把麦子一揽，右手的镰刀同时投出去，贴着地皮似的那么一剃，镰收手也收，唰的一声，一把麦子已经被父亲放倒在地上了。父亲干过生产队长，干活当把头当惯了，在自家地干活，他不知不觉就拿出在生产队干活的劲头。只听到唰唰，父亲的身后就有一岭岭躺倒的麦堆。我在父亲的影响下也把着五垄小麦，我就是拍着蹄子追也休想追上父亲，我的后面紧跟的是菊。菊也把着五垄小麦割得非常慢。我被父亲拉开相当长一截距离，而我和菊也拉开了一大截距离。我追不上父亲，但我不能不管菊，于是我替菊把着三珑小麦，这样菊很快与我缩短了的距离，菊发现有三垄麦子不见了，像只多情的母兔子越发的割得又快了。此时，我觉着身心相当舒坦，这里有丰收的喜悦，有一家子在一块地里收割麦子的其乐融融的劳动场面。

太阳越来越热，地里的热雾波光闪闪。菊的脸又红又黑，汗水把鬓角的头发也湿得打了绺，我看到菊的样子觉得有些渴。父亲把五垄小麦割到地头，另起头往回又割了五垄小麦，见父亲沉浸在丰收的喜悦中，那沉甸甸的麦穗还没有在微风中摩沙作响就让父亲的月牙形镰刀唰的一声割倒。那的确是收获的声音。

菊不会用镰刀割麦子,她却割得挺认真,汗和土在菊的脸上交融,涂脂抹粉似的把菊描绘成一个大花脸。菊看看我就笑,我看看菊也笑。真的半头晌我俩像两个小鬼一样谁也认不出来是谁了,真的让麦子累惨了。

菊和我说："我要尿尿。"

这时，天近晌午，阳光似乎垂直地射着。我告诉父亲："你回家拿饭吧，我们在地里先割着，我看这块地不出下午就能割完。"其实我是想让父亲离开这里。

父亲话不多，见到儿媳妇话更少了。临走说："你们俩也歇歇吧。"说完就低头走了。等父亲走远，菊说："我想到葫芦潭。"

我和菊扔了镰刀一起来到葫芦潭。

菊就把衣服脱了，真的都很自然，我也把衣服脱了，放好干净衣裳，裸体纵身一跃投进葫芦潭里游了起来。我在水里发现菊的眼神一亮，从那清水中映射出一些男女之情的内容。

远处一片麦浪，有两只小羊在麦浪尖上不知怎么疯跑起来，它们互相在麦浪上转圈子，转着转着一壮硕的公羊就追到那只雪白母羊身后，壮硕的公羊敏捷地爬到母羊的背上，慌乱而亢奋地开始行动。母羊开始没有反应，但很快地就报以同样的热情，母羊扭过头来，潮润的眼里尽是兴奋、迷乱和快乐，公羊的动作很夸张，它的身子拼命地耸动，甚至还发出快活的叫声。

我俩就幸福得一鼓作气地游到岸边。两人精赤条条站在一起歇了两口。葫芦潭里的水很清，像一面镜子。我俩站在水边，水里边就有了我俩的影子，岸上的和水里的都很美丽。青草顺着脚下的地面铺开，像一张很大的床单，还印了不少的野花，五颜六色，好看得很。

菊看看我又看看水里的她自己，菊动情了，恍惚身上有了巨大的反应，脸颊突然的滚烫，呼吸也突然的粗了起来。菊突然想起了什么说："这不是在梦中？怎么与梦中一模一样，简直分不清是在梦中还是在现实里。"

此刻，我感受到阳光的灼热、菊的灼热，还有我自身的灼热。

"我要。"是菊说的，菊说完脸删地一红，眼睛立刻避开了我，羞答答地低下头来。菊的两个乳房饱满而坚挺，像葫芦潭里的太阳，晒得我舒坦而烦躁。眼睛像一只蝴蝶在颤颤地游动，却倏地一下飞过，飞到我的身上的某个部位停下。

现在菊的脸羞得红红的，像火盆一样。又说："我要。"

我一惊，看了看四下，只有翻滚的麦浪，中天有一太阳，四下的麦田里没有一个割麦人家。此刻，满野的收麦人都收工回家吃饭了，我确定没有人时说："在这儿没有保险套。"

因为羞惭，菊呼吸急促，像一个即将窒息而死的人。菊又说："我要……"说完菊把身体慢慢躺在葫芦潭边的草地上，像一只白色的蝴蝶降落在那里，真像一幅画。

暖暖的阳光和煦的暖风，绿色的草地和菊的裸体融为一体。特别是菊腹下灼热的地带，已经流出了黏稠的山泉。

以前，与菊做爱的场所非常多，在床上、在客厅里、在洗手间、在厨房里……到处都能找到与菊做爱的影子。然而在这田野里做爱还是头一次，也没有什么经验真不知道应该怎么去做。

不知是上天的恩赐，还是感动了上苍。葫芦潭里升腾起一缕云雾，攀悬在我俩的上空，又慢慢移到眼前绕来绕去，把眼前的风景弄得潮湿而亲切，俩人被这一缕不明真相的雾给弄得都有些激动。两岸的麦田上正压着一种喧响，仿佛那喧响有一些柔暖，而那股雾就是菊在画纸上故意涂抹的，从雾中透出细密的阳光和菊的身体融为一起，发出一种暗示。阳光从雾的缝隙里漏下来，浮游在菊的白里透红的身体上不动，风抚着菊的腹部和大腿，搓弄着菊的乳房……

此情此景，让我从内心里发出一种冲动，这种冲动首先是从脑子里引发出来，然后又伸展到四肢，这样以后我整个灵魂就有了一些要做爱的内容。我不是那只公羊，我像一只鸟穿透雾帘俯沉下来，那一刻，时间仿佛凝住了。菊大声呼叫，我在菊的呼叫声里掺杂着一些阳刚之气，前呼后应。音在颤动，草在颤抖，葫芦潭的水也被我俩吵闹得一波一波地动荡……

在一种大幅度撞击声中，菊颤抖地叫着，叫得什么我没有听清，那声音为我增添了一些新的关于做爱的激情。

我在菊的身上扭缠起来，菊也配合着扭动，俩人狂烈地纠缠在一起，互相之间恨不得将对方融化在自己的肉体中。俩人同时从嘴里无意发出了一种野兽般地嘶叫。

我穿好了衣服，菊仍躺在原地，一幅玉人睡态。

菊把她的头靠在我的大腿上，身子斜躺着，眼睛不停地仰望着天空，默默无言的姿态，一个从内心的深处生出来的快乐和微笑，在她幸福的脸上闪现，可以证明，她是在我的温柔的体贴下陶醉了。菊睁开眼看了看，似乎有些羞，无声地笑了笑，我知道那是醉了。

想来这种荒野中的做爱还真有些诗意，而且是在一湾清水边的青草地里，沐浴着天空的一缕云雾，俩人缠绵得肆无忌惮，狂烈得忘乎所以。比起在家的那些做爱反倒兴趣索然。

从老家收麦回来，菊一头扎进画室里。只见她猫着腰，手中执着画笔，向画面上描绘勾勒，乌黑的长发从前额垂落下来，随着身体在空中不停地摇动，像握着弓弦的大提琴手，沉醉于自己奏出的迷人的乐章，周围的世界对于她来说都已不复存在。

饭都是由我来做，包括为菊送饭的任务都是我一个人来完成。两个星期后菊完成了那幅伟大的作品。

菊为那幅画题名为《女儿地的爱》。

这是一幅感情强烈的油画，笔力刚劲、色调浓重，画面构图复杂。整幅画从黄红黑三色的协和单一求得色彩。使画面呈现出线条流动贯通，动态的完整生动，色彩的运用恰如其分，让参观者无论从哪方面去观赏都会从“博大”中体味到精神。画的整体是一个睡中美女，全身涂着红黄绿等各种颜色，脸上盖着一块碎花布，四肢醺醺张开，在身体的中间有一潭，岸边有一对人形蝴蝶交印在一起，让天空一股雾缠绕着，远处有一对小羊全身呈雪白色，每只小羊头上有一枝花，其余各个部分涂的是麦田。火一样的朝霞托起一个金红的巨轮，正从遥远的山脊上吐出来，向浅碧的天空上散射出万道光芒，田野上的晨霜渐渐地被融化了。突然，金光从东山上斜射过来，画面的一切都罩在一片模糊的玫瑰色中。此刻一轮火红红日从东山冉冉升起，象征着一个新的生命诞生了。

菊完成那幅作品后发现自己怀孕了。

从那时起我把一只耳朵贴在菊的肚皮上听肚子里的动静。有时正在写着东西突然想听了，就到画室里纠缠正在作画的菊，像个顽皮的孩子，把菊的褂子撩起来听肚子里的声音，有时能听到里面有一些动静，有时什么也听不到。只能看到菊的一双高耸的奶子焕发出楚楚动人的丰采。菊的肚子的确神秘而又不可思议，种什么就能长出什么。天越来越热，菊的衣服也随着一件件减少，菊的肚子也一天天明显地鼓了起来，我觉得菊的肚子是我一天天听大的。但终于有一天我听出了一些声音，仿佛是在一块透黄的麦子地里，我听到麦子欢快的拔节声，又觉得里面像有一个小白兔一样的东西在上下折腾。再听我的耳朵就会让肚子里的小家伙踢上一脚、揍上一拳。

预产期说到就到了。

菊说："怀孕是酝酿构思一幅画的初稿，而生孩子就是完成一幅画整个的过程，也是一个女人献给这个世界上最完美的一幅作品。"

盼望着，盼望着，东风来了，春的脚步近了。

一天晚上，菊梦见太阳从她怀里钻出来升到空中，第二天菊就生下一个男孩。孩子出生的刹那间，那情景像日出，一轮红日拖着一片红晕，露出整张红脸，整个大海熊熊燃烧起来……当天，菊接到中国美协的电话，她创作的《女儿地的爱》作品荣获亚洲青年油画一等奖，下月邀菊到日本领奖。

日　子

天渐渐地进入夜色了，台长和台长媳妇的房间早早地灭了灯，时有亮起暗红色的灯光。那是什么家伙们不知道，想问但不可能去问，是一个谜。第二天起床后，见台长家的嫂子像是睡眠不足一般懒洋洋地吃点饭又躺在床上，后来，有家伙们发现台长家的嫂子一个人常在海边上抹眼睛。鲁南说："那是房事过多造成的"，胖子说："不是，一个男人要满足一个女人是相当不容易的，你看台长那身体我看是够呛"。"你知道什么？"瘦子把眼睛投到鲁南的脸上说，此时鲁南和瘦子满脸的灿烂。鲁南就嘿嘿笑着顺手把一张解放军报纸放进自己的柜子里。鲁南喜欢收藏各类报纸剪辑学习，但至今没有见到他研究出什么东西来。胖子笑着说："这样的事要都知道了，台长还不把咱吃了。"三个人也都不怀好意地笑了。

台长家嫂子休完了探亲假后，台长就终日迷迷糊糊地到海边寻找什么，据说要寻找一种什么东西寄托自己一种什么什么似的。有一天清晨，旭日的阳光和海风融为一起的时候，腥腥咸咸、软软柔柔、湿润润、飘忽忽，天空有几缕似白似淡的轻雾。海的上面漂着一只、两只、三只白色的海鸥逍遥在水面上，海浪涌动生生息息。海是顺着头顶上的天泻下来的，海接着天天连着海，勾勒出大海的蔚蓝和几分寂寥。海鸥几声嘱啾，大海上没有一只打鱼的小船，也没有一个撒网的渔民。烘托出大海潮涨潮落的宁静。大海扭动着身体，随着海潮的退却，在缓缓地涌动，蓝色的海水浓重而又混浊，承载着多少重负。

台长想：家乡的海，桅杆如林，停泊了约有三四百船只，还有无数的形体大小不一的小划子，划子是不住人的，专门下浅海使用，或到深海里打鱼的渔民靠上岸，便各自回家住宿。夜里灯火辉煌，除了小划子船之外所有船上都有人在说话、做饭。那真是日升万杆旗，夜落万盏灯，一只船就是一个家庭，哪有像这边的海，静得连一个赶海的人影都没有。

台长从远处发现了一个摇动的小红点，红点的后面有一串串小脚印，深深浅浅，沿着海的松散的沙滩延伸到好远的地方。那个红点近了是一个小姑娘，赤着粉红的小脚片子。她走到从转播台流出来的那条小河边上，眼睛静静看着流入大海的淡水，面对一条弯曲流动的水不知想什么？像一株海橄树，款款海风拂着那娇好的姿影0姑娘背面是沙滩，而另_面是大海。在这么寂寞的大海边，唯有美丽至极的姑娘，身上流动着“红杏出墙”的乐感。海在唱，风在飘，心儿也在动。这时，只见姑娘把手里的花篮子放进沙滩上，从里面拿出两只小纸船慢慢地放进流动的水面上，小纸船升起船帆一路漂向大海。台长一笑，猛生一念上前说几句话，见姑娘转身沿着那条来的路头也不回地走了。留下又是一串深浅不一的小脚印。像一首小诗，海面上被姑娘投下的两只小船飘呀飘呀向大海的远处飘去。

姑娘名字后来台长才知道，她叫叶丽，是古寨村小学的老师。

转播台设在一座海边隆起的小山上，台东南西三面濒海，只有北面接陆。周围风光多彩，海鸥成群。台前龙湾碧波荡漾、银浪涟涟，十里沙岸、十里黑松。古家寨村坐落在龙头上。坐在转播台上，眼睛透过窗玻璃探看大海也能看到古家寨村。

古家寨村半是山半是海，是一个风水全的好村。俗话说：靠山吃山靠海吃海。然而古寨这个村只是土里刨食。从古到今就是没有下海的习惯，从弯弯的小河挑水浇弯弯田地，日出而作，日落而息，自由自在地生活。这几年报纸电台宣传海边渔民富的典型而没有在这个村里扎下根。而古寨村村民却守着海不下守着山不上，却守着一架农业学大寨时留下的一台很大很笨重的唱片机老少同乐。每天夜幕降临时，古寨村就传来笃笃的几声锣声，同时一个悠长的声音：

门窗关好啰，于是家家户户关起门窗。

鲁南是台上的老兵了，他是山东人，今年将要退伍了，曾经在老家担任过村支部书记。这是他自己说的。瘦子曾经问过他：“在家里当村干部为啥来当兵？”鲁南眉毛紧了紧说：“当时俺看到是海军俺就报名来当兵了，这是个技术兵种修理飞机谁不来，这事应该问你，你们家那么有钱，开着铺子工厂怎么也来当兵？不都是一个共同的目标嘛。”“算了吧，一顿吃四个馒头的主还知道‘共同目标’”，瘦子摸着鲁南的肚子说。

转播台一共有六个人。除了鲁南、胖子、瘦子、台长，另外还有两个小兵。

鲁南是山东潍坊人，会扎风筝会放风筝这是人所共知的，潍坊人会扎风筝，会放风筝，这是鲁南的一手绝活，春天他自己设计，自己扎起一个风筝给它起了一个名字叫纸船，鲁南便向瘦子讨了一根烟说：“这个风筝名字起得好，挺有意义的。”平时，鲁南不买烟，有时见人高兴了就凑在前面说好话蹭根烟抽。有一次瘦子老乡来这里玩，瘦子拿出一盒烟招待老乡，老乡不会抽烟，一盒烟没抽几支，等送老乡回来一看，房间里烟雾腾腾像要起火般，瘦子拿起烟盒一看，那里面还剩一支在烟盒里来回荡。瘦子那个气，骂了句你个驴把这根也抽了省得还有心事。鲁南接过笑笑跑出房间。鲁南抽完烟把扎制的风筝拴上线带着胖子瘦子出营房。胖子说：“今天什么风，北风还是南风？”瘦子说：“风是向南刮可能是北风吧。”鲁南说不管什么风咱这地界高风大一定把这只大船送上天去。胖子和瘦子两人抬着风筝向南跑，鲁南拉着线向北跑，风筝起先是晃晃摇摇，忽高忽低不稳定地向天空爬行，风筝线在鲁南手里一点一点地放，鲁南边放边哼着一首童谣：小小风筝飞上天空，放放晦气去接吉利，一根细线牵着一头，迎来春天送走冬天

家伙们都跟着唱。纸船风筝在天空越飞越高，像遨游在大海里一艘大船。瘦子不怀好意地说，把纸船放进古家寨的上空，鲁南是放风筝的高手，这点事难不倒他，他设置方位，风筝朝着古家寨的小学上空飞去。然而，线到不够长了，这时鲁南从口袋里拿出一些线与风筝线一起接起来。一只大船飘在古寨的上空，不是新鲜事也是新闻了。站在转播台上就能听到村里传来欢快的声音大人叫小孩子也叫，也许是叶丽的学生下课了，声音叫得越大越刺激。鲁南说：“胖子去把咱的新来的台长叫来，让他看看，咱的业余生活搞得怎样。”说完鲁南又哼起那首童谣……

台长在写家信，写了撕撕了再写。胖子把台长叫出来时，台长已撕了不知多少次了，地面上已滚着十几个纸球。台长走出来一眼看到古家寨的上空有一个模模糊糊的黑点，看不清是个什么东西。隐隐约约地能看清有一根线牵系在鲁南手里，瘦子高兴得手舞足蹈，嘴里哼哼着一首走了调的歌。鲁南说：“台长你来试试看有意思还是没有意思。”台长好奇地接过风筝线，只觉得那根线像是从手里挣脱出一般，台长还没有真正感觉出什么意思来，突然来了一阵大风，台长感觉手松动了一下，风筝的线断了，只见古家寨的上空有一个黑点像一片树叶摇摇晃晃飘忽不定最后不知道落到谁的家中。一只刚刚游在大海上的船一下子沉到水里去，没有引起像泰坦尼克号那么惊人的一幕。台长仍然站在原地，心似这断线的风筝。瘦子说：“台长，是鲁南没有把线接好造成线断裂。”台长：“说都回去吧，没事干就把业务复习复习以后会用上的。”

台长调转播台之前是少尉，来转播台领导又许给他一级现在是中尉，尽管升了一级这也没把台长乐着。这个地方远离城市，在天涯海角，没有干部乐意来这里工作，一些人提起到深山海岛，头痛脸盘就

大，领导考虑到海岛艰苦，临来前为部下许下一级，到底管用不管用，不知道，反正80%的管用。其他20%就不知道是什么情况了。新台长到底是什么情况还不明白，看样子不是因为一级的事而另有其他因由吧？

台长有一个妻子名字叫飘。两人结婚已有三年多了。两人生活得非常幸福，一年两次假妻子来队，台长回家会织女。两次休假像两次重大的约会，每次两人相会把时间安排得非常精细又到位，台长回家飘照顾台长，而飘来队台长挑起照顾起飘的所有内务和外务来。两人恩爱像两只蝴蝶，慢慢飞……在别人的眼里就是一对非常让人羡慕的革命家庭。

有一天台长听到别人说关于飘的一些事，台长不相信也不可能去相信，不相信飘会是那种人，会和别的男人在床上厮混，并且两人做得天衣无缝，一点线索也发现不了，这是个阴谋，台长尽管不信这些造谣的话，但是心里老是有一根刺咽不下也吐不出来。有一次出差，台长决定不通知飘办完公事回家看看，给飘个惊喜，台长没给飘信说要回家的事情，台长想这么做一定会有诗意，一个大活人用飘的话说每天夜里在梦中想你的人突然降落到身边，不知道是什么心情，是爱还是恨，最后一定会说吓死我了亲爱的，不提前来个信到车站去接你，台长不怀好意地笑就是让你吓一跳才有味呢。台长这样想。

台长办完事，心情特别好。其实也没有什么大事，部队有一个兵，搞了一个对象人家大姑娘从老家来部队找领导了，为了怕出事部队让台长把这位姑娘给送回老家去。事情就这么简单。台长把那位姑娘送回老家后，台长就坐车顺路回了家，这是部队领导许给台长的假。

火车到站后还不到六点，台长随人流走出了车站，感到肚子有些饿，还有些冷。台长想吃点饭填饱肚子，身体暖和了回家也就有意思了。于是台长蹿到路边的一家酒馆里，要了两个热菜一瓶啤酒半斤饺子。慢慢地品尝着这些家乡的小菜来打磨时间，一边吃着一边笑着，天渐渐地黑了。台长吃完饭、喝完啤酒浑身感觉热乎乎的，这才从饭馆里走出来。台长上了公交车又下了公交车。走了几条巷就望到那座楼了。这座楼上住着自己的飘，台长把眼睛落到三层楼上的一个窗子上灯还开着妻子没有睡觉。台长紧了几步突然那窗子的灯亮熄了亮起暗红色的灯光。台长心里想男人不在家女人都这个样子，临睡前躺在床上看会书再睡觉，也是件挺不错的休息方法。有人说这是一种单身人睡疗法，这时那暗红色的灯光也消失了。窗子现在变成了一撮黝黑，不知道怎么台长突然想到孩子，有个孩子妻子就不会睡得这么早，灯也不会熄得这么快，想到孩子台长身上有些莫名其妙的骚动。脸颊开始发烧口变得干燥心跳也加快了。台长放开步子急速地蹬上三楼。房门关闭台长掏出钥匙发现门是反锁着台长摇摇头笑了。举手敲门：笃笃笃。房里没有任何声音又敲门。

台长想，再睡得死也不能在熄灯后睡得不省人事。房子里又一段静默后，响起了一阵很急的一双赤脚走在水泥地板上的声音，很快又有阳台门打开又关上的声音，这些声音台长听得清清楚楚，台长似乎听明白了什么。此刻房子里才响起睡迷糊的声音“谁敲门？”台长这时头脑很冷静用辽宁话：“查户口的睡下就算了，明天那个疙瘩再说吧。”台长说完疲惫地走下楼梯穿入夜市。他没有忘记回头望望那扇窗子又亮起大灯又突然消失又亮起暗红色灯光又突然消失……

这家信难写，也无法写下去，写什么都找不到合适的语言和应该写的东西，台长只好放下笔，点上烟慢慢品评烟为他带来的刺激。此刻台长想起一句话：没有爱的生活不是生活而是生存。如果仅仅是生存，对人就是一种悲剧了，台长这样想。此时，外面吵吵闹闹许是发生了什么事，台长从房里走出来，见手下三个兵跟着一位农村妇女吵吵，没有听清到底是吵吵什么？那妇女手提着一个风筝，指手画脚说：“你们当兵的干的好事，把这晦气风筝放到俺家里，你们这干什么？找找您的领导问问。”鲁南是个粗人，说：“大妈有话好好说，我们不知道这里还有这样的风俗。”那妇女还是在吵吵，这时鲁南就火了，驴脾气上来了。“我在村里也干过村支部书记，也没见你这样不讲理的。”台长走过来瘦子急忙向台长说：“这位大妈是古家寨村支部书记家里的叶大妈。”那村妇见到台长说：“你是这里刚来的干部，你怎么教育的兵，这断线的风筝让俺过不过日子了。”台长不解地问：“风筝怎么联系与过日子的问题。”“哎，断了线的风筝，落到谁家谁家就掉大运，这往后的日子就像断了线的风筝一样从天上掉到地下。”台长说：“这里还有这样的风俗，这风俗不好，你说怎么办？”叶大妈说：“把掉落的风筝从掉落的地方拴上线拉起来，还要烧香磕三个头。”这时从远处跑来一个姑娘像一团火似的喊着妈回家，那姑娘跑来说：“都什么年代了还兴这些事。”女人被姑娘拖走了，姑娘还回头向台长们笑笑，台长在海边见过这个姑娘，那姑娘就是叶丽。

那姑娘是村里的一枝花，又是村里的唯一的高中生，现在是村里小学老师，台长向姑娘走去的方向望了一会，说：“都回去值班，让你们放风筝看放出麻烦了吧。”台长想这个麻烦平息后再继续麻烦下去，这件事就这样过去但给转播台留下了一个美丽的尾巴。

太阳西沉从古家寨又传出“笃笃笃”几声锣声，“门窗关好啰！”

夜就真的听到这声音就变得黑下来了。有一些日子，胖子和瘦子常常在你骂我我骂你这种气氛里下象棋，两人下了岗就五马车六地摆上了，胖子老赢瘦子老输。胖子说：“你再练几年，这样我赢下去太没有意思了。”晚上睡觉瘦子就说梦话：马六进七、车二退八、车一平六、马六退四、炮一平六……后来瘦子到古家寨找到敲锣的童大爷学棋，有童大爷的指点，一次瘦子与胖子来了三把连胜三把……

转播台没有娱乐活动，说起娱乐活动就是到古家寨村看场电影，都是些闰年不闰月的事了。算算好长时间了古家寨也没有电影放。瘦子说：“据我猜测古家寨的唱片机又坏了，近来老是听不到那笃笃笃的声音，你是无线电出身给他们修修怎样？因为前天听说古家寨放电影也没有叫咱，咱也是这个村的驻军部队，以前村里有什么电影都是请咱下山并且把椅子都给摆好，现在倒好也不上山请咱看场电影了。”台长想起那天叶丽对他一笑说：“我们就去修修那台老掉牙的唱片机，也算和村支部书记建立下军民共建。”于是，在一个明媚的星期天，瘦子背着工具包和台长说：“那就咱俩去吧？”鲁南在家里翻报纸，把台里的报纸全部装进两个纸箱里不知道他要干什么，也不值得去问，因为那东西是不值几个钱的玩意。胖子在家聚精会神研究象棋。台长和瘦子沿着小河边的小路走向古家寨村。

古家寨村街面上挺干燥的。偶尔有春风吹过，吹起几片树叶。

街面上还有刨食的鸡，有跑着的猪，房顶上的海草被太阳烤出一层层白盐面，还有小孩在阳光下玩抓老虎……就这样村子里也不显得乱，井井有条似的。

瘦子推开一扇街门把台长领进去。台长见了这家主人很尴尬因为认识并且还打过交道。瘦子熟悉这个家像常客一样随便跟叶大妈说话，叶书记不在家。此刻，叶丽从里房走出来，点头笑了笑说：“我爹去乡里了，你们快请坐。”叶丽特别热情又倒水又递烟，“今天没有课？”叶丽说：“今天是星期天。”台长脸红了，一会儿台长又说：“村里的唱片机坏了，那我们去看看唱片机吧？”瘦子这时挤眉弄眼，没准那小子在想坏事。

台长又说：“我们去看看唱片机吧”，叶丽带着一行三人走出村支部书记家来到了大队部。一路三人没有说话。叶丽妈见是来修理唱片机的忙跑出来说：“叶丽让首长在这里吃午饭我在家准备。”叶丽噗噗笑着说：“我妈是见你们穿着新式军装喊你首长。前任台长穿着老式军装我妈喊他是雷达站站长。”台长说：“大妈挺热情的，那天风筝之事的确对不起，我们不知道你们这里有那样的风俗。”叶丽说：“那样的风俗是什么风俗？”

唱片机是在大队部隔壁的三间空房里，从外表看这个唱片机像一个单缸洗衣机。叶丽说：“这台唱片机还是大地主叶大肚子用小老婆和一个国民党旅长换来的，当时这台唱片机和叶大肚子的小老婆一样风流，唱好多戏。”唱片机很快就修好了，剩下吃饭往回的过程就不说了。还是把回台里大家的情绪说说，鲁南和胖子说：“你们到古家寨也不叫上我们。”瘦子说：“看你们挺忙的”，鲁南说：“见到叶丽了。”瘦子马上说：“见到了还在一起吃的午饭。”胖子显得十二分知根知底似的，说：“你是不是感觉爱上她了。”瘦子说：“你他妈的知道什么我爱上了叶丽，你大概就知道屎就是大便吧。”鲁南向台长讨了一根烟点上抽了一口说：“叶丽和台长到挺般配。台长是干部当然有才，而叶丽漂亮当然是郎才女貌了”，胖子说：“得了，你大概也是知道屎就是大便。”胖子又说：“我看大家都爱上了叶丽，不过部队有八令九申，战士不准在驻地找对象，大家都得干靠。”

大海的确能教人懂得许多东西。台长坐在海边一块礁石上，眼望浊黄的海水有时掺杂着许多绿和许多黑的颜色，一团团白沫一波波浪花在不住地翻腾……

从古家寨伸出来的那条小路走出来一群小孩，男孩少女孩多，每人手里拿着一只小纸船，那些男孩子少女孩子多的队伍来到海边，其中一个女孩子问老师，“纸船驶向海里它会被浪击翻的“叶丽说“不会的，只要有勇气翻了又会怎样？”于是小孩子们一个一个把纸船顺水驶向大海。此刻风似乎停止了浪也小了。那小纸船随着退潮的浪一点一点向海里驶去，远看海边似数百只海鸥停在那里觅食，近看似港湾停了数百只小船等待起锚远行，像徐福东渡求仙药的船队。

这真是一个幼稚的特别开玩笑的游戏，让人回忆起童年的东西。台长发现叶丽把一只纸船轻轻放到大海里，退后几步在沙滩上坐下来静静望着那只海里摇动的小纸船。而孩子们把纸船放到海里之后坐在沙滩上凑在一起唱着一首听不清的歌曲。住了一会儿，叶丽说：“海要涨潮了咱该回家了，海边才静下来。”叶丽和她的学生沿小溪旁的小路回家了。来转播台时台长认为这条小路是古家寨赶海人碾出来的一条小路。此刻台长豁然明白，原来小路是叶丽和她的学生们放纸船走出来的。现在他才知道自己估计错了。

大海是不知道疲惫的就是不起风，海面上也是一鼓一鼓地总也不停歇的样子……

台长想自己活得太苦太累了，一点潇洒不起来。

妻子还爱自己吧？大概还是爱，不过是一种变形的爱，这种爱让人恶心。

为什么一个男人非得要求一个女人忠诚一男人，假如男人不管她并且也不在意那些说东道西的话，更好的办法是睁一只眼再闭一只眼，那该是多么了不起的一件事情？但台长表示自己不可能这么高尚。台长觉得能这样做的人至少目前还没有出生到这个国度。台长觉得这种事情很难办，至少他现在不知道怎么办。他这样想着身边走来瘦子说：“台长嫂子来信了。”又说“台里鲁南和胖子为一张报纸撕破脸”，台长接过妻子的信说：“你先回去我马上就到。”瘦子走了。台长这才撕开信，这封信写得不少写了三页纸，台长没有看便折了一只小纸船起身走到从古家寨方向伸出的小溪里把小船放到水里。小纸船随小溪的淡水一起流飘到大海里。他不敢看小纸船被水打翻的那一瞬间。但他希望那只小船立刻让水掀翻。

房间里地上一堆碎纸被门开的风掀翻。床上一边坐着一个赌气。看来两个人火气都挺大。台长说：“这是干什么不像话。革命战士为了一张报纸就这样，那么为一件事或者为了一个情人不得打破头。”胖子说：“他非把报纸收起来，我要看报纸就变成这个样子。”鲁南说那是把报纸保管起来。胖子说：“报纸本来是让人看的嘛，放起来就没有价值了。”台长说：“得了得了都给我到海边去捡小纸船。”

“笃笃笃”、听戏了、“笃笃笃”、听戏了……

记不清多少天古家寨没有放电影了。这天太阳尚好，古家寨的叶书记来台里请台长和战士到村里看《高山下的花环》。鲁南、胖子和瘦子显得格外高兴，格外话多。古家寨叶书记很厚道，自我介绍已经连续任村支部书记二十余载了。他说：“调走的那个台长不是东西，把村里搞得让我难收拾。我也是一个当兵出身，四八年仗打得凶当了逃兵。”瘦子说：“大叔你不当逃兵现在好了还不得弄个师长干干。”叶书记说：“师长不敢说，当你们的领导准行。”晚上叶书记在台里吃了饭。大伙搞了点酒和几个罐头乱七八糟地摆了一桌子。没有酒杯茶缸，壶盖子都派上了用场。鲁南人开了一瓶胶南老白干开始倒酒。他说：“今天叶书记在这里谁也别想少喝”，倒完酒他又匀来匀去直到认为四舍五入了为止。这才开始端起茶缸水瓶盖子相互碰了碰说“干杯。”瘦子说：“叶书记说几句吧。”台长也说：“叶书记说几句吧。”叶书记说：“还是台长说吧，这是您的地盘。”两人推来推去台长站起来，大家站起来。

台长看了看叶书记又看了看每个人的脸和每个人的酒杯说："为咱们的军民双方友谊长存干杯。"叶书记和大家都说："为咱们的军民双方友谊长存干杯。"

瘦子开了一包石林烟每人散了一根。叶书记点上问台长："今年多大了?"台长说："二十七岁了。"叶书记又问："结婚了?"台长说："还没对上就让领导发配到这个山沟里了"，除了叶书记大家都认为台长喝醉了说醉话。台长说："这点酒算什么?真是笑话。"台长又往缸子里倒了一些酒，喝了一会儿。叶书记说："都喝得差不多了，别误了看电影，有时间咱到村上去喝。"台长递上一根烟说："再喝会赶不上看电影。"叶书记说："不回去他们也不敢提前放，估计也没人有这个胆量。"大家都说"是。"叶书记说："其实我根本不会喝酒，又苦又辣。他娘的干这点小差差一些事还必须用这种玩意来烧烧肠子才能办事，好不说了不说了喝酒喝酒，咱是喝酒不用词，硬喝一个门。"叶书记说这些话时很生气。

台长说："今天我喝的不少，叶书记看电影我就不去了。在这里看场电影不容易，《高山下的花环》我在团部看过。台里还得留下值班的，让鲁南带他们去看吧。"台长又说："那天叶老师带学生在海边放纸船那纸船不是那么折。"台长从他的口袋里掏出折好的纸船递给叶书记说："让她反复拆几遍就会折了。"叶书记嘿嘿笑着说："这野孩子还要什么什么开发学生的脑力，把纸船放进水里就能开发了"，叶书记摇摇头把纸船放到口袋里又嘿嘿笑。大家也陪着叶书记嘿嘿笑。瘦子一直没出声在狠狠地一个劲吸烟。

大家聊了一会儿便离开。这时天空剩下了一些起花的红云，送太阳回到地下，太阳就这样告别了一天。不一会儿古家寨便传来了嘻嘻哈哈的电影喇叭声。

台长送走了叶书记收拾了一下桌子，便坐到值班椅子上调了一会机器。调完机器他仍然坐在原位，双手托腮看那些从海边捡来的纸船久久注视，仿佛风儿从窗外吹来桌面上的小纸船摇摇晃晃像是驶向大海般……

台长想一会儿叶丽估计能来，叶书记没有喝醉的话肯定把那个纸船捎给叶丽，叶丽见到那封信，凭着大胆有个性的她准会来的。

台长想农村姑娘忠厚老实会体贴，最主要的一项是纯洁。和叶丽成了一家人就留在这里长期工作。住不几年把叶丽带出来，让叶丽成为随军家属。她仍然在村里教学，家就安在这里，那样谁也不敢对这个家如何指手画脚，可以说安心工作不受任何限制。

此刻，门突然被一脚踢开。台长的想法也和门被踢开的同时消失。进来的是瘦子满脸凶相。没等台长问发生了什么事。瘦子满嘴酒气地问："台长你今天说明白"，把一折叠的很不像样的纸条扔在桌子上。台长急忙捡起纸条要在纸条上寻找到底发生了什么事。台长边展开纸条边问："什么明白话？"当台长一看纸条突然脸红了起来，此纸条原来是他妻子的信，小船没有漂向大海，而被漂到岸上让去海边捡纸船的瘦子捡到了。台长抬眼看了看很凶的瘦子说："这样的事你也要管？这是你管的事？"瘦子说："又怎样？你是干部海军中尉，就可以一时面向城里一时面向乡下？"

瘦子说："叶丽放纸船是谁教给她的，那个人是我。我从小在海边长大对海有好感并且能驾驶大海……刚来传播台时，我便常常到海边边读海边看潮，常常遇上一个挎篮子赶海的姑娘。每天迎着早霞荡在喘息的海边上，后来我们认识了，熟悉了并了解了。常在海边探讨人生，她就是叶丽。我父亲在老家办起农民渔业公司，许我复员留在这里父亲愿意投资造船开发这块海域。此计划是我和叶丽两人共同商定的。"

台长听完瘦子的话很痛苦地说："对不起，我并不知道她在爱着你你在爱着她，你放心我不会把这事传给任何人，我帮助你成全你们的爱情和事业。"

春天还是没有过去，故事也没有读完。春天似乎永远留着一个尾巴，这个尾巴和故事一样。春天事多办喜事的也多。一天，鲁南申请回家说话"咯咯啊啊"有些羞赧。大家问回家做新郎吧？鲁南只是嘿笑。大家这才认为他真要做新郎了。鲁南家里有一个姑娘几年了，鲁南说："要结婚到现在还没有结。"到底因为什么他不说也不让人问此事。台长发现鲁南都把回家后带的东西准备好了，两个纸箱一个布包。台长递给他一根烟鲁南接过烟就知道嘿嘿笑。

台长说："回家结婚"，鲁南说："结婚"，台长说："没给新娘买件衣服？"鲁南说："带点钱行了，回家看中什么买什么也不晚。"台长看看那两个纸箱又看看那个布包。便走到纸箱前提提纸箱说："好重的箱子装的是什么？"鲁南说："装的是报纸"，说完感到后悔不该说实话。台长说："鲁南如果我没有猜错的话你们老家那地方挺穷的，你说是不是？"鲁南脸一时红一时白地说："我们村那里还可以，不骗你。"说完低下头。台长说："穷有什么不光彩的，只要敢于面对现实，没有富不起来的事。"台长说"告诉我实话。"鲁南说："你怎么知道？"台长说："你的日常碎事告诉我，你平时抽烟而不买烟，不乱花钱，吃饭粗，经常对报纸感兴趣，不是读报而是收藏什么信息资料，你说我说的对不对？"

鲁南说："日他娘的你对俺这么熟悉，"他说："我们家属于鲁南丘陵山区。逢天旱时村人吃不上饭。小伙子找对象难要彩礼重，越穷越死要，婚后都是靠彩礼过日子。日她娘村里越穷越胡闹。19岁高中毕业回家村里竟把俺选上村支部书记，俺一个孩子就挑起这么重的担子，俺干不了。再说村里穷得快断了罐鼻子了。俺就借招兵的机会跑出来了混个一身轻，出来混个饱肚子穿件新衣裳还能找个好对象。唉，没想到报纸还有这么多信息资料供我参考，我要带回家去慢慢研究。"

"其实这有什么，你在部队学了一门无线电手艺回家开个家电维修小店，三两年日子准会改变。还说打肿了脸装胖子有什么好处，别人不知道你的情况也不会去帮助你。"鲁南说："我们老家兴这个。记得小时候吃完饭到门后有一根绳拴一块肥猪肉片子抹抹嘴唇，到外面让别人看看老鲁家天天吃猪肉。真是的我大哥二哥都是用这个法子把媳妇骗到手的。大嫂二嫂被骗到家后才发现她们是上当受骗了，然而这个办法又一成不变地传到下一代……"台长说："我也是从农村里滚了出来的，不用说也知道。"台长从口袋里摸出八十块钱说："回家用这个，本来给你买件礼物又想你需要钱，这八十块钱权当我送给你和新娘的礼物，回家自己富了千万别忘了我。"

鲁南抹着眼泪走了。

春天还是没有过去，春天的尾巴还是尾巴。就在鲁南走后没几天，海边沙滩上突然来了一伙做木船的大木匠。在海边沙滩上支起棚子砌灶住下，这伙木匠是谁请来的不知道问也不回答。于是锯木刨木，那大锯发出铮铮声给山村带来欢乐也给山村增添了喜庆气氛。海边再不寂寞了，山村小孩老人有时到海边来看新鲜。木工们都光着膀子身上似刚涂过桐油一般黝黑明亮。一些粗粗的木头在他们手里似玩魔方一样，不几天船的样子就出来了，就是这些木头组成了木船，到时从这里驶向大海，去波峰浪谷间领略人生分享丰收的喜悦。

这几天没有见到叶丽老师带着学生来海边放纸船，是的纸船现在就要变成现实了，真枪真弹的可以在海上任凭波涛汹涌……

"笃笃笃笃"。春天就在那破锣声中走过去了。这个春天台长觉得很甜又很累也很苦。电报上说妻子明天7点到，去接还是不去接？当然不能不去。上帝让每个人都带着缺点自己也是如此，只要她还爱我我还在乎什么缺点，可以互相商量决定最佳方案。生活本来是复杂的，其实生活并不复杂，问题是如何使复杂变得简单。

淡水湾

新兵训练结束后，我从一名地方青年转为一名光荣的中国人民解放军战士，被分配到UFD基地的一个边防连队。然而，没过几天我又从这个连队分到一个叫小珠山的水库工作，守望一片大大的像海一样的水域。

许多年后，我就成了淡水湾水库里的一条鱼……

一

深冬的田野显得特别空旷、辽阔，呼啸在田野一无阻挡的小风，吹来阵阵凉气。这时，团里送新兵的解放牌汽车，在一个山涧的土路上停下。司机说："水库到了，谁在这里下车？"我听到喊声打了一个尿战，连忙起身，把简单的行李提下车，车门"咣"的一声，扭屁股驴一样地就蹿了，去了另一个散兵点。我像一粒驴拉的粪蛋一样，被丢在这大山涧里的土路边上，浑身冒着热气真有点"前无古人，后无来者"的感觉。路两侧都是高高的山，光秃秃的、白蒙蒙的，有的石头上面还能辨别出秋天的影子。路旁的小槐树像钢丝棍一样，瘦瘦的正在孕育营养成分，为春天的吐芽做好准备，而地面上的草还在睡觉，等待春天的到来，一条盘山路像一条花斑蛇似的弯弯曲曲爬上山……眼前的景象让我愣了一会儿，再向远处望了望，太阳已经爬上中天，这时我把行李背上肩，提上旅行包就爬向那条花斑蛇似的山路，两旁都是矮矮的石头，一个个眦牙咧嘴的像要吃人一般。

约一小时我才爬上那座山，突然呈现在眼前的是白茫茫的一片水域。初看像海，却没有涛声，那水是平静的，平静得没有自己的语言。山风吹过来，水面上像被一名不成熟的二手画家，画了一波纹、一个皱的波纹在慢慢地荡，我又把眼睛投到隔岸及其水域的周围，此刻，我才意识到这就是我要来的水库。

水库是夹在两侧山体之间，水茫茫一片，水是从上游的山涧、沟壑汇入到这里的，没等流入大海就被库堤截断，突然地让人有些惶惑，库堤下面的两山之间就那么豁嘴着，有些空场是没有耕种的田地。像人身上穿着一件打了补丁的衣服一样，显得挺寒酸的。一阵山风从水的上游吹来，我狠狠地打了一个寒战，对自己说：看来这四年的水兵生涯就要团弄团弄扔在这里了。

说句实在话我也很烦恼，像被上帝愚弄过一样。身上明明白白穿着水兵服，脑后飘着金色的锚带，却分配在这大山沟壑里看水库，这算什么事，真是阴差阳错。我的思想上确实有些想不通，想不通也要想通，这是命令，而现在都成了现实了，就是你有天大的本事，也更改不了眼前这个像石头一样的现实。

其实，我想不通是有原因的，是有大原因的。

二

临出门前，母亲请瞎子先生为我算了一卦，还给我扎制了一个小海龟，上面刻着我的小名，就在我要离开养育我十八年的山村、离开父母、离开儿时的伙伴、离开我梦想的启程点的那个晚上，母亲把小海龟交给我，母亲脸上的表情很复杂。我不知道要发生什么事，但我知道此时的母亲肯定要给我讲一大堆大道理，尽管母亲不是岳母刺字，但母亲是天下最普通的母亲，可知道此刻的儿子将要离开她，母亲会为将要离开的儿子讲一些做人、做事的道理，在今后若干时间身边没有父母、没有亲人的异地他乡的我会大有用处的。只见母亲敞开外衣扣子，从里贴身的褂子口袋里摸出一个小纸盒，敞开从里面拿出一个小海龟放在我的手心里，我好奇地低头看着在我手里的小海龟：你要承认这只小海龟制作的确实不错，很精致。尽管是纸制作的，但用墨汁一缀托，龟盖上的花纹清澈、明亮、活灵活现像真的一样，把它放进大海里，准能独立自主地游进去，准能在大海里自由自在的生活，将来准能游回出生地繁衍生息……但它现在躺卧在我的手里就是一件艺术品，看它傻乎乎的样子还怪好玩的。我不明事理地看着母亲，肯定母亲有话对我说，我在等着母亲的话，我想此刻母亲不会像小时候，因为我淘气哄着我，讲一个很久很久以前有一个小孩……那么简单的一个故事吧。母亲看出我心里的内容后，静静地把额前的一缕白发搂了一下，一双井一样的眼睛看着我说："把它带在身上，它能保佑你在大海上平安无事，挺准的，咱老家的风俗出远门都要带个吉祥物。"

母亲说："夜里我让二瞎子算了算，说你是海军。"母亲又在旁边叨叨着。我想二瞎子他睁着眼睛说瞎话，谁不知道是海军，带兵的来咱村政审时就是穿着海军衣服，哪里的将军哪里的兵，连村里的小小孩都知道。

母亲说：“带上它，上了船把它放到深深的海里。”母亲用一双不放心的眼睛望着我，下命令地嘱咐。小时候，总认为门前那口老井里的水，永远挑不尽，直到我离乡的这一刻，在彼此的对望的晶莹里，才读懂世界最深的井，该是母亲的一双眼睛啦。

这时，我打开包从里面拿出小海龟，看了看又掂了掂，它像一颗小石头一般重，小海龟盖上面用小楷体字写着：四蛋曼，这是我的小名，大名叫徐镇。我对小海龟说：“小海龟、小海龟，你应该到大海里，不该来淡水湾。”说完我又把小海龟装进包里，珍藏在心里面。

不知道为什么，我突然感觉到小海龟想挣脱游回大海……

顺着从山下爬上来的山路，走不多远就是库堤，远远望见库堤的右侧有一个小砖房，房顶上面有好几层来往的电线聚在那上面，靠平顶房的东侧是座小瓦房，那可能就是王班长的小房子了。

临来之前，王排长告诉我：“王班长在水库那边躲了四年，今年连队想让他复员，因为连队里没有转志愿兵名额。你让他带你一段时间后，工作熟悉了让班长就来连部，到基地组织的超期服役老兵两用人才学习班，学习维修机械、电焊工技术……到时那里就属于你一个人的了。”

王排长笑笑说：“那地方虽然是你一个人，但工作却很重要，让你去是连领导对你的信任，你要明白你的担子不轻，港口的饮用水可全是从你看的那座水库里来，你的工作可关系到若干人的生命安全。”

其实转了一大圈子，排长是让我接王班长的班，我想排长真会做工作，排长今后肯定有大用处，做工作就这么不显山不露水地安排好了，这就是水平，排长这是为将来干大事奠定了基础，我是一个新兵，领导都这样和我商议，我还能有什么话？只有执行命令的份了。

王班长现在应该在做午饭了吧。想到这里我的肚子还真的饿了，似乎也在闹，早晨起得早，只吃了一个馒头和一碗大米稀饭，这时我大步走向小瓦房，仿佛我还能嗅到班长做饭的香味。

眼前有瓦房四间，有一个小院子，可没有篱笆墙，靠大堤上有一小块菜地，一些藤子还爬在上面，只是被日晒雨淋，藤子都枯干了，风过还能听到它摇曳的声响……

走近小房，没听到里面有什么响声。

此刻，突然从房里蹿出一条小黄狗，叫着向我扑来，我不怕狗，小时候在农村姥姥家的村子里，几乎家家户户都养一条看家狗，不过不像眼前的这条小黄狗一样，人到了家门口才出来，挺会来事的象征性地叫了几声，算是给主人和来的客人通报了。随着狗的叫声，从小房里走出一个老兵来，个子挺矮，矮得比我少半头，脸上不是那般富裕。样子很平淡又很平常。给人第一印象是老实巴交的样子。班长用脚推了狗一下说：“你是来报到的吧？”我点点头，此刻他两只手互相擦一擦，一脸高兴的样子，我也没有话。

这时小黄狗围着我转来转去，鼻子老在我的裤管上嗅来嗅去，我两条腿不敢乱动，害怕狗咬我。班长说：“不要怕，小黄狗白天不管事，到了晚上这里所有的警戒工作全由小黄狗负责，发现有人来了，它比人还凶狠，叫起来龇牙咧嘴汪汪地狂叫，足以震慑来人。到了白天小黄狗像没事人似的，无所事事地跟在你的后边玩耍，现在它是和你玩耍……”

两人站在那里，时间不长，他猛然意识到还没有让我进屋，这时他把我的行李提进屋里，动作迟缓，看那样子像是我抢了他什么东西一样。

进了房里我才发现，房间里空荡荡的，四壁白灰刷洗，很白，靠东墙同样有一张床，但床上摆着两个纸箱，还有一双胶鞋。我想那张床就是我的落脚窝了，靠空床的南墙边有一个盆子架，上面搁着一个脸盆，里有半盆清水，下格子里有一块香皂。尤其扎眼的是窗台上还有一部电话机，我猜想它的功能一定只能接听，不能向外打电话了。

看到房间的摆设，感觉王班长是个很洁净的人。我在心里想。这时王班长让我坐在他的床上，他把空床上的纸箱搬下来放到他的床底下，说：“你睡在这里吧。”

中午饭是大米土豆还有一个大白菜，饭很顺口，土豆丝切得很细像一根根粉丝，大小粗细均匀，我母亲切不出来。我在想，班长复员回家了，我可切不了这么细的土豆丝，大概也不能吃上这样细的土豆丝了。吃完饭，我要洗刷碗筷，班长抢过说：“你还不熟悉情况，还是我来洗吧。”我争不过他。班长洗完碗和筷子，告诉我：“你休息休息。明天，我带你转转看看工作环境，其实也没有什么，只是几台抽水机。”他说完就睡在床上。我本想有许多话要问班长，看班长不高兴的样子，我也没说什么，只好点点头，算是答应了。

三

第二天的清晨，见无际的云霓，很深很重，映照出两侧的山崖，血红的沙棘丛让人读得眼睛发酸。班长带着我走出小瓦房，沿一条黄土下坡小路直奔平顶房，这时我跟在班长的后面走，不知不觉身体向前倾斜，全身的重量全压在两条腿上，“咣”的一下摔了一屁蹲，班长把我拉起来，我身体还是向前倾斜，班长发现我的姿势不对，就教我，“慢慢走，五个脚指头要抓住地面，身体有意向后仰，两只手要在空中找到平衡，看像我这样”。班长走给我看。

古人说：上山容易，下山难，就是这个道理。

一会儿，我俩走近那个平顶房，班长打开房门，一股潮气从屋里面飞出来，直顶脑门子。我像一个木头人一样跟在班长后面，听着班长讲情况。具体班长讲得什么我也没有记住，像是有三台70马力的抽水机，再就合闸、闭闸这些活都是自动操作，不用人工……再就是跟着班长从平顶房里出来。整个熟悉过程就像囫囵吞枣一样，是苦、是甜、是酸没有什么感觉，什么味也没有尝出来。

从平顶房里出来班长对我说：“咱水库的水就顺着山体的根部通过地下管道，再流向港口的储备水库里。每天的重点工作就是照看好这几台机器，再一个就是要照看好水库、巡视好水库的四周……这么说吧，水是人们生活的必需品，这个意思你懂了吧。”我点点头算是明白了又没明白，反正我点点头，班长就不说话了。

从平顶房出来回到我们住的小房，班长不知道从哪里取来鱼钩，说：“咱到水库去钓钓鱼，要想在这里扎下根，就要做好准备吃苦的精神，一个人的岗位如同千军万马一样重要。在这里工作孤独是你最大的敌人，你要面对它，重点是要怎么去克服它，因为这里只有你一个人，空空的水库还有满山的石头，孤独是必然的。我把小黄狗留给你做伴，这只狗不仅通人性，还善解人意，你一定会喜欢它的，以后它就是你的朋友。”

有一个夜晚，小黄狗在大堤上坚守岗位，两只耳朵尖尖着，听着水与大堤碰撞出哗哗的声音，小黄狗听了一会儿，又到水泵房转了一圈，又返回大堤上……大约在天亮五点钟，小黄狗汪汪地叫了起来，那尖叫声划破了夜幕的寂静，然后那声音向大堤的北侧飞奔而去。班长被狗的叫声惊醒，赶紧跑出小屋，朝狗叫的方向跑去，老远看到小黄狗跟一个男人搏斗，小黄狗凶狠无比，那男人吓得鬼哭狼嚎，“不要咬我，我不是坏人，不要咬我，我不是坏人。”班长赶到时那男人哭着说：“别让狗咬我，我不死了，我不死了。”小黄狗见班长来了，站在一边摆出一副胜利者的姿态。班长见眼前是一个四十多岁的男人，他的脸上和手上被小黄狗抓出一道道血印子还在不停地流着血。班长说：“你是什么人，来这里干什么？”那男人呜呜地哭了起来说：“我是这水库下面的北坡村人，移民到新疆，因为自己不务正业，老婆跟别人跑了。我一气之下跑回来，想投水自杀了此一生。班长说，你为什么不到别的地方？那男人说，就因为修了这水库，我才移民到了新疆，我恨这水库，如果不修水库，我也不用能搬走，老婆也不会跟别人跑了，老婆不跑，我就可以在这里过上好日子。”那天班长把那个男人领到小房里给他包扎了伤口，还留他在这里吃了一顿饭。班长说：“你走吧，要好好活着，无论遇上什么事情，都要好好活着。”

小黄狗救了一条生命。

班长说：“其他时间你可以到水库里钓钓鱼，钓鱼是消磨时间最好的办法，这里的鱼很难钓，因为这水库里不允许放养鱼苗，鱼都是天然生成的，鱼少所以也不好钓，但是你会有时间，时间长了还是能够钓到鱼的，钓着你就炖个鱼汤，改善一下生活，钓不到也是一种运动嘛。”

我跟在班长的后面两人步行上了库堤，库堤靠水的一面是青石头所砌，方方正正的石头排列整齐有序，似楼梯状，但间隔较大。

班长坐在一块圆圆的石头上，我想这块石头原来可不是这个样子，肯定是一块有棱有角的石头，四年的时间这块石头就成了一块圆滑的石头了，这肯定是班长的成绩。班长钓鱼习惯只用线而不用钓鱼竿，也不用鱼漂，把钩挂上鱼食，食是田地里的蚯蚓，这才见班长把鱼钩抛到很远的水里面，没有鱼竿，那鱼钩落水的那一瞬间发出“哗”的一声响，鱼钩和线就慢慢压进水里面。

水库的水像一面蓝色的镜子平平稳稳，能照出我和班长还有狗的影子来。那水温柔得像母亲的_双手，轻轻地在脚下面荡来荡去，似浪又不是浪，荡出一些规则的波纹。

这时我问班长，“小时候我也钓过鱼，但不是这种钓法，都是用鱼竿，还有鱼漂，在电视上看钓鱼比赛，大家都是用鱼竿钓鱼”，班长这才笑笑说：“无竿无漂也是一种钓法。这种钓法是一位农民伯伯教给我的，当时我也问过他同样的问题，那位农民伯伯说告诉我这种钓鱼法，据说是元朝一个小孩发明的，他是一个双目失明的盲人。无竿无漂钓鱼法难度较大，但能钓到意想不到的大鱼，你想没有漂没有竿就像没有眼没有腿一样。当鱼咬钩时漂下沉，一抬竿鱼钩挂到鱼的腮帮上，鱼就被勾上岸来，这是有竿的钓法。当然里面还有技巧方面的技术，而无竿无漂的钓法不同的是，一是受地形约束有关，比如说眼下这个地方水深，可以用有竿钓法，而这地方水浅，里面水深竿钓就失去了优势，在这种地方这种环境必须使用无竿无漂钓法，人没有腿了，又没有眼睛，就要靠手的感觉来取胜。把钩投到很远的水里，然后两只手握住钩线，如果有鱼来咬钩了，线在手里感觉一抽一抽的，这种钓法全靠用手来感觉。此时，拉线然后再用劲顿线，没等鱼把鱼钩吐出来，这一顿就管用了，鱼钩挂住鱼的腮帮上，这样鱼就乖乖的被钩到岸上来。”

班长说：“你看说着说着鱼咬钩了，”只见班长顿线，再拉线，速度之快，一条大鲤鱼被钩上岸来，足有三斤重。班长说你小子真有口福，刚来到水库就喝上鲜美的鲤鱼汤了。

我高兴地看着一条活蹦乱跳的大鲤鱼被班长拖上岸来，高兴得都忘记了一切，这条鲤鱼好大劲，出了水的鲤鱼又滑又难拿，我两手抱着也没有抱住它，班长一下把鲤鱼扔在早准备好的水桶里。鲤鱼在没有水的水桶里活蹦乱跳，我从水库里给水桶装了些水，鲤鱼才停止了蹦跳。

我问班长：“水库里有小海龟吗？”班长说：“水库里哪有小海龟，只有像小海龟差不多的乌龟，也叫鳖，也有人叫甲鱼，是人们经常喜欢吃的一道名菜。”鳖和海龟不能生活在一起。海龟叫“鳌”，古代神话中的大鱼，其四足为天柱，往古三时，四极废，九州裂，天不兼露，地不周栽，于是女娲炼五色石以补苍天，断鳌足以立四极。

乌龟就是千年的王八，万年的鳖，那鳖就是水库里的乌龟。

这时，我想起母亲给我的那个小海龟说：“班长你在编故事吧。”

班长笑了笑，提起鲤鱼向回走着唱着：如今教洒家做个和尚，饿得干鳖了。这是《水浒传》里一句台词，看来班长今天真的高兴了，我和小黄狗跟在提着鲤鱼的班长后边，蹦蹦跳跳回到小瓦房。

路上我问班长：“怎么不钓了？”班长说：“一条鱼够咱两人吃的了。”班长又说：“我是一周只钓一条鱼，大鱼煮了喝汤，小鱼就放生到水库里，再让它生长，这是我四年来看水库定下的一条规矩。我也不知道这是为什么，也许是一个游戏吧。”那天中午班长做了一个鲤鱼汤，很鲜、好喝，真是第一次喝这么好喝的汤，肉也好吃，味道美极了。班长吃得很少，大部分都让我给吐噜了。

班长说：“虽然我在这里钓了不少的鱼，也吃了不少的鱼，但我是从来不吃甲鱼，就是你说的小海龟，我经常把它钓上来，再把它放生。时间久了我和它成了好朋友，因为它生长的年龄太长了。千年的王八万年的鳖，鳖是有灵性的，是人们说的老寿星，你懂吗。”

班长的话我没有听懂，喝完这顿鲤鱼汤，班长住了很短日子就走了，到两用人才培训班，学习去了。班长走后我就成了这里的主人。看水库、看那几台咕咕叫的抽水机，这就是我一天的工作。再就是看没有浪的淡水湾，看水库两边的山石头，它们寂寞我更寂寞，现在我真成了这里的一位没有人管的孤儿了。

山能望到大海，水也能通大海。山再高，水再深，可有的山还是望不到大海、更听不到大海的涛声，看不见帆景。山和我一样寂寞又迷茫。水兵却不在咸水里而在淡水里，这是个什么事儿，向往大海却和海没有缘分，就像这水库的水它想流向大海，却让大堤坝拦住变成永久的回忆一样，那水被宛然的和谐的库堤截断，突然的让人有些惶惑，有些不尽人意。

我想钓鱼，也想尝尝鲜鱼汤的味道，但我钓了好几天鱼，连大鱼、小鱼都没有钓到。我承认我很笨，没有老班长那样好的盲氏钓鱼技术。没有班长那么好的定力，没有这些综合技术，鱼是肯定钓不到的，鱼钓不到这是我在钓鱼这件事上没有用功，认识不到位。有可能通过这件事，反映出我的心理状态不好，至少是让我在这里看水库引起的一些心理反应。鱼钓不到，不能说我的无能，更不能说我是一个废物，我是有原因的。班长临走告诉我，钓不到鱼就想想，为什么钓不到鱼。要查找思想、思想根源。再钓鱼就会有经验了，再钓不但有了信念还有了一定的基础，有了理论基础，想钓鱼就不难了，也就顺理成章了。

时间长了再钓就不愁钓不到大鱼。

班长就这样和我共处了不到三个月，就去了师部的培训班，三个月和新兵连一样的时间。经过训练，又经过班长口对口的传教，我基本上掌握了要领，有了一些基础性的认识，班长的言传身教，班长的一丝不苟的工作作风，征服了我。我和班长生活那段日子，过得非常愉快，班长无论从思想，还是从理论上，都对我进行了重点指导，我的工作能力得到了实质性地提升。目的是让我做一名看护水房英雄的海军战士，我知道班长的用心良苦。

班长还给我讲了一个关于港口历史变迁的故事。

据说德国侵略中国的时候，德国鬼子就看中了咱这个地方，重点看中了清河湾的这块军事宝地，因为这里的海水深、海底下没有礁石，是一个天然的理想港口，无论从战争还是建设百年城市，这个地方都是理想之所。那时候德国鬼子想在这里建设一座城市，通过认真地考察，由于这里淡水源缺乏，建设城市就向东顺延了80公里。这个地方虽然没有建成城市，但是这个地方还是一个良好的海上战略要地。德国人就想在这里建港口，因为时间较短没有建成，就滚回了德国。日本鬼子侵略中国时，也想在这个地方建港口，由于时间短和其他原因也没建成。据说日本鬼子侵占中国时，把所有的战舰都停在这个湾子里。有一天，一名日本鬼子在战舰上玩枪走了火，把北岸的海北村的一名做大豆腐妇女打死，历史证明：

这个地方建设港口是多么的重要。

四

班长走的那天，高高的天空有些黑云，像下雨又没有雨下的样子。班长收拾好简单的行李，其实就是一个背包还有一个网着一个脸盆的网兜，就这么简明扼要。捆好后还有一些小物件，班长说："你给收拾收拾，我去机房再看一眼。"班长说完就走出门口，小黄狗也跟在他的后面，一人一狗去了机房的路上。我一边给班长收拾着小物件，一边抬头从窗户望着班长和小黄狗的身影说，看了好几年了还没有看够，有什么好看的。

过了一会儿，班长和小黄狗回来了。这时我也把被子捆绑好，与其他的脸盆、鞋子等归拢在一起。班长看了下收拾好的行李说："都捆好？"我说："收拾好了。"班长又说："走，我带你去见一个老邻居。"班长说完取来钓钩，库堤的路上就有了班长、小黄狗还有我。在库堤上，班长还是坐在那块石头上，小黄狗后腿铺地站在班长的一边，眼睛瞅着一片蓝蓝的水，而我便在班长和小黄狗的后面站着和小黄狗一样看着眼前的一湾水，整个组合像一幅西洋油画。

班长没有急着把钩抛出去，而是把眼睛投到水面上寻找方位，又把眼睛投到水库两边的山体，眼前的景致就这么简单，就这么紫、青、绿。此时，小黄狗朝水面喊了一声，班长与小黄狗的声音一并把钩抛了出去，不一会儿班长就把一条甲鱼给拉到岸上。没有等班长开口，我先说："上了，班长真有口福，临走时还能喝上甲鱼汤。"这时小黄狗朝我叫了一声。再看班长摸着甲鱼盖，摸了好几次，像母亲临出门摸我的头一样。班长自言自语说："老伙计，我要走了。"那黑乎乎的甲鱼像是听懂了班长的话，点了点头。并且很有灵性地看了我，又像是和班长说："你走吧。"

……

没想到班长和那只甲鱼说了许多话后。班长说："有你在，我会放心的。"班长像是和我说话，又像是和这条将要变成鲜汤大补的甲鱼说话。不知道班长这是咋的了，和一个将要变成美味的甲鱼说这些话有什么用，班长说了一些汤汤水水的话，说了些不明不白的话，这让我如同进了大观园一样，找不到东西南北啦。

……

然后，班长就把甲鱼放生到水里，只见那只甲鱼像是在水面上划了一个圆圈，像位慈祥的老人一样朝我和班长点点头。然后，就潜伏到深水里，给水面上留下一个美丽的水窝。

班长朝甲鱼挥挥手。我不解地问班长：“怎么把它又放回水里？”

班长的眼睛在甲鱼沉下水的地方停留了好长一段时间，然后一双眼睛看着我。又好长一大会儿，那双眼睛里有很多我读不明白的细节。班长说：“它本是生在河、湖、沼泽中……”

班长看着那个已经消失的像斗一样波纹的图案说：“它他是你的好邻居,你想它的时候,你就在这个地方,把它约上来可以和他说说话,说说家长里短,谈一谈工作学习,你就会心情舒畅的,心中就有干劲。”

班长走了，背着他的简单的行李，沿着我走来的那条花斑蛇似的小山路，朝着一轮红日的地方走去，班长走后，我老觉着心里有些空落落的，我还有若干的话没有说完，没有说透，班长就走了，班长这一走，我真的没有了方向。

班长启程的那天，班长才告诉我他是一个孤儿，“吃百家饭长大的一个孤儿，说句心里话我是不愿离开这个地方的，哪怕是让我看_辈子水库都可以”，班长说。看得出班长非常热爱这份工作，这里的边边角角都有班长洒下的汗水，但是班长还是走了。

班长他孤寡_人回到家又会是啥样的生活？

静静的傍晚，一盏灯、小黄狗，还有我和我手里书，像是挂在水面上的一张画。小黄狗趴在我的脚边，这时它就抓紧睡觉，以便养足了精神准备晚上上岗值班。它的睡态很好看四肢舒展地扒开，头长长地贴在地面上，一条尾巴松懈地贴在地上，睡得挺香。我在看书，一页一页翻着。这些书非常难懂，看着看着头夺拉在胸前，书掉落在地上。这时小黄狗醒了，知道自己上班的时间到了，就起来伸了伸腰，扯扯我的裤管说，“你上床睡吧”，这时我就揉揉惺恢的眼，把头伸出窗外看了看天上的星星说：“我睡觉了。”小黄狗见我上床了，就走出小房围着水泵房转了一圈，然后又跑到大堤上，看看是否有什么情况。小黄狗在大堤上坐了一会，又去巡察了一遍，又返回大堤上站岗放哨直到明天。

小黄狗　小黄狗
你是我的好伙伴
白天我值班
夜晚你站岗
咱俩是好朋友

五

一天晚上，我做了个梦。

我梦游回到大海上，大海里水湛蓝湛蓝的，海浪拍打着舰弦：“啪啪啪啪”，水兵们在舰甲板上忙忙碌碌在各自干着自己的工作，一阵海风吹来，脑后那两条飘带吹起，身边的红旗冽冽，十几艘威武的战舰劈开大海胸膛向着太阳驶去

就在这时我醒了，是小黄狗的叫声把我惊醒，我再没有睡意。

第二天中午天特别的热，这几天的午后，就他妈的特别热。我睡得满头大汗，汗水几乎湿了床单，像小时候尿了炕一般。小黄狗在一声一声地叫，一遍又一遍地叫，声音不大却挺着急似的，我一气之下踢了狗一脚说：“水兵就像海龟一样，本来就在海里吗。”说完我把母亲给我的小海龟又拿出来。我对着小黄狗说：“俺娘说让我把它放到大海里，因为我是水兵。”小黄狗看了看那只小海龟笑着说：“这哪里是小海龟，是只‘甲鱼’”。我说：“不，是海龟，这是我母亲找二瞎子专门制作的。还有假？”小黄狗没有笑，他又肯定地看看说：“你看它的头部，淡青灰色，布满黑点，喉部呈淡色，或有蠕状纹，或有暗色，还有微黄点，背甲橄榄色，腹部乳白色，它哪一点像一个遨游在大海里的海龟。”

小黄狗说：“你不信可以从水库里钓个上来对照一下。看看哪个是鳖、哪个是龟？”小狗说话像班长一样。这时我带着小黄狗，拿上钩上了堤，坐在班长坐着的那块青石上，然后把钩抛了出去，不一会小黄狗笑着说：“它上钩了。”说着我把一只盘口大的老鳖拉上岸来，那老鳖就傻乎乎地趴在青石上缩着头。这时，我把刻有我的名字的纸龟放在一边对照看了看。对照了一下的确两个相同。头、盖、腹、脚都一个样子。他妈的我又看了一遍，我看完哭了，眼泪一滴一滴地打在刚刚钓上来的老鳖背上，那一滴一滴的眼泪就在老鳖背上滴出一片天地。

心里老在骂二瞎子是个大骗子，不该骗母亲，更不应该骗我。就在这时，我发现刚从水里钓上来的那只鳖盖上刻着字，没等我看清那上面刻着什么字时，小黄狗用嘴就把那只老鳖拱到水里去了……

这是一个梦，一个无法弄明白的梦。

班长走后我也学着班长钓过几次鱼，但是大的小的均未钓到。班长说这种无竿钓法能钓大鱼，可我每次钓都是空手而归。只好把钩抛出去说，钓着钓不着这都是一天。钓不到鱼就想起班长。班长说，在这里钓鱼是一项任务，钓着就喝汤吃肉，小黄狗就啃鱼骨头，钓不到，就钓不

到，还有什么？班长的话至今让我得不到要领。像谜语。

眼前的景致很单调，看了一年了，两只眼睛都麻木了，也看不出任何新鲜东西来，然而还得继续看，继续在这里看这个破水库，真没有意思。

那天没有风，水库里的水似明镜一般，四周的群山倒映在水里，水底下像有另一个世界，有村庄还有房子，街道两边，还有白杨树，大街上有老人还有小孩，院子里有鸡还有狗，有猪还有牛都很悠闲的样子，一幅春意浓浓的乡村图。而田野里有绿油油的庄稼，还有耕种田地的农民收获大白菜，收获萝卜种植小麦，看这个样子像是秋天的景象。

“蛋曼，蛋曼你在干什么。”谁在叫我，是水库下面那个村庄里传来的声音，修水库要占土地，据说当时修这个水库时，这一道沟就搬走了七个自然村，全部搬到东北、新疆和青海等地，许多从这里走出去的大部分人没有回来，大都在异地他乡生生息息……

然而，有一天一个老人出现在水库边上，那个老人身后是一头牛，老牛在啃草，而老人戴一斗笠有一根钓鱼竿伸到水里，真像一幅独钓寒江雪的味道。我带着小黄狗沿着水库的岸边走了过去，那头老牛叫了一声，老人没有回头，说了一句：“大黄叫什么，给我吓跑鱼了”，老人还是没有回头。我开口问老人家从哪里来的：“这里是军事重地，你怎么进来的。”老人说：“这个地方就是我的家来，我下生的胎衣就埋在这个水库底下的一个村子里。在这里生活了四十多年了，后来让我们搬走了。你知道吗，我们搬到那个地方不习惯那里的生活，有的人就回来了，我也回来了。”老人说，“这是叶落归根。你还小，到我这把年纪你就会懂得类似这样一些道理了。”

老人自从出现了那一次，好长时间了再也没有来过。后来我在一个山坡上发现了一座新坟。我猜测这就是那位不知名的老人，他是继承中国儒家文化准血统的那位老人，现在这个地方是属于他的，可以安心地并将长眠于此。我驻足观察了一下这座新坟，位置还真不错，是顾恋家乡的一位老人的理想住所，我这才渐渐明白了“叶落归根”的道理。

四周是山，苍苍茫茫，光秃秃，水一荡一荡，也荡不出什么内容来。小黄狗与我就坐在班长坐的那一块青石头上，读水面上的字，读两山上的诗，老是没有弄懂这里到底有什么让班长留恋的地方。一年四季，我在这里看春日开河；看夏水涨起又涨落；看两山叶子绿了又黄了；看水面上冰了又化了冰了又化了……

一天我突然又把那只老鳖钓上来，喜得不得了，现在这家伙身价倍增，听说城里出高价专门吃它，于是我也准备尝尝鲜，我高兴地学着班长唱着《水浒传》里的一句台词：如今教洒家做个和尚，饿得我干鳖了。我提着老鳖鱼，蹦蹦跳跳一路大声小叫地走回小瓦房。

我拿来一把菜刀，看了看老鳖，横看竖看，这东西怎么杀？班长没有教我，就在拿刀量来量去时，小黄狗朝着我汪汪地叫，那叫声像出人命一样，音量有点不正常，我举起刀来说：“你叫什么叫，你应该高兴才是，今天你啃骨头，我吃肉。”我恶恶地举起刀来，小黄狗不叫了，一头把我举起的刀碰掉，那刀飞出一米多，落在一块石头上。

突然发现鳖的盖上有字，我惊讶地一看，不由得大吃一惊。

上面有字，我扒拉开老鳖背上的青苔，上面写着：

王康兴：河南禹县人。

1978年入伍，看水库四年，没有违纪。

这个人是谁？他是班长，他肯定是班长。

此时，我把这个问题和心中的谜团一并送给了小黄狗。小黄狗朝我晃了晃它那美丽的细尾巴，表示赞同我的一系列意见。

现在我有些明白了，于是我从口袋里拿出母亲给我刻有“四蛋曼”的小海龟，放在刻有班长名字的老鳖一边，对照了一下：头、盖、腿都一样。这时我才似乎读懂了班长的那双眼睛。我把母亲给我的小海龟和刻有班长名字的老鳖一同送入水库，当我把他送回水里面那一刻，老鳖像一位老人一样朝我点点头，便沉入水里，似乎就在那一刻，我才读懂了人世间的其中一部书。

六

水有灵性得如同一碗浓浓的绿酒。山风甜蜜蜜地吹着，我和小黄狗仿佛喝过酒一般也醉了，就在这时，我仿佛看到水面显现出一幅水彩大画，那画上是班长的背影，背上一捆柴，艰难地爬着山，一步一步是那么沉重，倒下了又爬了起来，倒下了又爬了起来……

我在想，班长人生的坐标选择了这水库，选择了这山这水还有这坚硬的石头，便注定了这几年的寂寞的归宿。

几年后，那影子就是我了。

七

一个春天的夜里，“小海龟”对我说：“瞎子先生没有骗你，你的确是大海上的海军，但不是现在而是将来。在这里看水库是为了让你补充给养，就是让你利用这段时间复习，武装自己的头脑，掌握更多的理论知识，报考海军水兵学院。你要努力，努力才会到达彼岸……”

“小海龟”说完和老鳖一起游回到水底下，水面上留下了一个圆圈。

第二天，我坐在班长坐的那块青石上，看着那个圆圈把那个梦分析了大半个上午。一是这个梦与自己的目前情况相似，在这里主要工作就是守好水库。业余时间怎么利用？一个人在一个地方，就要干点事，干点自己喜欢的事，那么复习考军校是远大的目标。二是自己向往的远方是大海，当一名水兵，在大海上遨游，世界上最大的舞台就是大海。三是如果考上军校，不仅圆了自己的梦，更重要的是给爹娘争了脸，给班长争了脸。基于这三个方面的原因，应该复习考试，然而复习要用时间，要用大段的时间……

“汪汪、汪汪”没想到就在这时，小黄狗朝我叫了两声，两只小眼睛瞪着似乎告诉我，“你好好复习，活我多干点，你就放心好好复习吧。”我被小黄狗感动了，真的感动了，有这么一个小伙伴支持你，做后盾，我还有什么说的。从现在开始，我的业余时间全部与数学、物理、化学、英语等战斗起来。小黄狗白天和晚上几乎包揽了一切，把水库周围警戒得井然有序。

两年后，我真的考上海军潜艇学院，画上了一个圆圈。接到录取通知书的那天，我把老鳖约了上来，用一把小刻刀在它的盖上，班长的下面刻了一行字。徐镇守水库三年，未出差错，并以509分考入潜艇学院。

没几天，小珠山水库又来了一个小兵，接替我的工作。

古　井

花　蛋

本来妻子的预产期是农历二月二十二，然而都到了三月初六了，孩子还没生下来，我的假期眼看一天天到头了，怪急人的。

初七的中午，我和往常一样，习惯地摸着妻子的腹部，肚里面和往常一样，没有摸出个子丑寅卯，只好闭着眼装睡。睡不着。一旁妻子一会呼呼进入梦乡，我翻了个身骂了一句：您娘们就知道睡。

妻子醒了，是妈叫醒的。

妈让妻子到锅后拿个碗，妈要用水，我和妻子一起下了炕，眼瞅着妻子去锅后拿碗，碗是扣着的，妻像是抓馍馍似的抓起碗，同时妻子说：“妈，碗底下怎么有一个梨花呢？”

妈捣着小火镰似的小脚，咳嗽着下了炕，边走边说：“你个傻孩子，太冒失了，真个冒失鬼生的。等着抱丫头吧……”妈没有了笑容。

妻子猛不丁把另一只碗揭开，一个鲜嫩嫩的红皮鸡蛋滚了出来。妻子舌头一伸，表示害羞的样子，这时我才弄懂，妈是给妻子占卦。

妈说：“可灵点了，这是你姐姐告诉我的……”

我在心里说：妈妈还蒙在鼓里，我早知道是个丫头，因为我用生男生女计算法，算了几百遍了，22岁和6月的交差处是个负号，正号是个男孩。为这我还跟别人吵了一架，因为我不信妻子会生个女孩，原则上说：种豆得豆嘛，可是让我亲眼目视那张表格，我就瞪眼了。

对妈妈是保密的，因为妈是个“老顽固”，妈是铁了心抱孙子，成亲那天，妻过门时，妈就坐在墩子上，嘴里念念有词：坐墩子抱孙子，坐墩子抱孙子，可是现在这层窗户纸一旦让妈妈捅破，妈的心情可以说是痛苦，我何尝不想要个男孩？男孩意味着什么？那是根。

妻子内疚，我急忙为她讲情。

“妈，你看她（妻子）的肚子都贴到锅帮了。有鸡蛋的碗是靠里面的，因为对她来说是不容易够到的。”

妈还叨叨：“看来我是无福抱孙子了”，妈妈叨叨着上炕了。

妻子为了遮羞，对我说：“咱去浇园吧，古井那边的菜都旱坏了。”

炕上，妈说：“什么？浇园，不行。万一把孩子生在井台怎么办？那是古井，古井是一片洁净的地方。”这么一说妻子才低下头。

我说：“妈，孕妇不能老是睡、睡，应该活动嘛，让她去溜达溜达吧。”

妈说：“俺不管了，你爱怎么就怎么。”

于是我们挑上水桶向古井走去。

古井到了。

古井是一些一抱粗的青石砌成的、建造古朴。青石上长满厚厚的青苔，水黑黑的，像一个黑框遗像。

起先我挑了两担水，第二担上，肩头生痛，喉咙干燥，走起路来有点瘸，当兵滑了，妻子看到似狗熊的我，就要来接担子。我说：“算了吧，肚子怪碍事的，不浇了，你挑着空桶回家。”妻子挑走空桶，我就走了。

回到家，上炕就睡着了，是妈妈把我喊醒的，问我：“你媳妇呢？”我说：“她没回来？”糟了。妈妈赶快让我去找找，我赶到菜地湿湿的，菜苗青青，叶子、枝上滚动着泪珠，我赶到井台，井台湿湿的。湿湿的井台上站着的妻子望着我笑。

夜里一点，妻子喊叫。杀猪似的。妈说妻子要生女孩了，于是妈妈请接生婆。接生婆年龄很大，近20年的接生经验了，从她缺牙的嘴里哼出一支古老的曲子：

送子娘娘、送子爷爷，

您是好人，快把小孩送来吧。

小孩三日多给您送钱花……

断断续续唱着。

妈也在一旁念叨……

四点，妻子生下一个胖小子，八斤重。

收　魂

小孩拉的屎稀薄，房里很臭，被子、褥子……都臭。小孩的身上也臭。

我和妻子很年轻，年轻人都爱美、爱干净，喜欢整洁，喜欢利落，很怕别人说遍遢，于是我和妻子决定给孩子洗澡。

热水一半，凉水一半，水温热了。把孩子放到盆里，妻子架着胳膊，我就哗啦哗啦往孩子身上撩水。小孩直直地瞪着眼、口大大地张着，妻子看完说：“你看言言怎么了？”

我看完说了句：“不害怕。”

妻子问我："言言会害怕吗？"

我说："不出月的孩子不知道害怕。"

洗完一遍，又洗二遍。

洗二遍时，我把妻子的洗发液倒了盆里一些，盆中形成许多水花。孩子身上很干净。有股香味，怪好闻的。

洗完澡，妻子把孩子放在被窝里包好，孩子不睡，只是哭、哭的时间很长，哭的声音也很吓人。

妻子害怕地说："洗澡洗的。"

我说："不会。孩子还在哭，吸着奶头也哭。"

妈过来把小孩接到怀里，三掂两掂几下，孩子哭声不停，往常孩子在妈怀里掂几下，孩子就睡了，妈叨叨着，小亲困睡、小亲困睡，困睡……很长会儿小孩才睡着，妈轻轻地把孩子放到炕上。小孩的手一扎煞抽筋似的，于是妈用二拇指启开小孩的嘴唇看了看，她那满是皱纹的脸上表情复杂起来。连忙说："小孩惊着了。"妈瞪眼问我和妻子："怎么吓着的？"

妻子说："洗澡能吓着吗？"

妈说："什么，什么，洗澡来？你两个真胆大，这么个小肉蛋蛋就洗澡，谁让你洗澡？古井里的水好给孩子洗澡吗？你（指我）那会长到10岁也没给洗回澡，把你干净的。"

我说："妈妈，人家外面都洗澡，俺在部队上每星期洗一次澡，洗澡干净，讲卫生。"

"去你娘个蛋，我一辈子没洗回澡也活得硬邦邦的。"妈生气地给我和妻子每人一扫帚疙瘩，妈说让我俩记着。

妻子着急，因为房里声音稍微大一点，孩子的胳膊就一扎煞。

晚上，小孩睡了，妈让我去买来纸。妈找来一只碗，倒了一碗凉水，把一个小酒壶扣到碗里，壶底朝天，盖上一张纸钱，压上一个青铜大钱，划一根火柴，把纸的四角点着，火随纸片四角烧着，不一会儿水碗"咕咕"冒出几个水泡，水碗每冒出一个水泡，妈就说："狗惊、猫惊、小孩不惊。送子娘娘，送子爷爷行个好，到水神那里把小孩的魂领来，等小孩好了我多给钱花……"连续念叨几遍。妈妈是那样的执着专一地做着，就这样，收了几个晚上，小孩不再那样哭了，也不再在梦中扎煞了，舌头也贴上牙壳了。

一天，邻居王大妈过来看小孩，孩子刚好睡着，王大妈也用二拇指启开小孩的嘴看看说："没事的、没事的，镢头打不死。"此时小孩在梦中咧嘴笑了，王大妈笑哼哼地说："没事的、没事的，还在困中做戏。"又说："收魂了？"

妻子说："收了。"

王大妈说："给送子娘娘送子爷爷送钱啦？"

妻子说："送了。"

王大妈又说："给炕妈妈、门挡户爷、喜神、家亲、灶房爷爷……送钱了？"

妻子说："都送了。"

邻居王大妈说："送了钱就好啦，孩子就没有病没有灾了。"小孩还在睡。

营　地

一

机关是座四层大楼，青方砖建筑，外套一个院墙，两扇大门，“呼啦呼啦”地扇来扇去，扇走了多少茬老兵。扇来多少茬新兵，没人知道，也没人统计过。院的四周都是高高且凶险的山体，把整个机关围得像死城一般，山围着城，城绕着山，看着会让人掉泪。一条花蛇躺在机关大门前，往东弯弯，往西弯弯，那就是通往连队的路。路上走动的家伙们星星点点，断断续续，像蛇身上的斑点。顺路跟着一条河沟，没有流水，只有颗颗圆石，整日喷出一股股尘烟，迷着人眼。

据说，这座大楼是新中国成立后深挖洞，广积粮建成的。一时间，军事重地都向山沟智晃聚结，以防战争爆发。就这样山沟沟里才有了部队，才有了这块营地。

一天上班，就有了三三两两到机关办事的家伙们，有的顺着河沟走上来，也有的从蛇身上走下来，也有的踩着鹅卵石来到机关大楼办事。于是就有了：

“王干事，送来一份表格。”

“放在那里吧。”

“李干事，这月的党费。”

“搁那里吧。”

“刘参谋，下周休假，请开个出差证明。”

“回家结婚？该结婚了，再不结好姑娘没有你的份了。”

两人都笑。

一天的工作就这么简单，简单地像一张白纸，又像一碗白开水。家伙们的思维和家伙们的生活、工作都一样。家伙们办完事走后，机关大楼又成了死城，单调无味……

家伙们闲时有个习惯，读山。寂寞的人读寂寞的山，就有些更加寂寞了。在大院里这里一伙，那里一簇，家伙们指指画画，从左到右，又从右到左，从山上读到山下，又从山下读到山上，一棵草一棵树读，一块石头也不放过，直读得眼睛发涩，没味了就回屋里睡觉，日子总是一

个模式地老天

荒、天荒地老。

据老兵回忆，他们刚来大山沟时，也是这么一成不变，一茬一茬的从读山开始的日子走过来的。

二

当营地的夜幕降临，山体和天空就产生了影子，很清晰，也有立体感。大家就看那立体的大山，闪亮在家伙们的眼前。立体的群山海浪一样绵绵不断地伸展开来，好像一大群正奔跑的野马和怪物，又好像玄学哲理的奥妙莫测。家伙们就把白天读到的山和晚上读到的山，对比起来也有不同的看法，因有看法不同常常地吵吵起来，家伙们脸也红了，脖子也粗了。

我看了好几天了，南边那座大山像头牛，正在吃草。我常常在梦中听到它“哞眸”地叫，你看看像不像？另一个家伙说：”不是牛，是头猪，是头猪正在啃草。“又一个家伙说：“让我看是条狗，没有肉吃了，饿得正在吃草。”两人或仨人，因为意见不同，就吵吵起来，没味没滋，直到回床上睡觉才算完事。家伙们除了读山看山就沿着这么一条羊肠小道想象着、想象着。家伙们就从想象的思维中走出大山，过了河崖，进了村庄。走进了城镇，看到城镇街道上人来人往，人潮涌动，有男人，有女人，特别是有漂亮女人。家伙们就寻找一个路边的角落里读。像读一本厚厚的大书，一页一页翻阅。有时候两个人有时候三个人，或坐在路边马路沿上，或坐在商店门口小花丛中，或坐到小公园里木椅上，还或坐车站休息室里，眯缝着眼睛当休息状，读书要有评论，没有点评淡如白水一碗。

家伙们的评论声音很轻，只有他们几个能听到为止。

“快看，来了，来了。这一个比前面那一个谁漂亮？”

“你说这个，能打几分？”

“让我打，我是往高分上蹦98分。”

点评：“没法打，这样的女孩，见到这样子的女孩你才知道什么叫天生尤物……而且是尤物中的尤物，这种女孩是属于那种让男人第一眼看到就会两眼充血，恨不得眼珠子瞪出来，贴到她身上去的那种女孩，你看见了吧，老王还情不自禁地流出哈喇子了。”

“让我要打分的话，最高99分。”

“99高了，93低了，101过了。”

点评：“都说人靠衣装，马靠鞍。美女是用香粉化出来的，可见过眼前这个美女，你才会真正明白这些话，全是那些容貌有缺点，或者缺乏自信的女人们编出来的……”

点评：“这个女孩穿了一身普通得不能再普通的运动服，足下穿着一双纯白的登山鞋，唯一特殊的是，她在手腕上扎了几条五彩斑斓的橡皮筋，你看效果出来了吧，为这身朴素的衣饰，增添了几分俏皮的感觉。”

点评：“最惊人的是她的两条白得反光、漂亮到炫目的大长腿，由于穿着一条短到不能再短的短裙，整个长腿全部露在外面，白里透红，让人一见口中干渴，两眼直放电。”

“又来了两位，一个比一个靓。”

“快看，快看。这个又怎么点评打分？”

一家伙们说：“真的都看花眼了，怎么打分都不过。”

“让我看都打99分得了。”

“我看你是在山沟里蹲傻了吧，见到双眼皮的老母猪也能给99分，都打99分，你把中国的四大美女搁哪里？”

点评：“这个女孩，看样子是长期锻炼，整个身材有一种整体向上的挺拔，恰到好处的酥胸翘臀，是适龄少女发育良好的最合适样板，长腿细腰，配上一米六七左右的身材，真是增一分则肥，减一分则瘦。”

“这个分咱没法打了？”

“从那边又走来一位。

“去掉一个最高99分，减去一个最低95分，她的最终得分97分。”

点评：“同样是美女，这个女孩给人最深刻的印象是她眉宇之间有种超越了年龄的美丽，淡淡的柳眉分明修饰过，长长的睫毛忽闪忽闪的像两把小刷子，亮得让人觉得刺目，一双漂亮到心悸的大眼睛，异常地灵动有神，太唯美。”

“又来了一个长发垂到腰间的美女，光看后面就很唯美。”

“老王最喜欢长发女孩，谈恋爱时专挑长发谈，你有经验，这个分数非你莫属。”

老王嘴角还在滴着口水

点评：“她的长发如瀑布垂到腰间，那黑色秀美的长发，以一种是从未见过的方式披散着，如瑶池仙女一般。一袭白裙，那样式却不像现今任何一种时尚新装，反倒有点像古时某个朝代的古装打扮，从年龄上估计有25岁左右。”

等那个长发尤物走到跟前,来了一个华丽转身。家伙们吃了一大惊。

点评:“从后看是美女,从前面看一个人不敢看,两个人捎着手榴弹……”

“狼来了……”

……

家伙们看了一天,都忘记吃饭,返到营地像牛一样。一连好几个月,一年两年也是它,就过着这次进城的日子。

三

白天兵看兵,晚上看星星。

有一天晚上,家伙们吃完饭聚结在一起,又侃上。那天夜里天上没有月亮,满天星星像人的眼睛,照得群山有些叠影,而大山蹲在那里像一头怪兽。

王干事对着东边的山影瞪了好长时间整整抽了三支烟,接上第四支烟,猛吸了一口说:“那山像不像,快看,那山像不像,快看。”

家伙们都说,“什么?什么?”

“那山像不像,那个、那个……”

家伙们吵吵巴火地叫:“王干事,你说像什么吗?快说。像什么吗?快说。”

“你看像不像,你看像不像睡中美人,就是正在睡觉的美人。”

家伙们惊诧得像发现新大陆_样,左看右看大眼瞪着大眼,小眼瞪着小眼,全神贯注、聚精会神,齐刷刷像道道夜间的手电光一样,发射到那座黑黝黝的大山上,家伙们看了一会儿,没有读懂,怎么看怎么读这座黑糊糊的大山与美女联系不起来,是不是王干事想媳妇想迷糊了,把黑黝黝的大山当成美女看。家伙们没有读懂,更没有看到美女。只好把眼睛投到山上跟着王干事的口述一起看,听着王干事点评。

“你看你看那南边的山峰像不像美人头。”

家伙们仔细看,都在找眼、鼻子、嘴,还有那瀑布青丝披挂在山下。

家伙们说:“像,太像了。”

“你看那第二个山峰像不像饱满的乳房。”

家伙们说:“像,真像。”

“你看那第三座小山峰像不像结结实实生娃的小腹。”

家伙们跟着叫:“像,真像。”

王干事说:“最有趣的是,一双小脚镶在一双修长的腿上,让人想入非非。”

家伙们细心地从头看到脚，又从脚看到头。

看着看着突然一声高叫：“哈哈、哈哈，真她妈的像。”

那笑声发自腔胸中，四山土岭也荡出几个不同的回音。

家伙们腿脚僵住，只好有劳王干事指点江山，激扬文字，听讲解。

家伙们凝视一阵，眯眼想象一阵，仔细观察一阵，才觉得神情恍惚，如游绝境，家伙们停住说“像”，喊喊喳喳又说一阵“越看越像”。家伙们看着睡中的美人，那俏丽绝美的容颜，长长如羽毛的睫毛，有神的忽闪忽闪像是从睡梦中醒来似的，红红的小嘴犹如盛开的花瓣，鲜艳欲滴……

王干事说：“只能在这个位置看像，在其他地方看是一座平常得再不能平常的山了。”王干事又说：“本人不才，这几天憋出这么一个’东西'来让大家解解闷，找个话题啦，找到一个话题，咱就能找到一段日子。”

家伙们说：“王干事就要交桃花运了。”

王干事扶了扶眼镜。

果然，王干事第二天收到一封“情书”，是老婆赵玫来的。王干事的媳妇叫赵玫，在一家酒厂上班，结婚后经常不给王干事写信，特别是生了孩子就更见不到赵玫一个字了，有时一个月给打次电话说上两句，说工作太忙了，没有时间写信，只好打个电话过来，问个平安，没有五句话就挂了电话。起先王干事认为媳妇是为了省钱，打一个电话也好几块呢，后来王干事才知道，赵玫自己办公室就有长途电话。王干事知道后，赵玫再来电话王干事也不接了。

可现在，王干事真的让家伙们言中了，都是每月收到一封信，每月收到赵玫的一封信，王干事心里像喝蜜一样甜，心里像开了花一样那个恣。王干事就把小曲哼在上班的路上，小花小草听了也都歪头致意，哼哼在办公室桌子上，我们都分享王干事的幸福和快乐。

记得王干事和家伙们一起阅读睡美人的第二周的星期一。

那天，让我形容的话，是这样的，太阳像蜗牛一样爬上睡美人偌大的乳房，于是机关里才响起踢踏踢踏迟疑的脚步声。上班了。

家伙们见了面相互摇头点头，直问得颠三倒四。话都是，早，吃饭了。早，吃饭了。之后，各人守着自己的那一摊，像守摊的老人一样没完没了地工作，没滋没味地蹲班。大山沟里那点新闻早就嚼烂说透了，谁都知道谁家那点儿事，偶尔家属来队有点新鲜事，都抓来撒上一把作料，色香味俱全一道名菜，家伙们双手端出来，充实一段寂寞的日子。

比如说张干事的嫂子来队了，李干事说：“张干事近日可好，生活不错，脸上见肉了。”张干事说：“都一样都一样。”张干事一愣，想想哈哈笑了。家伙们也笑了，笑过后再不新鲜了。再有新鲜事的就是李干事嫂子来队，家伙们见了嫂子就喜问：“嫂子来队生活还好吧。”李干事说：“挺好的，挺好的。”家伙们就嬉笑说：“当然了，李干事每天都给嫂子准备两个鸡蛋一根油条，那生活还不好。”李干事说：“和你一样的，你家那位来了，不是也有两个馒头一碗汤伺候着。”家伙们又笑笑，笑过后再就不新鲜了。

有一次，有一个会说笑话的参谋说了一个笑话。笑话是这样的，有一个山村的支部书记叫王立书。到了春耕大忙季节，那一春又遇到个旱春。村民为抢种都忙着争抢水源，都想赶农时，把地种上，好秋来有个好收成0但是村里的水源不足，大家伙都挤在全村唯一的小水塘坝抽水浇灌自家的田地，于是大家为了谁前谁后闹出矛盾，就吵吵起来。还有的是因为没有化肥，让村支部书记协调化肥，还有……农村的事就是多。

一清早，村民们三三两两来到村支部书记家，看见两扇小柳木门紧闭着，村民就敲门喊：王立书、王立书在家吗？这人没叫开门倒头走了。住了一会儿，又来了一位气哼哼的又敲门叫：王立书、王立书，一大早上哪去了。还是不开门。

村支部书记王立书昨天晚上陪镇上的领导喝醉了酒，回家见到媳妇一堆白肉，借着酒劲和媳妇热乎了一阵，还正在炕上睡大觉。没把村支部书记王立书喊醒，却把他的媳妇喊起来了，媳妇带着鼓鼓的一肚子气，出了家门把一肚子气撒在了两扇柳木门上，只见她把两扇小柳门狠狠地咣唬摔了两下说：“大清早的，俺个层门还没开开，这个往里输，那个往里输。有什么急事？叫魂……这个往里输、那个往里输，叫魂……一大清早的

这么个笑话，让家伙们快活了好长一段日子。

四

上午过半。突然一个脆生生地带着铁器的脚步声，从一楼弹蹦传到二楼，那音质像琴弦弹在石板上一般，家伙们一溜把头探出门外，原来是一个穿连衣裙的姑娘，高跟鞋敲打着水泥地板，也碰撞着每个家伙的耳膜，“噔噔噔”，心惊肉跳。她的身姿无疑是动人的情怀，尤其她走进走廊里时，所表现出地道一身正气的女人味，实在让万物陶醉让岁月铭记。

在那一溜探出头的队列里，忽然伸出一个花白头发的头颅，镜片里面有一双小眼睛，称奇地叽里咕噜，游弋在姑娘身上。当这颗花白头颅探出门外一瞬间，黑头随即缩了回去。只留下了半个黑头颅。姑娘眼睛很高，也很傲，瞅着每一个办公室的门牌，径直走到两片老花镜跟前说："我找刘主任。"

花头颅一动，眼镜仍滑落鼻梁。那眼仍游弋在那里。姑娘看着门牌号笑说："你就是刘主任吧。"这时，主任方从幻景中醒来，脸生红地问："你找谁？"姑娘说："我是来报到的。"于是那花裙和花白的头颅一起融进主任的办公室，家伙们的头虽然缩回来，但仍没过足视觉的欲望，仍想和她的花裙一起跳荡。此刻家伙们恍然忆起，新调来一个管计划生育的女干事。

不知谁在说了一句："看来，睡美人要醒了。"

新来的干事叫张梅，主管妇联和计划生育，原来的妇联和计划生育工作由王干事代管，他觉得憋屈得慌，一个大男人整日跟来队家属那些骚娘们，还有那些环了套了搅和在一起，真有点羞。其实计划生育根本不是男人做的活，不是男人干的事，男人做还有点不太好意思开展工作。于是王干事把这件事向领导做了汇报，主任又向上级打了报告，一级一级报告，一层一层地批示，领导才及时地把张梅派来了。她来之前还专门进过计划生育培训班培训过，张梅天生地造的是一块干计划生育的好料，人缘随和爱笑，人长得又俊，做计划生育是把好手。来了不几天就进入了情况，她能在不几天把几十年的老账全部收拾得清清楚楚，并用小隶字书写出来。谁家的孩子是男是女，享受什么待遇，哪个来队家属是服药还是带环？一本明细账一目了然。

我常抓张梅的公差，家伙们也愿意找她办事，喊一声"张梅"。

"咳"一声甜叫蝴蝶一般飞落到你身边，也随身带来一股花香味，她满脸的甜笑，让你心里翻起一股甜甜的水来，真的是在享受一件艺术品，有了这种享受一天工作就有了从酸变成甜，从没有充实转到充实。

"去把这份文件给主任签个字。"

走廊里便响了金铃般的歌声"我和你吻别，在无人的街……"伴着脆脆的笑声和半高跟"喋喋"的脚步声，装进白纸船里，载到每个办公室里，把办公室的寂寞带走，换上清新的空气。一天的工作就这样有了生机有了盎然，家伙们也有了笑也有了说也有了乐，天天心里像开了花一般，一个死气沉沉像死水一潭的机关大楼活跃了。

五

家伙们起先是没有人到张梅办公室去拉呱，都保持男女授受不亲的礼节，其实是害羞。因为大山隔了若干年的东西，一时让它出来，还很难找到出口。时间一长，大山也会受了感动，给家伙们裂了一个口子。终于有一天王干事不知怎么到了张梅办公室坐了一上午，于是家伙们就有了借口。家伙们都学着王干事到张梅办公室，有事没事地坐坐，就这样家伙们很快和张梅混熟了。

张梅的到来，像一股微风一样飘飘进入每个男人的世界里，拨动着每个家伙的寂寞琴弦，荡起新的涟漪，像一个匆匆远行归来的娇子，碰上一轮饱满的圆月……

家伙们因事不因事，无事找事都喜欢到张梅办公室去聊天，都觉得和她聊天是一种享受，是一种外在的美。张梅属外向型性格，很快也喜欢上家伙们。于是家伙们先是一个一个来，后来发展到二三、三二像滚雪球_样越聚越大，像一浪推着一浪把你推到沙滩上，聚在一起拉呱说话，侃大山。从国外侃到国内，从农村侃到城镇，从男人侃到女人，从小孩侃到大人，从文学侃到哲学，又从市场经济侃到国外金融危机……

张梅更加喜欢表现自己，大发自己的人生见解，聊街上流行的红色裙子，聊张学友在台湾的《吻别》，还有正在流行的《两只蝴蝶》

聊得让家伙们心旌摇动，只有嬉笑又有意思，没有打闹，没有东了西了歪道道，规规矩矩。她的办公室权当是个沙龙，是个舞厅，一天到晚人来人往流水不断……

营地有一块小菜园，平时种一些萝卜白菜，黄瓜豆角等时令蔬菜，供给伙房大家食用。从前到菜园去种菜，翻土、运肥、浇水这些活几乎都是排班轮留，大都不情愿。去菜园干活年轻的士兵多、年轻的干部多。每到菜园劳动时找不到是经常的事。的确愁坏我这管理生活的管家了，没办法只好我亲自带几个新兵，几个农村兵，在菜园里撅着腱种菜、浇水。

自从张梅来机关后，我只管带上张梅到菜园里转转，家伙们不叫自到，什么运肥、什么挑水、什么除草……这些活不用我安排，有人自动去抢着干，本来一下午的活仅用了不到两个小时就干完了。这确实是一件好玩的事。后来我从一些书上发现了一个词“男女搭配干活不累”。我又从一本书上看到一则消息：美国芝加哥大学一个研究小组发现，一个男人只需要对一张魅力迷人的青年美女照片看上45秒，就足以让这个男人的体内发生强烈的化学变化，虚荣心和好胜心戏剧性膨胀起来，荷尔蒙分泌随之改变。

我想好玩的事，还是来自于男人和女人那些事。

看上去像情感故事的讲述，也像两性心理的探讨，男人和女人放在一起，话题总有点让人想入非非。这种现象符合中国的玄学《周易》里面的阴阳文化。老祖宗造字把一个“女”字和一个“子”字放在一起叫“好”，为什么不把一个“米”字和一个“良”字放一起叫“好”呢，一个米和一个良放在一起只能读粮食的粮。而生物学家对这种现象是这样解释的：人类的异性有不同的气味，这种气味来自于人体的汗腺，汗腺分泌出一种带有特别物质的男女不同的蛋白质，这种不同蛋白质在细菌的作用下产生出人体的异味，这种体味容易为异性感知，异性嗅到这种气味就有一种安全、舒适的感觉，从而会使人兴奋、愉快，工作效率也明显提高。真是这样，在人类的进化发展史上，男女两性是互为伴侣相辅相成、一代一代走过来的。在人类进化的基因上，“性动力”学说就是很有代表性的一种。所谓“士为知己者死，女为悦己者容”。女性在异性面前最有欲望和情绪表达自我，男性亦然，“冲冠一怒为红颜”就是最好的佐证。

在异性面前，不管是男人还是女人，情绪都容易被调动起来，都有表达和表现的欲望，这是不争的事实。

这种现象不光在菜园里管用，在训练场上也发挥着意想不到的效果。有一次，家伙们正在训练场上搞队列训练。家伙们几乎天天都有训练，时间久了麻痹大意了。在训练上表现出松懈来，有一次张梅到下面连队去检查归来路过训练草场，突然家伙们在训练中表现非凡，生龙活虎、喊声震天、队列是整齐划一，像尺子一样裁出来那么齐刷。一、二、三，三、二、一不怕苦、二不怕死口号喊得铿锵有力，在大山沟里悠悠回荡。反弹回来还是那么有劲有力。人人表现出来“站如松，坐如钟”的良好形象。展现出一种威武、坚定、英勇、顽强的军人气质。

训练参谋真没有想到，在训练中有了：平时多流汗，战时多流血。家伙们个个都憋着三股劲：没路也走出路的闯劲，倒也先往前倒的拼劲和永远不服输的蜚劲。训练参谋服了，这么一会工夫，就能起到训练一个季度的效果，训练参谋看着张梅走远的背影，摇摇了头百思不得其解。

有一天，我发现张梅的办公室融进一个花头颅，细看那两个耳朵像火轮在转，把家伙们的喜笑话语，愉快的动感吸走了。主任是家伙们的领导，今年有四十多岁，比家伙们大半个年龄，因此与家伙们思想上有一些代沟。主任是个脱发户，显得也老诚，家伙们私下里叫他“地方保护中央”，他的头发有长有短，短的有三寸，长的比女人的头发还要长，长发是反复叠折起来，用胶固定在头顶上，不用心基本看不出来。有一次，主任图便宜买一管山寨版的发胶，其胶性不大，一天主任在露天广场开会，当时主任正在讲话，突然从睡美人两山中间下来一股风，劲风路过主任的头

顶时，整个把主任的长发揭了起来，那长发被风打散，展开有六尺多长。主任一边讲话，一边伸出右手把长发折来折去，啪一下堵在那块空白地上，整个过程用了不到七秒钟就完成了，然后主任继续讲话……

家伙们都知道主任也不年轻了。

谁也不知道是什么力量催着，长长的一个寂寞的上午过得像瞬间那么快。家伙们的思想清晰，写起材料来干起活来又快又好，主任交给的任务不用主任跟在屁股上追，都提前完成任务。有一次我到主任那里送一份年终总结，主任看完没改，竟然没改动一个字。主任说：“这段时间你写的材料不错，思路很好”。我只是嘿嘿笑。知道领导表扬我心里很恣。主任又说：“我这个主任该让位了。”我一惊说：“让谁？”主任说：“让给张梅啊”我还赔着笑，说：“那行？”主任晃了晃白头，我感到没趣，出了主任办公室，我一思谋主任的话中有话。

这天王干事不知碰了哪路神仙，上班的路上一路歌声断了线，断得让人心慌。断得王干事话也没有了，笑也没有了。

我就嘻嘻地问：“昨天，没见你在张梅那里聊天？怎么了？”

王干事脸黑，说：“烦你，别惹我。”

我又嘻嘻说：“赵玫没来信？”王干事黑脸又说：“烦你，听不懂中国话！”

我脸一红再也不理他，今天他是吃错药了。我懒得在他身上找烦……

六

一些日子过去。

一天，太阳圆圆地升上来，袭击了我的热被窝，我急急忙忙、慌慌乱乱起了床，擦了把脸，匆匆忙忙来到办公室。王干事也随后哼着小曲跟了进来，长时间不听王干事的小调了，此时听起来怪新鲜，也怪有味的。我把头伸出窗外看太阳是从哪边出来，是不是错了，确定太阳不是从西边出来后，我又把头缩了回来。见王干事边笑边说：“你说怎么感谢人家？”我仍沉浸在王干事

的小曲里还没拔出来。王干事今天的小曲调格外欢，定有喜事。听说每个月一封信的赵小姐突然停了他的信，他的小曲也被一起停了摆。我想就他那熊相该停，给他个冷锅冷灶，靠他几天。

今天王干事这是死了又变醒了，肯定赵玫来信了。

于是我笑着问："赵小姐的红雁又飞来了？"

王干事说："前一阵赵玫来信动员我转业，都托人给我找好工作了，她说不提前转业回家找个实落窝，到时候好位置都让别人占去了，趁热打铁现在还有空位置，赶快回来安个家，后半生就不用愁了，你如果不转业回来就和你一刀两断。你说让我转业，让我回家捞钱。她说，地方正在搞经济改革，此时回家正是时候，还能谋一份好差事干干，要不了几年，家具、房子、小汽车的钱全不愁了。她还说在家都给我找好了工作。再不来家怕是已经过了这个村，店都是别人的了。我没有说服她。赵玫来了一艘白纸船，把几年的感情全收拾在一起装在白纸船里带走了。你说说，我能离开部队？我现在才是一毛三，领导根本不能让咱转业的。无法只好把苦果吞进肚里。苦恼了几天，翻来覆去想不开，夜里老做梦，赵玫心也太狠了，几年的感情就让一封白纸信结束了。这不上个月张梅知道后，很同情我，给赵玫发了一封热情洋溢的信，这不才把火又接上了，现在咱又是涛声依旧了。"

王干事又说："女人做工作就是快，三个字'稳、准、狠'，女人做女人的工作是一副良药。什么厚朴10g，什么山楂12g，什么半夏10g……火候掌握得恰到好处，不紧也不慢，不冷也不热，煮沸后喝下去，这不红线又接上了，女人真是个好东西。"

王干事在连队当连长时，就有一个段子。每次给赵玫写信，谈完了老人健康，谈完了工作，谈完了两人的那点事，再后来用一大段子谈怎么怎么想孩子，孩子长高了还矮了，长胖了还瘦了，吃饭喜欢大米还是面粉，喜欢吃稀还是喜欢吃薄的，喜欢咸的还是淡的……玫你尽快安排时间带孩子来队，让我看看孩子，你让我亲个够。玫，我现在想孩子想的我吃饭不香，都快把筷子吃到肚子里，睡觉不香，都快一夜瞪眼到天明，工作起来东一镐头西一锤子……没有劲头。

王干事的媳妇赵玫是一家酒厂分管业务的副经理，到了年关厂子里工人们加班加点，一天当两天用，生产线上是一天一个进度，各大商业公司，来拉酒的大卡车是车来车往如穿梭，包装车间里工作的场面是热火朝天，加班又加点……这几天，王干事来信催了三次，赵玫哪有时间，夸张地说连死的空都没有，哪能挤出时间带孩子到部队游山玩水？

没有时间就打发放年假的小姑子带着孩子来部队。

小姑子带着孩子来到部队的那天，王干事正带着全连战士在操场上搞军事化训练：立正、稍息，向右看、向前看。报数。一二三……

“爸爸！爸爸！”三岁不到的小蕾一眼就认出站在队伍前的爸爸。这是妈妈在家把爸爸的相片常给小蕾看看的结果，经常训练的小蕾，照片上的人就是你爸爸，时间久了，小蕾就管穿军装的人叫爸爸。“爸爸！爸爸！”两声爸爸余音传到操场上又钻到训练的战士的耳朵眼里，一连的士兵没有人指挥，齐刷刷全部向右看，整齐划一，连长一愣，还不知道发生了什么事。

“爸爸！爸爸！”又喊了起来。

连长这才回头发现了一个小孩和一个小姑娘。细细看来是自己的妹妹和自己的儿子小蕾。此刻当王干事急忙跑到她们俩跟前，这时蕾蕾和小姑姑也跑过去。王干事当头来了一句：“你来干什么？我正在训练。”

妹妹说：“你不是想孩子吗？”

“谁让你来的？”

妹妹说：“嫂子让我带蕾蕾来的。”

“快带孩子回去。”

说完王干事跑步入了队继续操练……

从那时起，王干事的连队传出一句佳话：王本胜想孩子基本是假的，想老婆才是真的。

后来连队里有一个小才子，就编了一首顺口溜：没有孩子想孩子，有了孩子想老婆，老婆老婆我爱你，你怎么不来看看我，真的好想你。没有孩子想孩子，有了孩子想老婆，老婆老婆我爱你……

后来，赵玫真就让王干事追来了。三岁的蕾蕾让家伙们特别喜爱，一对大眼睛水灵灵的，又灵活又聪明，家伙们有时间就逗蕾蕾。家伙们捏着蕾蕾胖乎乎的小脸蛋说：“蕾蕾来部队没有几天，脸蛋瘦了一圈，都不俊了。”又一个家伙说：“是吧，妈妈把好东西都留给爸爸吃了，所以蕾蕾才瘦成这个样。”家伙们就坏笑。蕾蕾说：“没有，爸爸还给我买了好些橘子、葡萄、苹果，爸爸不舍得吃，都留给我，叔叔骗人。”家伙们说：“橘子和葡萄不是好东西，汉堡包才是好东西。妈妈把汉堡包留到晚上给爸爸吃。”又一个家伙们说：“蕾蕾晚上几点睡觉？”“蕾蕾熄了灯就睡。”家伙们说：“蕾蕾睡前在爸妈的哪边睡？”蕾蕾说：“睡在爸妈的中间。”家伙们说：“早晨起床蕾蕾又在哪边睡？”蕾蕾说：“在爸妈的左边睡。”家伙们说：“这就对了，等蕾蕾睡下，妈妈才开始给爸爸吃好东西。”蕾蕾说：“没有，叔叔骗人。”一个家伙对着蕾蕾的耳朵笑着小声地说了几句话，又大声说：“叔叔不会骗你，不信你就自己去看。”家伙们都笑了。

这天晚上，到了上床睡觉的时候，蕾蕾闹着就是不上床睡觉。爸爸说：“蕾蕾听话，快睡觉明天爸爸带你进城买新衣裳。”蕾蕾就是不上床睡觉。妈妈说：“蕾蕾不听话，明天爸爸不带蕾蕾进城。”妈妈一边说一边给蕾蕾脱衣服，给蕾蕾盖好了被子。蕾蕾躺在被窝里，但是蕾蕾是装睡。王干事看到蕾蕾茁壮成长地睡着了，急急巴火扯着赵玫上床，赵玫说：“你急什么？孩子还没有睡好。”王干事说：“蕾蕾都睡下了，睡得像小猪似的……。”两个人真就吧唧吧唧吃起了好东西来。就在这时蕾蕾掀开被子喊了一声：“你们还真偷吃好东西……”

在窗外的家伙们哈哈大笑起来。

王干事还在憨憨地笑。

王干事说的话真不错，如果这件事不是张梅去做，而是部队领导去做你看是什么结果？肯定是两码事。这样一来，张梅的办公室里更加热闹了，家伙们遇到像王干事那样的事情都来找她解决，夫妻闹矛盾了，战士失恋了，同事之间、战友之间有隔阂了等等，家伙们都到张梅这里开药方，抓了药，吃了药，不几天病就好了，事情矛盾就得到了解决。时间久了，也引起了一些机关领导的说法。

有一次，我听到刘主任说：“一个姑娘家整天风风火火的，难免要出事……”家伙们把这些话都当成笑话，从来不把领导说的话当回事。

一天早晨，雾把太阳锈着，也把睡美人锈着。我从外地出差回来，见走廊里突然没有了张梅那甜甜的笑声，没有了那甜甜的笑声，突然我觉得身上像失去了一种东西，全身上下检查一遍，确认没有丢失什么，但心里老是空空落落，缺少点什么。从张梅门口路过，她的办公室空着，只有她一个人在办公室里办公，没有人去找她聊天，静得让人有些恐惧。平时可不一样，这个时间正是聚在一起的时候，这是怎么了？

从张梅门口路过的那一瞬间，见张梅嘴角少了几分笑容，脸上多了几道皱纹……

这时，我又想起主任那句话来：一个姑娘家整天风风火火，难免招闲话，蛮好的一个人儿可惜是女的，要是个男的或上了年纪的女人该多好啊。

我进了办公室，见王干事、李干事都在埋头办公，没人理我，我坐到桌前倒上一杯水，每人分发了一根家乡烟，相互点点头。我说：“才走了几天？感觉生疏一样，出了什么事了？”王干事、李干事低着头抽烟，没有回答我的问题。我想这肯定是主任说话了。我又点上一支烟。心里在想，白纸船走了，但你那红纱巾，依然像一面旗子，在落花的秋天里刻在我的记忆里，你走后的距离还没拉长，风暴会过去的，我们等待你曾经唱过的歌谣……

零零乱乱想了一些，忽然，我想起东山躺着的睡美人，心里又浮想联翩地想了一阵，想出一个歪句：“中国军人永远让女人躺着。”

七

事隔十年，我被邀请到营地，作为十年的老兵重返故土。

兵营还是那个兵营，月亮还是那个月亮，山还是那座山，睡美人还是那个睡美人，还在那里睡眠，没有醒的感觉。但事过十年了，她脸上似笑非笑，嘴角边带着一丝幽怨，满身缟素衣裳，这时夕阳正将下山时，淡淡阳光洒在她的脸上。这次与她相见，不似事隔十年前那么心神激荡，她的眉梢眼角隐藏着道道皱纹，像是在冥思苦想。

晚上又发现一些家伙们一伙伙一簇簇侃山。

侃的内容变了，毕竟又是一茬兵啦。

谜　语

一

连长不抽烟，他的抽屉里老是存放着两条烟，且都是上等货色。谁也弄不清楚连长这抽屉里两条烟的用途。过一些日子，等烟将要过期变霉，连长会把抽屉的烟拿出来分给家伙们抽。

连长握过枪的大手指粗粗的，掌心里躺着一盒长方形的烟，脸一笑给家伙们两个酒窝，嘴里吐出几个字：

“给你的！给你的！”

家伙们抽着连长发给的烟，都夸连长的好处。但家伙们抽烟都抽到连长的谜宫里去了，在谜宫里游了几个来回，也没找到连长最终的答案，家伙们只好像鱼一样从谜宫里游了回来，把谜画在心里。连长的谜好深好长，像一张网。网住家伙们的思维，如果你不及时返回，怕是永远游不回来……

家伙们抽完连长的烟，连长随后又去买来两条烟存放在抽屉里咔嚓挂上一把铁锁，把烟锁了起来，把谜也锁了起来。家伙们不懂，时间久了，有大胆的家伙聚在一起议论、猜测。家伙们都一致认为连长那烟啊，是准备送给领导的。对，连长十五年的兵龄了，又打过仗，立过功，受过伤，至今大腿里还有一块弹片没有取出来，每到阴天下雨天还阵阵生痛，现在仍然肩上还是一杠两星。亏！现在的人谁傻？连长也不是15世纪的人，也会跟着感觉走

你一句，他一句，我一句，就这么长啦、短啦的议论。

此时，有人出来主持正义说：

“你见过连长给谁送礼来？到时还不是便宜了咱的嘴，都让咱给抽了。”

立马有人接话说：

“连长是没有瞅上机会！”

某一天，终于有一个大胆的家伙问连长：

“连长你不抽烟，咋还要花钱去买烟？买来烟还搁在抽屉里？”

连长憨厚地嘿嘿一笑说：“有用、有用。"

笑声和话语都藏着谜，问连长的家伙一头雾水，也跟着嘿嘿乐了起来。

二

山沟里下雪天是很吓人的，雪下得特别大，说不上雪是从天上掉下来的，还是让山风从大山上吹下来的，一片片一团团四处溅，伸出手想抓一把回来，那是不可能的，回来的手只能抓一把湿漉漉的水来，雪只会掉到稀泥地上，不会落到手掌心里。

家伙们都说，这雪真怪。

雪连着下了几天几夜，不停。把家伙们都困在房子里，看外面的雪，什么也干不成：看书、写信、洗衣服……会抽烟的家伙就抽烟暖身子，不会抽烟的家伙们就望着窗外的千堆雪，雪给大山穿上一层厚厚的银白色的衣裳。抽烟的家伙们口袋里钱少，不时都是零买盒烟解解馋，一盒一盒的进货，而不是整条烟进货，都因为钱上紧张，口袋里都不富裕，遇上这样的下雪天，只能干靠着，坐在房间里望窗外片片雪粒子吸气，这时有人就想到了连长的抽屉。

“连长这次买的啥烟？”

“云烟！”

“云烟哩！问问连长发不发烟抽？”

“十天前，不是刚发了吗！”

啊，这雪还他妈的下得特别大！

连长是个黑脸，满脸透着凶相，一把黑胡子占有半个脸。说起话来像放炮。新兵刚来时都望着这张脸害怕，其实连长脸凶人善。连长是个好人，在大山沟部队里又当娘来又当爹，不容易。鼓励家伙们热爱山沟，好好训练，给老家寄喜报。连长除了工作，平时不太和家伙们接触，把时间都用在那些想家的新兵身上，大山沟沟里生活寂寞，四面环山，山连着山且凶险得很，见了也害怕，唯有一条小路通往遥远的小镇上，小镇也不大，从南到北不到一支烟的工夫就转完了，头和尾就看得精细了。家伙们顺着这条花蛇般的小路去小镇上买些烟了酒了回来，聚在一起抽抽烟、喝喝酒算是取乐了，一茬一茬老兵都是这种活法，新来的兵也是这种活法……

一天，家伙们见一个放羊娃，赶着一群羊在大山的皱纹里啃草，几乎每天都能见到，于是家伙们凑过去问他：

“你怎么不上学？”

“放羊卖钱！”

“卖了钱干什么？”

“盖房子！”

“盖了房子干什么？”

“娶媳妇！”

“娶了媳妇干什么？”

“生娃！”

“生完娃干什么？”

“长大了再放羊！”

……

大山沟里文化少，只能生存。

平时家伙们的工作也很简单，守仓库的任务就是收发物资，发出去，又收回来，又发出去，又收回来，大批量的进大批量的发。细活就是清点，雪花织成雪纱挂在山崖上，迷迷糊糊像印了一些影子，眼睛越过高山，见又厚又重的雪雾，白茫茫的与大地相连，什么也看不见，像连长的烟谜一样，于是家伙们的思维从大雪飘飘又回到连长的烟谜上来：

红红火火一道烟
圆圆悬悬落地花
地上堆起千堆雪
死花活花不上天

家伙们绞尽脑汁把谜语想了若干个答案，也没有人解出来。门吱了一阵，突然连长进来了，身上满满的雪。说曹操，曹操就到了。家伙们都齐齐地站了起来，给连长身上清理雪粒子，连长身上的雪落在地上，地上出现了一片湿水，家伙们这才发现连长手里拿着一条烟，家伙们都在心里发愣。

连长说：“你们把谜语猜出来没有？”

家伙们都摇摇头，看着连长手里的烟。

此刻，有人说：“我猜出第一句了。”

又有人说：“我猜出第二句了。”

连长说：“都是瞎谄吧。”

连长把家伙们的谜底凑在一起摇一摇说：“你们是在捉摸想抽我的烟吧？”连长拿烟的手举在空中晃了晃。

家伙们无目标地笑。

连长又说：“你们没打过仗，所以猜不出来，不怪你们。打过仗的人都知道，上战场之前都买几盒烟，因为在战场上总想抽支烟，毛主席他老人家就这样，抽着烟打下天下的。”

家伙们说："连长我们猜不出来！"

连长说："你们只能猜出四分之一来。"

家伙们提议，下雪天，请连长讲讲打仗吧！

连长讲话有习惯，右手或左手常去擦右眼或左眼，间隔都一样，都是先右后左，在顺序上从来没乱过，无论是开会，还是饭前训话，和战士谈心，凡是说话的场面都有这个习惯，平时没有见到，连长的这个习惯家伙们都熟悉。家伙们都喜欢听连长讲话，点面结合有水平，也喜欢连长的习惯。其实，家伙们没有发现连长的眼睛里流下泪来，也没有发现连长眯眼之类障碍物，但连长不时抬手一次次地擦，手抬起在空中一划，很潇洒很漂亮又有力量，拇指握与四指，中指和二指稍为弯曲，其余二指握与掌心，瞬间提到眉间，眼睛似闭未闭，二指来回轻揉，这些动作都发生在一瞬间……

连长揉了揉眼睛说："你们想听？"

家伙们说："想听！"

连长说："故事很长，要有耐心。"

突然，家伙们身上都颤抖了一下，都像是进入了一级战斗准备一样。

连长说："从头还是从中说？"

家伙们说："长就从中说吧！"

三

八月十五，中天挂有圆月一颗，那是情人相聚的夜晚，两人坐在小河边，听小河流水，缠缠绵绵的夜色，又有谁能想到在A地却是一场硬战……

连长的话题把家伙们带到了战场上，家伙们仿佛看到硝烟，听到了枪声，又仿佛都进入了一级战斗，一场战争就要开始了。

……子弹像撒米一样在战壕里横飞，咆咆作响，划着呼啸声儿，像古筝一般，不断从硝烟的那边蹿了过来，红土地上那些生长出来不到半个月的绿草被炮弹耕到地里去，留下一些翻新的红土，对着日光散发一股血腥味。战壕弯弯，士兵也和蛇一样弯弯，枪刺也弯弯，但士兵的意志不能弯，一刻也不能弯。子弹在头顶上呼呼地叫，像一只只会唱歌的小鸟，那歌曲不是和平歌曲。仅在一秒钟时就有几名战友被抬了下去。

此时此刻，班长喊："卧倒！"

班长的声儿有些跑调，像在空气中正在飞行的一粒子弹吐音不全，先是一团黑云，后又变成一个硬团，像一头急旋着落地鸟不声不响地落在蛇一样的弯弯的战壕沟沿上，火星四射……

高粱喊了一声：“银盘！”

那时，高粱还是新兵，嫩头嫩脑，不满17岁。谁也不知道高粱是怎么来当的兵，就像不知道他的籍贯一样，从口音听出他像辽宁人，因为辽宁出高粱。家伙们就叫他高粱，他的口音里有一股高粱米的味道。有人问：“他这么小的年龄来上战场？”高粱说：“我喜欢战场，死了活了，那是男子汉的事！”这话像一个军事家说过，战场不是死就是活，因为碗底下是肉是骨头没有人能说清，你吃到底下才知道是肉还是骨头，战争也一样。

那只被高粱喊为银盘的“家伙”飞旋地落在一棵嫩嫩的芭蕉树上，像一块红铁饼一样把树干燃去一截。芭蕉树一下子矮下去，火球瞬间落地一声巨响，是一颗炸弹。那声巨响画了一个句号结束了白天的一切。士兵们把头从土里抬起仰望天空，情月没有了，让恋人吻起了，天和地、人和山死静死静。

班长说：“日他娘，不打了，咱也不打！”

有一兵说：“高粱不见了，眼见在我身边，咋就不见了？”

班长问：“你在哪里见到他来？”

那兵指着一堆新土包说：“在这里！”

班长从嘴里蹦出一字：“挖！”

大家一起动手，先见到了脚，后又见到头，再见到高粱还在喘气。高粱从土堆里爬出来，只有一口气，像屋檐下的水一滴一滴软弱地喘着，他的头顶仿佛有一点蓝光照着还没有消失。

班长喊：“抬到洞里去！”

此时，夜空爬出一轮圆月，刹那间又让烟雾遮住，像有一层黑黑的布蒙着，那圆月就让那层布给包了起来，大家看到的不是一轮明月，而是朦胧的一轮圆月。高粱被抬到洞里，还在维持着那没有消失的一丝蓝光。班长和大家都在等，然而大家没有等到高粱醒来都睡了，唯有班长还在等，班长坐在高粱的一边听一颗心跳，看烟雾中的月亮，在那黑黑云的边缘薄成灰红色，且慢慢退出月亮的圆脸。

月挂中天，班长在整理高粱的遗物时，突然有两条红塔山烟滑落出来，班长急忙拾起烟来正在沉思，高粱不抽烟，班里人都知道，班长拿着两条烟发愣，脚步在洞中踩出咔嚓的声来，此时，圆月堵在洞口，月光洒在洞里，让班长踩碎……

这时，高粱慢慢站了起来，眼似铜铃瞪着班长手里的两条烟。

班长见高粱醒来，高声呼喊：“高粱、高粱！”

高粱向班长走来，一把夺过班长手里的烟，复又躺在地上，仍然喘息着一股不明的蓝光。班长惊诧过后，仍在喊叫高粱的名字。此间，高粱手里的烟慢慢滑落出手，班长伤心地说：“高粱，高粱你真小气，班长不会抽你的烟，等你醒来你自己抽吧！”

班长从地上把烟拾起来，放回原处。

天放亮。

高粱醒来。

班长说：“高粱，你昨晚是吓我吧？”

高粱说：“我被小鬼带走了，带到一个不熟悉的地方，被带去的人有我一起入伍的新兵，张小华、吴小越、王本中……我见有人用东西贿赂就得到赦免，我就答应送两条烟，于是小鬼收了烟就让我回来了，小鬼拿到烟，我就回来了……”

连长没讲完，家伙们的心里都悚然起来。

雪仍在外面飘飘扬扬，一层一层地盖在大地上，山崖上和晃动的树枝上，似在祭奠那些死去的灵魂。

连长讲完故事，眼睛望着白色的雪天，愣了_会儿说：

“那个名叫高粱的新兵，就是我！”

四

雪还在下，白茫茫的。

连长把手里的烟撕开：“给你的！给你的！”

“不抽了，不抽了。留着用，留着用！”

“不用了，不用了。今天的报纸你们没看，都和平了。烟也没用了。”家伙们_愣。

连长刺啦撕开一包烟，散在空中，一根根白棍棍在空中翻来覆去，又荡来荡去。

雪没有停，仍在下。

悠远的细节

起先当兵的念头不是提干。那时，提干对于我来说远不如给我一件漂亮的上衣和啃一块猪骨头有吸引力。我来自农村，农民讲的是：民以食为天。由于我常年吃地瓜干的原因，体质一直虚弱单薄，像一棵岸边弯曲的小柳树，这些全和我吃地瓜干有关。起先我当兵的念头，说得隐私一点，借兵粮催我矮小的个子。另外给我增加一部分，或若干部分男人和女人的知识，来安排我以后若干年的生活，以上这些还说明不了我当兵的全部起因，最有说服力的起因是和一个女孩有关，这个女孩名叫英子。

英子是我小时候的同学，她是我从小在一起玩耍又在一起上学一直到升高中毕业的同学。我开始喜欢她，那个时间是1974年的夏天。我把恋母的爱转移到英子身上，那时我刚满11岁。11岁之前，英子的影子大约在我脑子里形成一种爱的概念，只是一个模模糊糊的雏形和轮廓。似乎是一种尚待开垦的感觉。

我记得1974年夏天的一个中午，天气特别热，街上没有人走来走去，天空无风树叶不动，所有的阴凉处没有一个老人或者小孩。狗伸着长长的红舌，而鸡把两个长长的翅膀伸展，像两把冷扇，都在水沟边和那脏水争一片清凉。

我记得我从学校里放学回家的路上，脑子里仍存着老师的谆谆嘱咐：不要到河里池塘玩水。谁如果让老师发现定要罚站，且一个礼拜打扫室内卫生和擦黑板。我的小学老师是一个女的，没有孩子。惯用的教学方法就是一个“狠”字，说到哪里做到哪里，一点也不含糊。

那个中午天气依然那么热，我没把老师的话放在我11岁的心里。只是觉着这么热的天到水里一定舒服、凉爽，什么打扫地板、擦黑板那样的活，我也不是没干过。我走出了校门，一直走到我们村前的那条河边。见到那一湾清水，一股清凉舒适的感觉从脚跟一直到喉咙。此时，最大的愿望就是把整个身子投进水里。这一刻我也忘记了母亲打屁股的一些疼痛内容了。河里的水很清，水很深诱惑着我。书包让我随手扔到岸边的玉米地里，像一只不明真相的飞行物飞在空中，抛了一个弧线落入玉米地。急的我脱光了衣服，一头扎进那凉凉的水里。我记得我在水底下见到了一条鱼，当时，我的脑子清醒地想到，做一条鱼一定好玩。

在水里游来游去是一种快乐的享受，一种自由自在的自由。当我把头露出水面喘了一口气说："好死了，好死了。"没想到母亲站在岸上，眼盯着水面寻找，发现那是母亲时，我的心一惊，母亲手里拿了一根洗衣棒，威风凛凛，杀气腾腾，脸红得像要挤出血水一般。我没有忘记站在岸上的母亲说的第一句话，母亲的话至今让我想起来还有点好笑。她说："操你娘的腿，你给我滚出来，老娘在岸上洗衣裳，你一头扎进水里，也不哼一声。"母亲的话和母亲的表情同时吓我一大跳。

在记忆的村庄里，母亲从来没有这样骂我，就是我把家里唯一的一只下蛋鸡踩死，她也没有骂我一句。因为我在家排老小，是母亲的掌上小兔，母亲特别爱我，有什么好吃的都留给我，让我长个。有一次，记得像是过五月端午。母亲买了一包白糖，放在一个铁皮盒里。铁皮盒子放在衣柜里没上锁，母亲对哥哥说："亮亮，这个任务交给你，看着，全家人蘸着粽子吃。"哥哥知道该防御的入侵者只有我。顺便说一句，哥忠于职守寸步不离，我在外面玩，跑回家看过几次，哥哥还在家，我终于忍不住也进屋守着糖盒子。哥说："滚出去"，我说："我不。"哥说："滚出去。"我说："你滚出去。"哥说："娘让我守着。"我说我就不。我抢过盒子打开盖子，就吃了一勺。哥说："放下。"我说："我不。"哥扬起手来。我说："你打我，我告诉娘。"哥扬起的手落在我白嫩的小脸上。那时，我突然想起母亲糊在锅上的玉米饼子，五个手指印子又是怎么清晰地印在玉米饼子上。我的右腮立刻鼓起了五条红楞子，这是我见世面挨的最重的一家伙。哥哥抢过盒子，右一巴掌，左一巴掌，他才不心疼我6岁的脸蛋。哥说："你告诉娘我就打死你。"

母亲的出现把我吓得右腿抽了筋。游泳是哥教我的，技术上没有问题。抽了筋技术再好也是白搭。那刻我在水中只有乱扑腾的份儿。母亲看出我出了差错，在岸上高喊："掰右脚指头。"突然我想起哥教我游泳之前，就教我处理在水里抽筋的措施：第一，不要慌；第二，脑子清醒；第三，身子要保持平衡；第四，要用手指掰右脚指头。当时，我脑子不是脑子是个空桶。这一些措施都不会有效果。我在水里绝望地喊了一声。具体我喊了句什么，至今我也记不清。喊完一句不知道什么话后，我清醒地认识到我的头已经沉入水里，咕噜喝了一口水。那刻，我仍然能够听到母亲发出母猪护猪崽的喊叫。随着喊声，哗啦跳入水里，母亲就像条鱼一样游到我身边。一把揪住我11岁不算太长的头发提出水面。像拖一条死鱼，一直把我拉到岸上。我记得狗吃了不干净的东西，到河边一边喝水一边呕吐。那狗现在变成了我。我像一条死狗一样趴在岸上吐出一口一口的河水。

记得母亲的手里的洗衣棒湿漉漉，水淋淋像一条硬蛇，瞬间举过我的头顶，然后使劲一挥，我的屁股便闷闷响了起来。母亲的脸是紫的，嘴里的牙咬紧，手里的棒子在我的屁股上舞出梅花十三步，那种有高有低音节之声，不知敲了多少棒子。直到我屁股上紫红一片浸出血珠，母亲的棒子才愣在空中。手和空中的棒子不停地哆嗦和抖动。母亲穿着薄薄的白短袖上衣，下身是灰色大裤裆的裤子。全被水湿过。显出母亲细细的线条。那两个小时候和哥争抢的红头白奶奶也在白短袖褂里抖动。我的泪流出眼眶，模糊的眼看到母亲手里的棒子舞动时留下的轨迹，还凝固在空中成蓝色状。天空一大块一大块黑云，像老母猪排满天空。仿佛我看到从黑云滴下的水珠冲破气层。我说："娘，天要下雨了。"母亲从没对任何一个人这样狠过。

11岁的我就在那时，把母爱转移到英子身上。11岁的孩子把母爱移到一个不知道爱的女孩身上，是很可怕的。但在那时我不感到害怕，也不感到羞耻。只是为了一种朦胧的爱。不知道11岁的我，在母亲的棒子下为什么想起英子。那时她也许正在家里抱着她弟弟唱：小板凳柳柳门，看看街上来的谁……之类的歌谣。因为我经常从她家门口路过，见英子抱着她两岁的弟弟唱这类的歌谣。从那时起我就像是喜欢上她了。尤其她头上扎着那只蝴蝶，跑在路上蝴蝶就像飞在空中那样好看。在我挨了母亲棒子后的几天，我的思想告诉我，非要去摸摸或动动英子头上那只蝴蝶是真是假。直到高中毕业去当兵之前，也没有实现我11岁的这种想法。在我上小学时的记忆里这是我最伤心的一件事。

我和英子分前后坐，我在英子的后排，而英子就坐在我的前排。老师讲课他讲得什么，都置于我的脑后，而我的注意力都集中在英子的头上和她的后背。她的后背似乎是一部《三毛流浪记》，我的眼正在一张、一张地翻，我入了迷，也入神入画。我无法控制自己不去看不去想。

老师嘴里讲得什么，我全不知道，思维中的空间只有飞来飞去的蝴蝶。突然，英子回了一下头，回头的一刹那，她的眼睛和我吃惊的眼相对，碰出一颗火花从教室里飞出窗外，幻成太阳的那一刻，我耳朵里才响起："任明明你愣啥？问你呢，鲁迅是干什么的？"我一惊急忙说："土匪。"一阵大笑飞出教室。老师说："站起来回答我的话，上课怎么老走神。"站了起来的我说："我在看一只蝴蝶。"老师看了看教室，同学们也急着四下寻找蝴蝶，教室里没蝴蝶，而蝴蝶是飞在田间野花丛中。老师说："站好，站着听课比坐着听课更容易让注意力集中。"于是这节课我一直站着。我站着听课和坐着听课在班里成绩第一老师是知道的。我发现站着看蝴蝶比坐着看更有另一种内容，英子的头发黑里透明，丝丝中能看到根根又黑又粗的青丝。我的眼把英子的头发分开，仿佛看到白生的嫩皮，似乎掀起我内心向往的冲动，当时那种冲动我叫不上来名字，直到我28岁和一个女人在野地里，第一次做爱时才解开这个谜。由于站着的原因接触英子的头比较近，时时刻刻有一股梨花味缠绕着我，我把目光从英子的头转移到窗外的田野上，那里没有梨树，更没有梨花和其他的花卉，只有茁壮的麦田，黄金金的麦浪。在我还没有真正猜出梨花从哪里飞来时，英子这时晃了一下头，一阵梨花味扑到我的脸上，同时钻入我的鼻孔。我狠狠打了一个喷嚏，知道梨花香味是英子的头上发出来的。直到我成了英子的未婚夫，我也没有问英子头上那股梨花香味是怎么来的，因为那时乡村没有什么王妃洗发露、香波之类的洗发品。

我的乡下生活很苦，山区孩子没见过世面。从小就吃地瓜干而生存的我，不知道世上还有洗发露高级日用品。在我1984年当兵后，第一次跟着连长进了洗澡堂，看着一个个在平时很威风，脱了衣服其实都一样时我很悲哀。我把全身的衣服脱到一个木柜里，像母亲刚生下我一丝不挂走入热水池里，把18岁之前的尘灰全部留在水里。之后到一个弯脖铁管喷头下淋雨点时，见连长从一个蓝色的小瓶里，挤出那种东西涂在头上，两只大手片子又来回上下反复地揉来揉去，揉出连长满头雪花泡泡，让喷头的水冲净，用毛巾擦干。等连长擦完身上，我才指着那蓝瓶瓶问连长，那是什么洋玩意？连长擦着裆里的东西说："鸡巴王妃洗发露。"我说："皇帝的妃子给你洗头？"连长哈哈一笑说："对，皇帝的妃子给我洗头"，他一指我裆下说："也给你洗小鸡鸡。"我看了看我还没发育全、尚待发育没有连长那黑黑的一团时，羞得我急忙两手护在那里。连长笑着这才拿着王妃洗发露瓶子说："你拿去用吧！"我一愣看看连长的脸没有骗我时，急忙把两手在肉皮上一抹。接过王妃洗发露，我再也没进水池，穿上衣服回连队。那个蓝瓶瓶终于成了我床头上一个装饰品，喜欢了几个月。当我看清瓶子上的使用说明时，我才知道这是洗发用的。那上面的字是这样写的：

这是目前最新配方的洗护发产品。内含超细微粒2-pt，护理效果达头部表皮的各部分，更添加多种滋润成分。在洗发同时对发质起到护理、滋润的功效，洗后头发轻盈易梳，清香怡人。

用法：湿发后，用5—7克，轻揉出泡沫，然后冲洗净，无需再用护发。

※本品兼有洗护发、发型保持不变的功效。稍作梳理，即会恢复发型，减少用电吹风的次数。更好护理你的秀发。

下面是一些虫虫、草草的外语，我不懂狗屁外语。故也不抄录下来。我把上述的文字抄录下来是为了英子。当我弄清小蓝瓶瓶是洗发用的时，第二次进澡堂洗澡，我把连长给我的王妃洗发露也一并带进澡堂，当我舒舒服服地泡在水池里两小时后，想起那似精液的东西，急忙出了水池来到喷头下，狠狠地把头冲了一遍。我也学着连长那个样子挤精液，我的两只手在蓝瓶上用劲挤着，还一边看着来来回回的光体男人。我才发现光体男人很丑。丑在裆下的那根黑东西荡来荡去，这刻我才意识到这作孽的祸根，是文明的繁殖，且又是传宗接代的花种。这一些都收拢到我18岁的记忆里。牢牢存着等和英子实施。

我记得，我使出浑身解数没能从连长给我的王妃洗发露瓶里挤出一点东西。这时我才发现，我18岁的天真被连长骗了，瓶子里根本没有洗发露，已过早的成了连长头发上的清香了。我的怒气和雾气让我把这个蓝瓶子摔在地上，掷地有声。瓶子被水泥地弹起来，用我粉红色的脚片踩在上面，连连踩了三脚，把瓶里的空气挤了出来，形成一种哨音。在我愤怒的那一刻，我决定去买两瓶，哪怕100元一瓶也要买，一瓶寄给英子，一瓶放在脸盆里叫上连长进澡堂，让连长看着我洗头及洗鸡巴子。想到这里我冲净头，擦净身上的水珠穿上衣服，走出给我耻辱的地方。我从澡堂出来，记忆仍没有忘记让我的手摸遍全身，手触摸到我两个月的津贴时，那是我两个月的工资40元。我攥在手里走进军人服务社，直走到化妆品那一柜，是一个胖姑娘笑脸迎着我说："你买啥？"那笑完全是一种商品，我对那满脸糊有纸钱的胖姑娘说："买两瓶王妃洗发露。"我没有忘记胖姑娘吃惊和吐舌头的脸丑缩成我家院墙上的一个苦瓜。瞬间又变成笑脸说："这东西太贵，没人买，柜台上没有了。"我看看里面还有没有，说完她晃着肥胖的身子跑到后房。我高傲地对准胖姑娘的两瓣肥肥的屁股说："快点，还没洗澡呢。"胖姑娘一会儿出来笑着递来两瓶王妃洗发露说，一瓶20元。我一愣出了一头汗。没洗净的身上又发出了农民的土湿味来。把攥出水来的两个月的军贴递给她，走出军人服务社，我没有回头。我也没有忘记胖姑娘那种笑有点恶意，说欢迎下次再来。我在给英子寄王妃洗发露之前写了一封信，把使用说明那些繁体文字，全部翻译成易懂的简化字。我怕英子会把王妃洗发露抹在脸上当雪花膏。其实这种顾虑不是完全没有。

那是在1984年的冬天，我已经接到县武装部的入伍通知书，这之前我痛苦的是没有和英子说一句话。毕业后她在家看她父亲的小卖店，无非是一分钱一块糖、两毛钱一提酱油那种小卖店。而我在学校里复习了两年，考了两年。全被张莉或者王媛之类的名字顶替了。我只有对着父亲为七辈里没出过一个小队长之类的干部哭泣。

在被风吹净树叶的一天里，我和英子偶尔在去赶集的路上相遇。我们谈了毕业后的事情。她说："今年又没考上？"我说："考上了。"她一惊说："考上怎么还没走？"我说："考上了也不一定能去。"她似乎明白了什么，两人没有话。只有两人走路的脚步声。我说："你怎么不说话了。"她看看我说："你真想考学？"我点了点头。她说："你去当兵吧，我一个远房舅舅就是当了兵考上大学的。"我说："你喜欢当兵的？"她点了点头。

这个冬天我要去当兵。这个决定在我脑子形成后，我和父亲一拍即合。父亲是个猎手。我的家乡大山很多。山上没有老虎和野猪，但有山兔和野鸡。父亲利用了两天和两个晚上，差点冻出感冒来，鼻水在脸上形成渠道，汗水顺流而下，收获了三只兔子，三只野鸡。父亲把一只兔子和一只野鸡扒了皮，摘了毛炖在铁锅里，兔肉很鲜，野鸡味美。父亲让我去把村民兵连长和大队支书叫来，喝地瓜干酒，啃兔肉野鸡肉。我没有忘记民兵连长和大队支书，龇着满嘴黄牙啃完一木盘子兔子和野鸡骨头。把两个空酒瓶滚到南墙根说："今年就让明明去当兵，我说了算。我还当支书，哪时不当了谁说算再说。"我父亲笑着让我提着两只兔子，两只野鸡挽着村支书拥着民兵连长，分别把东西给他们送到家去。那一年冬天我就当了兵，是去一家农场种水稻，种水稻也叫兵。

农历十月23日，我没有忘记那一天，天上青得像打出的青伤，云不多，一块一块像棋子。我去英子那小店打了半斤酱油，准备第二天早晨吃饺子用。英子粉红的腮对准我黑红的脸说："表哥，你要去当兵，对吧？"我的眼睛看着她手里的油瓶说："啊！"英子手里的油瓶噔地蹾在木柜上，瓶子没有破。英子说："哪时走？"我说："明天。"过了若干年我回想起来那时的对话，却实是艺术。英子说："今晚你来俺家一趟，我有话对你说。"我提着油瓶一路甩下我18岁的脚印。唱着我童年没学会的歌谣到了家。我没心吃饭。母亲说："吃饭吧。"我说："我不饿。"父亲说："怎么会不饿？冬天夜长。"我说："我不饿你们吃吧。"父亲讪讪地笑了，像是看出我另外的事。我的脸一红，父亲说："是吧？留着肚子吃明天的饺子？"我急忙想表白我的内心，只好点点头又晃晃头。因为我在等待黑夜。夜渐渐在我的眼里黑下来。远处的山朦朦胧胧模糊的像个大孩子。后来我和一个不算太满意的姑娘谈恋爱，才知道情爱都是放在夜间。那天夜里我偷偷去了英子家。没有忘记把大队支书用大队的钱给我买的一支英雄钢笔、一个塑料皮本子带上。

我到了英子家，她家四间房子和整个院子没有一个人，只有英子一个人。那天晚上，英子换了一身干净衣服，守着一盏不灭的灯在等我，摇晃的灯苗使英子的脸显得生动妩媚。夜还不深，但很清静。我的脚步声碰乱英子的视线，我感到英子的心突然猛烈地跳了起来，同时我也正在稳定自己的喘息。我和英子在一个屋里感到一种说不清的战栗，那种使人全身从指尖脚尖都好像起了一阵鸡皮疙瘩似的战栗。我全身都在紧张，一颗心在跳，像一条被钓鱼人提上岸来的鲤鱼，蹦在英子眼前。鲤鱼刚拖离水，来到岸上口里一定很干。我的嗓，嗓子也同样发干。只有等英子开口了。但似乎她也有和我一样的感觉。

两个人好长时间没有说话。后来的谈话是心跳喘息平缓下来的时候才开始。我说："你在等我？"英子点点头说："天一亮你就走？表哥。"我说："哎。"英子说："表哥你明天走，我没有什么东西送给你。"她把细细的五指展伸开，掌心里是一个叠得四四方方，雪花儿雪花儿的白手娟。一股梨花香味也飞了出来，带着淡淡的青草的馨香。微甜浓郁的香气透进我的心脾，仿佛能听到梨花上面飞舞的蝴蝶，让我想起11岁在课堂上那只花蝴蝶。我看了看英子的头，那只可爱的蝴蝶变成了一条红绳绳拴着又黑又亮的粗辫子。我说了一句："你的蝴蝶呢？"英子一愣笑说："落在你的心上了。"我一愣也笑着把心吞到肚里。这时我从兜里摸出钢笔连同本子递给英子，英子两只小手抖动转开笔帽，我发现她不会使用这只水笔。我说："不转而是拔"，我还做了一个拔的手势。我没有忘了英子那时的脸很红很像女人的红头巾。英子急忙拔开钢笔冒，试着在本子的第一页写下"明明"两个字。又把笔交给我，我也写下"英子"两个字。然后把笔又交给英子。她在明明的前面写下：我爱你。把笔又交给我。我记得她写下这几个字时，脸红得像新娘过门顶的红头布一般。我借着英子的红布盖了我的脸，在英子的前面写下：我爱你。又在第三行写下：海枯石烂。英子接过笔写下：永不变心。落下1984年农历十月二十三日夜10点，于英子的睡房中。

从此我和英子的恋爱史就在这个夜晚翻开第一页。同时在这个空白的本子上写下了第一笔。还有若干等待着我们去写。我当兵离家的那个清晨，满山遍野铺了一层层的白雪，我估计这雪是半夜从天上飘下来的。天还不亮母亲起来给我煮饺子。我吃完母亲给我包的船形饺子。我没有忘记，母亲一边掉泪一边劝说："多吃娘给你包的饺子。"娘的肝，娘的肉，娘包的饺子送肉肉，饺子饺子送孩孩，走到天下神保佑。我的家乡有一句俗话：送客饺子、迎客面。盼得是一个吉利。我没有辜负母亲的一片心意。我吃了九十九个饺子，算一个整数。母亲说：“再吃一个，再吃一个。”我说：“我吃了个顺子。”娘的泪水从眼里流出来，湿润了河床说：“明明，别记恨娘在11岁把你的屁股敲出血来，娘是为你好，娘怕失去你。”这一刻我才懂得世界上最深的是母亲的眼睛。之前，我总以为门前那口老井里的水，永远抽不尽，直到离开家乡这一刻，在彼此的对望的晶莹里才读懂母亲。我扑在母亲的怀里哭了。我的嘴在母亲的怀里拱动，寻找我幼时的细节。母亲火炉般的大手在我的头上点燃起一盏明亮的灯。母亲一边摸着我的头，嘴里说：“娘不哭孩也不哭，去吧，把泪留在肚里等没人的时候，把泪洒在大海里。”母亲的话我至今也没弄明白，但那话仍然存有哲理，一并存在我心里直到我30岁。

天亮了。我没有忘记那天清晨家门口锣鼓声奏出出塞的音韵，催我出征。鼓点锣点敲着，把我18岁之前的生活留在山村，从18开始划出一个一个美丽的逗号，那是我18岁后的起跑线。我猛然从母亲的怀里抬起头，抹下18岁的眼泪。走出18年养育我的家门。街上站满全村的老少爷们，黑压压一片站立在白雪地里，像松树林。送我弓满的弦出征。那一年村里只有我一个兵。当我把脚印踏在雪地那一瞬间，记忆里映出我学步的情景，小脚丫丫给雪地里留下一行歪歪斜斜的脚印。走出村庄的那一刻，我没有忘记回头看看我歪歪斜斜的脚印。那时，脚印就告诉我，我的一生不会顺利、不会一帆风顺。当我站在村头，回头阅遍全村的天庭时，我发现了全村人对我投以希望的目光。尤其是戴红头巾的女孩。那红头巾像一杆迎风招展的红旗，唤醒我18岁的灵魂和爱情。我朝全村的人和戴红头巾的女孩点了点头，转身向雪地里走去，脚下发出“嘎吱嘎吱”的响声，像唤起我思乡的灵魂。我说过，我的部队是种稻子的农场，远离城镇，没有风光像个乡下生产队，当我面对一片片一块块星罗棋布的稻田，我想起了我和英子并没有明显的爱情，只是我们心心相通。英子向全村宣布我们两人的恋爱是给我写第一封信引起的。乡下谈恋爱是媒人牵红线。我和英子是鸿雁传的信。来部队的第34天的中午。我没有忘记那天，天气晴朗万里无云。清晨起来我看到一只喜鹊从我头上飞过。一边飞一边对着我呼唤。我知道今天一定会有喜事。那天中午，我接到英子的信。一个山村纯洁少女的处女信。她说：“表哥，你走后10个晚上你都在我梦里。梦到你在村头的路上，你向我走来，你那么大胆地走近我。把我紧紧搂在怀里。在我的耳边悄声说，我爱你，我爱你。那时我的脸特别红。因为全村人都站在身边。我记得他们都笑我。说了许多难听的话。后来我知道我在梦中。我的眼睛就迎向你的眼睛。故意引你来吻我。我用双臂搂住你脖子吻你。吻的时间那么长，以致两人都喘不过来气……”

那时，我就醒来了。

我对英子说：“那天我给你写信的那个下午，连长说，有对象了。我说，没有。我用一本书盖在信纸上。连长看看我说。有对象没事，部队不管。如果没有对象趁当兵赶快对上一个。这穷地方不是人待的地方。连长是个光棍汉，今年30岁了还没对上一个女人，挺可怜的。我不忍心刺激他。我想我和连长比较，我是幸福的。英子，我也常在梦中见到你，你的双颊红润饱满，宽阔的胸脯在印花棉布的短衫里高高地耸起，肥厚的双唇非常鲜艳。在梦中你的脖子几乎是裸露的，上面布满细小的珠。我把嘴凑近你……”在后来的信中英子就叫我哥了。她说：“哥，我想你。你已经离家一年了。夜里我不能睡。想你。把睡意搁在日记本里。那里都是我对你的真诚。哥，我念一段我写的日记给你听听，你会笑我。因为那日记本记录了我的一颗心，我的爱都写进本子上等你来家读，你啥时回家，日记本都向你敞开……”

冬天特别冷，天空清冷得像母亲用棒子在我屁股上揍出那片青伤口一般。就在那个冬天我把英子寄给我的信整理一下，共54封信。我把英子来的信展开，一封一封按日期装订成书。随着时间和信的增加，那本书像砖一般厚。我把它压在我的床头上。谁都明白，我的一少半时间要在床上度过，在床上做梦、在床上休息、在床上看英子的信。半床明月，半床情书。月光是自动从窗外跳进来。书，却是英子从千里外寄来的。我睡着的手里还抓着那半本书。我枕着那半本书睡觉，梦游把我带到家乡的田野上，和英子在一起散步。一句话，这本书在我所读的书中，是一本可读性最强的书。睡觉前我读一页，英子会把我送到梦中。有一次，英子给我寄来三双花鞋垫，做工精细，上面还有字、有花，是件艺术品。在我们家乡花鞋垫是爱情的象征。鞋垫是女人做的，你穿在脚上所踩的地方是女人给的。不管你走到哪里都走不出那双鞋垫，也走不出一个女人的心。男人心粗都不这样想，而女人就是这样想的。关于我哥娶了一个女人做老婆的事。顺便在这里提一下。哥哥结婚的那天，我还在医院里，正为一个女护士给我的屁股扎针而发愁。那是我在农场一个秋天的晚上，那夜轮我站岗，就是护秋的意思。农场到了秋收都要派站岗，怕附近的老百姓来收农场的稻子。我们农场常有这样的事情：一到秋收季节我们白天收，附近的农民就夜间收。所以我们是在夜间安排了岗，以防万一。那天夜里天特别黑。几个人像散岗一样。一个人管一块。夜黑也看不到什么光亮。突然一个黑影唰地在我眼前一闪。我喊了一声就扑了上去。两手扑到一个女人的胸上。手摸到的是两团似馍一样的东西。又软又硬富有弹性。我还不知道我的手里攥着哪里的肉，听到一个女人的叫唤。我的手触电般缩了回来。手电筒帮助我弄清了那是个女人。此时，她像个大熊猫一样两手护着前胸，我发现是个女人，就决定把她放了。我说："你回家吧。"她起来点点头走了。那时我脑中还没形成阶级斗争，也因为她还没有进到稻田。我没有忘记那天夜里我放走了那个女人。我感冒发烧40度，被送进医院。我和英子谈恋爱，没有肉皮接触。而这天夜里我的手是摸过一个女人的乳房。虽然不是有意的，然而那是真的不是假的；不是英子的，而是另一个女人的。这有点让我全身发热。我记得从那时起英子的信就少了，我当兵也有一年了。在我出院的那天，是一封家信给我增添了一些不愉快的事情，说哥哥娶了个嫂子，常常骂母亲。那天我给家里写了一封信，说："如果不能在一块过，那就分开算了，省得互相之间不和。"

我决定考军校是在1986年的春天，那时我已当了一年多兵了，就是在那个春天我没有收到英子一封信。说具体一点，在1986年2月1日到4月21日，我收到英子三封同样内容、同样果断的信。收到英子最后的一封信的那天夜里，我悲伤的心灵游荡在农场右边的河岸边上，四月的河岸美丽鲜艳，柳条上爬满青叶，扭成情人的辫条荡在我凉爽的脸上。河里的水慢慢地流，但怎么慢也能听到声音。那声音撞着我的心田。我手里拿着英子三封信，三封同样的信，走在青青河边岸上，不知是哭还是笑。向苍天喊了几声，没有回音。那三封信的内容："表哥，我知道你不会回家了，我知道你会考上军官了。我知道你是军官，不找农村姑娘。我知道你不会娶我。我知道你不会使我怀上你的孩子，我知道城里一个姑娘在等你。我知道……"别说了，你知道我此时的心吗？英子说，"所以我还是离开你，你不要恨我。等若干年过后，你会想起会明白我说的话。到那时你就知道我的用心几斤几两。表哥为了两清了，你把我全部的信件全部寄来，同时我给你发这封信时，我也把你的108封信寄给你，请你查收。"我说："英子你不能离开我，离开我痛苦随时把我带去。"

直到现在我都后悔那时怎么不请假回家处理一下。那个夜晚我沿河岸走了好远好远把那三封同样的信一并撕成细片飘入河中，组成郑和的船队向西进发。那块贴入我内衣口袋里的白手绢，同时让风卷入空中，像一只白蝴蝶一样，从我的记忆里飞走。第三天我决定把英子113封信装包寄给没良心的女人。其实里面只有110封信。内夹一张纸条。内容是这样的“其他三封信让我撕了，撒在泪河里。你到河里去取吧。你个没良心的女人，我不会忘了你的。”信寄走的三天，痛苦也伴我三天。一天清晨，风湿湿的仿佛把我的手也吹湿了。湿湿的手举了起来，运足劲照准我的右腮狠狠扇了一个大耳光。那耳光声清脆响亮。飞出窗外从黄河游荡到长城，被秦城的砖墙反弹回来。让一个房间睡觉的战士吃惊。惊诧过后。一个战友说：“他失恋了。”这时我才知道失恋两个字的含义是什么。在这个清晨我决定把失恋变成考试的原动力。吃完早饭我到连部报了名。复习是项大工程。我没忘记夏天的空气里蚊子多如牛毛，身上被蚊子叮出大紫包我没感觉出疼痛。只知吃书上的字，解书上的难题。我的思维交给书上，而把肉体交给了蚊子。我的肉体权当死了，没有感觉。我就那样地不知道死了，也不知道活了，不知道饥了，也不知道饱了，也不知道天黑了，也不知道天亮了。像一条看家狗睡着了，又让主人一棍子打醒。我就这样拼了40几天。同时我身上的地瓜干组成的肉体也让蚊子搬走了十几斤。团摸底考试设在一个下雨天，雨不大但湿淋淋，像女人的泪。我把两只钢笔灌满水。带着我40天从书本上收获的知识和农场另外两个赶考的秀才上了路。他们两人还挎了一个黄挎包，里面装了一些书。雨还在下不大不小地下着，我们三个人都像这样的雨天，心里都有湿湿的一本经书。一个人问我：“你没拿点书什么的？”我把头晃了晃说：“不用。”另一个人的脸稍微摇了摇，我知道他是不服气。我在心里暗暗下定决心，一定要考好。团摸底考试是些基础题。当我用四个小时把语文、数学、物理、政治答完后，我才知道团政治部的干事出题没有水平。我走出考场心里还合计着起码考370分没问题。我满有信心等待进师轮训班。过了几天，当我得知农场三人参加考试有两人去师轮训班报到时，而两个人中找不到我的名字。这我才知道事情的严重性，此时我才知道老鼠尾巴上点天灯是种什么滋味。我去找连长是在夜里。那时天气有些热了，连长穿着背心和大裤衩子坐在桌子前的椅子上。一只大手叉在浓密的头发里用劲硬捻着，连长正在给一个城里姑娘写信，死去活来的写个没完没了。也没见连长发一封信和收到一封信。我去时，见连长烟灰缸里满满一缸烟头。其中一个烟头还冒出两根烟柱直升天空。连长脸前的信笺上面只写了几个字：桂枝你好！其他全纸空白。空白处有几根错乱的头发躺在上面。看上去挺可怜的。我说：“连长！”连长一惊急忙把信纸搁进抽屉里说：“找我有事吗？”我说：“有事。”连长说：“你快说有什么事？”我说：“连长你给问问？”连长在等下面的话。没有等到，连长长脸一拉：“你让我问啥。我还问问你呢。这几天怎么没出黑板报？”正是春种季节，板报是连队的政治脸面。我说：“连长，我不可能没考上，因为那些题我都答对了，是不是弄错了，或听错了。因为团里的通知是电话传过来的。”这个电话是连长接的，连长说：“你是说我听错了，我不可能听错，一个姓朱，一个姓杨，我能听错？而你姓任。怎么能错……”我说：“你给打电话问问。”连长说：“我给你问问，你把板报写出来，不过不要抱很大希望。”当我夜间睡到床上，习惯性地伸手去摸那本书时，回来的手是空的。床还是那张床，床单还是白色的，而花枕头还是那个花枕头，只是没有那女人写的那本书。我有些泄气，心里一下子变得空落落的。那本书像是我的家，是我的火，是我热汤热水，那书是我的一切一切，只要有那书什么都齐了。那本书不在什么都不在。往日吹了熄灯号，用手电照着也要看完一封英子的信。就算一天的活都顺利地完成了，熄了灯仿佛英子光光的脸，毛眯眯的一双笑眼，成了我梦中的画影。已经习惯了这种梦境，突然间看不到那本书。随之而来的是一连串不该有的错觉。真都有点让我受不了。无论英子爱不爱我，或者对我有什么意见都不该把那些信要回去。我此刻的心需要它来平衡……我等了五天再也不想多等一天了。那天夜里我从床上爬起来去连部。才知道指导员回家探亲刚归来。指导员对我挺不错主要因为我是连部的报道员、教歌员、团支部宣传委员。我还写了几次小稿在师部的小报上发表。指导员是一连的政治中心。我所干的事情都归指导员所管。另外指导员是一个慈眉善目的人物。他老家也是农村。他听说村里一个小孩学习挺好，由于交不起学费而放弃上学。指导员寄给他100元钱交学费。哪里的将军爱哪里的兵，指导员比任何人明白。我把情况全部告诉从家归来的指导员。他知道我的情况后，安慰地说：“你先回去睡觉，不要着急。”指导员几句话让我吃了定心丸。那夜我睡了一个好觉，我还做了一个梦。好梦难得梦一次。那天夜里我竟然不知羞耻梦到我和英子结婚的场面，英子头顶紫红紫红的红头布，坐在一个披红布的小毛驴背上，两只穿绣花鞋的脚颤动在毛驴背两边，像驴的另外两只红耳朵。那个牵驴的新郎不是别人，而是我任明明。唤呐声和锣鼓声Iffl儿Iffl儿把我们送出村庄。我和英子走在一条弯弯曲曲花蛇般的山路上。那条小路好远好远，小毛驴跟在我的后边深一脚浅一脚，在我记忆的雪原上留下歪歪斜斜，斜斜歪歪的执拗。我们走了一个黑夜又走了一个黑夜也没见到容我们食宿的村庄。我问英子：“要走多少路才到。”英子在红头布里说：“我怎么知道。”我说：“我当了兵把家乡的路全忘了。”英子说：“你不给我把红头布掀开我咋看得到？”我一愣学着贾宝玉给薛宝钗掀红头布，但我没有掀开，那块红头布重得像千斤石头。把我累出一身汗，我就醒了。在我20岁之前和20岁之后，做过无数的梦都烟消云散，化做秋风吹落树枝上的树叶。唯独这个梦始终潜伏在我的记忆的巢穴里，我没有惊动它，只是如水月年华倾泄，让它成群地四下里奔逸。散于宁谧的夜。从这一点猜测我和英子是缘分。第十天指导员告诉我去师轮训班报到。不要让我问为什么，只管去。那时轮训班已经开学一个多月了。轮训班全部时间是两个月。时间对于我来说已经不多了，我把我的被褥简单打了一个十字，搭了一辆老百姓进城送菜的三轮车，去了师轮训班。

那天，我正赶上轮训班考试，大年三十没有月亮让我赶上这也是命，农场提前来的那两个人见我来了装出爱搭不理的样，他们的轻视鼓足了我的风帆。结果证明，从农场提前来的那两个兵，哪里来又回哪里去。像一只信鸽子一样诚实地飞回家里。笑到最后的并不是别人而是我自己，他们两人掉着眼泪在一个下雨天离开了师轮训班。那天我没感觉出幸灾乐祸的幸运。我坐在明媚、灿烂、生机勃勃的教室里听一个女教官的讲课。我的思维毫不忧愁，轻轻松松。她讲的课像烧了一锅大米汤，凉了喝起来毫不费劲。我每天喝她烧的大米稀饭，我记得我身上的肉也长了几公斤。这种生活我挺满足。我的思想也充实。母亲的一句话给了我劝告，人欢无好事，狗欢了抢屎吃。人欢也好，恼也好倒霉的时候喝凉水也会塞牙。在正式考试前还要体检一次身体。我在这次体检中出了一件小事。虽然事情并不大。那还是我在课间时，和战友打乒乓球，没想到我的球艺比战友的球艺臭多了。一个飞球直冲我的鼻子，球落地时，一滴红血把白球粘在地上，鼻子被球碰破了，流了好多血。就这点事为我参加考试支了一块绊脚石，我得像红头苍蝇一样到处找人帮忙。

在医院五官检查是四十多岁估计有两个孩子的妈妈。因为从谈话中就知道一些她家的事。她说：“你学习怎么样？”我说：“挺好。”她说：“今年能考上？”我说：“能考中。”她说：“你这么自信？我家那两个儿子，每次问他考试怎样他都说不好，结果试卷发下来才知道一个28分，一个45分……”她边检查着边说着话，她的脸阴着不晴。她儿子学习不好像是我的责任一样。她说：“你有鼻炎？”我说：“没有。”她说：“那鼻子里怎么有血？”我说：“让球给碰破的。”她笑了笑说：“不骗我吧！我都二十三年的医龄了。”她在体检单上写着：轻性鼻炎。我说：“我没有鼻炎，你这样写上我有鼻炎，咋让我考试？”她说：“不碍事，可以参加考试。”她说话有些断断续续，我相信了她的话。因为她是做母亲的人。母亲的字眼那时在我脑子里还很亲热。到正式考试名单飘到我脸前时，那上面没有我任明明的名字时，我不得不严肃地对待这件事情。我去了师部干部科，找管军校招生的李干事。我进入李干事办公室见他正在和一杯茶、一根烟对付，李干事喝着茶抽着烟在看桌上的一张小报。那张报纸是火车站式小报摊上的报纸。李干事看得特别有味。我的事情对于我个人说是件大事，不能不打扰李干事。我说："李干事，考试名单上怎么没有我的名字。"他看了看我说："你叫什么名字？"我说："任明明。"李干事把低下的头又抬起来，那双眼睛转移到我脸上，似乎在检查我脸上是否有官运。说："体检单上说你有鼻炎。"我解释说："我的鼻子被球打破的，我没有鼻炎。"李干事说："常委已经通过了也研究了看来有些困难。"我说："李干事帮忙问问，我是农村孩子，没有什么机会，况且我没有鼻炎，是误会，请李干事想想办法。"李干事说："你去找找医院，事情出在医院还得医院澄清，没有别的好办法。"我知道李干事这是用话激我，但是我没有因为李干事激我而放弃这次考试。九十九尊神都拜了，只有最后一道坎了。说什么也要逾越过去。医院的人我不认识。我的大脑像电影里的蒙太奇闪出无数个生灵。那些人像风一样闪了过去在众多的生灵间我找到一个人。他是医院的管理员0以前在我们连当过几天副指导员，那时，我像抓到一根救命稻草一样。夜里我去找了他。我和他说了我的情况。且还把我家的情况也跟他说了。他理解我，并说一定帮助我使使劲。他说："咱两人分头行动。你去找一下院长，医院医生的工作由我来做。双管齐下你看行不。"我见管理员这么诚恳我点头同意了。当我走出管理员的家门时，我清楚地知道口袋里到底还有多少钱。我把十八元二角钱到军人服务社换来二个罐头、一袋奶粉，还有一包糖，提这些东西去了院长家。那时我感觉这样做并不是丢人的事。院长不认识我。他问我是不是走错了门。我说："你是郑院长？"他说："对啊。"我说："我叫任明明，是师部农场战士。我家是山东沂蒙山区，贫穷落后我家里也同样。我来当兵就是为了成为将军。不当将军的士兵不是好兵。这话谁说的咱先不管，我是农村孩子。考学是农村孩子的唯一出路。这个机会对于我非常重要也非常不易。我在复习的课后和战友打乒乓球鼻子被碰破，而在体检表上医生硬写上轻微鼻炎。正式考试名单没有了我的名字。他们说只有找院长您才能挽救这次考试。院长请帮个忙我不会忘记你的。你让医生重新给检查一下，对于您说是件小事……"那时我的感情中枢很脆弱，边说边流下了眼泪，直到多年后，回想起那次去院长家的表演，和我后来从事文化工作有一定的关系。后来大学毕业去了一家文化部工作。我记得那是1994年，随副部长去一个山沟沟里的部队检查指导工作，那个部队的文化生活活跃不起来的主要原因，就是居住散乱，线长点多。集合开个团军人大会还要派四至五辆解放汽车去几个山沟里、山坡上，把兵拉回团部。开一次会要费好多劲。副部长针对山沟的文化落后和我商谈了一个晚上，天明两人得出结论是：由我做鼓动演讲，发动干部战士学会自己调剂生活。我那次讲题是：自己认为有意思学什么都行，七十二行行行出状元。我笑着说除了犯法的不学。那天我讲了很长时间，全会场居然没有喧哗和骚动。我一时懵了，当我讲完结束时，会场上响起了让我吃惊的掌声。第二年这个单位在全军山区部队文化生活评比活动中得了第一名。就因为我的鼓动涌出了一大批写新闻、写散文、搞书法、雕刻的人才。这些人才的出现都与那天我讲课的范围有关。我从医院院长家出来的第二天，我又找到管理员，他第一句话说："成了。"然后他拿着一张检查表带我找那些医生签字。直到表格内都签满正常二字。这张表格我能背下来，因为它对我的人生历程起到衔接的作用。两天后，当我接到干部科通知让我正式参加考试时，我就预感我能考上，因为我走过的路和过的桥都不那么容易。古人还是今人说了一句话叫：先有苦后有甜，我现在不敢说这句话对我有什么用。我想这是有道理的话。在考试之前我做了大量的准备工作，带足了信心和自信。在考场上度过了三天，考完6门课程。我一直认为考卷上的题考场上所有参考的人都不会，只有我答得圆满。我不敢盼第一名，因为第一名那是皇帝的驸马，但我喜欢做那样的人。

老实说，走出考场我没有考上考不上的感觉，只觉得肚子能吞下一只大活鸡。我的肚子确实饿了，于是我跑到一个老乡那里借来20元钱去了一个饭店，买了一只烧鸡，要了一瓶啤酒，猛猛地喝猛猛地啃。从饭店出来，我的手是捂着肚子急急跑在城市的大街上寻找厕所。我没有忘记我的粪便像驴尿一样，哗，一泻千里，那时我清醒地认识到我是食物中毒，走出厕所我的脚步是歪歪斜斜。我把口袋里所有的钱给了一个拉三轮车的农民，他忠厚地把我拉到师部医院，理所当然以食物中毒我住了院。后来在我清醒时回忆起那个卖给我烧鸡的青年时，我没责怪他，反而感谢他。因为我连着三个月超负荷的脑力劳动，把身体搞垮了，需要到医院真正从精神上疗养一段时间，这个主意是那个卖烧鸡的那个青年给我出的。也是他给了我这次机会。我在医院住了二月零十天，这段时间我的主要任务是保养身体，且还结交了几个朋友。第一个是师专学校的音乐教师。是个女同志。我跟着她走过她学艺的路。使我的歌子增添了几分音光。我每天到她家一个小时，她弹钢琴而我站在她的一边啊啊练习嗓音。其他时间就翻翻医院的杂志，和几个病友散散步。他们互相谈论自己的对象。当兵的喜欢谈自己或某某对象是一种永久的话题。长得怎样怎样，能否算漂亮且划为几等，转几圈是否起来等一些无聊的话。在这段时间我清楚认识到，我并没有从心理上把英子忘掉。栖歇在我记忆里的那只蝴蝶又飞了出来啃啮我的灵魂，我不能再骗自己。我是真喜欢她的。后来我才知道，爱一个女人有多深恨也有多深。在一段生活中新的东西进入不可能把旧的挤掉。那些在医院的夜晚，我每时每刻在梦中见到她，有一次我发现英子走到我的床前，趴在我身上，用她那粉红柔嫩性感的嘴唇，吻遍我全身后，她的手在我身上弹起1、2、3来。我感到英子的手指活像贪婪的小虫子，悄悄又慢慢从我赤裸裸的胸膛划到小肚子上，那一刻我确实在装睡，我把身子翻正仰卧，让她的手指摸起来方便又省劲。这一夜，我们两人完成了一些成年人的任务。后来我从记忆的村庄里抽出这一夜思谋思谋，我才明白英子并没忘记我。那天我在床上回忆和英子在一起的乐趣内容时，医院的护士长叫起我说："你可以出院了。因为医院并不是养身的地方，这几天见你情绪消沉，怕你又在医院染上其他病。一个健康的人不要在医院干待着，时间长了会待出病来。"护士长的话很正确且没有恶意。我就离开了医院。

我是搭市公共汽车回农场的。一路看遍山川，这些山川不久会变成我的记忆，变成我回忆的图像标本。这个想法在我脑海形成不免带有伤感的成分。因为我在这里失去了一个女孩的爱。顺便说一句，在我住院期间我还认识了一个农艺大师，他是一个和尚。我和他谈起我的事情。他说："人世间的事情看起来复杂，其实不复杂。说到底是怎么去对待，佛教里讲的是，人非人、山非山、物非物，都有轮回。到时都归入大自然。在我后来的生活中农艺大师的话是否起到作用我还不知道。我回到农场的那段时间是正忙的季节。稻田里青苗绿绿柔柔，一片新绿。在我下田拔草的那一刻，英子又占领了我的脑子。因为我是来自农村，我和英子的爱归于家乡的大地……若干年后，我和一个女孩谈恋爱，她以一双花鞋垫为导火索和我闹翻，我一气之下回到老家睡了三天三夜。在一个下午我去了一个不太熟悉的村庄。想见一个人，这个人就是英子，她已经嫁人了。嫁给一个个体司机。听说英子的生活并不理想。常常挨她男人的巴掌。那个男人是虐待狂。我去她村是个下午，夕阳还高高挂在天上。而村里的人都在田野上劳作。街上人影不多。有几个零零散散的孩子和几只啄食的鸡。我散散的步子，荡在小村的街巷里。影子被西斜的阳光拉得好长，长长的影子扫荡着街上的鸡粪和猪粪，一直跟随我向前移动。为了寻找那只飘飞的蝴蝶，我把头一次比一次抬高而把影子以及苦涩的记忆埋在长长的影子里。我的眼睛盯着每家的门。那些门洞里一定会飞出那只蝴蝶。我的影子斜斜地挤入几条小巷里没发现英子，反而我被别人怀疑是可疑的人被别人盯了梢。我想甩开那个人，但是那个人的眼睛盯在我的后背像根芒刺。我没忘记那天我穿的衣服。黄军装黄军裤并没有带领章和帽徽。那人把我变成坏人把我带到大部队。那时我已被某报社聘为记者，我和他介绍我是某报社的记者，来村里了解情况准备写篇报道。我还拿出某报社发给我的记者证让他看，才解除双方的误会。他们知道我来给他们歌功颂德就信了我的谎言。并用酒和好菜招待了我。喝酒间他们嘿嘿笑着不好意思地介绍了村里这几年发展的历史和现况。他们的介绍我就着酒喝到肚里并没记在心里。我的思想仍在飘飞的蝴蝶，我只能像鸡一样点头。

我记得那个上午，我在农场稻田里捉稻虫。稻苗上虫子特别多，药已对它起不了任何作用，连长发动全连下田捉虫子。一会儿就捉了一塑料袋子。那些虫子都是清一色，像柳树叶子一样好看。那天连队文书跑到田边喊着我的名字，说录取通知书来了。我把虫袋交给一个战士。接过通知书的那一瞬间英子又在我脑中晃了几分钟。

半年后我第一次回家。也是我在校放的第一个寒假。学友们许多留在校里和地方女青年谈恋爱。而我选定回家也是为了英子。另外，我在一个满山遍野的雪地的清晨走出养我的村庄后再没有回家一次。那一刻我多么希望重温回到家见到亲人的那份高兴。回到家准确的时间是下午三点钟。本来我把这次回家的时间安排在夜间，我不希望有许多村民见到我，因为我这个人物已经给村里造成了几次新闻。一个漂亮的姑娘和一个小子定了亲。不到一年又吹了。花开花落两个新闻。而我穿着军官服出现在村子里的小巷时，这个新闻不亚于哥伦布发现美洲新大陆。此刻命运的安排让我头顶着火红的太阳踏进这块若干年没有骚动的村庄。仿佛我看到满村人瞪着惊奇的目光愣在那里。但在我回家的街上，反而一个人没见到。小街没有变，和我走时一个样子。显得安谧、宁静。街石平整光滑，色调和谐，反射着耀眼的阳光。街上的树叶被风吹滚着，发出一阵吱吱隆隆的声音，追着我扫平我刚印上的脚印。在翻滚的树叶间仿佛能寻到我童年的脚印。那么清晰，那么可爱……像一个画家点染在纸上一般。我的脚移向家门，心就跳个不停，我无法描述那一刻我错乱的灵魂。我到家后母亲流着泪告诉我：“你嫂子来咱家不几天和你哥另起家了。英子也不来家耍了。这都怪我在家没为下个好人。我这个老婆子真没用。”我满不在乎地笑了笑说：“不管你的事。”似乎我已经对这些浮沉遭际的人事关系满不在乎似的。我和母亲说话期间，她的眼睛里有一股水像两口满满的水井。我发现那两口水井里有两条同样的小鱼游来游去，像游在大海里一般。碧蓝碧蓝的水，小小的鱼构成一种不协调的美。父亲在抽烟，一大口憋了好久再吐出来。眼一闭一合，那双眼穿过窗棋看院子里一只母鸡领着身后一群小鸡，在天井里来回走动，西边的公鸡母鸡都咯咯地叫。我知道这只老母鸡是只穴鸡，那些跟在它身后的小鸡是它今年自己孵出来的。母亲说：“饿了吧？”我在部队、在军校说了不少假话，记得有一次我饿着肚子到领导家办事，领导在家吃饭。领导说：“你吃了饭了？”我说：“吃了。”领导说：“再吃点吧。”我说：“不饿。”领导的老婆说：“吃吧。”我说：“阿姨我不饿。”我说这些话时肚子在抗议在咕噜咕噜叫。在母亲身边我说：“我饿了。”母亲下到厨房一会儿给我端来一碗面两个荷包蛋。我风卷残云般把面喝进肚里。父亲说：“吃饱了。”父亲把烟袋锅子朝炕沿上叭叭磕着说：“跟我出趟门。”我一愣。父亲见我愣在那里又说，去街上转转。我说：“到街上转转？！”父亲说：“把帽子戴上，人不离帽，帽不离人。”直到后来我才明白父亲的用意。若干年后，父亲去世的最后一句话是：我一生最风光的是和你在街上的那次散步。父亲的一生打死了无数的生灵，其他没有什么风光之事。我想起那次父亲带着我在村里街上一颠一颠地背着手在人前走，脸上保持居高临下地微笑，像下乡干部。有人远远地喊了，老任真福哎。父亲笑。笑罢又笑。见了惊飞的鸡也笑。村里的大人小孩，见了父亲喊，任大哥或任大叔或任大爷，而见了我就笑。街西边的村人先前不多，现在是越聚越多。像看过队伍一般，中间是我和父亲。这一刻，我想部队领导阅兵就这个样子。父亲对谁都居高临下地笑，对那些不太说话，关系不太好的人父亲更居高临下的笑。返回来的笑是尴尬的不自然的笑。父亲带我走过小时候我被磕到的小土墩，走过我第一次学步的青石板。走过我去英子家的小路。我想寻找离家出征的脚印，没有寻到。父亲收获了他的惊异、狐疑、愤怒等许多目光后，我看到了一个熟悉的面孔，那个人就是英子。她依然那么漂亮，当时父亲给我煽起的那股情绪一落千丈。回忆我那时的丑态，肯定像我后来和一个女人做爱时一样。那女人发现床下英子给我的花鞋垫问：“这是谁给你的？”我说：“是一个过去的朋友”，她说：“你们爱过吗？”我说：“也许是吧。”我记得那天她提早说了许多做爱的或造爱的那种美好的话后，我的工具像一条被激怒的蛇，由柔软变为昂然挺立的时候，我突然发现了床底下那双花鞋垫，这时的我仿佛在月亮中看到英子的笑脸。同时我被抽了大筋一样直拉下来。再也无法工作了。让我立时失去征服她的欲望。这时，我对在我前面的父亲说："咱回家吧。"父亲说："回家。"回家的路上，我没有忘记回头看英子表情是什么样，然而我没有看她，我发现我的身后是哥哥。我说："你啥时来的？"哥说："我一直在你的身后。"

父亲让我办第二件事是让我去英子家。让我与英子做一番有风度的充满智慧的谈话，我先在心里设想了一下：

傍晚我礼貌地推开英子的家门。英子的父亲和母亲见了我会吃一惊。英子会吓一跳，那时我会尽量压住火喊英子父亲叔叔，喊英子母亲婶婶。英子的母亲会问："你回来了？"口气惊慌的样子，怪好笑。我应该说："我想找英子谈点事。"这会儿临到英子惊慌了，她会惊慌得把眼瞪在我一身军装上。看好长一会儿。这时我想，她父亲和母亲会马上离开。把地方让给我和英子。英子的母亲和父亲走后，我一时不知道怎么和英子谈。找她谈什么？那火热的亲切的字眼立马从我脑子消失。这时，我应该昂首阔步走出她的家门，让英子永远受不了。那样我断定效果会不错。英子会挨了重重的一耳光。不知道耳光怎么扇在她粉红的腮上。她会把很漂亮的脸蛋扭成团。在我走出家门的那一刻。发了疯般地低吼，你走，有什么了不起。我从来没有让她生气。那时我对她的伤害不亚于她写了三封同样的信给我。想到这里害得我差点儿瘫蹲在父亲面前。与强大的压力抗衡的勇气几乎一扫而光。

这几年我吃的饭，所见的生灵，也同样把我的锐气磨光了。我对父亲说："过几天再说吧。"父亲一惊，那双瞄准猎物的眼在我身上刷了几圈，像是重新认识眼前这个儿子是否是他当兵的儿子。父亲以为他眼里的猎物不会有什么反抗。父亲见我那么执拗，重新调整了他的眼光说，应该去。把她吓吓。我笑了笑说："我刚到家跟着您出了一趟门。我累了，我要休息一会。"此刻天上的太阳没有了，西天暗红色。街上响起小孩的乱叫声。父亲见我没有动说："歇歇吧。"

必须承认，我和英子眼花缭乱的爱情还不是根深蒂固。同所谓贾宝玉林黛玉的爱情相差甚远。严格说英子真正的内心我还不明确。当我把目光和我的回忆移过去。我会找到英子一些幼稚的想法和细节。这些都解释不了英子给我写的那三封信的含义。人是认识世界和改造现实的主体。也是自我改造自我认识自我完善的主体。人具有既简单又复杂的心理。认识一个人的心理最好从这两个方面着眼，一个是外宇宙心灵和内宇宙的情感，我和英子的感情也是同样带有这方面的哲学心理。

年前的时间就这样过去。偶尔我帮母亲做年饭。主要是揉揉面，在揉面的过程中，母亲和我拉起家长里短，母亲说：“英子是个好孩子”，我边揉面边用眼看着母亲头上生了些白发。母亲脸上的皱纹深深像桃壳般，两个鼻弯还挂着尘土弥漫过的黑灰。而那双似井一样的眼睛更让我看不透。我见母亲伤心的样子，急忙安慰她说：“事情都过去了说她干什么？”不想我的话又把母亲的唠叨引出来。母亲说：“都怪我。”我一惊忙说：“怎么能怨你呢？和谁一家人都是天定的，想也没用”，我这话是开导母亲的，因为我不想让母亲伤心。母亲说：“自从你哥结了婚，我一天好日子也没过。没想到你嫂子她是那么个孩子。骂起人来跳着高，骂得难听死了。她不光在家里骂，还到处说我的坏话，说我厉害不给媳子吃，不给媳子喝，明明你说，她生孩子那一月你哥不在家，是我给她端屎盆，洗尿布，半夜里再起来给她端饭做饭，俺在她身上当媳子，你知道她出了月子。她到外面对别人怎么说？说给她端上的鸡都没有鸡大腿，她小小的年龄糟蹋我伤天理，你爹那时气管病又犯了，俺也没撕一点点肉填进你爹嘴里。这个女人没有良心。她这些话传到英子耳朵里，英子还能嫁给咱家？”直到现在我才明白英子为什么和我吹了。敢情是我嫂子的事。怪不得我来家这些日子，只见哥哥带孩子来了几遍，就没见嫂子。我还没见这个女人。这时，我对正在玩耍的侄女小梅说：“小梅去把你妈妈喊来做饽饽”，母亲说：“你不找事吧，都过去了不要找事”，我对母亲笑了笑说：“你当是我要揍她，我还没见她呢。”小梅跑了出去，我没有忘记在部队那些日子，在农场士兵的宿舍里，在医院的病床，在任何时候和任何地方，英子的形象都出现在眼前。我常幻想过我们两人单独到树林里，穿过一片片开满野花的潮湿的草地。沿着一条长流水的小河，慢慢地走入深夜，那时我的心里并不感到过分，占有她是件幸事。我们只是沉浸在无比美妙的柔情密意之中。手与手的紧握和热情注视里，口与唇的亲吻里享受到无穷乐趣。我们那么长地吻着，直到月亮升起，把我们融为一体……

年三十。给爷爷奶奶上坟叫送过年钱。那天父亲让母亲拾掇上供品，父亲说：“明明和我一起给你奶奶上坟去。”小时候我特别喜欢上坟，为了上坟谁去谁不去，我和哥哥常常发生口角。最终还是我挎着小篮子跟在父亲身后晃悠晃悠地走。我知道哥哥一定站在家门口望着我。上坟为什么有这样的吸引力？磕完头可以得到两个面做的小供品。想起来怪可笑的。

我提着母亲收拾好的供品篮子说：“走吧？”父亲说：“你穿军装挎着个篮子难看。”我说：“我把军装脱了，换上便衣。”父亲一愣说：“穿军装，你穿军装好看”，说完一把拉我出了家门。父亲在前面走，肩上扛一杆火药枪，右胳膊挎着花篮子。一路见了不少人，都和父亲打招呼。我也替父亲跟别人打招呼。村人喊叫我父亲的名字说，养了一个好儿子。我知道这是说我有出息，父亲乐得哼哼地笑。到了坟上。见爷爷和奶奶的坟头很荒凉，没有一棵树长在上面，只有一把黄黄的草。父亲蹲在地上摆上供品，我就点上鞭。啪啪的鞭声沿着上游两条沟传出好远。父亲用十块钱的大票子印好纸钱，极讲究地捏了纸角一张张点燃，父亲边烧边叨叨：“爹娘，我给你带来孙子，你孙子给咱家出息了。你有灵出来看看吧。”鞭声过后，我问：“爷爷的坟真埋了风水宝地了。”父亲说：“球，人都是命，七辈没出个官了，轮也该轮到咱了。”爷爷奶奶的两口坟座落在两条沟中间，那沟很深，树木丛丛，看不出是什么风水宝地。这时，我跪下要给爷爷奶奶磕个头，不想一把被父亲拉了起来说，你穿着军服不便磕头，还是我给你爷爷奶奶磕几个头吧。于是，父亲跪下把花白的头叩在爷爷奶奶的坟地上。连着叩了三个头。

在回家的路上，父亲看到一只飞跑的兔子，猎人见到猎物是什么心情，我不知道。但父亲肩上的枪瞬间对准那慌跑的兔子。我一把握住父亲的枪说，让他过个年吧。父亲看看我，又看了看那只慌慌的兔子说：“好，听你的，让它过个年。”

记得过完年的正月初二是到婶婶大爷家拜年，说过年话，祝他们在新年里，身体健康，长命百岁。我没有忘了我到一个远方大爷家，一进门，看见英子坐在他们家说话。这本来是一个很正常的场面。我却当即面红耳赤，脸部皮肉乱颤，想摆脱这种失态毫无办法。我大爷家的人都惊异地看着我，除了英子。我急忙调整了我的表情，尽量若无其事地说：“咦，英子怎么来俺大爷家拜年？”一出口却充满恶毒的讥讽与恼恨。她十分冷淡地说：“我怎么不能，你大娘是俺姨。”英子和一个男人成了夫妻，只给我记忆中留下一段莫名其妙的心灵划痕，是痛是苦倒也不甚了了。只是当时给英子的难堪，一想起来心里就后悔。后来是怎么说的话，怎么走出大爷的门，我都记不清了。只记得出门时，大娘告诉我：“英子来是为了见你。”我说：“屁，为了使我难堪。”正月初三我同学让我去吃中午饭，那个清晨我起个大早。我从家门走出来，低着头思谋今天喝酒不喝酒，因为这几天整天泡在酒里真受不了。你不喝人家还说你变了看不起他们了。话讲到这份上了就得猛喝，就非醉不可。当我爬上我家门前那道土岭时，我听到有人喊我的名字。我抬起头一看是英子。她在推碾，碾台上有破碎的玉米。我说："你在推碾？"英子说："不，我在看天上的一颗流星。"我一惊说："你说什么？看流星。"我抬头看了看天，蓝蓝的天晴空万里无云。没有什么星星。她在笑我。我说："流星是在夜间不在白天，你在胡说。"英子在笑。我又说："你弄错了。你不在看流星，在推碾。"碾台上的玉米都被碾碎了。然后碾成面，掺上水合成面煮熟了，吃进肚里充饥到地里干活，消化然后排泄出来。变成粪推进地里成为玉米地里的营养品。你不推碾在看流星我不信。英子又再次声明，我不是在推碾，而是在看流星。这颗流星是从地上升上天空的。还没真正升到空中。这要看它是否能冲出大气层。它现在还在空中荡来荡去，像个无家可归的孩子。她边说边在看天，我说："英子你到底要干什么？"英子说："我有一封信交给你。"英子给了我一封信。我说："你推碾吧。我要去喝酒了。"我听到英子在后边喊不要喝醉了。那一天，我在同学家喝醉了。五个同学在一起没有我的好事。直到现在也不知道那天到底喝了多少。也不知道那酒是怎么喝进去的，直到第二天的下午才醒来。到我归校后才记起还有一封信没有看。当我想起那信还在家里的衣服里，我急忙写了信给父亲让母亲找找。家里来信我才知道那封信被母亲洗衣服时洗烂了。从此以后，我再也没有收到英子的信。

我在开头说过，起先当兵的念头不是提干，是为了一个女孩。这个女孩是我本文中叙述的英子，现在她已离我而去。

那时，我就从军校毕业了，被分到一连队当实习排长，我在部队的第一个女朋友就是在这期间认识的。都是偶然，假如我不去政委家。假如去了政委家不谈对象的事，假如政委家没有女孩。就不会有一连串的烦恼事发生。也不会出现第二次失恋的痛苦。我的女朋友就是在那天我去政委家认识的。她叫余小花，是政委在35岁生下的千金，是个任性的娇女。那天是余小花休暑假在家是专门等待我的到来。那天我去政委家请假是为了英子。因为我心里空虚想回家看看。我去了政委家，政委正在喝水抽烟看电视，政委说有事，我说我要休假。政委说找对象。我说，找对象，我都28岁了。这时政委嘿嘿笑着去了另一房间。一会那房间走出一个女孩。很漂亮，坐在政委坐的地方朝我笑。我和余小花就这么认识了。后来我才知道她还没大学毕业。这是回家休暑假，很短时间我们发展到在一起散步。我发现她很任性。有一次我们两人沿着一条小路一直走到太阳落入西山。走入玉米地时，她突然提出要和我那个一次。她的要求吓我一跳，我向四下望了望黑黑一片。天上有几颗星星抱着不满的秦汉月牙。做这样的事情我是头一次。很紧张，我抖动地说：“敢吗？”余小花说：“我愿意。天一黑我就想这事，你不要劝我了。我不是一时冲动。”我跟着她走进玉米地。玉米地黑黝黝粗壮壮那么整齐排列着。余小花停了脚步，从兜里掏出一块雨布。麻利地铺在玉米沟里，她优美地倒在雨布上，发出一声呻吟。我没有一丝美好的感觉。只觉得很费劲，再后来听到余小花叫喊了一声，两手抱紧我的两瓣屁股。再后来嘛像是糊糊涂涂觉得一股灼热的东西从身体里冲了出来。和余小花的血肉融汇在一起：纠缠凝结……

有第一次就有第二次，我很烦。余小花却像吃了大烟一样有瘾。后来我们从玉米地里转移到我的宿舍。我的宿舍只有一张单人床、一张桌子、一把椅子。都是供我一个人用的。余小花选择我的房间主要是不让她父母发现身上沾了土和草根之类的东西，以免引起怀疑。余小花每次来把一个盛药的小包搁在桌子上。从里面取出一粒药一张口吃进去，躺在床上。我没有忘记那一次，余小花吃完药躺到床上后说了若干做爱的话，为了激怒我。余小花突然叫了一声说：“床底下是什么。”我说：“是褥子。”她又问：“褥子底下是什么。”我说：“是床板”，她又问：“床板下面是什么？”我说：“空间和水泥了。”她用劲把我推开说：“你这种逻辑推理一点道理没有。”她赤身跳下床，两个丰满的乳房也抖动了几下。见她一把掀开床上的垫子说：“这是什么？”我说：“鞋垫。”她说：“谁给的。”我说：“是个女孩。”她说：“我的背让它硌痛了，快把它扔了。”那双被我穿得发了白的鞋垫被余小花一扬手扔到垃圾堆里。那天我再没有情绪满足她的要求。之后她自己亲自用手动作了几下，余小花走后，我把那双鞋垫又捡了回来。仍然放回原位。余小花再来时又发现了那双花鞋垫时，突然和我翻了脸。我感觉我是为了给她开心而活着。后来我对这种生活渐渐地厌倦了。那一天我的态度是心平气和的。她只有自己发怒。她说：“把鞋垫扔了，扔远远的不要让我看见。”我说：“我不想扔或者永远让她留在床上，你会怎样。”她说：“那你就把我扔了吧。”余小花说完就离开了我的房间。我没想到她一走再也没回来。其实，我和余小花认识就是错误，分手就分手吧，人和人结合是不能勉强的。那一年我回家，才听说英子已经结婚了。且生了一个女孩。若干年后，我和一个中学老师结了婚。在一起生活的日子里，不知为什么我从来没有梦过我妻子，反而常常梦见英子。不知道这是否对我妻子不贞，至今让我怀疑，不知英子有没有这样的感觉？

英子结了婚后那年我回家。母亲给我一个蓝布包，布包用蓝布包着用蓝线缝裹成。我用剪子把线剪断，打开包里面是一本日记本子，一支钢笔。我问母亲：“是谁送来的。”母亲说：“是英子。”我翻开本子，那上面密密麻麻写满了字。我读着读着，像饥饿的人啃一块烧饼一样。突然我跪在地上。在我记忆里读过的书和所有的文字都没有使我流泪。读这个本子不应该坐着应该跪着读。我一页一页地读，我的心也在一跳一跳失去平衡……

日记本上这样写着：

……我不能记下这刻我的心情，因为我的决定是流着泪做的，请你不要恨我。到将来你会发现我对你的爱才是真正的爱。你现在的任务不是爱我，而是去考学。因为你在家已考了两年，考上与考不上都与你无关。没有你的责任。地方和部队相比，我相信后者是公正的。不会让你失望。要忘掉我，包括我给你的那些爱。一时的痛苦并不能说明什么，一生的痛苦才能说明什么。因为我们还会有好多时间，当你考上学我会出现在你的眼前，到那时你知道我的用心。今天给你寄走第三封信……我很高兴，你终于把我放弃了。这样你一定会考上学，因为你的心里没有其他的顾虑了。我想一个人的爱如果变成恨，那种恨你把它用来追求一个目标，效果一定会不错。我等着你的好消息。

我跪着手不停地一页一页地翻看。我的心跳得难受。我感到心被什么东西揉捏着，揉捏出一股又一股酸水。其实，一种从来没有过的孤独流遍我全身。那不是小时候没有伙伴的孤独，而是此刻我真的失去一个终生伙伴感到永久的孤独，我哭，用心在哭。

日记本上这样写着：

……我知道你考上学是去赶集的路上，那一天你不知道我有多高兴。当天晚上我就给你写了封信，然而那封信我又决定不给你发了。因为你刚到军校，我不能自私地把你的心拴住。你面临的工作很多，还要熟悉周围的环境，熟悉周围的人和你的老师，更重要的是学习，毕不了业或者被退了回来，那都是有可能发生的。还是不给你发信好。考上学就不易，要珍惜才是，写不写信这说明不了什么，只要你我相爱就够了。

日记本上这样写着：

是第二天的事情，我记得我在大街上行走，是从地里回家的路上，我听到部队寄来的喜报，村里的人们都欢聚在你家门前庆贺。让你父亲任大叔买喜烟买鞭炮听响，这是咱老家的规矩，那时我不知怎么了，跑到家从小卖店拿了两挂千响大炮。父亲问：“你拿鞭炮干啥？”疯火的我说："任明明考上了。"父亲说："考上什么了？"我说："考上军官学校了。"这是任大叔要的鞭炮。我告别了父亲，跑到你的家门。见你家门前人越聚越多，人山人海。全村人都聚到了你家门前。我拎着鞭炮分开人群把鞭炮递给你的父亲。村人都在看着我和你父亲，他们的嘴都在动。那时我觉得我的命怎么就这么苦呢？眼泪只能往肚子流。脸噪噪的，我恨不得找个鼠窝钻进去。似一团火的我被你父亲的几句话把我的外衣剥个精光，我赤裸裸地站在村人面前，我的脸已经没有了。四周都是讽刺挖苦的目光和谗言。你父亲尖刻的语言和村人的眼睛似刀子，都在割我身上的肉。我的肉体被刀子锯来锯去。血染了他们的衣服，他们也不躲闪。直割到我那颗乱跳的心。他们才把刀子像橡皮筋一样弹回空中，在我的头顶晃来晃去。那时在我的思维中唯独有一个死字在胸腔中碰来撞去。你父亲的话至今让我想起来心里还有些发寒。

他说："你来凑什么热闹？你以前是俺儿子的对象，这我是信的，现在你不是把俺儿子甩了吗？这件事全村人都知道，俺儿子考上军官你又来找上门，我不信你脸皮咋就这么厚……"

你父亲的话字字像块块石头把我压垮。我在众目睽睽之下像一只听话的小狗乖乖地从众人的目光下移了出来。不回头地跑回家，我的耳朵里充满讥笑嘲讽，幸灾乐祸，没有可怜和同情。那讥笑的话语让我快快离开这里。他们的话语和讥笑的声音像一只疯狗追着我在我身上狂撕乱咬。

我跑回到家终于跑到我的房间里把门关上。趴在被卷上渐渐地失去知觉。那时我的灵魂像飘荡在一片汪洋大海的上空。脚下都有水，没有落脚的岛屿，我闭了眼做自由落体硬着头皮落了下来。睁开的眼见我躺在我的被卷上。我哭了。声儿很小，因为我嘴里咬着被角。哭声一直持续到一个时辰。我的眼睛渐渐地枯了没有泪水，那一刻我只好把那个日记本和那只钢笔握在手里，翻阅那些爱的日记，本子上的字是用这支钢笔写的。那些字是你走后所有我对你的思念，和所有对你的爱……

那一天我清楚记得：天晴明朗，空中有一颗火热的太阳，村里的人穿着衬衣，有的小伙子还穿着红背心，晚上天空聚着许许多多闪闪红星，一个缺了一半的圆月迟迟升上天，让天狗啃得只剩下一个弯弯的月牙，这个夜晚我把白天的事情用那支钢笔记在本上。我问母亲：今天是个什么日子？母亲说，今天是七月初七，是牛郎星和织女星相会的日子。

日记上这样写着：

○○○○○○。英子用墨水涂了240个字。

天是晴了还是阴了，我不知道。

几天了我也不清楚了。反正我在炕上躺了几天，那天母亲说：“冬天到了，给你40元钱去集上割身衣服，天冷了没有衣裳穿，我看你穿什么。”似乎母亲再没有说什么话。我勉强从床上爬起来。才知道秋天和冬天将要接触。我去集的路上，我的眼一直看着前面的车轮，没有望四下左右。他们都认为我是一个不好的女人。他们是不理解我更不知道我的心，谁能相信我？我怎么给他们解释也无法解释清楚。

我能说：我和你分手是暂时的，为了不影响你考学而设的苦肉计。谁能信我的话，谁能相信我说的话是真的，我无法阐明我内心，我只好把苦水吞到肚子里，那苦水翻上来我用劲咽下去，我也真够傻的，我为什么和你分手？或者换种方式更明白一点我直截了当地告诉你，不要给我写信，你要复习考试，这不是两全其美的事？这样是不是我太自私了？我觉得这样比苦肉计好些，我是用了一条割断舌头咽到肚子里的苦肉计，我无法解释清楚，只能烂在肚子里。

我一路想着一路低着头看前边的车轮子。一直到集市的布市上。我挑了一块布看了看，做一身衣服一定好看，当我拿钱要付款时，身旁有一个小女孩说：“妈妈，我的学费还没交，老师说再过几天就要去买书了。”听完小女孩的话，我突然决定不买这块布了，恋恋不舍地告别那块布，买了一块便宜的素布，把余下的20元钱，我以你父亲的名字寄给学校寄给你。你的地址是我在村里听别人说的。我知道你会收到的。我不恨你，只要你过的比我好……

我看到这里，我的眼像泉涌一般，泪从心里一直涌到两只眼里，我用劲把泪用两只袖管擦去，我喊娘，娘在猪圈那里喂猪，我问我在学校里上学家里给我寄了多少钱。母亲说：“没有寄钱，哪有钱寄？你要毕业那时，你来家信要钱，你父亲才给你寄去了200元钱，那是一头猪钱。”听完母亲的话，我才知道每年每个季度的20元钱，都是英子从身上省下做衣服的钱。当我接到那20元钱心里老感觉父亲寄这点钱太少。那20元钱我是怎么花的？我记得前几次的20元钱我是买了小说看了，再后是送到餐馆吃了。交给舞厅里的那个像英子一样的小姑娘了。同学三至四人到了舞厅我就拿出那20元钱给他们每人买一张票。表示我出手大方。在那时我学会了跳舞：三步四步还他妈的探戈。我把英子寄给我的钱到处挥霍，任意乱花没有用在一个正地方。我拿了英子的钱学会跳舞，学会和陌生的女孩眉来眼去，学会到小酒店里喝酒，学会买一条大裤头穿在身上在大街上充当黑社会人物……

我到底做了些什么？我不敢回忆过去的那段日子。我把回忆的烈马拧到英子的日记本上。

日记本上这样写着：

恨一个人并不因为什么事情，并不因为人好或坏，今天我并不知道怎么就恨起来你，○○○○○○，英子用墨水涂了200个字。

秋天是父辈收获庄稼的季节，而我在秋天里听远处哀怨的笛声悠悠地传来。晚间孤零零地守着那盏台灯，听着屋外淅淅沥沥的雨声，等到雨声渐渐停止，笛声像暮歌一样消失的时候，又听的四周响起一片嘲笑挖苦语言。那些言语无疑把我的心伤透。迫使我几天几夜瘦弱的身体藏在这间属于我的房间里，镜中的面容总是挂满泪珠。晨间的泪水是镜中的早潮，晚上的泪水是镜中的夜汐。如今我已支撑不住，年迈的父亲和母亲也不理解我的心情，还常把媒婆带回家来给我介绍对象，我没有办法只好把门关了坐在炕上哭。有时父亲气急了恶语伤我说：

“你和人家明明吹了而不是人家明明和你吹，现在人家明明提了干部，你又去找，你真丢我的脸。”

那时我就想到我得一种病该多好，癌症或者白血症。那样我会给他们解释清楚，他们一定会说我的做法是伟大的，是让人理解并且让人敬佩。我的心里没有私心和念想儿，那个秋天里我真的这样做了，我开始喝生水，吃酸味剩饭，吃墙土，墙土真难吃，我用水像送药一样把一块块墙土送到肚子里。于是肚子里有一阵阵疼痛，我一边高兴一边痛得泪水哗哗流在脸上，像一条小溪，大约每天我要吃进肚子里至少有二至三两墙土，一个月下来，我把西墙用剪子挖出能装下我的一个头的窟窿。我边吃边想怎么也不得病。吃墙土并没给我带来心理上的平衡。○○○○○○英子用墨水涂去64个字。

日记本上这样写着：

那又是一天，父亲领来家一个媒婆。那个媒婆是个上了年纪的女人。听说要给我提媒，我就哭了，我也不知道那天我有多么大的勇气。我从那间房子里走了出来，把那个媒婆骂走了，我说：“我不嫁人，你出去，我不嫁人。”那个媒婆一边向外走一边回头看着我说：“是个疯子。”那时我真疯了就好了。想当初你我恩爱，私定终身。在村里没有第二对。那时我记得我不懂得爱，就是喜欢看看你，喜欢和你说说话，喜欢和你在一起。在学校我就感觉到你常看我，有时偷着看我，你一看我就脸红。然而你并没和我说话。那时我就知道你是喜欢我，我也喜欢你，就是没有勇气把话说透。放学后我在小卖店里老远望着你过去的影子。我的心怦怦跳。一直跳到你的影子消失。我的心才平稳回到原处。

那时我把来家里做客的村人都想成给我说媒的，那个男人就是你。但是，每来家一个客人和村人都让我失望。终于我鼓足勇气，在你去当兵的那天我和你说了话，把你叫到家来，私定终身。那天夜里我希望你能以男人的身份温存我。你走后，我把那天夜里当成一种回忆一直在我脑际萦回。我天天像看到你的容颜一样。我的心一直恋着你。希望飞到你的身边给你洗衣服给你做饭给你铺床叠被子。于是我就以信带心，把心装在信里一起飞到你身边……

○○○○英子用墨水涂去四页纸。

日记本上这样写着：

明明你放寒假第一次来家。我没有忘记你没有来找我。我一心想你来找我。我把事情和你拉拉。可我在家里等你没有等到。那时我的心里就把你想成一个坏人。想成陈世美之类的人。大年初二我在你家的大爷家是专门等你，见见你看看你想和你说说话，由于我在那里见你生气，并把你气走。你还是误会了。夜里我没合眼写了一封信想跟你解释清楚。我边写信边流泪，难道是我的过错，我在想。第二天我听到别人说你要去王华家喝酒，我在大年初三推着碾在路上等你。谁在大年初三推碾？那是在等你啊！那天我无心推碾，眼睛只是望着你家门。有早起的人见了，我低头假装推两圈。等人走远我的眼睛又盯着你的家门，等太阳升上一竿子时，你的家门终于向我敞开了。我见你从那扇门里走出来，此时我觉得在黑黑的夜突然遇上盏明亮的灯为我照路。你的脚步像鼓槌敲着我的心肺。那天你说了些什么话。你那些话句句都在伤我的心，句句都是讽刺我，嘲笑我，骂我。这些我都不怪你。因为你全不知我的内心。我把信交给你。我感觉到那封信也不能换回你走远的心。但我的希望只有寄托在那封信上。然而你却归队几个月也不见你的回信。我想你一定变心了。这一刻我不能不这样想，原来你是不知道我的内心了。因为我在那封信里把我所有的苦楚告诉过你了。你该清楚才是。你还可以说你没有收到我的信。因为那天只有咱两个人还有村里那盘石碾，再没有别人。石碾你会把它想成是块石头。它完全没有能力把那天的事情告诉给别人。你能想到别人根本不会相信我的话。你把我和你吹的理由继续在你的周围的人面前散布，你装成很痛苦的样子告诉别人以便你的家人说，是我和你吹的。这样一来你可以圆满地堂而皇之地去谈恋爱，另找新欢。我不怪你这样做，但至少我是恨你的。

我的信你见到了。会见到的，是我亲手交给你的。其实谁失恋了？谁吹了谁了？就从那时我就想人活着是很累的。生活在不见天日的黑夜里的确累。我此时只有夜晚，没有白天。葬于墓穴中的悲凉滋味我是受够了。既然这样我活着还有什么乐趣？我想快快离开吧，离开这个冤冤相报何时了，如此之深的人世吧。我的野魂就会在风中飘荡。如果留在这个世上，我的爱情之花在霜冻中受尽苦楚。我所种下的是开花的种子，却落到眼下如此无花的无着落的结局。

日记本上这样写着：

我的心怨恨却难以消除，天地也会死，我对你的爱情却永远不能消失。海枯石烂，永不变心。这是咱两人写下的。爱一个人并不以升官发财来看。恨一个人并不以某一点误会去恨，我带着这个想法，在一个黑夜里我走向一个深井。

我没有回头，我还回啥头？那时我所有的思想就是离开这个世界。我看了看那个黑黑的井口，并不知道怕。这口井不使用了。村里前年安装上自来水，井口就封了。因为这口井年久月深，不知哪年哪代人挖的，村人没有封。我在那时没有思考什么一头扎进井里。我还记得我是怎样落进那里面的，当我的身体接触到水面时，没想到井不接受我，我在井里怎么用劲，我就是沉不下底，像坐在炕头上一样。一直坐到天明，没想到那天自来水出了问题。让一个早起挑水的村人发现，我被救了。于是我就喝药，也没得药死，我又跳湾也没得淹死。我跳湾的那天是让一个外村的开拖拉机的小伙子救的，他把我救了后还亲自送我回家，并劝我想开些。再后来他常来看我。那时我母亲就染上病，说是一种软骨病，那小伙子就常来家，用拖拉机拉着母亲去医院看病。母亲的病也没治好。一年后母亲拉着我的手也拉着那个小伙子的手说出她的心里话就去世了。

我读到这里怔住了。

昨天，我所有的烦恼似乎非常遥远。

可在此刻又似乎近在眼前。

我和英子的爱情故事处在这种结果，却让我的思想难接受，但是英子的日记本上恰恰记录了我脑子里这段空白秘密。我得到这个秘密是在我和英子都已结婚成家之后，况且英子也是一个孩子的妈妈了，这里面没有假，无法让我怀疑这是假的。其细细回忆也没有什么疑问，比如说：英子和我吹了，她是看上比我好的家庭，比我好的男人。那个男人或许是个大官，或许有钱，或许帅气，从这里面寻找英子和我吹的原因都让我失望，前者没有后者也没有，当我一次又一次地试图找出我和英子或者说明白一点英子和我吹的原因，把这一切说得清楚明白时，我发现我的每一次努力都是徒劳。这说明什么？应该承认英子的日记本上记录的事情确切没有错。

近些年我经常不回家。回家一次别人对我提起英子的事，我都不让别人提，别人见我高兴不起来就再也没人在我面前提这个名字。英子日记本清楚地记录下这些文字是我们两人一段真实的历史资料。应该承认英子为我所付出的牺牲是我无法报答的。她把爱情和青春一并付给我，所收获的是嘲笑讽刺不被别人理解，这些都是我的愚昧所造成的。

我的回忆细节在某一天是母亲给中断的，我问母亲有关英子的一些事情。

母亲说："那孩子真够苦的，前几年不知怎么得了一种病，又是跳井，又是喝药，又是跳湾，都没得死成，真够命大，后来她母亲死后她也就草草嫁人了，听说那个男人整天打骂她，为的是她不给他生个男孩，英子生第一胎是个女孩和英子一个样子。"我说："现在她怎么样？"母亲把额前那缕白发用手拢到前面说："前几年死了。"

母亲说："是生第二胎时死的，难产。"

母亲告诉我英子最后的一个细节时，是一个冬日的阴冷的黑夜。北风刮得家门发出很清寂的声调。暗灰的暮霭早已变成黑夜。远山的淡影早已刷成黑色。只有不真实的水的响声在喘息着。街面上的人早已消失。家家户户关了门守着一盏灯讲过去和未来的日子。

英子死的那天，母亲说，那天雨特别大。开始天是晴晴的，还有太阳，天上还有几朵云彩，母亲说那天的雨和英子破羊水是同一个时辰。英子吃了晚上的饭去小便后，觉得肚子疼痛，就在那时开始的。雨大得可以说豪雨如注，黑雨沿着房上的瓦如万竿竹崩断在耳边。深秋黄昏的残光被雨水从天上扑下来溅着泡沫从窗棂泄进炕上，那时英子的家人就去找接生婆，炕上只有英子一个人看着溅进炕上的雨珠。接生婆和家人回来时身上都是水洗一般。接生婆来后把简单的接生用具放进吃饭锅里煮了煮就急着上炕为英子接生，这时英子一声痛叫，产道口撑出婴儿的头顶，接生婆满脸是汗、两手翻动。指导英子运气用劲，借阵痛之势配合，然后大家和英子一起用劲，此刻婴儿的头就有些动的意思。接生婆心里在敲鼓，怀疑是送子娘娘的事。于是接生婆给送子娘娘送了钱。这就过去了好长时间。雨在窗外哗哗如注，急急地下着，第二天早晨四点十五分，英子生下一个男孩。男孩的第一声哭喊，和英子最后咽那口气是同一个时辰，似乎英子是用那最后一口气，换回那个男孩生存的权利。一个离开这个世界，一个来到这个世界。生和死就这么简单。

付大柱

付大柱是我本家的大爷。关于他的一些生活细节，我是从奶奶漏风的嘴里听到的，因为那时我还没有从娘肚子生出来，他就在20多年前一次战役中牺牲了。据说大爷长得人高马大，一米九的个子，两膀用力具有千斤重。就这么一个力大无穷的人物从小就不爱劳动。东草不拾西草不拿，好吃懒做、五毒全占。在外在家整个就是“少”。爷爷奶奶管不了，父亲姐妹管不了。奶奶说他是一个败家子。的确家里败落与大爷有着直接的联系。

有一年大爷到青岛半年没见回来。回来后就兴高采烈在老少爷们面前咋呼他在青岛玩了一个日本娘们，说的是有鼻子有眼睛的，说日本娘们怎么怎么好、怎么怎么白、怎么怎么逗你欢心。村里的人先前不信，后来听多了也就信了。

爷爷抽完一袋烟，把铜烟锅照着烤火盆子里，嘎巴嘎巴嗑了两下说：“你当是他干不出来，老付家前几年要钱有钱要地有地，才几年工夫就让这个东西给败光了。”爷爷说这些话的时候，眼睛里露出一种无奈的目光。大爷把家里的钱输光后，就跟家里的粮食较上了劲，不管花生还是麦子都拿出来还债。有一天，镇上的一些陌生人来找大爷要债，大爷先把他们安排到镇上住下，又秘密找人把爷爷送到青岛大姑家，然后才展开还债的工作，大爷一手操着算盘，一手三个指头快速拨打着算盘珠子，哗啦哗啦、哗啦哗啦嘴里喊叫着：张三250斤花生、李四300斤小麦……随着啪啪算盘珠子的响声，一担一担的花生、一担一担的麦子从粮囤子里挑到姓张或姓李的粮囤里，直到太阳日落西山，大爷的算盘珠子声才止。大爷把家里的存粮还债后，然后又轮到卖地，祖上几年积攒下来的家底，就这么让大爷在赌场上猪一块、牛一块赌光了，没几年工夫老付家也就败落了。据说到划成分时，老付家划的是下中农。镇上的老人说，如果没有大爷那几年的赌，按照划成分的标准老付家应该划为地主。你说世上的事怎么说，全家人还真要感谢大爷这个败家子来。

大爷玩日本娘们是个真事儿？还是假事儿？谁也没在跟前看着。也是，那样的好事谁也没有那个眼福。到底谁说出来的？没有别人只有大爷自己，大爷说的话村里有百分之八十的人都不信，都说大爷是吹牛穴过嘴瘾，有人还说，就大柱那熊样儿能干出那等大事？还有百分之二十的村民是有信的、有笑的、有不说话的等等。但是大爷玩日本娘们的事，经过村里的闲人编成故事真的传了出来。故事精彩成为村里那个时期的一段“佳话”。故事是这样的。说大爷在青岛把二十块哗啦哗啦钢钢的大洋，一晚上全部送给了一个叫真樱子的日本娘们。一次要10个大洋挺贵的。大爷一面动作一面埋头抓住两个基本点，与日本娘们较上了劲，完事后大爷拿出一个汗臭味的布口袋，从里面排出十块大洋，大洋与大洋相碰发出一阵哗啦哗啦声，大爷听着这种声音非常得意。日本娘们看大爷一眼说：“我还要。”大爷说：“我不愿意干了。”日本娘们说：“它可愿意。”她将手伸上去嘴里喊叫：二柱，它就动了一下。她又喊：二柱，它又抬了抬头。她又喊了三声，大爷听到那浪声浪语的叫唤，二柱真就挺挺地立了起来0就这样大爷把口袋里的钱全都点了出去。日本娘们又说：“我还要。”大爷抖动着布口袋说：“我没有钱了。”她说：“这次我不要钱。”大爷这会儿高兴得忘乎所以，急忙拨拉着自己的阳物，嘴里喊道：二柱、二柱、二柱……那堆东西就是没有反应。那堆东西没有反应大爷就有些生气。大爷的喊叫声越来越高，一声又一声叫着二柱，然而，刚才还勇猛精进的家伙仍然是软塌塌的一堆，没有半点起色。大爷是个急性子，一生气就照着阳物来了两耳光。说：“让你花钱你可大手，让你挣钱了你就软塌了，不争气的东西……”此话不但逗得日本娘们抚嘴大笑，而且成为笑话在青岛民间流传了，至今听了还是有新意的，这个笑话没有考证，都说就是大爷的文章。

1930年大爷把祖上传下来几十亩地输给宋家后，再没有事干了。就赖在家里吃饭睡觉，睡起来再吃饭。烦闷了就走出家门蹲在街头看蚂蚁上树、看公鸡压母鸡、看狗吊秧子两头挣，一看就几个小时也不累，看得那个细心又执着，成了街上的经常看到的一幅画。有时公狗与母狗呈臀部对臀部的样子，生殖器官依然相连，狗会很长时间无法解脱“爱的缠绵”，在街上你挣我、我挣你来公狗和母狗这样横在街走动，大爷也跟着走动看热闹，走着看着想着，身体就骚动了，走到一棵树下掏出骚动物件来放一股黄尿，挽了腰带接着继续跟着看着想着，有时还坐下来抽袋烟凉凉心，随后站起来兜了兜裤裆继续走。这时大爷心里就有火了，随手拿根棍子揍得公狗与母狗往两头跑，一急就挣开了，两只狗就汪汪地叫着跑远了。大爷这才晃开膀子散开两条长腿像只梅花鹿一样进了小叶家。

小叶是村里的寡妇，前些年她男人王剩子到海上打鱼，为打一条鲨鱼翻了船，和王剩子一起的还有三个人都葬身大海喂鱼了。炕头上那个热腾腾的人儿没有了。不要紧这不大爷来了。于是小叶又从大爷这里找回了那些在海上失去的东西。

小叶有两个孩子，一个母子接了两个地瓜，一男一女，大的才五岁。生活就过得累，精神也有些枯。在农村一个寡妇带两个孩子，在人前人后站直腰不敢，被人欺负了站在大街上骂两句，硬碰硬也不敢。这不有了大爷这顶梁柱那些事没等发生也就迎刃得到解决了。

大爷认识小叶是在赌场上，那天大爷赢了不少钱，在店里吃喝完了后心情非常悠闲地躺在床上，想一些美事，全身赤裸裸的，露出一身完美的块状肌肉，这时小叶不知为什么事走了进来，当发现床上一个完美的强壮男人时，心里不由一动，赶忙想退出去。对不起，她急忙解释："我不知道你在这儿。"为了不吵醒别人小叶随即不出声。"你过来"，大爷说，小叶顺从地走到床边停下。当大爷用指尖抚摸她的脚踝，然后小腿，接着摸她的大腿。嘴里呼唤着："小叶啊小叶"的时候，小叶身上冒了冷汗，感到肠子一根一根的打起结来，大爷见状，一把把小叶掀到床上。大爷发现小叶乳房胀鼓鼓的十分丰满，乳头小的像男人一样，真想不到小叶已是两个孩子的母亲，还这么水灵，真是一个尤物。小叶和大爷就这样阴差阳错的贴上了。你说大爷家里的活不动，而小叶家的活可干得欢了。大爷不但帮小叶耕地、打粮，就连炕头上的活一并让大爷承包了。小叶找到了一座靠山，大爷呢也找到了精神寄托，俩人是弯刀对着瓢切菜好上了。

闲的时候也想搞点副业，补贴补贴小叶的生活。大爷就跑到青岛码头上扛几天大包，一天也不少挣钱。除了吃，余下的钱大爷就给小叶扯件碎花小棉袄，给小孩买点小零食，再剩下的就给小叶放起来做日常开支费用。就这样这个家不但像个家了，而大爷也就理所当然成了家里的一员。

大爷和小叶好上后，再也没回家，一个村回不回家都一个样。反正老付家让他给弄败了。大爷不但回家没有脸，就是回家对他来说也没有意思，索性大爷就在小叶家安营扎寨，两个人进进出出成双成对。

小叶家门前有一棵弯弯的大杨树，好多年了现在都长成一抱粗，树干起先是笔直的长，到和大门楼一样高时，拐了一弯伸到院子里，然后树头又笔直向天上长两三米。一天，大杨树上来了两只喜鹊，搬来些树枝、棍棍大兴土木，它们是白天盖房夜晚休息，不几天一个硕大的喜鹊窝建造在树的枝杈间。有风时你能感觉到喜鹊窝眼看要掉下来的样子，但就是倒不了，挺坚固，能顶风能遮雨。

大爷没和小叶好之前，大树仅是门前的一棵大树。现在不一样了，大树上住了一家喜鹊。两只喜鹊真的实盘打底地住了下来。喳喳、喳喳，天天嬉嬉笑笑不知疲倦。到夏季能见到夫妻喜鹊带着三只刚出窝的小喜鹊飞进飞出，夫妻喜鹊手把手、嘴对嘴，教小喜鹊在空中飞翔，在地下觅食。一家子乐乐呵呵和谐又美满。两个月后小喜鹊就分窝了，树上剩下老夫妻喜鹊，它们仍然是喳喳、喳喳天天有说不完的话，笑不完的事。

在农村树上住着窝喜鹊不是件稀罕事，然而，小叶家门前的大杨树上来了这家喜鹊，小叶想这是件喜事，因为大柱住进小叶家和大杨树夫妻喜鹊来的是一个时间，两只喜鹊住在一起组成一个家，而一个男和一个女住在一起是同样道理，男人种田出力，而女人持家做饭，两人生儿育女，这就是家。每天一起床大爷和小叶就能听到喜鹊夫妻的歌唱：喳喳、喳喳……久而久之，小叶和大爷就能破译出喜鹊的话语：喳喳、喳喳……树上一家树下一家，喳喳、喳喳……你爱我我爱你，我们是好邻家。喳喳、喳喳……

树上喜鹊夫妻，地下夫妻小家，相互帮助两家真是好邻里。有时村里小孩来到树下想爬上树拿走小喜鹊，小叶和大爷就会说一些事理，说你把小喜鹊拿走了，喜鹊妈妈回来怎么办？小孩说：“喜鹊妈妈会哭的。”对了，听懂了的小孩再也不来了。有些混账王八孩听不进去，小叶和大爷就吓他们说，喜鹊窝里有一条这么大的蛇，能吃人。再就是守在家里等小喜鹊会飞了才止。

喜鹊也有回报，每次大爷到青岛码头干活回家，夫妻喜鹊一大早就喳喳唱着告诉小叶客人今天要回家。喳喳喳……做好饭梳好头，今天喜客就到家，喳喳喳……温好酒穿好衣，喜客到家乐咪咪……

喜鹊报喜次次都准，没有一次出现错误。小叶为感激喜鹊夫妻，冬天就在天井里放一些花生给喜鹊吃。有一天小叶和大爷没有听到喜鹊的叫声，两人留心了一个早晨也没有听到夫妻喜鹊唱歌的声音。

小叶说：“喜鹊生病了？”

大爷说：“不能吧，可能夫妻喜鹊出远门了吧。”

两人都没有往下想，更没有往深处想。就在这天小叶出事了。

大爷参加八路是为了给小叶报仇，当时大爷的想法就是这么简单。那是一个秋风叶正红的下午，古寨镇的人们不难发现，一个很好的夕阳下，大爷相好的小叶经过了怎样刻意的修饰和打扮，眼眉细细地描过的，一双水汪汪的眼睛显得更大了，嘴唇涂得微红，穿着大爷从青岛给买的碎花小袄把身子绷得紧紧的，似乎在有意突出丰满诱人的部位，她走在田野上一扭一扭，像舞台上舞者的舞步，洒下一路奇特的香叶儿，她美丽形体与田野上绿地形成了强烈的反差之美，与周围的山水融合在一起形成了一道风景。多年后这幅画还在古寨镇一些老人的记忆中闪烁，闪烁后随之有许多美好的念头产生，不知道这些为什么能与猪食菜联系起来。小叶来田野上是挖猪食菜的。这么一道美丽风景让站在炮楼里东洋鬼子发现了，而美丽的小叶正迎着秋天灿烂的阳光一边挖菜一边无动于衷，不知道这些将会引来一场杀身之祸。小叶是下午三点钟被抢进日本炮楼的。到晚上十点被两个日伪兵抬了出来。等到大爷带着小叶的大女儿找回家时小叶已经死了。从小叶下身流出的块块的黑血，大爷猜测小叶是怀孕了，猜到这里大爷的头一下子炸了，一时间大爷不知道东西南北了，当时真的找不到北了，拿镬上地、推车送粪、拾钩担挑水都不是……

那天晚上大爷心情非常坏，像万箭穿心一般。啊，在这个夜晚大爷深深地想起了小叶，是小叶让他成为一个男人，是小叶让他尝到了家的温暖，现在小叶让日本鬼子祸害死了，大爷再也不能穿到小叶缝的衣服了，扎的花鞋袜了，还有那热水热汤的饭菜了。如今，他与小叶一道已经不复存在，变成记忆中一个永不消失的亮点。小叶，他说不清他和她究竟是一种什么关系，相好的还是老婆，都欠准确。这些都是日本鬼子来了后给搞乱的，想到这里大爷流泪了，大爷越想越恨，泪被怒火截住，大爷风卷残云般吃下一只烧鸡，喝下一瓶诸城老白干后，手捧着头，口中与心中都发辣，真想狂喊一阵，把心中的血和泪都喷出来才痛快，为了解开心中的痛苦，大爷就想一刀宰了日本鬼子才解心头之恨，把日本鬼子赶出古寨镇，想到这里一个复仇的计划随之而诞生。大爷带上从青岛码头偷来的20斤炸药，腰里插了两把菜刀走出家门，抬头看天，天上一顶白白的月亮挂在空空的喜鹊窝上，与喜鹊窝影印在一起，显得支离破碎，像是要死的样子。大爷说："今晚我要上天采摘月亮了。"大爷在夜色的掩护下摸进日本炮楼里的时间大约是晚上12点45分，首先大爷把一只早准备好的烧鸡扔了出去引出一条狗来，没等那狗吃完烧鸡就让大爷一刀结束了性命。然后这才摸进炮楼里，此刻他清晰地听到里面传出呼呼打鼾的声音，大爷知道这狗娘养的，是干坏事干累了，这是小叶在天之灵帮助他完成这项报仇计划。现在天上的那贴膏药让一块黑云咬到嘴里后天就更加黑了，这是个好机会，然后他跟随鼾声摸过去像摸到一颗颗西瓜，大爷沿藤蔓条一个个摸下去，没等有什么反应让大爷瞬间采摘下来，宰杀了三个伪军和三个日本鬼子。当时这炮楼只有六个兵。这件事从开始到结束是人不知，鬼不觉。随后大爷点燃20斤炸药走出了炮楼，很快那座炮楼在一声巨响中变成一堆烟火坍塌消失在夜幕中。

据村里的老人回忆，那个晚上古寨镇发生了三件事：一是日本炮楼被炸。二是小叶家大杨树上的夫妻喜鹊飞走了，只留下一个空巢。三是在外面多了一个人物，那就是大爷。大爷连夜跑到北山，两天两夜来到一个小镇上，这里似乎远离战争，人与人之间是那么的和谐相处，街上有三三两两的八路军走来，他们一边买着东西，一边相互和老乡打着招呼。大爷来到这个小镇上，已有两天没有吃饭了，饿得前胸后背都贴在一起了，就在这时候，一个圆脸大胡子的人走过来说："饿了吧？"大爷说："都两天没吃饭了。"大胡子说："走我给你找饭吃。"大爷说："能吃饱肚子？"大胡子说："没有问题。"大胡子把大爷带进一个房子里，给大爷盛上米饭、馒头，还有两盆子菜，两大碗白开水。大爷风卷残云的把桌子上东西全部吃进肚子里。大胡子说："吃饱了想干点什么事？"大爷说："现在就想睡觉。"大胡子说："那间房子里有被子，你去睡觉吧。"大爷来到那间房子里，这里有床又有被子，大爷见到这两样东西，一头倒下睡下一天一宿，第二天醒来，太阳升到一竿子高了。大爷醒来后，大胡子说："你不怕死？"大爷看了看大胡子说："怕死，我就不炸日本炮楼了。"大胡子说："真不怕死？"大爷说："你看看这是什么？"大爷把一个花包袱打开，一个日本人的头滚了出来。大爷指着日本人的头说："这是炮楼里的一个日本鬼子的头。"大胡子说："炮楼还真是你给炸的。"大爷说："那算点吊事。"大胡子说："好，有种。"大爷说："你让我吃饱肚子了，也让我睡足觉了。你想让我干点什么？"大胡子说："你跟着我干吧，将来等打走日本鬼子，我给你成家立业。"大爷现在想到了小叶……多年后，大爷还记得大胡子和他谈的话，后来大胡子就成了大爷的连长。

就这样大爷参加了八路军。从南到北又从西到东就这么_路打打杀杀与日本鬼子打了三年，大大小小仗数不清，可身上确没有落下一个扣子大小疤。大爷在山东纵队是出了名的铁柱子，枪子儿遇到大爷都绕着道走，这话一点不夸张。大爷在战场上奋勇当先、奋勇杀敌、以杀鬼子为快，经常挂在嘴上的一句话就是："日本娘们咱都玩了，还怕日本小鬼子，来吧，见了爷的都得见阎王……"

大爷跟着大胡子连长打了几次小打小闹战役后，突然发现自己对战争并不陌生，特别对枪有一种灵性的认识。大爷当时用的是一杆长枪，是一条从日本鬼子手里缴获的三八大盖枪。大爷对枪的熟悉达到了一种天地合一的程度，这么说吧，大爷闭着眼可以在三分钟内把枪拆散开又重新组合起来。当时队伍里大都使用这种枪，武器装备还挺落后的，小仗每人发10发子弹，大仗每人发20发子弹。而大爷无论是10发子弹还是20发子弹，颗颗子弹都用到刀刃上，基本上一发子弹消灭一个日本鬼子，两种情况几乎百发百中。起码是9死1伤，或者是死伤十七八个……

大胡子连长："大柱告诉我，你打仗是为了谁啊？"

"还能为啥？保卫自己的家园啊。"

大胡子连长："你真幸运，说得非常好。"

打仗对我来说，现在我才知道我是因为饥饿去打仗。

一天，大胡子连长带着队伍去执行一项特殊任务，路上遇到一小股日本鬼子，大约有百十个，看样子是一支打散的队伍。连长发现这股小鬼子火力不错就动了心，想搞点副业吃掉这股小鬼子，来武装武装自己的部队。于是两军展开了遭遇战。连长随即做了战斗准备，然而终是寡不敌众，不是人员的问题，问题出在敌方与我方武器差距太悬殊。敌方有五支火力挺猛的机枪，阵阵火舌不断压住我方，致使我方没有一点还手的余地。大胡子连长非常着急，在没有援兵的情况下要想消灭这小股鬼子，也不是一件容易的事情。就在关键时刻大爷和大胡子连长说："我看着那几挺机枪不顺眼，让我去搞掉它。"没等大胡子连长发话。大爷像虎，不，像一只狼一样就不见踪影了，一会儿只见大爷的影子在阵地晃动……大爷从来不做亏本的买卖，他提前观察好了有利的地形才做出决定。当时的地形是这样的，日本鬼子处在一个鏊子面上，而我方是处在鏊子面的四周呈低落地形，大爷提早看好了一处小沟，他顺着那道小水沟摸进一个接近日本鬼子阵地有五百米的地方，大爷把那杆长枪伸出来，然后沉着冷静三点一线瞄准了第一道火舌，扣动扳机，枪响了那边的火舌立马没了声音，随后大爷再次举起枪来，此刻大爷仿佛看到了小叶在美丽的田野上让两个日本鬼子掳去，发出一种怪怪的声音。这时大爷的枪又响了，第二道火舌瞬间变成哑巴。在不到一分钟的时间里大爷击毙了三道火舌。由于大爷把敌方的三道火舌消灭掉，为队伍赢得了时间，在敌方火力低弱的同时，队伍如狼似虎地靠近了鬼子的阵地，大胡子连长下达的命令是每人在三秒钟内投出三颗手榴弹。三秒钟一个连的兵力近千颗手榴弹同时出击，全部扔进了敌方战场，可想那是一种什么情形，说是陨石弹雨也不太恰当。雨过天晴战争结束了。在打扫战场时，大胡子连长察看了一下三个机枪手的中弹部位，第一个是从眉间进弹从右后脑出弹，第二个是从耳间斜进弹从左耳朵后出弹，最后一个是从鼻子进弹从后脑出弹。三颗子弹颗颗准确无误地沿着一条轨迹击中要害部位穿过头颅。

"好样的，大柱我喜欢。"大胡子连长说。

大胡子连长一高兴封了大爷一个神枪手，任命大爷是二排尖刀排排长职务，因为二排排长在这次战役中牺牲了。

大爷不但是闻名山东纵队的神枪手，而且是战场上拼刺刀的九段高手。在两军弹尽粮绝的情况下，他是第一个冲在前面与鬼子展开拼杀的。大爷声若巨雷，势如猛虎。宽大的脸盘黑油油的生了一些青春痘，下巴笔直嘴唇突出，牙齿雪白，一双古眼冷静像吃人。不知道大爷从哪里找到一把长刀随身带着，每到与鬼子拼刺刀的时候就从身后取出来横杀在战场上，杀起人来浑如虎相，出刀时犹若狼形。就这么一个形象的主在战场上像一座铁塔，日本鬼子见了像见到一个吃人的鬼一般。人高马大一身神力的大爷，一人玩十个日本鬼子就像张飞吃豆芽……

有的时候大爷不是小鬼像个判官一样掌握生杀大权。看到一个个日本鬼子也是亲娘十月怀胎，而一个个又死在自己的刀下。那一刻，大爷大发慈悲，学着三国里的张飞就举起刀来高喊叫一声："还不走，爷爷的刀不要你个鬼了。"一声喊叫吓退一片……于是大爷再次出现战场上日本鬼子才知道这是个不要命的主，也知道这个人是杀人不眨眼的主。战场上再次出现一片片日本鬼子溃退的景象。大爷见到这样的情形，想起了老家的一个瞎话。瞎话是这样的：有一个叫张黑的汉子，都30多岁了还是单身，与70多岁母亲李氏生活。没有一个闺女愿意嫁给他，原因是家里穷，经常有上顿，无下顿，没有人愿意嫁给他受穷，看来要光棍儿一生。娘俩想媳妇都想疯了。有一次晚上张黑到西村去串门，很晚了才回家，路过一条小河，当时是个雨季，河里的水满满的，常常是赤脚蹚水过河。这天晚上张黑走到河边遇到一个30多岁的媳妇想过河，因河里的水深正在等人帮忙。这时张黑来了得知情况后，很乐意帮忙把漂亮媳妇背过河去。张黑把漂亮媳妇背在身上，两手用力攥住漂亮媳妇的两只小白手，张黑心里恣恣意意地下了河，瞠水过了河。媳妇说："大哥河也过了，你就把俺放下吧。"张黑过了河也不说话，一门心思向前走。媳妇说："大哥都过了河了，你把俺放下。"张黑不说话一门心思向家走。媳妇说："大哥把俺放下，俺到了家了。"张黑不说话一门心思向家走。说走，不如说跑，张黑到家撞开大门喊："娘，我给背来家媳子了，娘我给背来家媳子了。"老娘一听黑儿子背来家媳子了，高兴得连鞋也没穿跑下炕来敞开家门，等张黑进了家门，老娘点上油灯一照，娘一惊说："我的黑儿子来，这哪是媳子，是一块棺材板子。"张黑两手抓的是两根材钉。张黑知道是见到鬼了，把棺材板子扔到锅里添上水，抱柴烧火，开了锅，张黑拿瓢从开水锅里舀了一瓢水就喝了下去。从此张黑走黑路或遇到坟场，再没有小鬼纠缠了。有时在坟场上，还能听到有人说话：“这个黑脸汉吃人来，这个黑脸汉人吃人来……”再没有鬼挡道。日本鬼子见了大爷，就像鬼见到张黑一样……

大爷杀日本鬼子的事迹传到后方，成为当时武工队、妇救会还有儿童团心目中的大英雄。在大后方，大爷的事迹更是被人编成神枪手付大柱的故事，广为流传说唱。在一个村一个村，一个队一个队，一个人一个人的受教育。就这样大爷的故事让一个女孩记到心里，慢慢在心里生根发芽，后来从学习到尊敬、从尊敬到爱，一步一步走向暗恋。

大爷不知道有一个叫昙花的胶东大嫂爱上了他。昙花爱上付大柱是有原因的，因为昙花的父母、姐妹都是让日本鬼子的炮弹炸死的，死得都挺惨。昙花在心里埋下一颗报仇的种子，并许下心愿谁杀日本鬼子多就嫁给谁，于是昙花在心里私定终身非付大柱不嫁。

昙花是后方的一名妇女干部，带领妇女为亲人子弟兵做军鞋、军衣，部队打到哪里昙花她们就跟到哪里，昙花的千里寻夫的计划就这样开始了。昙花的第一步计划是首先精心做一双布鞋，千层底的布鞋。昙花选了一个42码鞋样，开始一针一线、一针一线做了起来。目标正确鞋做得又快又好，不几天一双42码的布鞋做了起来。鞋做好后，昙花在一个太阳露头的时候把鞋揣在怀中。昙花想，等见到付大柱，就把这双有着自己体温的布鞋送给他。

一天，昙花在一个豆庄的地方听说付大柱的部队驻守在这里，昙花还没有找到大爷，就听说付大柱并不和自己想象的一样，付大柱长得身高力大，有一米九几的个子，昙花想怀里有着自己体温的这双42码的布鞋是派不上用场了。然而，这次昙花并没有见到大爷，因为大爷的部队又到另一个地方打仗去了。尽管这次没有见到大爷，昙花没有恼反而在心里乐了，因为她还有足够的时间再做一双新鞋。于是昙花又开始割布，买线、找鞋样，这次昙花选择了一个44码的鞋样，又开始一针一线做了起来。昙花白天还要转移老百姓，就把做鞋的事，放在晚上做，于是就有了一女人、一双鞋、一油灯合起来就是一幅剪影，昙花把情和爱全部注入布鞋的一针一线中。经过了几天的针扎缝补，一双新鞋做好后，昙花把这双新鞋再次揣在怀里。

昙花把那双新鞋揣在怀里49天后，还没有找到大爷。大爷从一个战场转到另一个战场，昙花一边带着识字班从一个战场找到另一个战场就这么一路下去，一年多了昙花也没有与大爷谋面。

有一天，昙花终于在一个叫小崮的山村里听说到大爷的部队，昙花听到大爷在这个村里高兴得跳了起来，她把工作交给其他姐妹后，就寻找大爷去了。当时大爷正在为战友表演擦枪，一堆士兵围着大爷，大爷还蒙了眼睛，只见大爷一件件拆解，又一件件装上，每装一件战友们就鼓掌叫喊一阵，昙花是让一阵阵的喊叫声引来的，叫喊声里还有：付大柱加油、付大柱加油。找到大爷昙花的心里反而敲起鼓来，昙花真没想到一个那么高大的人还有那般的细心，一件件的枪件在他的手里仿佛活了，像长着腿脚一样跑着找到自己的位置。昙花挺急的便与身边一个战友说她要找付大柱，就说他表妹要找他。小兵大喊了一声："付排长你表妹找你。"当时大爷看到有一个陌生女人找他真的很惊诧，站在眼前的这哪里是自己的表妹，昙花中等个子，眼睛水灵灵像闪亮的黑玉，嘴似乎大了一点，但大得可爱，显然由于嘴唇线条的鲜明和牙齿的洁白，使得她一张开嘴笑，就显示出一种粗野、清新的单纯的美。被太阳烤赤了脸蛋和她那粗糙而匀称的手脚，流露出那种胶东大嫂所特有的健壮和质朴，这是一位典型的胶东大嫂，站在你面前就有一种温暖如春的感觉。

昙花从怀里取出带有自己体温的布鞋交给大爷说："大哥等打完日本鬼子，你来找俺。"然而昙花精心做的那双44码的布鞋还是小了一码，大爷怎么穿就是没法把自己的一双大脚放进去。昙花的脸红了羞羞地说："这双鞋还是小了，大哥我再给你做一双吧。"大爷说："小点的好、小一点的好"，大爷从脚上退下新鞋，揣到自己的怀里后对着昙花笑笑说："这双鞋不能穿在脚上，应该放在怀里才对。"那个年代什么是爱情，昙花和大爷两人都不知道，这是不是爱情，两个人不知道，但都有共同的感受。大爷怀里装着喜欢自己的一位姑娘、精心做得的一双老布鞋，就像冬天里心里有一盆火，夏天里心里有一股小春风一样。打起仗杀起鬼子来，心里就有了劲，也有了仇，也有了恨来，但是无论打仗还是行军，特别是在夜晚睡觉，心口窝这里是有阵阵暖意，有了她就觉得有了希望，有了目标……

昙花是大爷在战争期间最喜欢的一位大嫂，也是唯一的一个，自上次见面后，大爷一直再没有见到她，像昙花一样，在大爷的爱意生活中就那么一现。大爷曾经像野狼一样，一边打仗，一边寻找这位在心里喜欢的姑娘，一路找来就是没有昙花的消息。

有一天，大爷来到刚刚打过仗的小山村里，碰上个像昙花个性一样的女同志。大爷问："同志你认不认识昙花？"女同志说："你说的区妇救会长赵昙花？"大爷点头说："是是，就是她。"女干部眼里圈着泪花说，前几天昙花在花子岭遭遇战牺牲了。大爷听到牺牲这两个字那一时刻，胸中一股鲜血涌到口腔中，大爷没有把那口鲜血吐在地上，而是硬硬地吞到肚子里，女干部又说了什么大爷都没有听到。

昙花在转移老乡中，为保护一位老大妈，让鬼子一枪命中心脏，那粒匆匆忙忙的飞行的子弹要去损害一位年轻的生命，飞越一条北方的小河，这是条在北方常见的很普通的小河，小河的水细细的，在空中观看像一条流水线，弯曲十八道弯流到远方，秋天的河水很瘦不肥，没有蒸发水雾，那粒子弹没费劲就飞越小河的上空。然后，子弹从两棵粗大的白杨树中间经过，没有碰到粗大的树体，但是，子弹还是穿过两片大大的白杨树叶，那粒子弹是从树叶的主干枝的分界线穿过，那是一个告别夏天转入秋天的时节，杨树叶子失去足够的水分，两片树叶阻击不了子弹穿透力，子弹过后轻巧留下比弹头稍微大一点的洞口，这粒子弹就这样一边观看着沂蒙的山景，一边迎着西北小风。然后，一路来到了一片玉米地的上空，这片玉米地长得很好，玉米棒子都像大牛角一样，再过半个月就要收获了，子弹从玉米地上空飞过，一阵烤玉米的香味散落到西南东北，很快带着烤玉米香味的子弹，从玉米地又飞到一块长得很好的花生地上空。玉米和花生都是这里远近闻名的陈小地瓜种的地，这个陈小地瓜是个好人，但他是一个地主，有许多的土地，养了不少穷人，虽然腰缠万贯，但陈小地瓜一日三餐粗茶淡饭，以小地瓜为主，被人们亲切地称为陈小地瓜。每年到青黄不接的四月，陈小地瓜就在自家大场上晒粮，什么玉米、小麦、大豆等五谷杂粮全部上场晒，晒粮的场上没有人看管，有的村民家里揭不开锅，就偷着到场上拿点粮回家，上磨磨面重粥喝，以渡过难关，陈小地瓜就睁一只眼，闭一只眼，权当没有看到。从外面逃荒来的外村人，这时就找到陈小地瓜说："大叔家里断粮了，借点粮接济接济，到了秋后新粮下来，一并加倍归换。"陈小地瓜说："我不是正在场里晒粮。"来人说："那是大叔的粮。"陈小地瓜看看来人说："你看我从来不借粮，你回去想想办法吧，不能让家里人饿肚子。"说完背着手晃着颗大头走远了。陈小地瓜就是这么一个人，有这样一位大善人，七村八庄从来没有一人饿死。村人舍得卖力都争着为陈小地瓜种地，人好庄稼长得也好。

那粒子弹慢慢飞到花生地的上空，地下的花生都已长硬身子，大红色的花生粒子要充破壳子，与正在飞越上空的子弹粒招手，像是让它停下来与兄弟们叙叙旧，说说话，但是那粒子弹没有停下来，带着一股的劲飞走了，它看到前面的小山路上很是热闹，村民们急急慌慌，有抱孩子的、有牵黄牛的、有推着小木车的，车上有粮食袋子的，慌里慌张的直奔山里来。其中有一位老大娘坐在地上，有一位年轻的姑娘在拉她，这位姑娘理了一个当时流行的短发，个子有一米六，上身着素花褂子，下身是一条蓝士林裤子，英姿飒爽身体强，只见她两手抓住老人的手，一使劲就把老大娘背上肩，就在这时，那粒子弹没有和姑娘商量，一头扎进那位姑娘的左前胸里，子弹穿入姑娘的胸腔中，还遇到一层硬东西，是一双未完成的千层布鞋，子弹穿入那千层布鞋，留下了一个洞口，直扎进昙花肉里，昙花没有倒下，继续背着老人一个劲儿地向山里奔跑，把抱孩子的、牵黄牛的、推着小木车的都落在后面，等把老人家带到安全的地方，昙花连同背上的老人一头栽到一棵粗大的松树底下，再没有起来，后来村人就把昙花埋在这棵大树底下。

大爷听说后，专程来寻找这棵大松树，找了很多次就是没找到。有人说，大松树在山前，有人说，大松树在山后，还有人说在山的西边，但是大爷围着山转了几圈，又爬到山顶上寻找，就是没找到大松树，大松树没找到，昙花的坟也没有影子。

大爷和昙花所谓的恋情到这里算是结束了，昙花仅仅为大爷留下了一双不合脚的千层布鞋，大爷心里在流泪，他恨这场战争，特别恨日本鬼子，每次打仗遇到不顺心的事，大爷把手伸到心口窝，摸一下昙花给的那双老布鞋，大爷就有了劲，就冲在最前面，杀起鬼子心里越杀越狠。就这样大爷打了大小无数的仗，打死打伤日本鬼子，没有一千起码有八百，不知道为什么，大爷却没有被打死，不仅没有被打死，而且竟然还没有受过伤，整天在枪林弹雨中过着舔血的日子，身上竟然没有受伤，这在战争年代的确是一个奇迹，你说没有中弹是假，唯独大爷在王台那次大战中中过枪，那时大爷正在潜伏转移中，一颗榴弹击中大爷的前胸，没想到大爷只觉胸口被拳击了一下，说重也不重，那劲儿好像把大爷击了一个跟头，大爷急忙调整了一下姿势，又投入转移伏击点中去。然后大爷来到新的伏击点，此刻大爷的射击距离与鬼子的那挺突突的重机枪近了20多米，正好是大爷射击的最佳距离，大爷像是如鱼得水一样，很快进入射击状态，因为耽误一秒钟就有几个兄弟会被这挺吃人的机枪打死。说时迟，那时快，大爷把枪放倒，三点成一线，在千分之一秒钟，准确无误地射出了一发子弹，那颗子弹飞得太快了，击中日本鬼子的机枪手，仅用了不到半秒钟时间，大爷听到突突声停止了，兄弟们冲上来了，大爷和兄弟们一起冲上来，很快那次战役就结束了。大爷在察看自己是否受伤时，发现藏在心口窝的那双鞋，两只鞋底粘在一起，大爷想把她们分开，却怎么分也分不开，大爷仔细的发现是一颗子弹，贯穿在鞋底之间，进的弹头露出一个小尾巴，而出来的那头，就重重地击出一个大鼓包，两只鞋子让一颗子弹粘连在一起分不开。这时大爷长吁了一口气，是昙花送的那双鞋救了他一条命。

大爷和日本鬼子打了几年仗，还没有打够，小日本政府就投降了。日本投降后大爷想日本人都赶走了，仗也就到此结束了，他想回家告诉小叶仇咱报了，今后可以陪着小叶好好过后半生了，然而这仗仍然没有结束又卷土重来，不是与日本鬼子打，是内战开始了……

不知道为什么大爷从此一蹶不起，再也找不到与日本鬼子打仗的那种痛快的感觉了。

在一个阴天将要下雨的下午，大爷见炮弹营开到了指定的地区。成千上万发各种口径的炮弹一齐从天空落下，扫荡着对面国军的所占据的战壕。头一天的猛烈的扫射，对面的队伍顶不住就放弃了第一道战壕，只留下了一部分监视哨。过了几天，他们又放弃了第二道战壕，转移到第三道战壕里去了。

在第九天头上，共军的机枪步兵开始进攻。是采用的一种波浪式战法进攻的。十六道波浪滚入了国军的战壕。灰色的人浪飘荡着，散开去。冲破那破烂铁丝一层一层滚了上去。但从国军那方面，从灰色的松林烧焦的树墩后面，从上下起伏的沙土后面，连续不断的密集的枪声噼噼啪啪冒着火光地向外冲，震天动地……

国军阵地发出一种怪音：呜呜呜呜……呜呜呜呜……砰……啪……轰隆轰隆……哒哒哒，共军的机枪疯狂地扫射着……

许多爆炸开的黑色烟柱子直径有几米来宽，在已经被打得坑洼不平的沙土地上，像旋风一样向空中卷去，进攻的人浪散开了翻滚着、像水花一样从弹坑旁边分散开去。

炮弹爆炸的黑色烟火越来越疯狂地扫荡着国军战场，炮弹斜着飞了出去。刺耳的尖叫声越来越密地泼在国军进攻的人身上，在强烈的火力总攻下，国军没有一丝反扑的余地。十六道波浪滚到了国军的最后一道防线，只见眼前阵地出现了十六条小河，河里的水都血红色。现在天上真的下雨了，一滴一滴的雨滴越下越大。

不知为什么，这会儿大爷感觉挺孤单，那孤单像饥饿一样向他袭击过来，不知道刚淡忘不久的痛苦现在又回来了，更为有力地撕扯他的胸膛，大爷的眼睛焦灼而痛苦的打晃，在两军阵前的人群晃动，难道那成千上万的人当中，找不到一个愿意听他讲述的人，他们都在寻找击毙对方的目标，没人理会他的痛苦，那痛苦现在变成浩大的无边无际的海，要是大爷的胸膛裂开痛苦会滚滚地流出来的话，仿佛会淹没这个战场。

连长说：“大柱又想媳妇了？你奋勇杀敌的本领哪去了。”

大爷说："连长，我找不到了。"

连长说："我再问你，打仗为了啥？"

大爷说："现在我不知道是为了啥打仗。"

大胡子连长看看大爷说："最好还是不知道为了什么去打仗。"

现在大爷的思维没有用在战场上，而是在回忆老家的一些事情，想起因为赌输了地与亲弟弟打仗的事来。印在脑子里的与弟弟打仗的细节现在清晰地一闪一闪的，像放电影一样。那是大爷把家里五亩好地输给了宋家大少爷后，与弟弟在海边干了一仗，老家叫砸骨头。那一年大爷比父亲大10岁。两人就在一个海边上开始到结束用了四个小时，从中午打到夕阳落山，两人用海边圆石头相互击打对方。父亲从小放羊练就了一手击石绝活，尽管两人在年龄上差距很大，但是父亲并没吃多少亏，俩人相互都是鼻青脸肿。最后还是父亲与大爷握手言和。父亲说："大哥太阳都落西山了，咱还打。"大爷睁开青肿的双眼看看落入西山的太阳说：走，咱回家，俩人就手牵着手回家了。这些话没法与连长说，有关与弟弟打仗的事深藏在肚子里，日久天长也就生出一些病来。

在一次非常有记忆的战役中，两军打得非常激烈，一天一夜，白天是黑夜晚上是白天。天在临明一阵黑时两军弹尽粮绝，只有拼刺刀的份了。这会儿国军的指挥官不知道犯了什么病，使用了战争最忌讳的一种精神胜利法。起先是一队一队的士兵整齐划一，肩上扛着大枪，像出征的队伍，整齐划一以每分钟28步的步速向前推进，没有一个士兵开枪，一步一步向共军这边压来，共军一阵猛扫后，接着又上来一队，就这样一队一队扫倒，又一队队上来，不长时间大爷的精神崩溃了，看到一队队士兵被扫倒又上来一队又被扫倒。大爷的精神瓦解到什么程度，看到面前的士兵并不是敌人，是人不恰当，是神也不恰当，而是一队队兄弟，里面还有自己的父辈……

太阳酥软的，太阳的一半被地线咽下去了，在太阳被咽下去的地方，可以看到大地那张阔嘴，在吮吸黄澄澄的阳光，太阳被大地吸到肚子去了。

此时，大爷颤颤地站了起来，两条腿竟有千斤重，他一步一步像一座铁塔般出现在战场上的一个高地上，面对一群群一队队整齐的士兵，不是举起那杆老枪，而是把枪当作拐杖立马横刀大喊了一声：啊啊呀……可能是想喊一句：横刀立马向天去。但是没有喊出来，枪声就响了，你猜大爷的身上有几个血窟窿，18个。大爷是站着死的，到死没有合眼，留下一个非常可惜的省略号……

土地情茶树恋

一

李村是个小村，不到80户人家，坐落在藏马山沟沟里，稀稀拉拉像半个月牙，又像半牙西瓜一样，柴房建筑先从西瓜皮间向西瓜肉间浓厚起来。如果说藏马山是一个仰脸朝天躺着的汉子，那么李村的位置，就在朝天躺着的大汉右胳膊那道沟沟里，胳膊腋下的一堆毛毛就是李村稀稀拉拉的窝了。具体点说，村子应该是四面环山，只有一条出村进村的路，到李村去，首先要经过五脚指头山，沿着五脚指头山的山根，再走几里山路，你就看到五手指头山了，然后，沿五手指头山的山根，再走几多里山路，哎呀，就到了李村崮了。

因为，小的时候我到二姑家走亲串门，就走的是这条路，才这么熟悉。

清朝以前这里没有李村崮这个村庄，那时藏马山方圆200多里的沟沟壑壑，没有一个村庄驻守。整个一座大山都是张家的，一段时间藏马山叫张家藏马山，张家在清朝出了一个大人物叫张谦宜，曾给清朝雍正皇帝当过老师。张谦宜死后就埋葬在这里，这里自从有了坟墓，有了阴间，那么阳间也就有了村庄，李村家的李姓是给张家看祖坟，演变成现在的村庄。再后来张谦宜的儿子死后也埋进这里，两座坟矗立在村前一大一小，像两座小土山一样高大挺拔，矗立在村前已经有几百年了。

小时候到二姑家走亲戚，记得要起个大早，太阳还没有出来，东方还是一片鱼肚子白，有一点点红色和白色掺杂在一起的一种云彩，其他的天边还在朦朦胧胧、糊糊涂涂当中，就在那个时间我们起床开始上路，一直要走到太阳落山时，才到二姑家。

路上还要带一顿饭水，那顿饭水是在要进五脚指头山，一个叫双庙村后的一座破庙里吃的，那庙是座古庙，已不记得它正式的名字，更不知道它始建于何种年代，关于它的记忆，现在只有一些零散的碎片残存于脑际。不知何时，所有跟它有关的东西，都在人们心灵的祭坛上被打碎了，进而被更为神圣的东西所取代。这座庙宇，就这样被抛弃在落满尘埃的角落里，里面神像全无，空空如也，那空空大庙任凭风吹雨打，岁月侵蚀，它的命运如何，再没有人关心。

后来庙真的就没有了，只留下了一棵白果树见证着庙的存在。那棵大白果树高有19米，主干径有2米，树冠直径有25米，覆盖面积近一亩多地。大白果树怀里还抱着一棵小白果树，像一个大人抱着一个小娃子一样，白果树一大一小、一高一矮、一粗一细枝繁叶茂，郁郁葱葱，苍翠挺拔，雄伟壮观。

遇到秋天黄澄澄的银杏挂满树枝，煞是喜人，我吃完从家里带来的葱花玉米饼子，趁着大人还没有吃完饭的工夫，跑到树下捡了_个坠落的银杏果，黄色的果实外皮掉在地上摔成了果浆，有酸臭味，果皮不好吃，果核好吃。

我就跑到大白果树下拾从树上掉下来的白果，捡拾两布口袋到二姑家，把核果放在火里烧一烧，很好吃。

就这样我也愿意跟着父亲、母亲到二姑家串门，后来跟着哥哥、姐姐去二姑家，到了二姑家要住上三五天再走，多数是过年的时间或在收了秋的秋冬天里。

我还有一个原因，到二姑家是去找二表哥玩，那家伙和我同一年出生，又是同在一个月里，比我大两天半。二表哥说："就是大一顿饭的时间，我还是你哥，你永远是小老弟。"二表哥大名叫李村，小名叫小崮。是二姑夫在公社开会，让公社农技站站长陈武技起的名。

当时二姑夫任村里的生产队长，是个村干部，二表哥生下来，二姑父没有在家，在公社里开三级农村干部会。那时交通条件差，会议要开半个月，要住在公社的招待所里。

那天是个晚上，大约8点钟，二姑父在食堂里吃饭还没有回到宿舍，和我二姑父住一宿舍的是公社农技站站长姓陈叫陈武技。陈武技提前吃完饭回到宿舍，接到一个电话，电话信号时断时续，一点听不清楚，大意是找李村，还有什么小崮，是个儿子。再就听不到屁的声音了，那时的电话是手把摇式电话，线路不好是常事。

二姑父回到宿舍，农技站站长陈武技说起此事。二姑夫说："是家里来的电话。"二姑父又说："从村里出来开会那时，媳妇快要生孩子了，和媳妇说好的生了孩子给来电话报个喜，这破电话也打不出去。"那时没有手机，没有传呼。

农技站站长陈武技说："那你媳妇就是生了，是生了个儿子，喜事喜事。起名字了？"

二姑父说："沾沾你的官气，你给起个名吧。"

农技站站长陈武技不假思索说："你姓李，你儿子也姓李。"

二姑父说："费话不姓李还姓陈。"农技站站长陈武技和二姑父俩人对笑了笑。

农技站站长陈武技说："大名叫李村，小名叫小崮，大名小名都有了。"

二姑父一听这名字就来了火说："你这也叫起名？真是笑话，你这是起的什么名？等于没起一样，太简单了、太简单了，这不是俺个村名。不好听不好听。"

农技站站长陈武技说："越简单的事情，越不简单。"农技站站长陈武技又说："床前明月光，疑是地上霜。简单不简单，你说简单不简单，绝句你知道吧，叫绝句。野火烧不尽，春风吹又生。简单不简单，你说简单不简单，绝句你知道吧，叫绝句。你能想出来吗，我问你，你能想出来吗？想不出来，想不出来那就是文化，那就是水平，那就是艺术。你懂吗？"

二姑父一下子让农技站站长陈武技这一通什么文化什么艺术的弄蒙了。二姑父想了想，又想了想说，也是个道理。当时二姑父就答应了，二姑父为什么答应下来，二姑父心里还有一个小九九，二姑父还要让陈武技帮他入党当村里的一二把手。

就因肚子里有这点小九九，二姑父就答应下来了，我二表哥大名叫李村，小名叫小崮。农技站长陈武技说："你是一个村干部，将来你儿子可以继承世袭吧，在村子里当干部，还要当大队干部。"二姑父听了这些顺词顺耳的话，心里就美滋滋偷着乐了一把……

二

二表哥李村从小就聪明，灵敏，还有心眼子，举一个小点的事。

有一年正月，我跟着母亲去二姑家串门，二姑抓了一把糖块，分给了我六块，也分给了二表哥李村六块，二姑不偏不向。二姑分完糖说："都出去玩吧"，二姑又拧着二表哥李村的耳朵说："小崮要好好和你弟弟玩，不要欺负你弟弟。"我和二表哥李村很听话地走出二姑家的大门，没有想到二表哥李村自己把二姑分给他的六块糖偷偷藏起三块，把余下的三块糖放在他的小手心里，伸开手指让我看看说："你看看分给你六块糖，才给我三块糖，你二姑就是偏心眼子。"我知道二表哥李村是偷藏起了三块糖，明明白白二姑是对着我和二表哥李村的面，把十二块糖一分两份，给我六块，也给二表哥李村六块。我看看二表哥李村皱眉痛苦的脸，二表哥李村还装得挺像那么回事的，知道他小心眼爱贪小便宜，我就从我手里分给他一块糖。二表哥李村说："你分给我一块，我还是比你少一块糖。"这时我就不能再让步了，剥开_块糖块把花糖纸折起来放进口袋里，再把糖块填到嘴里说："你看咱两个不是都一样了。"二表哥李村看着我鼓鼓的嘴笑笑说："走，咱到西沟沟找黑炭炭玩。"

再举一个大一点的事，二表哥李村从小不喜欢上学，别人去上学，他撒谎说肚子痛，就不去上学了，不去上学的二表哥李村就跟着李木林他二叔玩，李木林他二叔是个泥瓦匠，经常给村里的人家帮忙垒墙、盖房、砌猪圈、打锅台、盘土炕，什么样的庄户活，李木林他二叔都会干，在村子里是个吃百家饭的手艺人。

二表哥李村就跟着李木林他二叔玩。李木林他二叔给人家干活，二表哥李村就在一边玩要泥土或者玩要小石头，李木林他二叔从这家干完活又换到另一家干活，二表哥李村也跟着换到另一家玩要。

李木林他二叔说："你怎么不去上学？"二表哥李村说："上学没有意思，"李木林他二叔说："没有文化不行，将来要出大力。"

二表哥李村说："你不是也不识字，整天吃香喝辣多好。"

李木林他二叔说："烂泥巴搭了灶，最多只能用个十年八载，老师教学生认识的每一个字，都能受用世世代代。"

李木林他二叔又说："这个活又脏又累，你喜欢我就把这门手艺传给你。"

就这样二表哥李村上到五年级就不再去上学了，跟着李木林他二叔学起泥瓦匠的手艺。

后来的后来，二表哥李村和李木林他二叔一样一样的东家干活，西家干活，在村子里吃手艺饭。

有一次，二表哥李村给一家刚搬到村里一户姓王的人家砌锅台，盘土炕。这家主刚搬进村子里，在村子里人缘和名声都不太好，招待客人有好吃的不给别人吃，留着自己吃，在村子里出了名的抠门。二表哥李村给他家砌锅台，盘土炕要一天的时间，中午吃一顿饭。那顿饭菜质量再差不过了，所以下午二表哥李村干完活就提前走了。

砌完锅台，盘完土炕要赶紧烧火，烘干炕面，然后炕面上可以铺草铺席睡觉，结果姓王的人家在灶口里填柴划火烧火时，那火苗子只向外冒，不向里走。在农村这就叫倒烟。有人给他出主意说："赶紧上集割肉买鱼打酒，再找李村给看看吧，再烧不进火，炕面子就让湿泥粉了，粉了炕面，炕就倒了要重新垒炕面子。"姓王的人家赶紧去割了肉，买来鱼又打酒请来了二表哥李村。二表哥李村来了后，看到有鱼有肉，吃完饭喝完酒，小脸红红、小眼红红地说：“你给我找来一把大泥壶。”姓王的人家赶紧找来家里煮水的大泥壶，二表哥李村提着灌满一大泥壶水，找来梯子爬上房顶，泥壶嘴对准烟洞口，把一大泥壶水顺着烟洞嘴就倒了下去，随着哗啦哗啦的水声，一股浓浓的黑烟从烟筒里冒了出来，锅底下的柴火再不向外走了，而是火苗就像是排成队一样，向着锅灶的嗓子眼里迸发，那股股黑烟聚在一起，像一条黑龙一样呼风唤雨，在炕洞里穿梭拉网一般串来串去，然后从烟筒里徐徐冒了出来，炕面子上立马烘出一些水蒸气来，像云雾一样飘浮在炕面上，立时炕面上有了一块块从湿变干的图案来，再后来姓王的人家再也不敢怠慢手艺人了。

二表哥李村和我是同年出生，和李木林相比，要大三大岁，在农村算等于大四到五岁。那时我到二姑家串门，李木林跟在我们后边玩耍，李木林是我和我二表哥李村的小尾巴，我们到河沟里洗澡，李木林就给我们守护着衣服，我们放牛时就把李木林放在牛背上，从小一起玩耍大的伙伴。后来李木林上学也不好，但要比二表哥李村上的学时间长一些，李木林是后来上了县农业局办的农技校，学的是农业。后来回到村里在家干农活。再后来李木林外出打工好几年，此期间二表哥李村就结婚了，李木林过了五年也结了婚。二表哥李村和李木林两人一直感情都不错，过年过节常聚在一起吃个小饭，喝个小酒。因为李木林他父母走的早，是李木林他二叔把李木林养大的，给他娶上媳妇，二表哥李村过年过节请李木林他二叔吃饭，也顺便把李木林一起请来，在农村过年过节，来人送客都要请人吃饭，一来二去，你请我我请你，都住在一个村子里，就成了不是亲戚胜似亲戚了。

在这里我要再提一下李木林他二叔这个人，李木林他二叔后来就不干泥瓦匠，因为上了年纪体力不足，大多数村子的人喜欢找二表哥李村干活，不叫李木林他二叔干活。李木林他二叔也知道，后来李木林他二叔就开始信佛，吃斋念佛不杀生。佛在《梵网经》里教诲：“一切有命者，不得故杀。”所以一切有命者都不可以杀死它，到了夏天家里有蚊子，李木林他二叔就找来一个吃饭的碗，把碗里抓上一点红糖，再抓上一点白面，对上一些水，然后嘴里念念有语，李木林他二叔就上炕睡觉去了，一晚上屋子里没有蚊子飞动，第二天到那碗里看，有一碗蚊子滚成一团，李木林他二叔把蚊子放生后，第二晚天上再添些红糖和白面，这个法子我试验过，但我没有成功，不知道李木林他二叔嘴里念的什么词，至今我也没弄明白。

二表哥李村和李木林成为仇人，就是因为村子海选村主任，两人都要选村主任，一个选上，一个选下，两个人红了脸还骂了街，一个远走高飞外出打工，一个固守黑土在村子当起村干部，故事就从这里上演，也从这里开始长达数十年……

三

那一年春风也吹进农村来，政府出台了一系列惠民好政策，农村的农业税提留集资给免除了，村干部也就开始吃香了，村民打破头削着脑袋，都争着抢着当村干部，当村干部有利益可算，上级还发工资，一年一万多块钱的工资让所有村民眼睛一热，又没有事可干，谁不争谁不抢。那个时候二姑父就老了。乡变成镇，农技站长陈武技成了现在分管农业的副镇长，挂靠着李村工作，副镇长陈武技又来到村里做二姑父的工作，不是让二姑父出山，而是让二表哥李村出来干村主任。

村民选举会是在年前召开的，在一段时间考察后李村选出了两个村主任候选人，一个是二表哥李村，另一个是李木林0选民是全村有选举权力的村民，选民不签投票，而是采用一种古老的办法，用黑豆、黄豆代替投票。

李木林是黑豆，二表哥李村是黄豆。

说到底李木林就是一个陪客。二选一只有二表哥李村的份，而没有李木林的份。光头上的虱子大家伙都明白，但李木林不是这么认为，李木林农技校毕业后，常年在外面打工，干的是建筑活，挣钱不少也学了一些新知识，回家竞选村主任是他人生中的一个梦想，去年回村结了婚，孩子才不到一岁，在村子里时间短，在外面打工时间长，李木林在村子里基本上是没有群众基础，尽管在外面打工几年长了点本事，学了_些这个那个的新知识，说话办事虚的多实的少，办事不够稳健。

举一件小事。

有一次，李木林还是在结了婚的时候，从镇上酒店里吃完饭，喝完酒回家的路上，骑车走到双庙村，就有人认出来是李村的李木林来，有熟人让他拿烟吃，当时李木林喝酒不少，有点醉，翻遍了所有的口袋没有烟，只有钱，熟人不信，李木林又翻还是没有烟，就把钱和车子扔给了要烟的人说，都给你了，我都给你。李木林是醉酒了，就东一脚西一脚往家走，还没有到家，那个熟人骑车一路追来，追赶到家也没见到李木林的人影，那熟人送完车子和钱后，往回家的路上才发现了李木林四仰八叉地躺在路边呼呼大睡，那熟人复翻身又把李木林送回家，一反一正折腾到小半夜里。这件小事成为两村人的笑谈，李木林要烟没有，要钱有一大把，还再给你一辆自行车子。

村民本来就不愿意从家里拿出来黑豆为李木林投票，还因为李木林毕业在村的时间少，在外面打工时间长，了解的少，不了解的多。而二表哥李村一直在村子与老少爷们相处，十几年来在村子里走门串户，为老邻故居垒墙、盖房、砌猪圈随叫随到，给村民应了急办了事。二表哥李村干完活与老少爷们喝点小酒、吃吃闲饭、说说闲话、拉拉闲呱，家长里短了，打打情了骂骂俏了……就这样在村子里与村民长期建立了一种无形的感情。

得民心得天下。有人说，一个皇帝心中有民，他是一个好皇帝，一个宰相心中有臣，他是一个好宰相，一个大臣心中有吏，他就是一个好大臣，那么一个村主任心中有村民，他就应该当选村主任。二表哥李村是得了村民的心了，村民不选李木林，而选二表哥李村理就在其中。

果然，那天选举大会就是按照这个样子开始的。村民早早地从家里带着黑豆黄豆来到村委大院子里的老槐树底下，坐在从自家带来的高矮不齐的凳子上，哗啦啦一大片摊在老槐树下，像一块不圆不方的黑地瓜面饼子一样。老槐树的叶子已让秋风吹得不剩一片树叶，那些粗细不均枝枝杈杈很有生长规则地向天空伸展出，如果在夏天，老槐树的叶子密密实实像一把大伞一样，而现在是冬天树上没了树叶，也没有树下的绿阴，是个明媚的阳光好天气，暖融融的阳光照在老槐树的枝杈上又投到地下，那老槐树的枝枝杈杈的影子，仍然抓印在地面上，而李村的村民开会就坐的地方，依然超越不了老槐树的树影子。

李木林他二叔说，村人就坐的地方，如果超越了老槐树的树影子，村子里人口就会失去了平衡，村子里人就会有死人的。这话不知是真是假，李木林他二叔和村子里上了岁数的老人都这么说，但是多少年来村子的人数没有超过老槐树的影子，这是真事。

老辈人说，老槐树是和张谦宜的坟同时栽种的。

李木林他二叔说，老槐树是当年栽在土地庙门前的，土地庙没了以后，土地神就住在老槐树上，它保佑着全村年年风调雨顺、五谷丰登，男女老幼世世代代平安。

老槐树不仅保佑着全村男女老幼平安，它这里还是一个政治舞台，闹红枪会时，在老槐树下摆过龙案、祭过香火。土改时，在老槐树下开过批斗会，公审过地主老财。“文革”期间，红卫兵们在老槐树下搭过批判台，贴过大字报，批判过“走资派”，后来又建过献忠台，全生产队的人集中在这儿向毛主席早请示、晚汇报，老槐树下随着政治气候的不断变化，每个时期都有历史人物在这儿登台聚散……

现在老槐树下面又摆了两张桌子，树上挂有一条竖幅，上面写着李村选举村主任大会，两张桌子中间有一个小泥罐，是黑色的上面写着一个红字票。副镇长陈武技坐在泥罐后面，一边坐着不管事的老书记李古，一边坐着副镇长陈武技从镇上带来的一个青年，村民不认识也不知道他叫啥名字。

选举大会马上就要开始了，这时就听到老槐树枝杈上，那个大喇叭吱吱响了两下，老书记李古从那大喇叭里传出话来：静一静，静一静，啊……男人不要吵吵，女人啊，抱孩子的女人不要嚷嚷，咱要开会了，咱要开会了。啊谁谁李木林来了吗？

李木林听到大喇叭里喊他的名字，李木林穿了一身大约50块钱从地摊上买的黑西服，里面穿着白衬衫，扎着一条红领带，从人堆里站了起来，李木林个子不高也不矮，站在人堆里没有鹤立鸡群的感觉，平平淡淡像一群趴着睡觉的羊群，突然有一只羊站了起来。

李木林说：“早到了，也准备好了。”

老书记李古伸开一双大手，手心朝下压了两下，示意他坐下又说：“李村来啦？”

二表哥李村从站着的一堆人里，两手分着众人走出来，一边走一边说：“到了，到了。”

站着的众人都鼓起掌来，掌声齐齐的与二表哥李村的步伐一致……两位候选村主任分别亮了相后，老书记李古又说：“选民到齐了吗？”

李小算是李村的代理村文书，三十多岁的人了，到现在还是光棍儿一人，没有上过一个女人的炕。一直与60多岁的老母亲生活在一起，代理村文书已有好几年了，也没有去掉代理二字。李小算今天是分管清点人数，拨着算盘珠子说，到齐了。

老书记李古说：“候选人到齐了，选民也到齐了。”

老书记李古朝副镇长陈武技点点头，又朝副镇长陈武技从镇上带来的青年点点头说：“现在我宣布，李村选举村主任大会开始。会前我首先介绍一下镇上的领导，咱这个选举大会，镇里领导非常关心，专门派来了陈武技镇长。”

老书记李古很是滑头，把副镇长去掉，只称陈武技镇长。

老书记李古又接着介绍说：“还有马干事参加今天的选举大会，”一边带领大家鼓掌，一边说：“欢迎陈镇长讲话。”

下面一半齐不齐的掌声过后，副镇长陈武技站起来。老书记李古说："陈镇长坐下讲话，都是熟人，都是熟人。"副镇长陈武技又坐下来吹吹麦克风。

副镇长陈武技说："我强调三句话。一是请大家要高度重视今天的会议主题，今天咱是选举自己的村干部。二是村民应该选什么样的村主任，不应该选什么样的村主任，大家要弄清楚。三是要从讲政治、讲公开、讲透明的高度来对待这次选举。我的话讲完了。"

四

老槐树底下，男的女的老的少的丑的俊的，像一堆刚从树上落下来的小鸟一样，你一句我一句他一句，叽叽喳喳叫着。老书记李古说："静一静、静一静继续开会。下面有李木林竞选村主任演讲，大家鼓掌。"

李木林穿着西装走上讲台呼呼吹了两下麦克风说："我竞选村主任演讲题目是：脚踏实地，勤政为民。"大家看到李木林竞选村主任演讲稿足有长长三张纸，看样子是专门用微机打印出来的，李木林一边念，一边手掌在自己的脸前划来划去，像一个大熊猫。

领导，各位代表你们好！

如果我能当选李村村委主任，我在此公开向各位村民郑重承诺：

一是搞好村庄建设。大家都看到了，咱村几百年了村民住的是什么样的房子，草房，土房，低矮房，外面下大雨，屋里面下小雨，刮大风时外面是大风，屋里是小风。我在外面打了几年工，给城里人建起了一座座大高楼也挣了城里人不少钱，前两年我回来建起了大瓦房，我还想在村里盖楼房。如果我能当选村委会主任一年盖大瓦房，二年盖平房，三年盖楼房。

台下响起来一阵稀稀拉拉的掌声来。

老书记李古说："大家要静一静，不要影响竞选人的讲话。"

二是关爱民生。我们李村和全国大多数农村一样，都面临着既要生存又要发展的难题。作为李村的村干部就是既要考虑村民眼前的生计问题，又要放眼未来的发展大计；既要照顾每家每户的实际利益，又要兼顾全村的整体利益。如果我能当选村委会主任，我首先要考虑的是老百姓的民生问题，在确保搞好村庄建设的前提下，尽可能多拿出一部分集体资金，发放给村民，以改善群众的生活质量，尤其要照顾老年人的生活。

……

五是千方百计修一条出村路。大家都知道，阻碍我们李村发展的根本原因就是交通问题。一通百通，只要我们的进村路的问题能得到解决，我们李村的发展前景将是无限光明，我将竭尽全力为李村出村路奔走呼号，在三年内保证完成任务。如果我当选为村主任，我将为李村人民服务三年，鞠躬尽瘁，死而后已。我的演讲完了。

台下不知道是谁紧跟也来了一句：我的演讲完了。就在这时会场台上台下齐又不齐响起了掌声来，有时从台下传来一阵阵的尖叫声……大喇叭上又响起了老书记李古的声音来，“不要鼓掌了，继续开会。下面由李村做竞选村主任演讲，大家鼓掌。”

二表哥李村从台下老少爷们堆里站了起来，二表哥李村没有走上讲台，手里也没拿演讲稿子，就开始说话。父老乡亲，兄弟姐妹们大家好！今天站在这里，我的心情很激动，首先感谢大家给我这次竞选村主任的机会。

本人叫李村，和咱村的村名重名，又是咱村的泥瓦匠。今天来参加村主任的竞选，在各位代表面前，把我的竞选想法和大家互相交流一下。

我参加竞选的理由：1.我是一个地道本分的农民，和大家一起同甘共苦，见证了咱李村的兴衰荣辱，对李村有深厚的感情，更有为全村父老热情服务的强烈愿望。要想富先修好一条出村路，修好了出村路，才能把咱山里的春天的樱桃、杏子、桃子，把咱山里秋天的板栗、柿子、枣子运出山去，给咱老少爷们换回钱来。

2. 我是个泥瓦匠，几年来，不管咱村谁家有大事小事，只要你喊一声李村，我从来没说过半个不字，并且从头到尾尽心尽力帮忙，今后我要充分发挥自己的特长，为全村老少爷们服好务，守好家，干好事0

3. 我觉得我作为一个李村人，有责任有能力做好村务工作，带领大家脱贫致富!

说得好不如做得好，请大家给我机会，我会用实际行动证明给大家看。谢谢大家!

二表哥李村没有稿子，他说的内容是大实话，热热乎乎的话老少爷们喜欢听。

老书记李古对准麦克风呼呼吹了三声说：“大家也听了两位村主任候选人的讲话，掂量掂量、看看两位候选人谁适合给咱当这个村主任，谁更适合给咱李村全体村民服务？请大家开始投票。”

现在村民也站起来，开始运动起来，他们在检票人的带领下既有秩序又有顺序地绕着老槐树转圈，把自己从家里带来的黑豆、黄豆投进主席台上那个黑泥罐子里，再跟着前面的人绕着老槐树转圈，然后回到自己的座位上，等待结果……

五

那天的投票结果不说，大家也能猜出几分。

李小算快速地拨打着算盘珠子，嘴里念念有词，一进六，二进七……最后，李小算宣布了投票结果是，二表哥李村被选为李村村委会主任，而李木林淘汰下来，自从那天选举之事李木林觉得自己的半张脸就丢给了村民，没有脸见父老乡亲，就把另一半脸藏了起来，自此大街上人堆里见不到李木林的一张圆囫笑容。

李木林上过农校，有些本事，想当村主任，结果选上了二表哥李村。李木林怀疑二表哥李村做了手脚，用手艺贿赂了村民，用吃饭贿赂了党员，用金钱贿赂了镇领导，认为自己有知识，有大刀阔斧的能力，李村有什么？只有李木林他二叔被丢弃不干的手艺，如果李村不贿赂村民，村民肯定会选上李木林，不可能选上李村。李木林心里一直这样想就想到了过年。

过了大年初一，村子里都有请客吃饭的习惯，你请我、我请你，老少爷们聚在一起拉拉家长里短，总结下去年种庄稼那点事，商议下今年种什么能来钱？二表哥李村请李木林到家吃饭，请了三次李木林也没有去，就因为竞选村主任，两人结了怨。

过完年李木林想想还是外出打工去，在家里看到李村心里就来堵，李木林就想赶快离开村子，也是外出挣钱心切，走就走个无牵无挂，走就走个干净利落。李木林把房前房后成材的树以及能换钱的农具都卖了，只剩下四间新盖的大瓦房，没有舍得卖。

送走了正月十五，吃完团圆饺子，正月十六的早晨，没有散尽的炮仗硝烟仍弥漫在空中，李木林和媳妇抱上孩子，一家三口来到村头，和一些外出打工的一起，正要上出村的拖拉机，到镇上去再坐汽车时，被气喘吁吁赶来的二表哥李村拦住了。

二表哥李村说："李木林你西沟的六亩地栽了钻天杨，违反了村里的制度，我已派人去拔了，你不能一走了之。"李木林暴跳起来，吼道："你仗势欺人，拔了树，我那六亩地不就荒了？"李村说："你外出打工可以，但是你要把地种上庄稼，安排好再走。"

李木林暴跳起来说："谁说我没有安排好，我找人连夜不是都栽上树苗子吗？十年后，我那六亩树苗子，就长成大树了，能卖十几万元钱。”

二表哥李村喊着说：“那么好的黑土地栽上树，你不糟蹋好地吗？”这时十二马力的出村拖拉机突突一声，一车人都在望着李木林的脸，又望了望刚刚被选上村主任的二表哥李村，示意李木林你不走就快说话，别耽误别人的事。

就在这时李木林抬腿跳上了正在突突的拖拉机，拖拉机突突冒一股黑烟跑出了几米，李木林回头朝二表哥李村说：“荒就荒吧，那是我的地，你管不着，再见了！”

二表哥李村看着远去的吐吐拖拉机，看着站在拖拉机上的李木林指手画脚的样子，气得差点晕过去。

二表哥李村再三劝说李木林，李木林还是走了。

李木林也不想把地撂荒，找了几家有点劳力的农户，人家都不愿种。李木林知道，土地摟荒李村不会放过他，可他外出心切，又怕走不利索，就连夜栽上了钻天杨，一走了之。

现在树拔了，人走了，地荒了。副镇长陈武技来村里检查工作，二表哥李村因为李木林摟荒地受到批评。李木林的六亩土地摟到秋收时节，已变成一片齐腰身的草场。

二表哥李村嘴上说不管李木林的事，可心里还是放不下，每到自家地里干活，二表哥李村就到李木林地里看看，李木林六亩地里野草越长越高，非常丰茂，成了野兔们的家园。二表哥李村收完自家的花生，也顺便把李木林的六亩青草也收回家，二表哥李村就到镇上联系一家养牛场，好说歹说商量着，把李木林的六亩青草卖给养牛场，做了喂牛的饲料，李村把卖草的收入给李木林一家三口买了合作医疗。

清明节了，冬至了，过年了，一些大的节日，二表哥李村给自己的祖坟烧纸，也到李木林的父母坟上烧烧纸，一边烧纸，一边嘴里唉声叹气。

六

土地是金，土地是银，土地是咱农民的聚宝盆……

二表哥李村站在西沟黑土地上感慨万千，这片黑土地是全村的粮仓，一共有108亩，亩产都能过千斤。黑土地位于李村的西沟，从村子到黑土地要经过一道山梁子叫胳膊山，过了胳膊山就来到了黑土地了，村民说：“那片黑土地是老天爷为胳膊山上种了一粒水痘疫苗豆，那粒水痘疫苗豆又形成了一块长形椭圆疮疤，那长形椭圆疮疤就成了黑土地。”

那么黑土地是怎样形成的？这里还有一个故事。

很早以前，这里没有地，只是杂草丛生，在起伏不平的岭上风生水长，有一年，村子里有一个李姓人来到这里割草，他一镰刀下去发现地下全是黑黑的烂木头，好奇的他就接着向下挖，但他挖出来那些黑木头很快就会变成黑黑泥巴，后来李姓人就在这里开荒种地，越开越大。有一年李姓人就在这里开出了一大片土地，在开荒期间，从地下挖出来的烂木头听老辈人讲，粗的有两人抱不过来，细的也有一抱粗，有的木头摆放整齐一垛一垛，很有规则又有秩序，有的木头右躺左躺，估计有几千万方木材，把一条西沟占的满满的。有人猜测这些木头是地震形成的，还有人猜测是海啸形成的，又有人说是大户人家把木头存在这里。由于地震，由于海啸，由于战争等种种原因，这些木头被弃忘在这里，这是铁的事实。但这些的结论都是猜测出来，没有什么根据。但就是最后那一条，就是大户人家把木头存在这里，这条还真有点意思，有点靠谱。后来我从县志上查找到了一些有关资料才得出结论，那些木头是张姓家存在这里，准备修坟墓备用的木材。

当时在藏马县俗称有三大姓氏望族，一个是大泮逄，二个是山里杨，三个就是松山张氏了。松山张氏于明初松山立村，村庄周围植铁篱寨，作为村外围的绿篱，再筑村围墙，修庙宇，建学堂。自明清两朝显赫，族中人才辈出。最著名的当属张谦宜了。他是清朝著名经学家、古文家和诗人，也是清朝雍正皇帝的老师。

雍正登基后，想起了自己的恩师张谦宜，如果不是他当年严格要求，使自己打下了坚实的学识基础，学到了比别人更多的知识和道理，怎么能胜出众兄弟顺利登上皇帝宝座呢？于是，他下诏让老师进京做官，远在家乡的张谦宜听到雍正要召他入京的消息，不知其意，反而吓得心惊肉跳，便在当天夜里吞金自尽。

张谦宜的死讯很快传进京城，皇帝得知老师让他一道圣旨给吓死了，雍正只好拨款为恩师厚葬。没想到张家把墓室修得和皇帝一样富丽堂皇。从藏马山一带征集了几千万方木材，把征集来的木材全部存放在这个山洼里，墓室还未能修好，几千万方木材刚刚用了还不到三分之一。后来，张家的仇人进京告了密说，张谦宜修墓室规格超过帝王将相，还掺了一些这个那个坏话。于是，皇帝从京城派人来调查，张家怕查出事牵连家族，就连夜派人把那些木材用土填埋了，填埋后上面种植小树杂草，京城来人查了几天，也没有查出什么罪证来，就回京复命了。

张家这才躲过一次浩劫。后来张家再也没有动那些埋在土里的木材。就这样那些木材在这里沉睡了几百年，没有人问寻。几百年过去了，没有想到那些木材为李村留下100多亩黑土地，这真是张家为李村送来了一大件礼物。

七

去年副镇长陈武技调到县农业局当副局长，分管全县的大农业。

有一次，二表哥李村进县城办事，顺便找到陈武技副局长汇报工作。二表哥李村是陈武技一手提拔起来的村干部，陈武技副局长对李村格外的偏爱。

陈武技副局长开门见山地说："现在光种粮食不行，光种地是旧皇历了，要调整思路，不要吊在一棵树上，你看吧，现在大家都在种粮食，粮食又卖不上个好价钱，现在农民不缺吃的，农民口袋里缺的是票子。"

二表哥李村虚心地说："陈局长，我就是过来让你给点拨一下，李村你最熟悉，下一步如何发展，你给谋划一条发展路子。"

二表哥李村说："村民种庄稼都已习惯了，再种蔬菜和其它的，村民没有技术。"

陈武技副局长说："别人种粮食，你可以种蔬菜，你可以搞养殖，你可以栽树苗等等，反正要把思路调整好，才能带领村民奔小康。"

陈武技说："我记得你们村还有100多亩黑土地，你可以在那黑土地里做做文章。"

陈武技说到这儿，想了想又说："你来得正好，局里从韩国引进一批大白菜种，我给你批点种子，你回家发动下村民把黑土地种上大白菜，这个品种非常好，价格高，销量不愁，产品由公司全部回收。"

二表哥李村从县城拿回村二斤大白菜种子，回到村子里就研究，也开了会发动村民种植大白菜，但是村子里没有几户愿意把黑土地种上大白菜。都说大白菜不值钱，不保险，种大白菜能发家致富？村民提出了若干的这个那个的质问来，落实到最后只有二表哥李村和几户村干部把黑土地种上大白菜。

二表哥李村把自己的8亩黑土地和李木林的6亩黑土地全部种上大白菜。二表哥李村说："村民不敢种干部首先带头种，如果今年干部挣钱了，明年村民也跟着咱一起种植大白菜，只有村干部先带头种，挣到钱了村民才能跟着种，就是说先村干部富了，村民才能富裕。"

真的让二表哥李村猜巧了，该当二表哥李村发个小财，那一年遇上了一个雨水调和的难得好年景，谁种大白菜谁赚了，二表哥李村的14亩大白菜喜获丰收，正好又赶上韩国闹"泡菜危机”，二表哥李村的大白菜赚了第一大桶金。

收购商慕名找到村子来，再来到地头像画圆圈一样，把几十亩大白菜全部占下，不用你人工收菜，收购商自己带人来收菜，每亩照7000元付给种植大白菜户，二表哥李村8亩大白菜卖了56000元，而李木林的6亩大白菜卖了42000元，二表哥李村在银行里给李木林开了一个户头存了起来。

尝到了种植大白菜的甜头的二表哥李村第二年又把14亩黑土地全部种植上大白菜，村民没有任何质疑，都跟随二表哥李村种上了大白菜。好家伙第二年全村子里热闹了，大白菜价格臭的像屎一样，没有人来问询了。

二表哥李村进城找到我帮忙，我找了几家企业也解决不了什么大问题，后来我有一个不错的朋友在县电视台当记者，让他给做了一个专题报道，发动全县大小企业社会团体都来购买爱心大白菜，才算是好歹保住村民的本钱。

经历过一场大白菜事件后，二表哥李村从中也学到了什么是市场经济，没有计划、没有市场调查是没有发言权的，这一次，二表哥李村是吃了没有市场调查的亏。

八

有一次，县领导让我去给一家台资企业写一篇报告文学，我到这家台资企业去采访了好几天，那位台资企业董事长叫刘国栋，是一个讲究茶道的人，办公室里摆了两套上好的功夫茶具，有小碗、小壶、小勺等都是上好的功夫茶具。

每次去他办公室采访，两人就坐在功夫茶桌前，刘老板泡茶我喝茶，一坐就是一上午，下午再接着喝，边喝边谈，谈得最多的是工夫茶。

刘老板说：“工夫茶并非一种茶叶或茶类的名字，而是一种泡茶的技法。之所以叫工夫茶，是因为这种泡茶的方式极为讲究，操作起来需要一定的功夫，功夫乃沏泡的学问、品饮的功夫。”

我说：“喝茶就是消化食物，是解渴，谁有这许多的功夫半天半天用来喝茶？这么个喝茶法，老百姓是喝不起，也没有时间。”

刘老板不接我的话继续说他的工夫茶，刘老板说：“饮功夫茶离不开茶具，茶具指泡饮茶叶的专门器具，包括壶、碗、杯、盘、托等。古人讲究饮茶之道的另一个重要表现，是非常注重茶具的本身的艺术，一套精致的茶具配合色香味三绝的名茶，可谓相得益彰。”

刘老板泡茶我就喝茶，他说我听，因为我不懂工夫茶，所以我也插不上话，只有奉上一双耳朵听的份了，听刘老板讲他的茶道……

刘老板说：“我的祖父还有我的父亲都喜欢喝功夫茶，我的祖父还在你们藏马山这一带和日本鬼子打过几年游击。”

在抗日期间的某一天，与刘团长打了几年仗的藏马县城日本小田司令，没有占到什么便宜。有一次，邀请刘团长谈判，经双方同意，地点选在城西一片坟墓，小田司令带了一名副官，而刘团长只带了一名勤务员。

小田司令站在东一面，而刘团长站在西一面，中间隔有两座坟开始谈判。

小田司令说：“你现在是国军的什么官职？”

刘团长说：“我是国军的团长。”

小田司令说：“你投降过来，我请示天皇，给你一个副司令当当。”

刘团长说：“副司令比你大不大？”

小田司令说：“在我的领导之下。”

刘团长说：“你再回去请示一下你们的天皇，让我当你们的天皇，替你们管理几天小日本。”

双方谈判就这样谈崩了。刘团长知道谈判是假，想抓自己是真，只见小田司令从腰间拨出指挥刀朝刘团长一指，从四面八方冒出20多个日本鬼子围了上来。

就在这时刘团长急中生计，他站的脚下有一根绳子，刘团长猜测这根绳子是有人来上坟留下的，那是一根深深嵌入土地里的绳子。刘团长眼看20多个日本鬼子端着上了刺刀的枪围了上来，刘团长哈哈大笑两声从地下拾起那根绳子说：“咱打了多年的仗了，知道你有多大出息，早知道你会来这一手，我提前在你们脚下埋了20多颗地雷，咱们就同归于尽吧。”

小田司令身后是刚刚修起来一座新坟。

刘团长说：“小田司令，在你身后还专门为你埋了一堆地雷。”

小田司令回头看了看那座新坟，吓得哇哇地叫了起来，说了一声：“撤。”

这个故事记录在县志里，我是从县志上看到的。

我说：“刘团长刘程山是你的祖父？”

刘老板说：“祖父和我说得最多的是这里有一叫李村崮的村名。老想着回家看看，为咱这个地方做点贡献，然而他老人家没有等到这一天就去世了。一辈爷爷管一辈孙，祖父他实现不了的事，有我回来实现。

这不我从英国剑桥大学毕业后，父亲让我回国考察建一家企业。回报一下这一方人民。我建的这家企业是生产浮法玻璃，其产品主要应用在高档建筑和太阳能光电幕墙领域以及高档玻璃家具。目前是一家上市企业，在东南亚地区就有五家，这是我们家族建起来的第六家生产浮法玻璃企业。”

刘老板说：“小的时候我听祖父说，藏马山里有一棵茶树，有时出现，有时退隐山林，没有人能找到他。”

我说：“的确有这么回事，有一个故事做证。”

有一户李姓人家，是个养鸡户，一年到头养琅琊蛋鸡。有一年李姓家把儿媳妇娶进门，婆婆就把每天进鸡棚拾鸡蛋的事交给了这个儿媳妇。然而不久婆婆发现儿媳妇每天拾的鸡蛋少了许多，要比原来婆婆拾的鸡蛋少了一半。婆婆含沙射影地说了一些不痛不痒的话，儿媳妇是个聪明人，一听就明明白白。婆婆的话大意是鸡蛋是儿媳妇偷着吃了，不是自己偷着吃了就是偷着拿回娘家了。

儿媳妇是个要脸面的人，眼睛里揉不进沙子，自己没有鬼，到底鬼出在哪里，儿媳妇为了证明自己的清白，就着手查找丢失鸡蛋之事。于是她就起早贪黑没白没夜守在鸡棚间，她守了整整三十天没有见到什么偷蛋贼来，这几天婆婆也有些不轻不重的话传了出来：“说什么，你看看这几天鸡蛋就拾的多了吧，人得用话教，不教不会做事，如果用棍子教的话，什么事那就晚了。”

儿媳妇欲哭无泪，有泪流进肚子里。功夫不负有心人，终于在第三十五天的早晨，太阳还没有出来，偷蛋贼出现了。原来是一条大长虫子的做道，一条大长虫子从西山的草丛中爬了出来，有大泥盆那般粗，长有6米，只见大长虫子慢慢悠悠，那舌头芯子一伸一缩探路前方，见它熟门熟路进了鸡棚，一路遇到一堆堆鸡蛋就张开血盆大口，一口三四个鸡蛋就吞进它的肚子里了，不一会儿半个鸡棚的鸡蛋都收拾进这条大长虫子的肚子里，大长虫子吃饱肚子后，只见它拖着个大肚子，像拖着一个大口袋一样，慢慢悠悠向山上爬去，大长虫子在前面爬，媳妇在后面紧跟着，看看这偷蛋的贼到底住在什么地方，只见大长虫子爬到一棵大柞树边，把绳子一样的身子缠在大柞树上，越缠越紧、越缠越紧，这时你能听到那长虫子肚子的鸡蛋啪啪的破碎声，鸡蛋在大长虫子的肚子里碎成蛋水，成为大长虫子肚子里的上等的营养品，滋润着大长虫子生儿育女。

不一会儿，大长虫子从柞树上下来，一阵风一样消失在大山的草层中。这个媳妇把这个偷蛋贼记在心里，她想怎么样才能抓倒这个偷蛋贼，证明自己的清白？她琢磨了好几天才想到一条抓贼的办法来。听老人说蛇的眼睛近视，几乎看不见眼前的东西，主要靠嗅觉，于是媳妇找来梧桐木头，做成大小和鸡蛋一样的木头鸡蛋，做好后，她提前把鸡棚的真鸡蛋拾出来，放进去她做的假鸡蛋，放完后，媳妇又好好的检查一遍，感觉没有什么漏洞之后，媳妇就偷偷藏在鸡棚的一角守株待兔。

一天太阳还没有出来，大长虫子准时来到鸡棚开始就餐了，大长虫子舌头信子仍然一伸一缩探着前面路，一路爬来，今天它来到鸡棚里，为它准备的第一堆假鸡蛋时，它闻闻又走开了，这时媳妇开始有些担心，害怕大长虫子识破她下的圈套，心慌手心就出汗。只见大长虫子又爬到第二堆假鸡蛋时，它又闻了闻然后张开大口一顿大吃海喝起来。不时间，媳妇做的那些假鸡蛋全部让大长虫子吞到肚子里，这时的大长虫子的肚子又成了胖和尚的大口袋了。

大长虫子拖着大口袋一样的肚子又来到那棵大柞树边，又缠在柞树上，只见大长虫子左缠右缠，左缠右缠就不见肚子的鸡蛋破碎。左缠右缠，左缠右缠，现在大长虫眼睛开始发白，左缠右缠，左缠右缠，现在大长虫眼睛开始发直。那媳妇见大长虫子变成这个样子，心中在笑，笑自己这几天行动没有白忙乎，这个小成就让她感到高兴，但就这样她还是不敢冒险与大长虫子较量。

只见大长虫子慢慢悠悠从树上下来，半死不活的越爬越慢，越爬越慢，媳妇想等大长虫子爬不动死了后，再回家找人把大长虫子抬下山，只见大长虫子慢慢悠悠向山上爬去，爬到一座大山的半腰间，有一悬泉潺潺流水，悬泉边有一棵大树，大树长得很神奇，树上叶子乌黑发亮，与其他树叶子相比较有些怪怪的。大长虫子来到大树边一抬头吃了几片树上叶子，又把大嘴伸到悬泉里喝了几口水，不大一会儿大长虫子的肚子小了，只见大长虫子健步如飞般，很灵活地逃窜进了大山里。

这会儿，那媳妇见大长虫子没了影子，心就从大长虫子身上离开来到这棵悬泉边上的大树身上，那媳妇研究了半天也不认识这棵矮矮粗粗的大树，那媳妇顺手从树上采了几把树叶子照原路回到了家。

后来，那个媳妇又到山上寻找那个悬泉和那棵大树均一一不见踪影。我说："这就是藏马山传说的神茶树。小时候我到二姑家也听说过这个故事，这个故事的发源地就是在李村，已经流传了好几百年了。"

民国期间，有一位国军军长专门派人到藏马山寻找那个悬泉和那棵神茶树，一个连队的兵力找了三个多月也没有找到什么东西，连个神茶树影子也没找到，尽管他们没有找到神茶树，但他们在寻找的过程中，收获了一个与神茶树有关的故事。

诸城有一个小县官叫王伦，有一次来到泊里，那时泊里还是一个村公所，相当现在的一个小镇，那天镇长不在家，他老婆生孩子，镇长回家伺候月子去了，村公所就剩下一个文书叫李良，外号叫大嘴。镇上穷的连壶茶叶也拿不出来招待县官，县官王伦看出李良的难处后，就从公文包里拿出一壶茶来，倒进茶壶里对李良说，你到茶炉上冲泡冲泡。没想到李良端着茶壶来到茶炉，把水冲冒了顶，壶盖子盖不上去，李良要来一个茶碗倒出半碗，才把壶盖子盖上，李良看到半碗茶水，就随手端起碗来吹吹喝到肚子里，端起壶就返了回来。

小县官打开茶壶看了看，眉头皱了皱说：“你是不是喝了一碗茶？”

李良哪敢说真话心里想，你也没有看到。李良就装老实的样子摇摇头说：“没有，没有。”小县官皱皱眉头说：“我不是心痛这一杯茶，我是怕你今天晚上回家要受个罪。”

李良听了县官王伦的话心里想，不就喝了你半碗茶水吗，就是半碗毒药我也不怕，何况是喝了半碗茶。能有什么神乎？当天晚上真的没有想到让县官王伦言中了，一晚上李良也没有睡觉，肚子饿得吱吱叫，那时家里也没有什么好吃的，只有晚上老婆煮的地瓜干子。李良狼吞虎咽把晚上剩下的两泥盘地瓜干子搬运到肚子里去，李良的眼睛才有了些精神来。届时肚子才算完事，肚子好受了一些，身上的精神气也来了，当天晚上还和媳妇干了一会儿好事。

这个故事是出在哪朝哪代，没有人清楚，也没有人去考证过。

九

在一个秋季收获的季节里，陈武技副局长和我乘刘老板的车子来到了李村。就因为二表哥李村，我和陈武技副局长还有刘老板在一起吃过几次饭，成了好朋友。刘老板邀请我们两人想过来看看李村，看看祖父曾经战斗过的地方，也顺便看看能不能发现一些关于神茶树的蛛丝马迹。

那一天，在二表哥李村陪同下我们一起来到山上。

刘老板说：“藏马山的确秀美，没有想到这里物种如此丰富。”

陈武技副局长说：“藏马山地处植物南北过渡地带，属于亚热带之终，暖温带之始，亦即地理位置的阴阳之交。李村座落在藏马山的前阳，拥有诸多红楠、漆树、柳杉等众多亚热带树种。”

二表哥陪同我们三人从山上下来转到西沟的黑土地，刘老板边走在黑土地上，边左顾右盼，又蹲下身子抓了一把黑土，仔细看看眼睛一亮，说了一声：“这里适合种台湾的高山茶。”

我看了看黑土地里长着的玉米，花生说：“刘老板眼前都是玉米、花生，哪有什么茶树？”

刘老板说：“现在这里没有茶树，将来这里会种出茶树。因为这个地方与台湾的南投县新兴茶区地理环境气候相似。具有种植高山茶的地理优势，无论是黑土，山阳，气候这里都具备种植茶树条件，这里会种出具有色泽翠绿鲜活，滋味甘醇耐冲泡等特色名贵茶来。”

二表哥看看我又看看刘老板说：“这里要种茶？咱没有资金，没有技术又没有销路……”

刘老板说：“这些你都放心，你只管把地调好，我让台湾派人过来，在这里建茶园，建茶厂。”

二表哥现在听出来一些道道说：“村民的地怎么办？”

刘老板说：“农民种地一年每亩收入多少钱？”

二表哥李村把一双小眼睛转了两下说：“一年种小麦、花生、大豆两大季下来收入1500元不成问题。”

我在一边替二表哥李村脸红，心里在想二表哥又在要小聪明，一年两季最多收入1200元，这还不算种子化肥人工等费用，如果算上这些一亩也就是收入800元。

刘老板看着这片黑土地脑子里正在换算一组数字，他在大学里学的是经济学，产出和投入都装在他的脑子里。一会儿刘老板说：“这样吧一亩地按1800元，租赁50年……”

昨天晚上，二表哥李村做了一个美梦。在梦中他咳嗽咳出一块痰块吐在手里，那痰块在手心里绵绵的像玉块一样，从窗外射进一道月光，二表哥借月光发现手心里那块痰块变成一个碧绿的玉虫，还在蠕动。二表哥李村急忙叫醒媳妇说：“你赶快打开灯来。”二表哥李村的媳妇起来穿上衣服，又到地下去找鞋穿。二表哥李村说：“你头顶上就是灯的开关，一伸手就打开了。”然而二表哥的媳妇还在找鞋，一不小心又把鞋踢到远处，这时二表哥的媳妇又低下头去双手又在地上摸鞋。二表哥李村急着说：“你快点，一伸手就打开灯了，不用穿鞋。”就在这时，二表哥李村的手里那个碧绿的绿虫突然膨胀了起来，越胀越大，塞满在手心里，手里像是装不下那块碧绿的玉虫一样。就在这时二表哥李村急中生智，突然把手里碧绿的绿虫一把按在嘴里，那碧绿的绿虫进到嘴里化成水，一道凉意进了肚子里。这个时候灯还是没有亮起来。二表哥李村醒了，原来是一个梦。

二表哥李村想起昨天晚上那个梦来，看看刘老板又张了张嘴，想说又不敢说的样子。

我说："二表哥今天我给你带来的是财神爷。"

二表哥李村小眼睛一转说："财神爷来了，咱有好酒。走咱到镇上的山里红大酒店喝酒，我请客。"

刘老板说："不用到镇上了，你就在家搞几个农家小菜，叫上几个老人拉拉呱。"

陈武技副局长说："就是，让刘老板尝尝咱山里农家饭。"又和二表哥李村说，"你打个电话安排下，炒只琅琊鸡，炖条水库鱼，炸上一盘山里的小石蟹，猪肉粉条大豆腐，再搞上几个小凉菜。"

二表哥李村立马给村文书李小算打了电话，让他在家里准备。

一行几人从西沟黑土地转到村前张谦宜的坟上，已到中午。

二表哥李村说："这座大坟是清朝雍正皇帝的老师张谦宜的坟，小一点的坟是他儿子的坟。"

刘老板说："将来这两座坟可以作为李村农业旅游的一张王牌。"

……

几个人说着话走进村委大院里，老槐树树阴底下有一张圆桌，上面有四个小凉菜，一盘小青葱，一盘油炸花生米，一盘豆腐干，一盘青瓢小萝卜，还有一碟黄豆酱。八只小凳子围绕着圆桌，老书记李古手摇扇子守在桌子边拍打着苍蝇。一边李木林他二叔和二姑父在烧水，用的是一种白铁皮围起来铁壶，中间是圆炉堂，从上口处放进小木柴，从底下点火。这种烧水壶在山村里家家户户都有一个用来烧水冲茶，村委会房子里正在烹调着农家菜。

当我们四人进了大院，老书记李古站起来打招呼说："快坐下喝水。"陈武技副局长把刘老板介绍给老书记李古和正在冲茶烧水的李木林他二叔和二姑父。

介绍完，李木林他二叔开始冲茶，茶具都是些最普通农家茶具，但洗刷得非常干净，水是山泉水，茶是没有好茶。

老书记李古说："山里没有好茶，喝碗水解解渴。"

刘老板端起杯子喝了一口说："这茶不是还有些味道吗。"

老书记李古说："茶是没有好茶，咱这山里的水好，冲什么样的茶都能冲出味道来。"

这时二表哥李村说："自古咱李村传说有神茶树，今天刘老板就是为茶而来的。刘老板要在咱西沟黑土地上种茶。大家都可以说说话。"

老书记李古说："老辈人说咱藏马山里有神茶树，但是谁也没有见到过，我看刘老板与咱村有缘，有刘老板名人指点咱村西沟黑土地种茶就能种出好茶来。"

二姑父说："黑土地种茶树，咱的粮食种在哪里？"

李木林他二叔说："黑土地是后来发现的，过去咱在张家坟那一片也能种出好庄稼来。北山坡种杂粮，把黑土地拿出来种茶树，给村民带来好日子，我看可以，多少钱一亩？"

二表哥李村说："刘老板给了一个高价，一亩租赁费1800元。"

李木林他二叔和在座的人都一愣，让这个数字吓了一跳。

李木林他二叔说："好事好事啊。"

那天，老槐树底下那顿酒大家喝得都很高兴，菜是农家菜，酒是普通的藏马琅琊台酒，就这样普通的农家宴，大家伙都吃出了味道，也喝出了精神来。

刘老板说："咱山里有这么多好吃的农家菜，以后可以发展农家旅馆，让城里人来品尝。"

二姑父说："城里人来吃？"

刘老板说："咱村还可以发展生态旅游。"

陈武技副局长说："不论发展什么样的产业，都要动脑筋，只要心有多大，舞台就有多大，只要敢去想，敢去做，土里是能够长出金子来的。"

那天在老槐树树荫底下吃完饭后，我对老书记李古、二姑父和李木林他二叔说："你们知道刘老板的祖父是谁吗？就是在咱这一带打游击的刘团长，让日本鬼子闻风丧胆的国军38师第六团团长刘程山。刘团长在一次战斗中负伤，日本鬼子悬赏三千大洋抓刘团长。刘团长受伤后还是在咱李村养的伤，是在二表哥李村的三爷家养了一个月的伤，后来刘团长伤好后回到部队。又参加著名的徐州战役，随后升任为国军38师师长，首批随大部队迁移到台湾……"

老书记李古说："当时藏马县都让日本鬼子占领了，唯独没有打进李村，那时咱李村就是一块没有被日本鬼子占领的中国地。"

二姑父说："咱李村地处大山沟沟里，四面环山，一条出村路，有两个人把守，日本鬼子进不来，当时咱村种大烟，把大烟运到青岛换回洋枪。那时咱村子就有20多支洋枪，刘团长还给咱村留下一门大炮，就放在出村的路口。”

李木林他二叔说：“日本鬼子没有打进村里来，听老人说还有一种说法。日本鬼子顺着进村的小山路，走到双庙口间，有一块巨大的石头挡住了去路，据说那块大石头神出鬼没，只要见到中国人，巨大的石头就没有了，但要是见到日本鬼子来了，巨大石头就会出现。老辈人说，那是张谦宜他老人家保佑咱李村。”

老书记李古握着刘老板的手说：“刘团长在咱这里最有名了，日本鬼子听到刘团长的名字就发慌，都害怕他。有一次刘团长带领一队人马，把一个日本司令部给端了锅，小日本鬼子听到刘程山的大名就吓破魂。”

李木林他二叔说：“那时候我们都还小是村里的儿童团。李古当儿童团长，我和李村他爹当副团长。刘团长每次来村子里，我们就跟他的后面问这问那，成了他在村子里的临时勤务兵了。”

老书记李古说：“现在刘团长的后代回村来投资建设，我们就像当年支持刘团长抗日一样，你们放手干吧。”有乡亲们这一番话，刘老板心中有了信心，说干就干，很快从台湾空运来首批茶树苗来，第二年春天全部栽到了地里。

到了秋天，小茶树苗长得又胖又粗又高。从台湾派来的茶专家说，明年春天就可以采茶叶了，但刘老板说，明年还是不要采，让它再长一年。

这之后刘老板一边筹划建设炒茶厂，一边投资在茶园里建起一座雕像，题材是以神茶树的故事为内容。那雕像是这样的：有一座很有气势的汉白玉雕刻的大山，半山腰间有一个滴水的悬泉，悬泉边上有一棵千年古茶树，古茶树有一条大长虫子盘缠在树干上，大长虫子的头伸到大树叶间正在采吃树上的叶子，一位妇女站在一边静静地看着这些。悬泉里水哗哗地流出一股小水流，小股水弯弯曲曲汇成小溪流淌进一块块茶田里，滋润着茶田，浇灌着茶树，让每一棵茶树，每一片茶叶都能吸收神茶树的营养，进而孕育出名茶。

等到村子里建起炒茶厂来，茶树正好长了三年时间了。新建起的炒茶厂整套设备全部从德国进口。炒制出来的第一批茶就定名为“碧雪春”绿茶。上市的首批茶还在北京人民大会堂举行了首次发行仪式，主题是天下和一，两岸沁香，此次发行的碧雪春绿茶，意在以茶会友，寄情两岸，企盼祖国早日统一的愿望。并邀请了许多国内外茶行专家参加了会议，许多茶行专家品尝了藏马山碧雪春绿茶后，连连称赞，这茶不错，色香味上乘，的确是绿茶中的精品。

碧雪春茶一亮相就赢了个满头彩，最高售价达到了每斤两万余元。

十一

李村种出了天价茶叶，山沟沟里飞出了金凤凰来，这个消息从北京人民大会堂传了出去，一下子吸引了一大批记者慕名来到李村采访。市电视台记者扛着长枪短炮来了，报社文字记者也来到村里，找几个村民座谈了解下情况，到茶园茶厂转转看看要份材料，拍张照片写段文子，第二天新闻就见于报端。

而电视记者要住在村子里，实地拍摄，还要找当事人现场实地采访。电视新闻需要现场画面，就是说七分画，三分字。

芳菲四月，草长莺飞，春意盎然。电视记者选择采访的时间是在春天，正是茶园采春茶的季节里，那天整个茶园被云雾笼罩在一起，样子像一个光头顶的青年，头顶碗口大的面积是茶园，而茶园的周围全部是茂密的树林，除了茶园藏马山整个沐浴在阳光里。

雾蒙蒙的茶园里有50多名采茶工，正在采摘鲜嫩的茶芽。采茶工大多是采茶大婶，一般见不到采茶姑娘，不时还见到采茶大叔活跃在其间，采茶大婶每人头上统一蒙着一条白底红花绿叶的包头巾，而采茶大叔头上戴着斗笠，上面印有"碧雪春"三个红字。他们在茶园里采茶有时是人字队形，有时大字队形，配有头上的服饰，在雾蒙蒙里的茶园里，就是一幅乡村风景油画。

摄像记者说："这画面太美了，这条新闻再配上一段好文字，就能获大奖。"摄像记者说完急忙扛起摄影机开始在茶园里选角度拍摄。而负责文字的记者则和陈局长、刘老板、李村、李小算边走边谈，他这是正在了解情况，做背景采访。

文字记者说："嫩叶初芽百里香，村姑十指采春光。"

刘老板说："春茶讲究的是采芽，二芽是宝，三芽是草。"

李村告诉记者，时光不等人，茶芽一冒出来就要马上采，迟采一天半日，影响茶叶质量。春茶开采以来，全村的大姑娘小媳妇全部出动，还有外村的采茶工来帮忙，最忙时茶园里达到100多人。

刘老板说："采春茶，人工就是生产力，采茶工的数量，决定茶产量。采茶工的水平，决定茶质量。对外村的采茶工公司免费提供食宿，从住处到茶园专车接送，保证熟练的采茶工每天收入不低于50元，这些优厚条件，就争取更多采茶工来服务。”

文字记者说：“现在采春茶，一亩茶园需要用几个采茶工？”

刘老板说：“春茶每亩茶园至少需要两个人，才能保证鲜叶及时采摘。”

村文书李小算说：“我算过账来，采春茶茶园100亩，集中采摘期每天至少需200名采茶工，全村共有妇女200个，其中70岁以上的妇女有60名，有40名在外务工，采茶用工短缺100人以上。”

刘老板说：“采茶是一项简单劳动，不论男女老少，经过短期培训都能胜任。”

刘老板和陈武技副局长说：“可以通过政府引导，部门协调组织，把周边村劳动力流动起来，不仅能有效缓解采茶工短缺问题，也可为群众增收新开一条路子。”

记者现场采访一位妇女叫张小秀，是村文书李小算的老婆，前年经二表哥李村介绍，张小秀从双庙村嫁过来给李小算当老婆。张小秀还带了一个女孩子叫赵瑛瑛，正在上小学六年级。

二表哥李村把张小秀介绍给李小算是有原因的，李小算给老书记李古代理村文书已有几年了，老书记李古退位把村书记交给二表哥李村，也把李小算的代理文书的事一并交了过来。

老书记李古说：“李小算管账目是一把好手，小算盘打的是个个有响声，我磨炼了他几年后，这个人你可以放心地使用，把代理去掉，给正起来吧。”

二表哥李村首先给李小算成了家，再给李小算扶正当了村文书。

李小算听说要把双庙村张小秀介绍给他，心里激动得晚上睡不着觉，就是睡着了也做着美梦。

在梦中，李小算梦着他走进一家大院里，院子里有一棵梨树，梨树枝上没有叶子，只有熟透的翠绿红玛瑙般的梨子吊挂在树枝上，李小算看到这么飘逸的景色，还有这么秀美可餐的玉宝石的梨子，经过主人同意就伸手摘下一个，没想到李小算摘下的那个梨子是双胞胎梨子，他理解成就是一半。就在这时李小算发现梨树上有一只金蟾，一下子跳到李小算的头上，李小算一生最怕蛤蟆，他一把把金蟾从头上拔了下来，梦就醒了。

李小算梦醒后满头大汗。他知道这个梦的意思是：癞蛤蟆想吃天鹅肉。

正在采茶的张小秀说起土地流转给她家带来的好处，她给记者算了一笔账。张小秀说，她家有五亩地租赁给公司种茶，每亩租赁费1800块钱，五亩地年收入9000块钱，张小秀本人又在茶园里采茶，一天50块钱，一个月也能挣1500多块钱的工资，两块收入将近30000块钱，好真是高兴。

二表哥李村说，不是一家人不进一家门，张小秀账目算的不比李小算差多少，小葱拌豆腐一清二楚，明明白白。

现场记者还采访了二表哥李村。二表哥李村说："以前咱李村是以种植小麦、玉米为主的农业小山村，有60%以上的青壮劳动力外出打工。针对这种现状，他们引进了公司种茶项目，引导农民将自己的承包土地合理流转，实现了政府、企业、农户三赢，在农村这条路子我们走对了。"

在李村像张小秀家一样，通过土地流转的形式，把地出租给茶园公司的农户有60多户。目前，在租用农民土地的茶园上班的农民有200余人。

现场记者还采访了刘老板。他说："授人以鱼只是解一时之困，授人以渔才能解长久之饥。我们企业发挥自身优势进行'造血帮扶'，按照"公司+合作社+农户"的模式，协助帮扶李村流转土地100余亩连片发展茶叶，村集体和村民的经济收入都有了大幅提高。一个富人帮一个穷人，一个企业帮助一个小山村，这是实现公司、企业、村庄、农民四赢的问题。"

刘老板的言谈间，充满了幸福的憧憬。

十二

李木林外出打工多年杳无音信。村委会换届选举三次，二表哥李村都是连续选任村主任，村民都信任他，最后老书记李古把村书记也给了二表哥李村，现在二表哥李村既是村支部书记又是村主任。而李木林的六亩地李村一直操着心，起先种草、种大白菜，又让刘老板租赁去栽上茶树。几年下来，李木林的六亩地除去成本有了不少积累，二表哥李村就一笔一笔给李木林存进银行里。而李木林全然不知，李木林在深圳一家建筑公司下面当了一个小包工头，带领十几人干油漆活和墙皮活，李木林挣了不少钱，买了房子，买了车，成了一个小老板。

然而天有不测风云，李木林的儿子得了一场病，是一场大病。为救儿子，李木林卖了房子卖了车，还借了一大堆债。

为了儿子李木林走投无路，到了山穷水尽的地步了。李木林万般无奈，无法支撑的时候，突然李木林想到了老家还有六亩地。他知道现在土地价值很高，土地是农民的命根子，现在他不多想了，于是李木林就打起了卖地给儿子换肾的主意，主意定了，一刻也不能等，李木林简单收拾了下，回到了老家李村。

李木林的儿子是在一家打工子弟小学上五年级，学习成绩一直不错，在班上学习都在前三名。有一次李木林发现儿子出现身体疲倦、注意力不集中，起先是恶心、呕吐、脸色变得苍白。于是就带儿子到医院做了个全面体检，体检单子出来一看，确诊是尿毒症。

李木林和他媳妇的肾经过化验都不合格，孩子就住进医院等志愿者捐肾。终于有一天，医生通知李木林说，志愿者捐的肾下个月就到了，让李木林做好准备。儿子住了几年院，钱全部花光了。换肾的医药费要十几万，李木林就从深圳坐车回到老家。到了藏马县城汽车站，十几年没有回老家，家乡变化很大，现在车站还有一趟通往李村的车，他随人流上了车，一路来到了双庙村白果树，见进村的山路修成了柏油马路，两边的山上栽了一些樱桃树，花期刚开过，有的还正在开放，李木林来到了村口，见有一块大石头竖在那里。上面写着：土地是金，土地是银、土地是咱农民的聚宝盆。

十几年没回家，想不到村里修了柏油马路，还有几家也盖起了大瓦房来。这时村子的上空浸润着小雨，小山村比平日显得更加整洁、安静。大街小巷打扫得干干净净，墙上有画，路两旁的树上开着花，而山墙面上画的内容有《弟子规》《三字经》等中华典籍系列，《岳母刺字》《于谦“两袖清风”》等传统故事系列，《闻鸡起舞》《一字之师》等图说成语系列。一幅幅弘扬党的富民政策，反映新型人口文化、婚育新风、关爱女孩的卡通画和漫画跃然墙上，成为小山村一道亮丽风景。

李木林不敢面对乡亲们，更怕见到二表哥李村。真是冤家路窄，在街口李木林见到一个人从街面上捡起几块垃圾碎片，丢在路边上的垃圾筒里，就是这个人拦住了他，正是二表哥李村。

二表哥李村说：“木林兄弟，不认识路了，找不到家门了？”李木林满脸通红，一时不知道说啥好，磨蹭了半天，还是说出了回家卖地的事。

二表哥李村说：“木林你要把地卖了，你爹娘的坟迁哪去，自古都讲个叶落归根，李村才是你的根，你要把根也拔了？”李木林露出了为难相，喃喃说：“不是有困难我也不会走这一步。”

二表哥李村看着李木林落魄的样子说：“走咱回家说话，让你嫂子炒上几个菜，咱慢慢说话。”

到家后李木林见二表哥李村住的还是那四间房，不过家中刷新了一遍，家里显得干净利索。

二表哥李村的媳妇炒了四个小菜，二表哥李村拿来一壶酒，两人倒满杯子就喝了起来，喝到半席间两人无话，这时二表哥李村从桌子抽屉里拿出一个小本本和一个存折说：“木林这个是你家合作医疗卡，你儿子治病的医药费凭这个卡大部分可以报销，这是个存折里面有16万元，这是你六亩地这些年的收入，都在这里啦，你拿回去给儿子治病吧。”

李木林傻了半天也没有说出话来，头重重地低了下来，那个像草把一样的头深深地低了下来，呜咽抽泣，然后抱头痛哭。

有了这一大笔救命的钱，李木林的儿子肾移植手术非常成功。

十三

李木林的儿子出院后，李木林一家三口，在秋天一个收获的季节里回到李村，李木林带着老婆孩子回家了。

李木林回到家，李村为他们一家三口接了风，并安排李木林他媳妇进了茶园，为李木林的儿子办理了转学手续，而二表哥李村对李木林说：“这几年你都在外面打工，村子的事你都生疏了，你先熟悉下情况，再安排你的工作。”

随后几天，李木林按照二表哥李村的话，就在村子里熟悉情况。

李木林先到了茶园，只见原来黑土地里那些玉米小麦让一岭一岭的茶树占领了，那一道道茶树弯弯着，像一个个青蚕一样，有规则地趴在黑土地上，茶园里有20多名妇女正在采着秋茶，她们统一服装，一色儿的青布对襟褂子，头上扎着统一的包头巾，成为茶园里一道美丽的风景。

茶厂里机器轰鸣，全套炒茶机一色儿不锈钢机器，炒茶工人们正在炒茶；李木林转到山上，他看到山上多了一些樱桃、杏树、山楂树；进村路两边都栽上了绿化树木。

张谦宜的父子坟也整修了一番，还立了石碑，但是石碑上没有刻字。村子里大街小巷全部硬化了，有专职的老人打扫得干干净净，一尘不染。街道两旁栽上花草树木，墙面上有画。

原来的村委大院建起农家书屋，有人正在读书看报。看到这些李木林在心里承认李村比自己能干，村民选李村当村主任选对了，李村才是个办实事的人。当时自己竞选村主任演讲稿，是他花了100块钱从城里一个上会网的孩子那里买来的。

李木林没想到，仅仅十几年李村就让李村发生了翻天覆地的变化。

村子里建起了茶园，建起了茶厂，妇女进茶园采茶，男人在茶厂里炒茶；老人在山上修剪树枝，在大街上清扫卫生；而小孩子进幼儿园里

玩耍0

这些变化不都是自己在十几年前，演讲稿上描绘了李村一幅新农村建设的图画吗？看着眼前这些变化，自己是在纸上画饼，而李村是用他的一双手，一砖一瓦建设起来的。

十几年来李村心里想的是一个李村，而自己心里想的是一个小家，自己的小家还是离不开这个大家的帮助，李木林想到这里眼睛里流下泪来。

李木林低着头走着想着，突然李木林碰上了二表哥李村。

二表哥李村说："木林丢了什么了？像失魂一样。"

李木林抹了一把眼泪，抬头说："是李村哥0"

二表哥李村说："看到咱村这几年还有些变化吧？"

李木林再次把头低下去，没有急着去接二表哥李村的话。

二表哥李村又说："这几天你是不是没有在村子里转转？"

李木林抬起头来说："当年咱两个竞选村主任，村民选你是正确的，如果选上我咱村也没有现在这个样子，村民选你是对的。"

二表哥李村被李木林的话说愣了，一会儿，二表哥李村拍拍自己的脑门哈哈大笑说："木林你想到哪里去了？都想歪了，你都想歪了。你是不了解我，我是一个谋事不谋人，谋实干不谋名利的人，这不，咱村马上就要被改了，在不破坏原有村容村貌的基础上重新改建。我是让你考察一下咱村适合建哪种楼房？搞建设你比我有经验，你在外面搞了多年的建筑，我想让你为全体村民挑起这副担子。"

李木林听完二表哥李村的话，又低下头去说："我是在外面干了十几年的建筑活，不过那都是些处理外墙皮的小工程，这么大的事交给我，恐怕完不成村民交给我的任务。"

二表哥李村说："村庄规划建设的效果图刘老板已请清华大学设计好了，走，咱们到村委去看看。"

二表哥李村边走边和李木林说："刘老板给咱村的定位是，建设观光农业旅游村，就是建成田成方，屋成行，清清渠水绕村庄。刘老板还把咱村定位成生态旅游景区的田园秀美村。"

"刘老板还定位……"

李木林跟在二表哥李村的后面边听边想，村庄的规划图是个啥样子？如果建起来又是个啥样子？李木林边听边想就这样走进村委大院里。

两碗白开水

团圆饭

我在青海做地质勘探工作已有20多年了，大学毕业就分配到那里一直到现在，“每逢佳节倍思亲”这话不假。由于常年在外漂泊，过年过节不能与家人团聚，对亲人的思念更为有加。在野外工作苦点累点都不怕，也不觉得孤单，就是离家远点，因为家中有一个八旬的老母亲。俗话说，家有老人不能远走，要在老人的床前伺候。这些年也苦了妻子了。有一次，母亲晕眩在床边，儿子发现了，妻子及时叫了110送往医院救治，还好多亏送得及时。医生说，再晚送来10分钟，就有生命危险。母亲担心儿子在外工作，长年累月，母亲就落下心脏病。那一次妻子真的害怕了，母亲停止了半个多小时的呼吸，妻子给我远在青海的单位打了电话，得知我在大山里搞地质勘探，一个人硬顶了一个多月。两个月后，单位批准我回家探望老人，一进家门，母亲见到我，嘴唇抖了抖，眼睛望着我，扶着床慢慢站了起来，身子却又像泥一样瘫了下去，我竟忘记去扶母亲，而妻子像傻子一样，也站在那里没有动。我担心母亲，从此离我们而去。谢天谢地，老母亲总算熬过这些年来。

今年中秋节，单位批准我回家，并且让我回家办理调动手续，单位照顾把我调回老家来，由于办理手续耽搁了时间，到家已是下午5点了。一进家门，母亲用一种奇怪的眼神打量我，然后，她一下子扑在我身上，摸着我的脸，最后，母亲竟把脸埋在我的怀里，呜呜地哭了起来，妻子和儿子只是站在一边，也在那里抹眼泪。母亲急忙抬起头来说：“言他妈，快做饭，咱一家人吃顿团圆饭。”我说：“不急，不急，我在回家的路上看到东门那里新开了一家豆捞店，今天咱到那里去品尝豆捞。”母亲看着我说：“咱在家吃团圆饭，不去品什么豆捞。”儿子听说要到外面下馆子，高兴得跳了起来：“奶奶，咱去品尝豆捞，咱去品尝豆捞。”我说：“多少年咱们没有在一起吃团圆饭了，今天咱一家人好好品尝一下团圆饭的味道。”母亲见一家人都非常高兴，说：“走咱去吃团圆饭。”我说：“这次回来不走了，单位领导把我调回家门口工作，就是为了照顾您老人家。”母亲听了高兴得落下泪来，我用手擦着母亲的眼泪，头不由自主地埋在母亲的怀里呜呜地哭了起来。母亲见我哭了，说：“言他妈，走，收拾一下咱去吃豆捞啦。”于是我给母亲穿上一件外套扶着母亲下了楼，妻子把一瓶甜酒，一瓶白酒，装进提包里和儿子下了楼，一起搀扶着母亲走出楼院。路上人很稀少，大家都回家团圆，路两边店铺都关门了，一路走来，唯独豆捞一家店开着，店里已有不少家人围坐在一起吃团圆饭，一片繁忙而又生意兴隆的景象。豆捞店是一个南方的小伙开的，小伙子剪了一个板寸头，一脸的精神，一脸的和气。进门后，小伙子一边搀扶老人，一边为我们介绍豆捞的来历。板寸头老板说，豆捞……起源于港澳，又称香港火锅，豆捞为都捞的谐音，又有捞福、捞财、捞运气；亲情、友情、爱情尽在一捞之中之说……板寸头老板说着，一边把我们领到“米”字房间。板寸头老板说：“大妈，您是今天的寿星，专门安排您在这个房间里。”一进“米”字房间，圆桌中心有一个大大铜火锅，锅里汤水“咕噜、咕噜”冒着热气，周边围放着海鲜、生肉片、青蔬菜。房间里显得暖融融热乎乎的，板寸头老板把母亲领到主位上，又给母亲把外套脱下来挂在衣服架上，说：“大妈你真有福气，儿孙满堂。请您吃好喝好，一会我们还给您准备了，免费的有福饺子和中秋月饼0”

母亲坐在主位上，我和妻子坐在一边，儿子坐在母亲一边，妻子为母亲倒上一杯甜酒，红红的酒把母亲的脸映红了。妻子又给我倒满白酒，也给儿子倒上甜酒，自己也倒上甜酒。这时上三年级的儿子站起来说：“祝奶奶、爸爸、妈妈身体健康！也祝我自己学习进步！干杯！”四个杯子碰在一起，发出清脆的响声，母亲碰完杯喝了一小口，然后，看着一家人团聚，满脸的笑容，一家人暖意融融的吃起中秋团圆饭来……

我把海鲜，羊肉，牛肉，在铜锅里煮烂熟了，然后，我和妻子一起从铜锅里捞出来，盛在母亲的碟子里，让母亲沾着芝麻酱吃，母亲吃了两大碟子，喝了两杯甜酒，母亲高兴，全家人都高兴……啊，这才是一家人的团圆饭。

团圆饭最后，板寸头老板端来免费有福饺子和中秋月饼说：“捞福来，捞福来。”板寸头老板征求我们的意见说：“店里有包好的有福饺子，也可以要馅自己包有福饺子。”母亲说：“咱自己包，还热闹。吃团圆饭图的是热闹。”板寸头老板说：“我们还特制了福字铜钱，可以包两个，也可以包六个。”我征求母亲的意见。母亲说：“包一个，就包一个。”为了让母亲高兴，我同意了，而且希望母亲吃到这个有福饺子，我要真诚地祝福母亲，愿她老人家多活几年。于是服务员端来馅和面皮，全家人围着火锅包起有福饺子来。福字铜钱是一个两分的硬币，正反面各有一个大大的福字，周边围着一圈夔纹，挺好看的。母亲拿起一个面皮，上面加一层馅，又拿起福字铜钱正反面看看，颤抖地把这枚福字铜钱放在馅上，上面又盖了点馅，包成一个饺子。这就是有福饺子了。我看见，母亲包完这个有福饺子，又用手在饺子边上捏出一个记号，然后，顺手把有福饺子和我们包的饺子一起下到火锅里，饺子在火锅里“咕噜、咕噜”地煮着……

这时，我给上三年级的儿子，讲了一个关于送福的故事。我说：“很早以前过年时，都给长辈老人拜年，金银财宝也拜年，有一年金到咱老徐家拜年，梆梆敲门。主人问：‘谁啊？’金说：‘我是金，来给您拜年。’主人说：‘你是金，俺不要，你到其他家去吧。’金走到村东头碰上银说：‘银你到谁家？’银说：‘我到老徐家拜年。’金说：‘你不要去，人家不开门。’银说：‘你跟着我，保准给你开门。’于是金银一起来到老徐家。梆梆敲门，主人问：‘谁啊？’银说：‘我是银，给你拜年来啦。’主人说：‘你到别家去吧。’就这样金银财宝都碰了硬钉子，于是金银财宝在村东头又撞上了福说：‘福你到谁家？’福说：‘我到老徐家拜年。’金银财宝说：‘不要去了，人家不给开门。’福说：‘你跟着我。’于是它们一起又来到老徐家。梆梆敲门，主人问：‘谁啊？’福说：‘我是福，给您拜年。’主人说：‘等着，赶忙为您开门。’这时大门吱呀呀开了，金银财宝福一齐进了老徐家大门……”

饺子在铜锅里很快煮熟了，像一个个金元宝一样漂上来，又像一群小羊羔一样围着铜火锅内环转圈。母亲说，一滚熟皮，二滚熟馅，三滚四滚打转转、五滚六滚漂上来……我一眼就看见锅里那个带记号的有福饺子。

母亲在盛饺子的时候，把那有福饺子盛在一个碗里，然后把这碗饺子推到我面前说：“吃吧，多吃，趁热吃。”我觉得心里一阵热，鼻子也酸疼起来。我怎能忍心吃这个有福饺子呢？这个代表着全家人祝福的有福饺子，应该让母亲吃，让她老人家高兴多高兴。但我一时想不出好办法，因为母亲认识这个有福饺子。我想那就给妻子吃吧，她跟我生活了二十年，现在已经是快半百的人了。结婚这么多年，她一个女人又当爹来又当娘，照顾这个家不容易，脸上皱纹一年比一年多，头发也变白了。我趁妻子去取蒜泥的工夫，把有福饺子搁在她的碗里。_会儿妻子吃到了，我就领着儿子喊。谁知，妻子回来看了看碗，呆呆不动筷子。半天，她才抬起头，用一双感激的眼睛望着我，眼圈也红了。啊！妻子也认识这个有福饺子。

此刻，妻子没有出声，显得很平静。她拾起筷子说：“羊肉饺子要趁热吃，才有滋味”，说着自己首先吃了一个饺子，急忙又说：“饺子都快粘在一起了”，一边说着，一边把我的饺子碗拿起来摇晃，又拿起母亲的饺子碗摇晃，就这样把那碗有福饺子放到母亲脸前。母亲显然没有注意到，一双慈祥的眼睛一直看着我，心里有些纳闷，儿子吃了那个有福饺子，为什么不吱声呢。她边看我边吃饺子，突然，母亲“啊”了一声，原来是有福饺子俗了牙。

妻子像孩子般喊：妈妈有福！吃到有福饺子了！

母亲满脸疑惑，这时当啷一声，一个东西从她的嘴里掉在碟子里，正是那个福字铜钱。

于是，我领着妻子儿子一齐欢呼起来，母亲有福！奶奶有福！……

母亲笑了，笑着笑着，流了一脸泪。我和妻子也流了泪。

此时，一轮圆月爬上窗来，映照在团圆桌上，也映照在全家人的脸上。妻子拿来月饼，全家人一边吃着月饼，一边赏着圆月，其乐融融……

上三年级的儿子说：“抬头望明月，低头在故乡，吃团圆饭真好。”

嫁 槐

我的窗前，不知道什么时候长出一棵小槐树，起初是一根树条子，春天抽芽，冬天落叶，那密密的针刺很锋芒，有角有棱，看着看着就能把人刺痛。让我想到若干年以前，战场上码着的一堆堆一岭岭的枪刺。

春天过去，冬天过去，过了几年。随着槐树的生长，社会的形势也不断地变来变去。窗前那棵小槐树的前一米是一条副线易通马路，常常有戴红绣杠杠的人走来走去，有的在游斗自己的老师，有的在游斗自己的老上级，有的在游斗自己的生身父母等不同的种类。

这时，槐树条子长成锄把粗的小槐树了，树头像一把大伞，枝枝杈杈排满了针刺……把我的窗口堵了，害得我下雨天下雪天只得掌起灯来照明。

妻子常在枕头旁叨叨：“砍了窗前那棵槐树吧，又挡光又害人。”

儿子小明常常被它脱落下来的针刺扎着脚，害得妻子流着泪替小明挑刺，槐树刺有毒，在挑出来的地方，还要生个大毒疙瘩水泡泡。

妻子叨叨久了，我也对妻子说：“槐树是种树木，它的生长是在于人，人要砍它，它就得倒下，哪怕是被掀了根，第二年冒出来，再把芽掰下来，它冒再掰再冒再掰，气急了连根掀了……槐树再不冒芽了，但是，槐树是一种有功之树。它的花、叶、皮可以充饥。20世纪60年代槐树救了不少人的性命。春天一到，没等槐树长全叶子，满山遍野的槐树上挂满采叶采花的人，把叶子和花采回家用水洗净，放进开水锅里煮煮，用快刀切碎，抓上一把地瓜面，捏成拳头大小的菜团子放进锅里蒸了吃。”

槐树对于人是有功的。当时，人能饿得连槐树皮剥下来吃进肚子去。

第二年槐树它又发芽抽叶，供人们去撕去摘它身上的叶子和花充饥。

我说这些话，妻子再没提砍小槐树的事了，小槐树就欢喜地长在窗前。

小槐树又长了不少。

妻子见我爱惜小槐树就笑着说：“这槐树，眼瞅着长。”妻子还常常用手小心翼翼地去摸摸小槐树的树杆子滑滑溜溜没有半个槐刺了，那刺刺都长到枝枝杈杈上了。刺挺挺的似古战场上的铁钉一般，叶子很厚，黑黝黝的。每年春天来了，看着枝条抽出芽来，我就小心翼翼地摘片嫩叶学吹口技，起先学狗叫猫叫，后来渐渐的什么叫也学不会了，连狗叫猫叫也吹不像了。

一天夜里，天空突然洒下一把洁白洁白的碎银片，使大地净了许多。

这时，我也恢复了上班。工作很忙，口号是什么把几年耽误的工作夺回来，大家都拼命地干，白天黑夜地干，也不能夺回十几年丢掉的东西。那是一段历史，再赶也不能把一段什么历史赶过去，过去的事情过去了，就再也不能回来，因为它已载入历史书册中，就不可能再从历史书册上走下来。社会动乱的几年，又似乎回到出生的年月，几年动乱过去，人也学怪，也学美了，也学起漂亮了……这叫不叫复古？我说不清楚。

一天，我下班回来。发现窗前的小槐树的头被锯了，齐齐的锯断，还流着树浆泪，只剩下一截一人多高的树桩立在那里，树没有头很丑。

我急忙问妻子：“小槐树的头呢？”

妻子伤心地说：“让园林局的工人锯走了……”

“锯树头干什么？”

“说是引进国外的树苗嫁接什么龙爪槐，还说什么美化环境。”

我一惊，没再问什么。

春天过去了，冬天过去了，就这么过了几年，窗外的槐树被嫁接上的树苗变成了树杈，都朝下伸长，并且连树刺也找不到了，再也找不回槐树茂盛的向天蹿的树冠了。

这几日，我老想窗外嫁接的槐树，怎么树头老是向下伸长？想着想着心里就发慌……

日有所思，夜有所梦，一天夜里，我被噩梦惊醒。

妻子忙问：“你怎么了？”

我迷迷糊糊地问：“我的头呢？”

少年的初恋

写第一篇小说时，挨了父亲一顿枣木棍子。我的左手至今在下雨天、下雪天或阴天仍在痛，又痒又痛，像被一只红头公鸡狠狠咬了一口那般沉重的感觉。

父亲说："我吃墨，不能让你再吃墨。"

父亲说的话我那时有些明白，但也不太明白。其实父亲有父亲的道理。父亲是位教师，村里人还是像旧时一样称呼他"教书先生"。"一朝被蛇咬，十年怕井绳。"父亲是让教书那段经历伤着了，父亲再也不愿意提起那段往事了，父亲把那一段历史用黑黑的墨水涂抹了，并且打包尘封在自己的记忆里。

记得那时我刚满4岁，农村孩子地瓜片脑子懂事晚。一天夜里父亲突然和我们隔离，隔离地点是在村东头的庙堂里。那里住着那时被称为"鬼见愁"的总司令部领导，把父亲抓去的就是那些人。

一段时间不见父亲，我对父亲的记忆成了一片空白。后来听说父亲所犯的"错误"是什么，过了几年后想想真是个天大的笑话，父亲是给学生讲课时把一个领袖人物的名字在黑板上写歪了。领袖的名字应该写得正正规规不能歪歪斜斜，歪歪斜斜就得成"右派"就要被隔离就要受批判。

父亲的教学方法是随意性，写字教书都一样。父亲那时在学校里已教出许多人才。村、社、县都有，还有在外地上大学的，等等。这当然是与父亲的教学艺术分不开的。随意的父亲就随意地被抓、被关、被隔离。在另一个夜里，父亲进家，我已不能认识了，瘦瘦的脸庞，长长的头发，满脸胡须，褴褛的衣服上还粘着点点粒粒的血迹，这就是我的父亲。写字的右手还流淌着浓浓的血块，而另一只手里拿着一截血糊糊的断指，那是父亲右手上的一截指头。我记得清清楚楚，后来，那截断指就和一支黑色的钢笔并排躺在一个黑木盒子里，像被放在坟墓里的木棺一般。我再也没见父亲动过那个盒子。

而后，父亲便和村里一些农民一起下地干活。我再也没见父亲看书写字，偶尔给外地的伯父写信，就唤来我，父亲口述，我提笔，我不会写的字父亲就说"言"字旁或说下面一个"口"字，就这样教我组合字体。我实在遇上写不出的字又不能理解父亲口述的提示内容，父亲只好晃晃头叹口气说，圈个圆蛋蛋吧。在我的记忆里有一封信写完后连我自己都看不明白，内容是这样的：

大哥、大嫂见字如面：

久未寄书，请〇〇。曾想秋后投书〇〇家里、村里之事，未料今年突遇不〇，下地干活，〇种土地，〇秧〇谷，一言〇尽。又正值世道〇〇。因故未〇音〇。现在天晴水消，我已〇离教书，身〇如毛，再无〇〇，不谈不谈。

家中一切都好，勿〇！今年生产队分麦子200斤，。谷100斤，玉米200斤，地瓜干800斤，生计尚能〇合，〇口而已。请勿〇念。

兄嫂春节可回家〇〇？

顺祝

近〇

弟半文

一九七三年腊月初五

在我14岁的时候父亲就不让我上学了，他说上学会惹是非的，还是平平淡淡地过日子吧，我只好停学。

因为墨，我吃了揍。

一个识几个大字的14岁的农村孩子，身上的肉完全是地瓜片组成的，说句实话，从我身上找不到一丁点牛肉、猪排之类的肉块，身上还常常散发出一股地瓜味。按照父亲乱世哲学的逻辑推理是这样的：父亲吃墨——右派，我再吃墨一一“右派”，我的孩子吃墨还是“右派”，子子孙孙把一个国家的“右派”都揽到自己家里，当然要挨父亲的揍。父亲是让我做牛做马，牛马是不会惣事的。

父亲揍我，阻止我，不让写也是好事。

（农村不懂文化，其实农村也没文化，因为文化是属于城里的）

那天夜里，天上亮出无数颗星星，睁着灿烂的眼看地下晃动的世界。奶奶说，天上有多少颗星，地上就有多少个人。我从没出过远门，只知道村里千把口子人，不知道山外还有没有和天上的星星一样多的人。就在那个月星高照的夜晚，小学教师约我一起到邻村看电影，小学教师说，电影的名字叫《喜盈门》，他还听别人说是一个小队会计写的，我一惊说：“怎么还有写电影的。”小学教师是我的远方侄子。他说：“这算什么。《红楼梦》《西游记》《三国演义》《水浒传》都是人写出来的。（以上四部故事从奶奶讲的故事中听过）”别人能写，我也能写，但这话我没对小学教师讲，我把话埋在心里，要让它长成小说。

很遗憾，电影没有看成，是村里一个爱说谎的孩子说了一句谎话骗了我还有许多喜欢看电影的村里人。回家的路上有许多人都骂那个说谎的孩子。我没骂，因为我从这谎话中，得出一个道理。

（谎话使我鼓起童年的风帆，我开始写书）

那时，天渐渐地热了，村里男人的皮肤已和太阳接吻，先白后红又黑，再演变成肉衣，农村男人们都有这么一件肉衣服。就在那个使皮肤先白后红又黑的季节里，我强烈要求从父母房间里搬到西间土炕上睡，我是一个大人了，该有一方天地属于我自己了。不是躺在母亲怀下摸奶奶的狗豆了。摸奶奶的人还能写书？

西间常年不住人，搁了些杂物，里面又乱又脏，经母亲双手一收拾，房间不但干净了而且还有一股母亲身上的味呢！那味像梨花一样好闻……

那间房摆设是这样的，炕前有一盘磨面粉的石磨，炕头有四个粮袋子，盛着玉米、大豆、小麦和谷子，像四部古书一般立在那里。我下劲抓了一把玉米粒子，那颗颗玉米粒像一个个汉字一样，顺着我的手缝洒落下来，一粒一粒发出铮铮的声音，我想有那么多汉字供我组合，一定能写出万人看永久不衰的书。

（我的感觉告诉我，在这里写东西能写出来）

写第一篇小说时，我选在夜里一点至三点，那是一个夜深人静的时候。我的书名叫母亲。开始是这样写的，一亩地有个场好，一百岁有个娘好，这是第一段，接着我就写母亲中年丧夫，带着五个儿子举家过日子是不易的，夹带着一些寡妇门前是非多的例子说明母亲的艰难，还有一些孩子上学的事情……写作时，我是吃着一粒一粒的玉米一段一段地写，甜甜的，有时也苦，但苦过之后还是甜的……嘴里嚼着一粒粒玉米籽，字就顺着笔尖一个一个溜到纸上，也像玉米籽一样，一个个组合排列成一队队威武的士兵……写完一段我就把我写的书卷个筒，插到玉米袋里让玉米粒子养着。一者，怕父亲发现会吃“枣木棍子”。二者，我还要干农活，没有大块时间写书。有时我也在中午写，父亲见我下了工就爬上炕，连饭都顾不上吃都是母亲叫，父亲就瞪一双乱世哲学的眼在我身上转，用狼眼看我，似乎要从我身上找出几斤瘦肉，几斤肥肉，是否够他撮一顿。这几天，我不能不加小心。一天，父亲像一个多年的地下工作者，到我的土炕上翻，眼贼溜溜转，恰好让我歇工时回家喝水碰上。

我嘟囔着说：“有什么可好看的？”

父亲没有查出什么，不好意思地嘿嘿笑了。

我仍阴着脸说：“有什么好看的，也没写出什么反动标语。”

父亲的脸晴转多云，把狼眼一瞪说：“你敢，小心你的右手，写书不是你这样的。”

我问：“什么样的才能写？”

父亲说：“是过去皇帝的翰林院，那些文学侍官才配写书。”

父亲说：“写书不是闹着玩的，且你还是上了几年学，底子太薄了，错词错字都要出问题的，另外写书要有一种思维，你的思维不符合现在或一段时期的形式，你个人的思维带有倾向性、个人性、片面性，这些都对写书不利。就像一个人能挑200斤，却要让他挑800斤，显然是不行的，你懂吗？”那天父亲对我讲了许多我从来没有听到过的话，我也知道这些话来自父亲“一朝被蛇咬，十年怕井绳”，虽然父亲的话都有一定的道理，然而我“初生牛犊不怕虎”的脾气，仍然没有就此停笔。我以为我的生活，我所接触的人生与父亲的思想是不一样的。历史总归是历史，写在书里就算记载着有那么回事，如果是听到兔子叫不能种豆子，那还怎么生存？不过父亲的话更让我不能灰心，更让我下决心把自己的书写好，挂起了更远更高的帆。

（哪有这种说法？书家只有皇帝有，平民只管做奴隶；只许州官放火，不许百姓点灯。扯淡！）

写完第一篇小说时，恰好是头一场夏雨落地，夏雨落到地里圈起一阵轻烟。土地像绽出了一个笑窝，我拿着吃玉米粒子写成的书望窗外的夏雨，突然一阵急雨，密急的大雨点在地上溅起一片带着土腥味的尘烟，我的心一紧。雨仍在哗哗地下……

写完书，我又遇到困难，不知道往什么地方发表。我没读过大学，只上了三年小学。想起上学心里一喜，忙把房间翻了个底朝天，终于在一个破窟窿的木柜里找到一本上学时用的算术书，一看是山东人民出版社，此时的心情就像个饿急了的乞丐从废墟里拣到半块蛋糕一般喜悦，但瞬间的喜悦化做一股轻烟飘到山那边的雨天里。因为村门市部里的信封只能装下三五张纸，哪能装下我用玉米粒养出来的书？

（农村没有文化，其实农村也不懂文化，因为文化是属于城里的）

那时的天就进入八月了。一天，我一个远方大伯买了一袋水泥，因为房子漏雨，让我去帮工，我发现盛水泥的袋子是用很结实的牛皮纸做成的。我的玉米书，用水泥纸折个信皮寄到“美国”也不会破，当然，寄到山东更不会破的（因为听别人说，美国有三千里，而山东只有一千里）。

第二天上午，我蹲在鸡窝口，整整蹲了一个上午，才见到那只芦花鸡下了一个花皮鸡蛋，我摸出那个热乎乎的鸡蛋，带上我的玉米书去了公社。用芦花鸡下的蛋与一个并不漂亮的姑娘换了一角钱，买了一张八分钱的邮票，贴在水泥纸粘成的信皮上递给邮局的同志，邮局的同志说："你的信超重，"我说："信都贴八分钱的邮票，还有五块钱的邮票？"邮局的同志生气地说："没有五块钱的邮票。"（当时在乡下农村没见过有集邮地，那就更见过不到五块钱的邮票了）我问："那怎么办？"邮局的同志让我给问住了，愣了一会儿说："你这是写的什么？"玉米书，你看是寄到出版社要出版的。"我说。邮局的同志那双贼眼瞅着我，像看我身上破烂的脏衣服里藏了多少钱一样，尴尬了一会儿，见他拿走我用水泥袋子粘糊的信皮，刷刷在右上角写了两个草体字，写完说："你走吧！稿子五天就到了。"

（邮局同志的话我没有弄懂，更不明白写那两个字是什么意思）天很冷，我攥着那二分硬币，一路跑回家。

人生只有一次初恋，我的第一篇小说也像我初恋的情人一样，第一次心疼，第一个知己。它的每一个字，每一句话、每一个细节都印在我的脑海里，那种感觉确实像串串花蕾一样，组成我身上某一个重要部位，这些让我写在我的书里，并尘封在我的记忆里。

一分耕耘，就有一分收获。过了许多年，我用玉米粒子养出来的书，不下于万人在吃。付出与收获是画等号的，这是一个永不变的理儿。

记得小时候有一个老果农指着满园硕果累累的红苹果告诉他的儿子说，苹果的大小与平时管理是分不开的，学习好坏永远骗不了人，这满树的大大苹果，如果不精心施肥、精心剪枝、精心管理，就不可能有现在这样好的满园春色，更谈不上有个好收成。所以，无论任何事只要用心去干是没有做不成的。这个道理你现在可以不明白，将来你会慢慢开窍的。老果农不但把这道理告诉他的儿子，而且更重要的是让我懂得了一个道理。从此我把它牢记在心里，像小草一样"野火烧不尽，春风吹又生"。

顺便点缀下父亲的事，算是这个小东西的结束吧。

父亲到了70岁时，岁月的风霜使他的头发变得斑驳，他的步履有点蹒跚了，好心的学生给他送来了拐杖，他似乎并不喜欢这些礼物，倒是那些来自山里、海里的树根和石头能使他高兴。他握在手里观察着、抚摸着。然后摆在他那张不写字的书桌上看。父亲说："它们身上留下了自然界的风雨、伤痕，但正是这一切构成了大自然的美。"父亲一直没有再动笔写字，那支钢笔和那截断指，不知在什么时候从桌子上消失了，至今，我们再没有看见过。

今日月圆

忙完了秋，曹八要去办一件大事。

天还没亮曹八就起来了，说心里有事睡不着。老伴说："等天明了吧，黑灯瞎火的你也看不见路。"曹八就嗯哪哼了两声。老伴又说："再怎么早也要做点饭吃上暖暖肚子，你先躺下等等，我赶忙下炕给你煮两个荷包蛋，你当是还年轻的时候。热汤热水的吃上心里热乎乎的身子还滋润，走路腿脚也轻便。"曹八说："你躺着吧，别动，不要忙乎啦，我这是去干啥？这是去干大事。现在日子过得好了还和顿饭一般见识？吃饭、吃饭我过了渡海口到白马镇去吃，正好还能赶上早饭，你这会儿做了我也吃不进去不是？"老伴见曹八有些声大，就翻了个身又睡到被窝里了。

她知道自己的男人，认准的事谁也说服不了他。

曹八出了家门，一看天还真有些黑，天空没有云，有几颗淘气的星星还没有回家，一轮未满的月亮挂在偏西的天空上，看起来有些孤独。曹八屈指算了一下，月牙到圆的时候还要等上十几天，十五的月亮还得十六圆。曹八想到了月圆的时候，自己要办的事就会有个眉目，也就会回到家了。曹八想到这里，似乎心里有了些底气，于是他大步走出家门，返身把大门带上，哗啦又把门关上。曹八就这样挺放心地走出了自己的家门，腿脚挺认路的朝白马镇的方向走去，这条通往镇上的路曹八太熟悉了，像熟悉自己手上的纹路一样，小时候曹八跟着父亲到镇上去吹糖人，这条路是必经之路。这条路最早是一条小草路，人走得多了，路就越来越宽，后来小草路修成了土马路，再后来变成现在的柏油大马路了。

从前年开始，村民从这条路走出去，到外面打工谋生，有的是半年，有的一年，还有的两年、三年……他们和候鸟一样春天从这条路走出去，冬天又从这条路回家。他们个个从外面带回家大把的票子，还带回家各种花色漂亮的衣服。更多的是从外面带来一些信息，这些信息对于固守在村里的人们来说，是永远听不到的。就因为这样那样的信息，村民们陆续选择到外面去打工，他们追随同村同乡的后生，先先后后，成群结帮，走出村庄，走进远远近近的城市。像候鸟迁徙一样带动周边村的村民，到目前已形成了一支有活力的农民工队伍。为了让农民工外出打工、回家方便，县交通局专门在这条路上设有一趟早晨7点半的公交车跑县城，晚上5点半又从县城返回来。村东头就是一个等车点，几个村的村民都在这里聚集，坐车到县城，有的到了县城就不走了，可有的人到了县城还要转车继续走，人就是这个样子，越远的地方挣到的钱就会越多……曹八走到村东头那个所谓的等车点，现在那里没有一个人影，只有风吹着一垛垛麦草堆，发出呼呼的声响。曹八抬手腕看了看电子表，现在才5点10分，人们都在家睡觉呢。

今天曹八不坐车，就是因为时间上不对，方向也不对，更重要的是路短，等身子热了就到了镇上了，不管干什么都耽误不了，还能省下坐车的钱，喝上一碗酒热热身子，这不是两全其美的事！

这会儿曹八扯开大步走了起来，走着走着，身上就热了起来，出了一些汗。此刻，天渐渐地有些明亮了起来，东边露出斑斑点点的红晕，曹八紧赶慢赶到了白马镇，太阳已升起一竿子高，曹八索性来到渡口，正赶上有一轮渡要过崖，曹八连饭也没顾上吃就跳上船，半小时船撵着水就过了岸，曹八过了岸就是另一个县的地盘，叫藏马县地了。

过了岸刚好是上午9点半，曹八想早晨和中午饭一块吃算了，余点时间好去办事。曹八下了轮渡就近选了一家清静的饭馆，饭馆的对门是一家外资企业，这家开饭馆的老板选择在这里开饭馆，就是因为对面有一家公司。这两年藏马县把渡海口设立了经济开发区，筑巢引凤，有了鸟窝，就有小鸟来，引进了不少外资企业，解决了当地不少农民工就业。而胶河县就没有这边发展的步伐了，两县中间有一座藏马山一挡就是两重天，胶河县在北部以农业为主，而藏马县是靠海边，工业发展速度非常快，不到几年就成了一个新型的工业大县。

日本、韩国、中国台湾的客商都到这里投资建设谋求发展，不仅为当地农民打造了一个创业的平台，而且带动起第三产业的发展，什么网吧酒吧歌舞厅了，像雨后春笋般一夜之间从地里冒了出来。

这个小饭馆不大，就餐的大多数是打工者，饭菜的质量不错，价格也不贵，曹八要了一个辣子鲤鱼，一个猪肉炒白菜，要了三两藏马悬泉高度酒，又要了一碗大米饭，选了一个靠窗的一张桌子坐下。

一会儿工夫，饭店服务员把两个热菜和三两白酒端了上来，曹八端起酒杯来咕咚一大口，咕咚一大口，曹八喝过两口酒，又在杯上闻了闻，这两口白酒下肚，曹八就感觉着热乎乎的一股子劲从嗓子眼里，一路下去像通上电一般。藏马悬泉白酒是粮食酒，很有名气的，过去喝一口就能找到感觉，可能是现如今人的品位高了，今天曹八一咂嘴连着喝了两口才找到感觉，香得绵绵长长，恍惚走进一个梦里，让曹八浮想联翩……

今年曹八49岁了，比他父亲多活了两倍的年龄，都快到知天命的年纪了，竟然还不知道自己有一个妹妹，一个和自己同时来到这个世界上的孪生妹妹，这可是个笑话，同样妹妹也不知道自己还有一个哥哥，这又是个笑话，两个笑话合在一起，就是一个完整的故事。

曹八停下筷子，摇摇头不自然地笑了起来，是没有发出声来的那种笑，就在这时一个大妹子看了他一眼，是一种熟识的目光在看曹八，曹八在心里想，这大妹子从来没有见过，可能是认错人了。曹八就朝那大妹子笑笑。正在吃饭的大妹子也朝曹八笑了笑说："吃饭呢？"曹八就"嗯哪"一声。

曹八忆起，母亲临终告诉他还有一个孪生妹妹后，曹八_直把这件事封存在心里，把整件事用小刀分割开来，一小块、一小块，一小段、一小段……曹八就这样在记忆的大脑里慢慢查找，但怎么查找，从脑子里也找不到，自己还有一个拳生妹妹的信息，没有一丁点儿的头绪。

母亲走的那天是个早晨，太阳还没有出来，母亲把曹八叫到身边说："孩子，娘这一辈子做错了一件事，不该把你孪生妹妹送给别人。"曹八慢慢把母亲的头放在自己的双腿上，让母亲说话通畅一些，"娘这是咋说的，我怎么从来没有听娘说过，我还有个孪生妹妹啊。"母亲把眼睛瞪圆说："你和你妹妹小凤是孪生……送给南岸藏马县藏马镇藏马村老郝家的三儿子……叫郝世奎……都是你死去的奶奶和你爹造的孽啊……说你妹妹和你爹两人相克……"母亲说完眼睛睁着，就在这种遗憾中走了，曹八知道母亲那种眼神的含义，是没有见到自己的亲人。

母亲死了，曹八为母亲办完事，心情一直是悲痛，悲痛达到顶点时，悲痛好像变成了另外一种东西，没有听说过自己还有一个孪生妹妹叫小凤。这的确让曹八喜出望外，第二件事就是儿子大学毕业分到政府部门工作。曹八认为，世上有悲就有喜，生活就像一条弧线的走势，有高有低，这是老天爷专门为你找平衡。

父亲是个闲人，是村里出了名的闲人，一年到头在村子里玩耍，绕四六村玩耍，绕镇子上玩耍。从前父亲跟着一个南蛮子学了一门手艺吹糖人，孙悟空、猪八戒、小狗、小猫等他都会吹，就是因为这门手艺母亲特别宠着他。那时候从腊月到正月，就在这农闲时节里，父亲挑着担子，十里八乡，走村串巷吆喝，糖人、糖人、集普村的糖人。虽是小本生意，却也能养家糊口。父亲糖人吹得惟妙惟肖，吹小狗小狗会叫，吹小猫小猫会朝你眯眯眼，没有大风父亲还能吹出大件，吹出个花果山，孙悟空、猪八戒和满山的猴子开大会，活灵活现。父亲高兴时还能吹人，一口气能吹出一个花容月貌的女孩，那女孩十七八九。吹人父亲就吹花容月貌型的女孩，没见父亲吹其他型的女孩。父亲给你吹糖人不要钱，不是不要你的钱，而是要你的粮食。因为糖人是孩子喜欢的玩具，十几个地瓜干，一把两把玉米麦子，就可以换一支父亲吹的孙悟空、猪八戒等。每年父亲就靠这门吹糖人小手艺给家里挣来一麻袋玉米，一麻袋麦子，还有两麻袋地瓜干子。

父亲挣下几麻袋粮食，再就甩手不干了。

母亲说，有了这几麻袋粮食，全家人一年的口粮也就不愁了，遇上个灾年荒年也就不慌了。母亲就格外宠着他。不宠也不行，因为父亲是个矮小人，像个大男孩一样，在生产队里不能推车，不能铲地、不能插秧……像水浒里的武大郎一样。而母亲属于花容月貌型的，被村人称谓是村里的一枝花。村人评判父亲与母亲的结合说，一朵鲜花插在牛粪上。不知道父亲与母亲的真正的婚姻到底是因为什么？是月下老拴错了线，还是拉错了伴郎？阴晴了圆缺了？没有听村人讲过。

余下来的时间，父亲就在村子里与一些闲人摸把小牌赢俩小钱，农忙时，父亲还在家承担着一些家务，比如做做饭、洗洗衣服、喂喂猪、喂喂鸡、关键是还要带孩子，就是带曹八。

有一个夏天，母亲从生产队里干活回家，见父亲因打牌没有做好饭发了大火，母亲把父亲按倒在地上揍了一顿，一边打一边说着狠话："我再让你去打牌，我再让你去打牌。"父亲哭了、哇哇地大哭说："我再不敢了，再不敢去打牌了"，曹八也在一边哇哇地大哭。父亲自从挨了母亲的一顿打后，从此也就改了打牌的习气，父亲不打牌还有许多事可玩。比如到河里摸鱼、到山上套兔子、用粘竿粘知了，用弹弓打鸟玩，到生产队的瓜地里偷甜瓜，用镰拍生产队的牛屁股。那时曹八4岁，父亲带着他和家里一条忠实的白花色公狗绕村里玩耍，玩的花样还特别多……

有一个秋天的时节，母亲吃饭后就到生产队去掰上棚子地瓜，父亲把饭菜盘子从炕上端下来，急三火四地洗刷完碗筷，就带着曹八坐在门口的大石头上，父亲坐在石头上，托着腮帮了，眼睛向村子里、胡同里延伸，曹八也坐在他父亲旁边跟父亲一样，眼睛四下看来看去，白花色的公狗也卧在一旁，秋天的大街上清净，没有闲人玩耍，村街头大青石上坐有两人一狗，在秋天的村街道上就是一幅乡村油画。

就在此时，对门小狗剩家的黑狗从胡同里跑了出来，父亲为了让黑狗听话，派曹八回家偷来一块精粮，那是一快玉米饼子，父亲用一块香喷喷的玉米饼子，把小狗剩家的黑狗引了过来，那狗为了能吃到香喷喷的玉米饼子，点着头摇着尾巴走过来，黑狗一边吃一边尾巴摇动着，像一面胜利的旗帜。等黑狗咬嚼大餐正盛之时，父亲已经在黑狗的尾巴上拴上半挂小鞭炮，父亲划着火柴点着黑狗尾巴上鞭炮，先是狗尾巴上蹿起来道道火星，然后磨里啪啦、嚇里啪啦……只见那条黑狗瞬间就窜了出去，購里啪啦，嚅里啪啦在清净的大街小巷响了起来，边响边伴随着狗的叫声，狗的尾巴上鞭炮一颗颗炸裂开来，像是油锅里的红豆子磨里啪啦炸开。父亲捂着双耳嘴里却有止不住的兴奋，哈哈大笑起来。鞭炮的爆炸声在村庄的胡同里一直响彻到田野里。后来据对门的小狗剩说，再没有见那条黑狗回来过，不知道跑到哪里去了。

这就是曹八的父亲。

有时父亲肩上扛着一把锄头，带上曹八还有那条爱恋情的白花色的公狗，两人一狗在村子的田地里、沟地里、水塘边转悠。父亲不喜欢在大路上溜达，因为每条路都有一个明确去处，而父亲是个毫无目标的人，不希望哪条路把曹八带到不情愿的地方去。那样就又要挨母亲的揍了。而父亲喜欢带着小曹八在荒野上转悠，看哪不顺眼了，就務两锄头，地岭上的草不是生产队的，就糖上两锄头，有些草父亲也许还叫不出名字来，胡乱地长在那里，就像曹八一样胡乱地跟在父亲的身后，东一榔头、西一棒槌，一天都找不到值得干的一件事。

有时父亲的锄头也精生产队地里的草，看着地里长出来多余的草，父亲高高地举起锄头就務一下子，看到地里歪曲的玉米苗了，地瓜秧苗了也要镑一锄头，多余的不務让它长在那里，没有被務的草还在那里生长，到了秋天，那草就会生下许多草种子，来年草的周围又长出一大片同样的草来，父亲见到了就笑。同样被父亲務过的玉米苗和地瓜苗，到了秋天收获的时候，父亲带着曹八和狗一同去地里察看，那被務过玉米和地瓜苗的两边，不管玉米还是地瓜就长得格外大，格外多，父亲看着就笑。父亲带着曹八就在田野的庄稼地里，在田间的地头上，在树林的树荫下，在河边的水域里，走着走着在离村子还有大半截的路上，天就黑了，剩下一截子回家的黑路，父亲说曹八你自己回家吧我走不动了，这是父亲的一天。

父亲是个闲不住的人，却永远不知道为一件什么事去忙碌。村里的人说父亲是个“闲锤子”。村民靠一年的丰收改建了家园，添置了农具和新衣服。而父亲还是老样子，一年绕四六村吹糖人挣来几麻袋粮食，再没有正事可干，母亲没有办法，因为父亲不会干农活，也干不了农活，生产队里也无法为他记工分，就这样一天一年，除了吹糖人，母亲让父亲在村子外的田野里瞎转悠，无事可干像断了线的风筝。

父亲曾经赶开一头正在为黑母狗交配的黑公狗，让自己家的急得乱跳的白公狗爬上去，黑狗和白狗这才有了一天的恋情，就是父亲的这么一个小小的动作，也就是举手之劳，后来那条黑狗生下来的小狗却截然不同，本该黑母狗和黑公狗交配，生下来的是一窝小黑狗，这样经过父亲一安排，那只黑狗生下来的是一窝白狗崽了。半年后父亲见到那条黑狗领着七只白色的小花狗，出现在村庄的大街小巷里，出现在田间地头上，父亲见了就大笑，而跑在身边的白公狗装得跟没事人一样。

然而这样的好景也不长，有一天父亲传悠到村南岭坡地上，累了坐在地岭上歇息，坐下来的父亲看见不远处有几只小山羊在一起啃草，靠近父亲的两只白山羊正啃着草，突然其中一只白山羊爬到另一只低头啃草的白山羊的后腱上，正要干点好事时，一头肥壮的大角黑山羊突然跑过来，一头把白山羊顶到一边，急忙趴到白山羊的后腱上，一阵风雨过后，身上黑毛一抖动，又到一边去悠闲地啃草去了。曹八的父亲看完整个过程后，突然大笑不止，一直笑到岔了气，又想想，接着再大笑，笑着笑着一口气没有上来，曹八的父亲就因为这件事，笑得背过气去，再没有醒过来。

那年曹八才5岁半，还不到上学的年龄。

父亲的去世，母亲后悔了一辈子。因为在前一天的晚上，母亲做了一个梦。那个梦母亲没有说出来，不知道为什么，往常母亲晚上做了噩梦，在第二天的早晨，母亲把梦里发生的事说出来，那梦就不准了，梦就破了，梦就碎了，就不会成真了，这是噩梦。如果遇上好梦是不能说的，不言传才能真。不知道母亲是从哪里学到的这些知识，有些梦还确实准来。

比如有一次，母亲梦到了一条大鱼，是一条大鲤鱼，红红的翅膀，红红的嘴，全身呈粉红色，足有三斤重。村人说，梦到鲜活的鱼是吉梦，就是要发财了，可不是第二天生产队里分了红，全家三口人分到33块钱，那年过了一个富裕的年，又能买布做新衣，又能割肉包饺子，又能买鞭放大炮。过完年，生产队长还通知母亲到村小学给老师做饭，这样母亲再不用下地干活了，给老师做饭是一个轻快活，和生产队同样记工分。那时奶奶还活着，因上有70岁的婆婆，下有还不到上学年龄的小曹八，就因为这些困难，生产队里照顾母亲。

而还有一次，母亲做了一个掉牙的梦，那牙掉下来，流了许多血却感觉不到痛，做梦掉牙是预兆着要失去亲人，那时家里有奶奶，还有不成人的儿子曹八，母亲想想就后怕，两人谁也不能离她而去，婆婆活着是全家人的宝，儿子是老曹家的根。

第二天母亲起了个大早，叫起婆婆和儿子，把这个梦说破了，后来家里平安无事，没有出事。母亲说："知道这些事的时候，你父亲已经去世好几年了。"母亲后悔，没有提前知道这些事而后悔。

父亲出事的头天晚上，母亲做了一个奇怪的梦。母亲说，那个梦的场景是个秋天，一家人还在档门儿吃中午饭，冬春时间在炕上吃饭，夏秋时间在档门儿吃饭，是这方村庄的一种习俗。吃饭桌子上有奶奶、曹八的父亲，还有曹八，一家人围坐在祖上传下来的黑木桌子上吃饭。吃的什么饭母亲没有记清，一家人正嚼着饭，从大门口走进来一个人，那个人正是死去多年的公公，也就是曹八的爷爷。曹八的爷爷也是在一次大笑中去世的。曹八的爷爷走到桌子旁边，坐在一个小板凳上，拾起筷子吃起饭来，喝粥还发出咕咕的声响，当时母亲还在心里想，公公去世已多年了，怎么还能和家人坐在一起吃饭？母亲就在心里划了一勾，只见公公正吃着饭，冷不丁突然抬头说："明天中午我要把曹仁带走，我们那里都喜欢他，喜欢他吹的糖人。"

婆婆也没有说话，曹八的父亲只是低头喝粥，咕咕、咕咕发出阵阵喝粥的声音，一家人没有一个接话的……

母亲醒来，知道这是一个梦，一大早就去生产队里干活去了。

就在那天的上午父亲曹仁就出事了……

父亲是看到一对白山羊，后又见到一头大角黑山羊与白山羊干了一件好事，他笑的是那只白山羊，本来应该生下一窝小白山羊，中间杀出来一个程咬金来，生下来的是窝黑山羊。父亲笑着笑着瞬间软了脖子，松下眼皮，一头仰倒在地坡上，从眼睛爬出两滴眼泪，父亲就这样去了。有人说，父亲定是急着到白山羊肚子里去下生。

父亲去世了，全家的重担压在母亲一人身上，每年的几麻袋粮食也就从这个家庭里消失得无影无踪。从此，一老一小与母亲同伴，母亲悲痛的不是父亲去世，而是那几麻袋精粮，那是一家人全年的细粮，没有了它全家人就得挨饿的。

曹八吃完饭，肚子里有了三两小酒，两盘菜和一碗大米饭，整个身子都热了起来，脸上也放了汗，全身上下那热乎劲从内向外散开，像水的波浪一样，一波浪一波浪袭来，从里到外从上到下全身热乎起来，曹八又觉得全身有了力气。曹八结完账走出小饭店朝藏马镇的车站走去，到藏马村还要一个小时的车程。坐车也方便，因为去藏马县城的车一般15分钟发一趟。曹八到了车站正好赶上一趟要发的车，曹八急忙上了车买上了去藏马村的票，找了一个临窗座位坐下来，这时车就慢慢地启动了。

窗外是收过秋的土地，白茫茫一片，让人们似乎忘记了土地的存在，一切归于平寂。漫山遍野空无一人。金黄色的土地在深秋的阳光下与风伴舞，一会儿急风暴雨9—会儿风和日丽。

曹八这时想起一个收获过的秋天，那个秋天全村人都兴高采烈，从属于自己的土地里有了一个好收成。生产队在春天把土地分给了各家各户，大家把土地看成是命根子，像侍候自家孩子一样，一分耕耘就有一分收获，到了秋天家家户户的粮仓都装得满满的，一家人守着一囤囤粮食，心里自然不惊慌。那个秋天曹八家也和全村人一样，母亲在李老师的帮助下，全家三口人也和全村人一样收获颇丰。

就在一个周六的晚上，所有老师和学生们都回家了，母亲把李老师的晚饭端到饭桌上，李老师从小木橱子里拿出来一瓶白酒，又放在桌子上两个小酒杯，揭开瓶子盖，把两个小酒杯倒满，李老师让母亲坐下说："，一起喝杯酒吧。"母亲也顺着李老师坐下，李老师举起杯来，母亲也举起杯来，两人碰了杯，李老师说："酒是个好东西，有香味，眼能看到，嘴能喝到、鼻子能闻到，碰杯是让耳朵听听。都要让他们享受到酒的香醇。"李老师教语文课，说起话来又好听又有水平。母亲就笑笑。两人碰了杯，李老师一口喝干了杯中的酒，母亲没有喝干杯中的酒。李老师说："干一个吧。"母亲摇摇头笑笑。李老师说："你一个女人家，上有老下有小不容易，现在又把地分到家，一个女人只能顶起个家来，而不能顶起个天来，你看看咱俩人搭伙过日子，都有个依靠不是？两人搭起伙来就是一个完整的家。"李老师说完去看母亲的眼睛，母亲摇摇头笑笑说："我的心里只装着曹八的父亲，没有第二个男人。李老师你还年轻，你要找一个有文化，和你一样的老师一起生活。这话李老师我再不说了。"母亲说完端起门面的酒杯，一口喝了下去。母亲挑起眼皮，朝窗外望去，月不朦胧，人不朦胧，在朦胧中，她仿佛看见一个小人儿，在田野里走动……

李老师端起酒瓶自斟自饮，没有话，只听到喉结那里发出咕咚咕咚的声音来。李老师的老婆也是一个老师，在生孩子时大出血，小孩也没保住，老婆也没有保住。李老师一直没有娶。李老师遇上母亲也有几年了，他一直爱着母亲，而母亲心里的那股子爱就一直封存在心底里，一直到死也没有解开包袱，不知道为什么。

到县城的这趟车路过藏马村，曹八到达藏马村是吃过中午饭的时间了。村民大都吃过饭，在大门楼子下乘凉，今天中午还真有些热，这个小村在曹八眼里还挺有古韵的，村庄的后面是藏马山，其中的一座山峰雾蒙蒙的，山峰的顶端云雾缭绕，有一块龙云和祥云合在一起盘旋在山顶，显得十分壮观，又显得那么神秘。从山上流下来的一条弯弯曲曲，像蛇样的小河，河里水哗哗流淌，清澈见底，有小鱼、小虾与河里的青草戏耍。河水有声有色像音乐一样流淌着，又像一条弯弯曲曲的蓝色腰带，纠缠在村的中央，河水在阳光的照耀下，水面映出了蓝天、白云，映出了沿着河两岸建盖的房舍……

村里的房子有些古色古香，大都是青砖建筑，看样子有些年头了。小村没有规划过，房舍都是拐弯抹角，精角音晃，你不熟悉路，走着走着还能走进死胡同里。家家户户养着牛，或门前拴有两头，或者三头再加一头小牛崽。青房瓦上晒有花生豆子地瓜干，门前平整的地方扫得干干净净，也晒有花生豆子地瓜干子，鸡鸭鹅还有狗都在树荫下老老实实地趴着……

曹八沿着青石铺就的小路，来到一户人家，有一位下巴留有一撮白胡子老人正在大门楼子底下乘凉。曹八走过去说：“大爷吃饭了？”那位大爷抬起头来看看曹八炫耀说：“吃过饭，也喝了酒了。”大爷一指桌子的酒瓶子说：“一天三时喝。”曹八看到桌子上还没有收走的酒瓶子是藏马悬泉白酒，就说：“这是好酒，喝一口满嘴香。”大爷说：“过去是这样的，现在这酒不如以前香了，喝一瓶也找不到过去那种感觉了。这是小孙子给酒厂销售没有卖出去的酒，拿回家来让我喝，还真不少，够我喝这一生的。”曹八觉着大爷的话挺幽默，都把曹八逗笑了。大爷说：“你这是从哪里来，没有吃饭给你端饭，有酒你就喝上两口？”口音有些硬，是本地的老户的口音。曹八急忙说：“饭是吃了酒也喝了，就是走路走累了，口有些渴了，到你家找碗水喝。”大爷一边递给曹八一个马扎子坐下，一边招呼家人端来茶水，说：“吃完饭刚泡了一壶水，还没有喝。”大爷给曹八倒了一杯茶说：“吃了饭那就喝水吧。”曹八说：“大爷咱这村叫藏马村吧。”大爷说：“喝水喝水，俺这里是叫藏马村，但是俺这有两个藏马村，一个是上藏马村，还有一个下藏马村，两个村都挨着，现在两个村都要快连在一起了，你是外地人吧，我看你是不是有事要问？”

曹八喝了一口水说：“这山泉水就是甜，大爷贵姓，今年高寿？”大爷说：“我免贵姓刘，今年89岁了。”曹八很是吃惊说：“真看不出来。让我看也就有69岁还差不多。”刘大爷说：“看你是外地人不是？”曹八说：“是。刘大爷，我是胶河县的，过来有点事要办，就是打听一个人。”刘大爷说：“你要打听什么人？在藏马上下两村没有我不熟悉的，哪家有个什么新人、喜事我都了解。”曹八说：“刘大爷咱村有郝姓的，有个叫老郝家的三儿子叫郝世奎？”大爷说：“这个村从前倒是有姓郝的居住过，不过很早就搬走了，你说老郝家，我记得他家没有三个儿子，他家只有一个儿子一个闺女，你说叫郝世奎，不叫郝世奎，他叫郝德坤。”

曹八心里有一丝丝的喜悦说：“那郝德坤家里有几个孩子？”刘大爷说：“德坤两口子40多岁也没有孩子。但就是在一个秋天里，德坤家的女人生下一个女孩子。那个女孩子村民都说是拾来的，但郝德坤说，那个女孩子是他女人生下的。郝德坤两口子结婚多年，一直没有生下一儿半女，终于生下一个女孩子，不管是亲生的还是捡来的，在村民眼里都一样的，都替他们两口子高兴。”

曹八赶紧说：“那女孩子小名叫什么？”刘大爷想想说：“叫……叫小凤，是的，就叫小凤。”曹八心里很高兴，那个叫小凤的女孩子应该就是自己的孪生妹妹，曹八急忙说：“刘大爷，郝德坤他家住在哪个胡同里？”刘大爷说：“现在他不住在这里了，你要找他家？可不好找了。”曹八问：“为什么？”刘大爷说：“40多年前他全家就搬走了。”

曹八急不愣怔地说：“刘大爷他家搬到哪里去了？”刘大爷说：“好像是全家去闯关东了。”曹八问：“不知道到关东什么地方？有没有亲戚知道他们家的地址？”刘大爷说：“德坤有个姐姐，家是上乾村，离这里有20里地，你到她那里去问问吧。有可能问出些情况。不过他姐姐现在活着的话也有90多岁了，她比我还大几岁。”

刘大爷现在的眼神有些不明白，问曹八：“你找郝德坤家有事还是亲戚？”曹八喝完杯中水说：“俺和老郝家是亲戚，多年没有走动的亲戚，这不日子过好了，就想起来查找亲戚了。”刘大爷说：“你到上乾村去打听打听吧，郝德坤他姐姐的男人姓高叫高连福。”

曹八站起来与刘大爷话别，离开了藏马村。

李老师等了母亲几年没有等到，过了几年就和一个离过婚的老师成了家，还生了一儿一女。现在退休在村子里安享晚年。母亲去世时，告诉曹八他还有一个妹妹，曹八还专门为此事去问过李老师。李老师说：“你母亲没有骗你，生下你时确实是龙凤胎。一男一女，后来你奶奶出来说，那个女孩得了风死了，男孩子逃过去了。但村子里也有人说，女孩子是送人了，是送到河南岸的藏马县。有人还看到，在一个深秋的天气里，一个穿着大棉袄的男人走进你们家，一会儿，那个男人又从你家走出来，穿在身上的大棉袄就鼓了起来，村人猜测大棉袄下面，装的是一个小孩子，那个孩子肯定是你妹妹。”

李老师说：“过去咱这里有一个不成文的风俗，就是不成人的孩子死了后，是不能埋进祖坟里的，只能送到‘舍母田’里让野狗、野狼吃了，让野狗、野狼吃是让孩子早托生。那个时候人都没有吃的，野狗或野狼更没有什么吃的，送出去的孩子等不到送的人回到家，孩子早就没有影子了。你妹妹的小名叫小凤，挺可爱的小孩子。”曹八点点头。李老师又说：“你问这事干吗？不是现在你妹妹还活着？”曹八说：“我妹妹小凤可能还活着。我母亲临走前告诉我说，把小凤妹妹送人了，送到了藏马县藏马镇藏马村的老郝家。”

李老师说：“这可是件好事，这么说你妹妹还活着，你应该去把她找回来。”

曹八从藏马村走出来，沿一条小路向上乾村走去。曹八路过一条小河，在那条清澈的小河里洗了一把脸，捧起一把清水漱了一下嘴，感觉身体里有了一股子清凉。曹八在小河的水湾里还看到两只白鹅，一只大的一只小的，那只小的，一直跟在大白鹅身边悠闲的戏耍。曹八想起骆宾王的咏鹅，“鹅，鹅，鹅，曲项向天歌，白毛浮绿水，红掌拨清波。”曹八朝大白鹅笑笑，起身朝一条小路走去。曹八又路过一个小山村，有一个老婆婆告诉他，“你到上乾村先要到下乾村，到了下乾村，再向上走不到二里路就到了上乾村了，为什么我这么熟，因为那个村是我的姥娘家，小时候经常走姥娘家路就熟了”。老婆婆说：“小伙子你到上乾村找人？”曹八说：“老婆婆，是的我到上乾村找人，到高连福家。”老婆婆说：“高连福早死了，死了好多年了。不过他有后人。但是他的后人据说都搬到县城了，搬了好几年了。不过我舅舅的孙子是村支部书记，你去问问他吧，也能帮你查查。你快走吧，到那里可能天还不算黑，小伙子腿脚快，兴许太阳没落山，你就会走到的，天黑了你可以宿在我表侄家里，我的表侄子的大号叫滕玉福，人挺好的，你说我叫你去找他的。”曹八告别老婆婆就上路了。走出去二里地曹八才想起来，还没有问问老婆婆的村名和姓名。又想折回去问清楚，又觉得赶了这么长的路不舍得，再说回去也不能见到那个老婆婆了，曹八想了想低头赶路，到上乾村见到滕玉福再做一番解释吧。

曹八有了老婆婆指的目标，扯起大步朝上乾村走去。现在是下午四点了，走着走着曹八感觉肚子有些饿，曹八看了看路两边的地里，他发现路两边地，都是收过的花生地，有的种上小麦，有的还空闲着，种过麦子的麦苗刚露出青头。曹八想到种过花生地里肯定能拾到花生，于是曹八从路上走进地里，边走眼睛边在地里的麦苗间搜索，地里花生还真不少，曹八边拾边吃，吃不了就装进口袋里。一路边走边拾边吃，肚子里不觉得饿了，曹八想如果到了上乾村，找不到饭吃的话，口袋里这些花生也可以对付一下，再到小卖店里买点饼干什么的就可以了。曹八走出麦子地，就到了上乾村的村梢上。此刻西边一轮太阳快要落山了。这时，看那轮太阳像一个大大的圆球，圆圆的像一块大金饼，眼看着就能咕咚一下子掉进山里……

曹八看到有一个小孩子正在场院里扯草，曹八斜线走过去问："小朋友，村支部书记滕玉福家住在哪里？"小孩子停下手中的扯草说："滕书记还在村委大院里，你到哪里去找吧。"小孩子还用手一指告诉曹八，"你看村中那个大喇叭，那就是村委会，你去那里找滕书记就找到了，我来场里扯草时还看到他就在村委里，你去哪里找吧。"

曹八经过几座场院，穿过几条胡同，来到村庄的大街上，村委会大院就在这个大街上的中间段。此时几乎家家户户房顶上冒起了炊烟，股股黑烟慢慢变成青烟，然后慢慢散开融在天空中。曹八知道这是村民正在做晚饭，于是大街小巷里都飘散着炒菜的香味来。就是这个时候，曹八走进村委会的大院里，曹八来到村委办公室，见有一个中年人正趴在一张桌子上写东西。听到有人进来，那个中年人抬起头看曹八问："你找准？"曹八说："我找滕书记。"只见那个中年人站了起来，上下打量曹八说："你找滕书记，我就是滕玉福。"

曹八说："我走到前边一个村子里，有一个老婆婆告诉我说，她有一个侄子在这里当村支部书记，让我来找你的。"滕玉福说："你是哪里的人？找我有事？我怎么觉得你有些面熟，你是哪个村的？"曹八说："我是胶河县白马镇集普村。"滕玉福听到村名有些陌生，想了想说："你叫什么名字？"曹八说："我叫曹八。"听到名字有些耳熟，滕玉福低头想了想说："你是不是在县战山河干过？"曹八说："是啊，我在战山河干了两年多。"滕玉福说："我就想怎么这么熟，藏马和胶河两县入海口的那个工程你参加过吧？"曹八说："那个工程我从头到尾都参加过，一共干了两个冬天，这么说你也参加过？"滕玉福说："我参加过，差一点把命留在那里，那时我还小，放炮时跑得慢，让鼓起来的土把我埋在里面，是被一个叫八哥的人从土里把我扒了出来"曹八说："你是福子？"滕玉福说："福子就是我。是你从土里把我扒了出来，你是我的救命恩人，这么多年我到处找你就是找不到。"

滕玉福急忙伸过来一双手说，走到家里喝水、到家里喝水。

曹八见到了熟人像喝了酒一样，从心里热乎起来。俗话说，“两座山不能见面，而个人就不同了。”那时，曹八在工地上是名点炮手，经常遇到被土块、石头打伤的伙伴，曹八都是伸出援助之手，就这样不知道救了多少人，曹八见到福子当上村支部书记，心里很高兴。

曹八想起那个时候，福子在工地上年龄最小，刚满14岁，由于家庭成分不好，他父亲土改时被划成地主，小时候也没感觉到地主出身不光彩，但进了学校识了许多字，学会分析问题，就不是那么回事了。特别是读到大地主刘文彩那篇课文，知道地主剥削穷人那些事后，从那之后福子害怕同学叫他地主崽子，但越害怕，麻烦就越找上你的门来。

有一天，福子去上厕所，让佃户家的孩子揍了一顿，因为什么？因为一道数学题，福子没有让他抄，佃户家的孩子记恨在心里，借上厕所的机会来报复福子。佃户家的孩子骂：“地主崽子啃骨头，贫下中农吃肥肉。”福子看了他一眼说：你把这句话倒过说一遍，就是一个好造句，那道文字数学题你就会解答了。佃户家的孩子没有作思考说，“贫下中农啃骨头，地主崽子吃肥肉。”福子偷笑着走开了。随后，佃户家的孩子像疯子一样跑过来，又跳起来狠狠地踢了福子一脚，那一脚踢在福子的手上，差一点把福子的大拇指踢断。后来“地主”二字给福子落下了一个毛病，无论是在课本上看到还是从别人嘴里说出“地主”两个字，福子就怕得要命，紧张得心要蹦出来似的，两腿发抖。这是福子告诉我的。

暑假一过，同学们都去公社上高中，福子没有去。怎么说呢？像放羊馆赶了一群羊晚上回归到羊圈里，唯独把福子落在田野里，福子在空旷的黑夜里，叫天天不应，叫地地不灵。福子不知道这是为什么，就知道哭，不让自己上学，不知道小小年龄能干点什么？有一次，佃户家的孩子上学跟不上趟，就是学习不好，闲在家里找福子玩，他告诉福子说：“你是地主出身不能上学，上学是我们根红苗正的人，因为你们上了学，学到了知识很快就又能成为地主，我们又得回到过去不是？你看我整天不去上学，到毕业时老师说，都给俺发毕业证书。哈哈。”福子一听，上学这条路算是让人家给堵死了。

福子不能上学，小小的人儿，生产队也没有他干的活。那个夏天，福子去水湾、河沟里捉青蛙回来喂鸭子，娘养了好几只鸭子，那几只鸭子吃了青蛙，鸭子一天下一个蛋，有时一只鸭子两天下三个蛋。福子想把鸭蛋卖了做路费去东北上学，因为东北福子有一个大姐，两个哥哥都奔她去，找到了媳妇成了家。福子也想学他们，不同的是，福子是去东北上学，而不是去给自己找对象。但是这件事让父亲发现了，没有去成。福子没有去成东北，他又从村门市部里卖来信笺和信皮，写了一封很长的信，给一个在城市里商业局的大爷，让他给找一份工作，福子想当一个卖货郎也不错吗。然而，两封信也没有回音，大爷是福子父亲的亲哥哥，早年参加国民党部队，后来又加入共产党的部队，新中国成立后在一家城市做商业工作。福子一直没有见过他，大约他是忘了，家里还有一个顶缸的弟弟和一大家子人。

第三封信，福子没有写。福子想，即便是写了也是没有回音……

秋天来了，冬天就快近了，这个时节水湾、河沟里是没有青蛙钓的，福子就想到生产队里找个活干，福子想人家不让你上学，那么另一条道路上帝就为你打开了。就在那天夜里，福子在梦中见到了毛主席。福子问："毛主席他们不让我上学，我能干点什么？"毛主席慢悠悠地走近福子，用一双温暖的大手在福子的头上摸了一下说："农村天地大有作为嘛。"说完话毛主席晃动着他那巨大的头颅走远了，梦就醒了。

在一个秋天的清晨，福子硬着头皮来到生产队的积粪场，十几堆粪肥像十几座小山一样，这些粪肥是经过社员上下翻动，并精心捣碎堆积在这里，等待运往田地长一季好庄稼。现在细细的粪肥热乎乎的，散发出一股特有的粪肥味。就在这些热乎乎的粪堆的周围聚着不少人，有的吃着自制的旱烟，还互相交换着品尝，等待杆子队长安排活。还有不少的人零零散散从家门口、胡同口里走出来汇集到积粪场上来。积粪场是生产队的分派活的场所，每天社员们都聚集到这里领活、派活。杆子队长站在高高的粪堆上，低头望着大大小小的粪堆和生产队老老少少一干人马点将布兵。张大个子（张大个子是生产队副队长），你带领全队的壮劳力近日还是向北大洼送粪；王二、张三、四傻子还有谁谁一干人去南沟种谷子；李春家的、马先进家的、王二家的还有谁谁到东积粪场倒粪……

一阵干咳嗽，杆子队长从胡同口走出来，先前聚在粪堆的人都站了起来，像群木偶一样望着杆子队长，队长一路干咳嗽来到那堆最大的粪肥旁，一弯腰抓起一把粪来，放到鼻下闻了闻，一股浓烈的并且特有的粪香，顿时扑满队长的鼻子，队长兴奋地说，狗日的就是香。此时，队长的咳嗽停止了。

杆子队长站到粪堆上一张嘴就骂，狗日的！公社里这些鳖种操的，今日要两个人，明日调两个工，用不了多长时间，让鳖种操的把几个劳力抽零碎了。杆子队长的眼睛看到了福子，摇摇头说："狗日的！福子不上学了？不上学生产队里的活，你能干点么？狗日的！你能干点么？……"这时，杆子队长又低下头来抓起一把粪来，攥成一个粪蛋，两只狗爪子来回倒来倒去，之后放在鼻子下面闻了闻说："狗日的，不上学派你到公社水利队上，吃两年窝头先长长个子，回来准是一个壮劳力。"

就这样福子找到生产队保管员秤十斤玉米，二十斤地瓜干子，福子用铁锹一头挑着玉米，一头挑着地瓜干去公社水利队报到，福子到水利队纯粹是顶人头，公社水利队上的民工大都是老幼病残，没有壮劳力，主要任务兴修水利，而且县里叫战山河队，也是兴修大型水利。毛主席说水利是农业的命脉，所以从上到下一级、一级大家都在兴修水利。大湾小湾连起来，大河小河疏通开来，把命脉水引到岭山上，让山岭地变成屯粮田。那次两县会战入海口场面可大了，两县的水利队、战山河队全部参加了会战。省里的副省长都深入第一线检查指导工作，并在大会上做了重要讲话。会战工地上扎了八座松门，代表着八抬大轿欢迎首长的到来。工地上人山人海，两个县的人数加起来有三万多人。工地上锣鼓、秧歌、茂腔唱了三天。领导剪完彩吃完猪肉炖粉条，满面红光到工地上一站，就坐车离开工地，之后两县的民工在那里干了整整两个冬天。那个水利工程现在看都不落后，白马河里的水经过治理像簸箕一样流入大海，两岸再没有出现大的水灾，两岸的庄稼年年都有好收成。这个工程至今还发挥着它应有的作用，两县农民一直记在心里，都感谢决定这个利民富民工程领导者们……

曹八跟在滕玉福身后走进一个农家院里，玉福招呼媳妇说："家里来客人了，快抱草烧火做菜。"玉福安排完媳妇做菜，急忙提来壶开水冲泡上茶，很快倒了一杯热气腾腾的水来，曹八端起杯子吹两下喝了一口，一口热茶喝下肚，全身热乎乎的权当回到家里一样。

滕玉福开口说："多少年没有见面了，打若干年我就到处查找你，就是没有查找到。如果在入海口工地上，你没有及时从土里把我挖出来，到现在又托生一条好汉了。"曹八说："我记得当时你家出身不好，没有让你上高中，这么多年不见可出息了，当上村支部书记了。"滕玉福说："1978年我父亲在全村社员大会上做了题为《摘去地主的帽子，团结起来，建设社会主义》的演讲，我就成了社员，1981年我参军到部队一干就是12年，转业回老家，国家给安排工作我也没去，就回村参加村委支部选举，当年就选上村支部书记，这一干就是十几年。"曹八喝着茶水点着头，有时就插上句话，"现在看地主的孩子还是能人多，没有一个是瞎巴黄子。你看我从水利队回家后，一直在生产队干农活、分了田地在自家地里干活，现在孩子大了，也成了家了，我也土埋半截了”。滕玉福嘿嘿笑了笑说：“你这是从哪里来，到哪里去，干什么？我能帮上你尽管说。”曹八说：“我还真有点事求你帮忙。”玉福说：“你有事尽管吩咐，咱是生死兄弟。”曹八说：“我这次来是为了找一个人，找我的孪生妹妹。”玉福说：“你妹妹怎么要到这里来找？”曹八说：“是这么档子事。我孪生妹妹和我生下来，一个月就让我娘送人了，是让藏马县藏马镇藏马村郝德坤抱养的，这件事是我母亲去世时告诉我的，我这是从藏马村一个姓刘的大爷哪里知道，郝德坤在40年前全家闯关东了，他姐姐是这个村的，我就过来了。”玉福说：“他姐姐是谁家？”曹八说：“他姐姐的男人叫高连福，有这个人吧？”玉福说：“有个叫高连富。不过去世多年了。”曹八说：“他的后人那？”玉福说：“他的后人也搬走多年了。不过不要急，这个样吧，我家小子在县公安户籍科，我让他给你查查郝德坤这个名字，不就有线索了。你在这里住上几天，他就是闯关东下南洋，也得有底子不是。我现在就给咱家小子打个电话。”

两人说着话的工夫，滕玉福的内当家端上来四个热气腾腾的菜，滕玉福拿出一瓶白酒说：“喝这个藏马悬泉酒？”曹八说：“这个酒是好酒，当时还是北京人民大会堂的专供酒来，好酒来。”滕玉福给两个杯倒上酒说：“现在这酒的质量比以前差一大截了，前几年酒厂换了一个女经理，把酒的品质搞得乱七八糟，据居住在酒厂周围的居民说，过去从酒厂散发出来的酒味，你闻闻就能醉，天天见大车小车向厂子里运粮食，通向厂门的路上总是人来人往，欢声笑语中洒下一路酒香与繁华，现在你蹲在酒厂里也闻不到那股味了。”曹八说：“我也觉着这酒比前几年差劲头，现在这酒喝少了不够劲，喝多了还头痛，俺那里现在都不喝这种酒了，大都喝双勾、景芝、小老虎等。”两人喝着酒说着酒。滕玉福说：“藏马悬泉白酒历史悠久，以藏马山上的悬泉而得名。”

传说，很早以前胶河县有一个养马场，是专供皇帝养马的地方。有一天，有一匹御马闻到酒香味，就从马场跑了出来，一口气跑到悬泉山下找酒喝，当时刚出锅的两大桶酒，让御马一口气喝个干干净净，醉得御马找不到回家的路，就钻进了大山里，马场派人来山上找了多日也没有找到……

曹八说：“俺那边也知道有这个传说。”

滕玉福喝了口酒说：“现在可好，酒厂不酿酒变成勾兑酒了。”

吃完饭到滕玉福家串门的村主任老张说：“现在酒的质量下降了，价格倒上去了，这么一瓶30度的酒就敢要60块钱。我有个亲戚在酒厂里干活，我知道。过去厂子里发福利待遇都很多，现在每月给工人发放的一条肥皂都两人割开，一人一半，通过这么一件小事，就能看出小气来。”

滕玉福说：“这几年让一个女经理把酒厂治穷了，自己家里却富可敌半厂。听说她家光看门狗就有十几只，什么德国牧羊犬了，什么拉布拉多了，都是世界名狗，白天晚上轮换看守大门……”

曹八说：“先前的那个厂长调到县政府了，那么现在这个厂长叫什么名字。”

滕玉福说：“叫郝大凤。大家伙儿都叫她大凤大凤，和谁都敢上床。”

曹八心里一愣说：“她是哪里人？”

滕玉福说：“不知道是哪里人。”

第二天滕玉福的孩子来了电话说，全县叫郝德坤名字的有108人，有子女的有78人，有儿子的有27人，没有儿子光有女孩子的还有3家，这第一家的户主今年35岁，第二家的户主是68岁，第3家的户主已经过世了，他家的女孩子是酒厂的经理叫郝大凤。今年虚岁50，实岁是49，这个人应该就是曹爷要找的人，郝经理是藏马村的，前些年从东北搬回家的。

滕玉福说完看看曹八说：“郝厂长就是你要找的孪生妹妹。”

曹八心里想，这个郝厂长不可能是自己要找的妹妹，自己要找的妹妹不可能是这个样子，自己的妹妹怎么能是这个样子？如果郝厂长真是自己要找的小凤妹妹怎么办，曹八真的不敢继续往下想了。

第二天，曹八与滕玉福告了别，就直奔藏马县城去了。临走时滕玉福告诉曹八说：“郝经理的事我们都是道听途说，你不要放在心上，不管怎么样，你们都是一母同生的兄妹。”

曹八上了车朝滕玉福说：“玉福现在咱见面了，常到家去耍耍。”

滕玉福说：“一母生百版，你慢走，我会去找你的。”

母亲临走时，还告诉曹八妹妹小凤的一个特点，就是妹妹小凤右耳朵垂上有一块黑记，现在那块黑记应该长到铜钱大小，这是曹八找妹妹小凤的最后一点印象。

曹八到了藏马县，就直奔酒厂而来，在酒厂的边梢找了一家小旅店住下。简单吃了点晚饭，就从小旅店里走了出来。曹八溜达到了酒厂的大门口。曹八看到大门右边墙上挂着一个大牌子，藏马县悬泉白酒厂。大门的上边有一道红幅上写，大干一个月，迎接中秋节。铁门是半关着，在大门口左边有一张桌子，靠里面搁了两把椅子，桌子上有一个小牌子写着两个字：招工。桌子后面墙上贴着一张招工启事。上面大意是，因中秋节是酒厂的生产旺季，包装车间缺人手，现招临时工若干名，充实到包装车间生产第一线上，年龄在40–45岁男女均可报名，月薪3000元……

现在已经过了下班的时间，曹八在酒厂大门口转悠一会儿，从里面走出一个样子很严肃的男保安。曹八说：“师傅，厂子里还招工吗“那个保安大约30多岁的样子，用目光上下打量了一会儿曹八，说：“你今年多大了？”曹八心里想，他问我多大年纪，招工启事有年龄的限制。曹八说：“我今年43岁”，保安人员又扭过头来看看曹八，目光直溜溜的，有点像从他眼里拉出来两根铁丝，曹八感到很不自在，稍微把头低了一下。就听到保安人员说：“看你脸上横一道、竖一道挺年老的，你明天过来填张表格吧。”曹八回到小旅馆里还不到睡觉的时候，曹八和小旅馆的老板娘聊起天来。

曹八说：“酒厂招临时工，一月3000块钱，工资还真不少？”

老板娘把嘴一撇说:“招工启事上说是3000块钱,其实那是个幌子。”

曹八说：“怎么说？”

老板娘说：“进了厂子你就知道了，这一份子那一份子，就是说，不小心打碎一瓶酒扣200块钱，去晚了一会儿扣100块钱，反正到手的钱就不会是那个数目了。上次俺的一个远房二叔也是没有活干，经我介绍进了厂，还没有干到半个月就走了，连工资也没要。再干下去就要倒找给厂子钱了。吓得他不敢在那里干了。这几年酒厂让大凤搞得快要倒闭了，酒销不出去，人也招不起来，工资也发不下去。你看看往年这时候，厂子大门口是车水马龙，热火朝天，繁荣昌盛的样子。你再看看现在可好，一天到晚冷冷清清，进进去去就那么几个老女工撑着门面，到了内退的年龄不让人家退，因为招不起来工啊，现在正是中秋大节，是销售酒的最好旺季，也见不到一辆向外拉酒的车……”

旅店老板娘是个喜欢唠叨的主，说起话来没完没了，曹八也插不上个话。不知道大凤和自己有没有血缘关系，还是因为什么？曹八这时就有点困乏。

曹八说：“老板娘，我到房间去睡觉了。”

曹八回到自己的房间就睡下了，这个客房有两张床位，曹八占了一张，还有一张空着。曹八收拾了靠东墙的一张床就睡下了。曹八脑子里一直想，那个和自己一起来到这个世界上妹妹到底是长得什么样子，想来想去也没有把妹妹想出个成型来。想着想着就睡着了，曹八实在是太困乏了，连续几天也没有睡个好觉了。睡着的曹八在梦中见到妹妹。妹妹扎着两条小辫子，穿着一件小红花褂子，下身是一条深蓝色裤子，一双平底小球鞋，曹八和妹妹一起坐在一头大黄牛背上，妹妹坐在曹八的前面，他们在田野上悠闲地散步，两边的麦子半人高，都快要抽穗了。

妹妹回头说：“哥我要吃麦子粒。”

曹八说，麦子还没有熟，到麦子熟了我给妹妹扒麦子粒吃。

妹妹说：“现在我就要吃嘛？曹八说，麦子还是一包清水，不能吃……”

曹八一拍大黄牛，大黄牛撒开蹄子奔跑起来。

就在这时客房门开了，灯亮了，进来一个黑大汉，把曹八的梦也给惊醒了。

“日有所思，夜有所梦。”第二天起来，曹八吃完早饭在酒厂大门口填了一张表，跟着一个车间女主任进了包装车间，车间主任还给他找来了一身旧得像油炸麻花的工作服，让曹八换上说，这几天电视台记者来采访都要统一服装。曹八换上那一身工作服，就觉得身上立马有了一种责任感，责任是什么？曹八不知道，就觉得自己是一名酒厂的工人了，就在曹八沾沾自喜时，曹八就让车间主任赶进了包装车间里，开始了他的临时打工。

曹八被分到流水线的装箱部门，从上线下来罐装好的、贴上商标的、盖好瓶盖的成瓶酒源源不断地流到后头，曹八就和几个壮实的成年女工把这些酒瓶一瓶一瓶地装进箱子里，用胶带封好，然后由曹八把装好的箱子搬到墙壁的酒垛上码好，曹八的活没有技术含量，也不复杂，在包装车间里是一种力气活，只要有力气是个男人就可以把这个活顶了起来。

这个包装车间共有60多名职工，大都是女工，看不到几个男工。包装车间分南线和北线，成两条流水线生产，线上都是女工，她们有灌酒的，贴商标、盖瓶盖、装箱等。因此搬箱的重活自然就落在了曹八的身上，没有技术含量所以曹八干得特别得心应手。

车间里尽管嘈杂但也井然有序。

一个长得有些男人相的女工问：“谁说今天记者来咱车间里采访？”又一女工接话说：“每年中秋节不是都请记者来报道。大凤不是可以在电视上讲讲话了。”接着她朝着埋头苦干的另一个女工喊了一声：“你说是不是？”那个低头专心看商标的女工抬头说：“大凤带着记者来了”，话音刚落下，车间门口真的进来了四个人两男两女，女的一高一矮，一胖一瘦，一俊一丑。而两个男人一个手里拿着话筒，一个肩上扛着摄影机。一高一矮跟着两个女人的身后进了车间，四人进了车间像老鹰进树林一般，车间里立时鸦雀无声。只能听到流水线上酒瓶子碰撞和机器转动的声音，大家各自为战，各人把守着自己的一摊忙碌着……

曹八偷偷地问一个女工说："哪一个叫大凤？"那个女工瞪了他一眼小声说："一会儿你就知道了。"此刻那个肩上扛机器的记者正在支摄像机架子，另一个记者正在与两个女人的，其中一个瘦女人进行交谈。曹八借搬酒的机会靠近了她们一下，曹八发现两个女人，其中一位是把他带进车间的女车间主任，而另一位瘦女人也有些面熟，说不出来的那种熟悉，像在哪里见过面。曹八把搬着的一箱酒又放回生产线上。

一个大嘴女工说："老曹你丢了魂了，怎么又把箱子搬了回来？是不是看到了大凤，也想好事了？"后半句话大嘴女工是小声说。没有让别人听到。自从车间里进来这两男两女，曹八像掉魂一般，心里有些乱，心乱手里的活也乱了阵营，本来自己是负责从生产线上把酒搬到酒垛上，反而曹八又把酒从酒垛上搬了回来。曹八心里是有事，不是见了进来的两男两女有事，而是见了两女的其中一位瘦女人心里才有事的，没有什么事，就是想不起来在哪里见过面，曹八借搬箱子的机会走近她认真地看了看，曹八想起来了，这女人花容月貌，有点长得像自己的母亲，像40岁那时的母亲，满头长发，瓜子脸，杏仁眼，特别是点头说话时的动作，真像。

这时，曹八想起母亲的一句话，你妹妹左耳朵垂下有一块黑记，应该长到有一个大铜钱般大了，那是个记号。曹八又把装好了的箱子搬起来走近她，但曹八仍然看不到瘦女人的耳朵部位，因为她是留有一头黑黑的长发，满头长发盖住两只耳朵，曹八根本看不到，她的两只耳朵垂埋藏在黑黑的头发里，这让曹八心里有些着急。

此刻，瘦女人正在和拿话筒的记者交谈着什么，瘦女人一边听一边嘴里还说着话，头也不停地点着，而那位拿话筒的记者是手舞足蹈，像是和瘦女人讲着一件有趣的事儿。一会儿，瘦女人站在镜头前，准备接受采访。站在摄像机前面的记者又为瘦女人摆好了位置。然后又回到摄像机镜头前，调试了一会儿，又回到瘦女人身边说了几句话。只见瘦女人把满头乌黑的头发，用皮筋扎了起来，成为脑后的一条马尾。就这么一个小小变化，让曹八的眼睛一下子抓住要害部位。曹八看到了瘦女人左耳朵垂下的确有一块黑的印记，只有铜钱般大小，经过主人的精心修饰那个耳朵垂微微红润起来，还散发着闪闪的亮光，因为那块红印上镶有一颗金黄色的耳环，有了金黄色的耳环，红印记显得丰满红润了起来……

记者问："郝经理，今年销售形势怎么样？"

瘦女人说："订单不断，产品大都销售到北京、上海、广州、青岛等周边地区，日销售量……"

就在这时，曹八出事了，一心不能多用的他，脚下一滑，两手抱着一箱子酒掉在地上，一箱六瓶酒碎了对半，就因为这个突然来的响声，把聚精会神的曹八吓了一跳，也把两位记者吓了一跳，也惊吓了全车间里干活的女工，更惊动了正接受采访的大凤，那个把曹八带进车间的车间女主任走了过来，瘦女人大凤也走到曹八脸前，曹八见地上流了一地的酒水，傻愣愣地站在一边望着走过来的两位女人没有话。曹八和瘦女人站到了一起，脸对脸面对面，彼此都能感受到对方的呼吸气息，曹八从那气息的味道中没有感受到什么，曹八两眼顿时睁大一圈，眼前这个女人让曹八还是没有读懂，如果说两人是从一个娘胎里出生的一对孪生兄妹，应该彼此会发出一些血浓于水的信息来，然而曹八没有收到一丁点这样的感觉，曹八的头微微地摇了摇，心里那个妹妹的影子变成一张空白纸。

晚上曹八回到旅店，要了两个炒菜，还喝了三两白酒，曹八觉着晚饭吃得特别香，肚子饱了，就想睡个好觉，心中没有杂念，曹八就上床睡下了，今天晚上曹八睡眠特别香，甜甜地进入梦里。在梦中曹八变成少了一角的圆圈，圆圈缺了一角不成为圆，于是曹丿I就想着找回另一角成为十五的月亮。后来曹八就不停地行走到处寻找，曹八到过村庄，路过小河，去过城镇。其实曹八不是行走，缺了一角的曹八，事实上就是在慢慢地滚动，那滚动的声响是这样的：咕噜咕噜咯噎、咕噜咕噜咯噎、咕噜咕噜咯喳……因为目前曹八尚未曾找到缺失的一角，还不是一个整圆，所以在行走和滚动的过程中，经常遇到磕磕绊绊的事儿……

第一次在滚动的过程中磕到了一个大土坡。大土坡说：“你要去哪啊？”曹八说：“我要找回缺失的另一角。”接着曹八又遇到了潺潺的小河。河流问：“你要去哪啊？”曹八说：“我要找回缺失的另一角……”

有一天，曹八遇到了一个角，和自己颜色同样的一角，曹八抱紧它，因为她就是自己朝思暮想寻找缺失的另一角，结果这块角又太大，两人怎么抱也不成一个完美的整圆0曹八不得不放弃，继续寻找，再后来曹八又遇见了一角，可是这次的角又太小，一不小心就会丢掉它，拼成整圆更是不可能的事了，曹八又不得不放弃它，最后曹八又遇见了一个，这次竟然不大不小正合适，曹八用力抱紧它成为一个整圆，它很开心很幸福，变成整圆的曹八不再害怕路上那些磕磕绊绊的东西了，行走起来又快又好，像汽车换上轮胎打足了气一样，过去走一天的路，现在用一个时辰就走过去了，又省时又省力，快得以至于不能够停下来，也不能停下来和朋友交谈和兄弟说话。大山、小河、花儿等都变成了曹八在路途中转瞬即逝的物体，更别说去看风景，闻花香,品尝河水的甘甜……

然而，曹八现在找到一个整圆了，反而又变得有些孤单，孤独的曹八也没有朋友了。曹八想这样不好，他宁愿要个缺角的圆，也不要现在这个整圆，拧巴了好长时间，最后曹八决定放弃这个合适的一角……曹八这会儿突然就醒了起来。

第二天早晨，曹八和梦一起醒来。他没有急着去穿衣服，而是去了洗漱间冲了个热水澡，从头到脚清洗了一遍，全身上下干干净净。此时，曹八就觉得从骨头缝隙中透着一股股轻松传遍全身，头脑也清醒了，心里像明镜一样，曹八从洗漱间走出来，穿好衣服把床铺收拾整齐。这时曹八一下子决定了一件大事，那就是郝大凤不是自己要找的妹妹，既然她不是自己要找的妹妹，今天也不用到酒厂去上班了，不用去上班了曹八又做出第二个决定，那就是收拾收拾回家去。曹八在心里说，出来这些天，也想家了。于是曹八吃完早饭，跟老板娘结了账走出小旅店，大大的步子直奔藏马县的汽车站。

曹八回到家的那天晚上，正好是八月十五，圆圆的月亮挂在天的中央，大大的圆圆的。那晚餐桌上的饭菜特别丰盛，有鸡有鱼有肉、有白菜芋头大豆腐、有白酒红酒啤酒、儿子媳妇孙子一大家人坐在圆圆的桌子上，曹八看到天上挂着圆圆的月亮，月光洒在天井里，也洒在餐桌上，曹八又看看桌子上的碗是圆的、盘子是圆的、就连水杯里都有一个圆圆的满月，一家人坐在一起吃的是团圆饭，说的是团圆话。

一年月色最明夜，千里人心共赏时。曹八想，今晚月亮是圆的，到了初七、八月亮又会变回半牙的……

后　记

写小说也有些年头了，从20世纪80年代初，我就开始依葫芦画瓢，在那个以抓阶级斗争为纲的年代里不敢公开写。记得干完农活，吃完地瓜稀饭，到生产队里报上工，好动的就凑在一起打扑克，而我喜欢静，从来不参与打扑克，就混到老人孩子堆里听瞎话故事，什么杨家将了，岳飞传了、瓦岗寨了，还有一些民间的传说了，东庄西村新近发生的故事了，我都喜欢听。听完了很激动地回到家里，在小土炕上，铺开信纸就开始学着写小说，有时写上一段文字，再画上一幅图。具体地说，就是写到一位姑娘，她的美丽无法形容时，就是用我的画来填补，尽情地发挥自己的想象力。那个时期写的东西不叫小说，就是搜集素材，到后来那些图画式的东西，都成了我以后所写小说中的素材，有的还独立成篇呢。

在那个年代，真的不敢大张旗鼓地写，都是偷偷摸摸的，因为我父亲是个“右派分子”，让他发现了那可不是件小事。在《少年的初恋》那篇小说里记录了这个故事，就这样，一边听着家乡的瞎话，一边写着我的小说。

1980年秋天的一个晚上，在全村的社员大会上，聆听了父亲热情洋溢的“摘帽”演说后，第二年我光荣地参军入伍。到部队我是海军航空地勤兵，学的是仪表专业，除了学习理论课之外，空余时间就写小说，写诗歌，写完了就急急忙忙寄到编辑部，再就一边写一边等着回音，有时一天能收到三四封退稿，被人们称之为“退稿大王”。那个时候我什么都敢写，还写过电影剧本。记得剧本写完后，寄到八一电影制片厂，最终稿子和候鸟一样又给退了回来，一并寄来了夏衍写电影剧本十个问题的书，鼓励我继续写作，就这样不懈地坚持着自己的写作，走自己的路。

后来部队把我送到人民海军报社、水兵文艺、解放军文艺学习。通过学习之后，陆续在《青年文学》《上海文学》《解放军文艺》等刊物发表小说。一篇接着一篇的发表，多了就想出一本属于自己的小说集子，为了出一本自己的书，我还给解放军出版社拉了一年磨，伺候了一大顿也没有出成。

在写小说这条路上，迄今已发表一百多万字的作品。1995年转业回到地方，在一家电视台从事新闻工作。在世纪末由青岛宣传部和青岛市作协出了一套青岛青年作家丛书，我的第一本小说集《人体根雕》就这样与读者见面了；而《父亲是一棵树》是继《人体根雕》的第二本书，这个集子里共收集了20多篇作品。

近几年，在新闻宣传之余也写了些东西，有的发表了，有的还未来得及发表。常常一些好友见了面，不问升官发财，而问最近又发表了什么大作？什么时间再出书？见了面就问，问的多了就把我出书的瘾勾了出来，《父亲是一棵树》这本集子，就是在文友的催促下诞生的。

出集子是件颇为难的事，自己对自己的作品，犹如母亲对自己的孩子一样，一母生百版，长得再丑，歪瓜裂枣，也疼爱备至，看着哪一个都顺眼，都想收进集子里，有些东西不得不在出版前做些美容手术，通过整理终于成就这本册子，呈教到读者面前。不过小说有个特性，是一种虚构的艺术，可能与现实的人物、情节有相似之处，但千万不要当真，更不能对号入座。

小说创作中我最喜欢短篇，这和我幼年听瞎话影响有关。短篇讲究抖包袱，抖好了也就成功了，抖不好也就失败了。记得《青年文学》主编王浩增鼓励我写现代版的聊斋，写了一些但终没有坚持下去。短篇小说讲的是短小精悍，语言简练,又能节约时间,短篇虽短,想要写得精致，有深度,却不是件容易的事。要在半个小时吸引读者的眼球,给读者留下深刻的印象，就难上加难了。而我采用的是笨办法,写完一篇就束之高阁困三个月，然后再拿出来修改，千锤百炼。

爱好文学就像喜爱自己一样，写的时间长了，旧的东西也相对多一些，加上多年的新闻工作经验，这种现实和虚构的结合，无意中对自己写小说加上一道透明度，为了完成宣传任务，又不得不把现实与虚构程式化，久而久之,把自己也就套了进去，如何去掉这些陈垢创出一条新路子?在短篇小说中出新创新，是我一生的追求。

2015年5月21日酉时于青岛西海岸